KNAUR

Über M. K. England:
M. K. England wuchs an der Space Coast in Florida auf und arbeitet heute im ländlichen Virginia in der YA-Abteilung einer Bibliothek. Neben der Arbeit zählen nicht nur Pen-&-Paper- und Videospiele, sondern auch stundenlange Gespräche über Star Wars, das Universum und Naturwissenschaften zu M. K. Englands Leidenschaften.

M. K. ENGLAND

DIE VERSTOSSENEN

AUFBRUCH DER *SWIFT KICK*

Aus dem amerikanischen Englisch
von Oliver Plaschka

KNAUR

Die amerikanische Originalausgabe erschien 2018 unter dem Titel
»The Disasters« bei HarperTeen, New York.

Besuchen Sie uns im Internet:
www.knaur.de
Facebook: https://www.facebook.com/KnaurFantasy/
Instagram: @KnaurFantasy

Deutsche Erstausgabe Juli 2021
Knaur Taschenbuch

Redaktion: Katharina Mittmann
Covergestaltung: Guter Punkt, München nach dem
Art Work von Jenna Stempel-Lobell
Coverabbildung: © 2018 by Filip Hodas
© seyfettinozel / Getty Images
Satz: Adobe InDesign im Verlag
Druck und Bindung: CPI books GmbH, Leck
ISBN 978-3-426-52587-6

2 4 5 3 1

KAPITEL EINS

Name: Nasir Alexander »Nax« Hall
Zulassungsstatus: Abgelehnt

Gerade mal vierundzwanzig Stunden bin ich jetzt an der Akademie in Ellis Station. Vierundzwanzig Stunden und schon wieder draußen.

Ehrlich gesagt bin ich nicht einmal überrascht.

Ich stopfe ein Paar saubere Boxershorts in meine Reisetasche, direkt neben das brandneue Akademie-Shirt, das ich erst gestern gekauft habe. Könnte es jetzt genauso gut verbrennen. Vielleicht zünde ich es ja an und hisse es am Fahnenmast des Hauptquartiers, sobald ich wieder unten auf der Erde bin.

Am anderen Ende des Schlafsaals hängen ein paar Neue rum und tauschen lachend ihre Prüfungsergebnisse aus. Entweder sie merken nicht, wie laut sie sind, oder es ist ihnen egal. So oder so höre ich jedes Wort.

»Wieso hat er sich überhaupt die Mühe gemacht, seine Sachen auszupacken? Dachte wohl, er ist der heiße Scheiß im Cockpit, aber wir haben ja gesehen, wie das lief.«

Ich zerknülle meine Papiere und atme ruhig und tief, widerstehe mit Mühe dem Impuls, dem Arsch da draußen die Faust ins Gesicht zu schlagen. Als ob ich eine Erinnerung bräuchte, was für ein Versager ich bin; in meinem Gehirn läuft ein permanenter TED-Talk zu dem Thema.

Nur einer von meiner Highschool hat es an die Akademie geschafft, und natürlich muss es ausgerechnet Tucker Fineman sein. Anscheinend hat dieser Typ, der sich früher im

Maisfeld Lachgas aus der Zahnarztpraxis seiner Mutter reinzog, das Zeug zum Akademiepiloten. Und ich nicht.

Ich dachte ja früher schon, ich würde ihn hassen, aber da hatte sein Arschlochcharakter noch gar nicht seine Vollendung erreicht. Als er heute Morgen in den Prüfungsraum schneite mit seinem falschen Lächeln und wichtigtuerischen Händedruck wie so ein Möchtegernpolitiker, blieb mir die Luft weg. Sein ganzes Vorstellungsgespräch über wartete ich darauf, dass er meine schmutzige Vergangenheit auspackt und den Prüfern allen Grund gibt, mich wieder heimzuschicken.

Hat er nicht – wie sich rausstellte, hatte ich seine Hilfe gar nicht nötig, um rausgeworfen zu werden.

Aber wenn sie sich Arschgesichter wie Tucker als künftige Kolonisten wünschen, ist es auch kein Wunder, dass sie dem Loser aus Kaffhausen den Laufpass geben. Also mir.

Ich werfe den Stapel Kosmetika in Reisegrößen auf meine Klamotten in der Tasche und ziehe am Reißverschluss. Der klemmt natürlich. Denn nichts würde diesen Tag besser abrunden, als dass ich mein Shuttle zur Erde verpasse, weil ich sogar zu unfähig bin, meine Tasche zu schließen. Ich zerre, dann zerre ich noch mal, der Reißverschluss ruckelt einen Zentimeter vorwärts … und reißt dann ganz ab.

Ich starre die Tasche an. Die Tasche starrt zurück.

Dann schnappe ich sie mir am Schultergurt und stürme aus dem Zimmer, gefolgt von unterdrücktem Gelächter und einer Spur tropfender Mundspülung.

Erst links, dann rechts. Augen hoch und nach vorn gerichtet. Bloß keinen Blickkontakt. Jedes Mal, wenn ein lachender Student an mir vorbeimarschiert und mit stolzgeschwellter Brust das Akademielogo auf seinem T-Shirt präsentiert, brennt es heiß in meiner Kehle. Ich zähle Lüftungsschlitze in der Decke und konzentriere mich aufs Atmen.

Die Studenten und ihre uniformierten Ausbilder weichen allmählich Beamten und Leuten in Zivil, als ich aus dem Akademieflügel in die normalen Bereiche von Ellis Station wechsle. Hinter mir richten sich die Neuankömmlinge für ihr Training ein: sechs Monate für alle, die in die Kolonien übersiedeln wollen, und zwischen ein und vier Jahren für Piloten und Offiziersanwärterinnen. Vor mir bereiten sich die Absolvierenden auf ihren Flug ohne Wiederkehr in die Schwärze vor, freuen sich auf ihr neues Leben.

Ich kriege keins von beidem. Nur beklemmendes Elternschweigen und übertriebene Rücksichtnahme. Juhu.

Zum Terminal für die Flüge zur Erde ist es nicht weit, doch mein Shuttle legt jeden Moment an, also fange ich an zu joggen. Mein Deo hüpft aus der offenen Tasche und fällt klappernd hinter mir zu Boden, aber ich habe keine Zeit mehr für den Scheiß. Ganz ehrlich – wenn ich diesen Flug versäume, schwimme ich lieber ohne Raumanzug nach Hause, als noch eine Minute länger zu bleiben. Wie um mich zu verspotten, strahlt der helle Umriss der Erde in den Panoramafenstern und wirft gespenstische Schatten auf die zerklüftete Mondlandschaft. Die Umrisse der alten Versorgungstunnel, die Ellis Station mit der lange aufgegebenen ersten Siedlung verbinden, zeichnen sich darin ab wie etwas aus einem Albtraum. Als ich gestern ankam, wirkten sie noch eindrucksvoll, fast schön.

Jetzt sind sie einfach nur hässlich.

Noch einmal nach links, und ich bin da. Auf der enormen Anzeigetafel leuchtet nur ein einziger Flug: meiner, Ankunft: planmäßig. Ich habe ihn nicht versäumt. Das sollte mich wohl freuen, aber ehrlich gesagt hatte ich mich fast auf meinen kleinen Weltraumausflug gefreut. Wäre wahrscheinlich besser, als mich daheim noch mal blicken zu lassen und schon wieder alles versaut zu haben.

Zwar werden meine Eltern sich mit Kritik zurückhalten, wie immer, aber »sich zurückhalten« und »enttäuscht von ihrem Versagersohn sein« schließen sich nicht gegenseitig aus. Es geht doch nichts über einen kleinen Vortrag am Morgen über »gute Entscheidungen« im Leben, garniert mit ein paar mütterlichen Tränen. Kann es kaum erwarten. Sie haben mir zugesehen, wie ich Pilot spielte, während ich auf der Wiese hinter unserem Haus die Ziegen hütete. Mit fünf Jahren und auch noch vor leider gar nicht mal so langer Zeit. Jetzt ist mir diese Zukunft verbaut – ihr Mitleid wird unerträglich sein.

Wenigstens wird ihr Goldjunge nicht Zeuge meiner großen Rückkehr sein und mich wie ein kleines Kind ausschimpfen. Malik hat sein Ticket in die Kolonien schon lange gekriegt. Ganz klar. Aber hey, dann lebe ich halt bis ans Ende meiner Tage bei meiner Ammi und Dad, fütter die Hühner und fliege im Simulator.

Ein Schwarzer in meinem Alter versperrt die Tür zum Terminal, ins Gespräch mit – ausgerechnet – Dr. Herrera persönlich vertieft, der Direktorin der Akademie. Der Typ macht einen selbstbewussten Eindruck, wie er da steht. Er redet ganz gelassen und bedacht, und die langen britischen Vokale gleiten nur so von seiner Zunge. Auf der rechten Seite seines perfekt sitzenden Polohemds prangt das Wappen der Schule für Koloniale Beziehungen.

Noch so ein angehender Politiker. Na toll.

»Wir können doch sicher eine Lösung finden«, sagt er und sondert seinen ganzen Charme ab. Doch offenbar ist die Unterhaltung schon beendet, denn Dr. Herrera unterbricht ihn mit einer scharfen Geste.

»Sie haben Ihre Wahl getroffen, Rion. Nun müssen Sie auch damit leben. Bitte entschuldigen Sie mich.« Sie wirft einen Blick auf ihre Uhr und eilt davon. Rions kühle Miene verfinstert sich, und er fährt sich mit der Hand durchs rot gefärbte Haar. Unsere Blicke begegnen einander, und ich grinse.

»Das heißt dann wohl, du kommst mit mir!«, sage ich mit gespielter Freude. »Und was hast du angestellt, dass sie dich rauswerfen?«

Seine Lippen kräuseln sich. »Verpiss dich, Schlappschwanz.«

Oh, ich bin noch nie mit britischem Akzent beschimpft worden – nicht dass es mir gefehlt hätte.

Rion schnappt sich eine schicke Ledertasche und schlägt auf den Türöffner. Ein grünes Licht blinkt, während sich die Systeme vergewissern, dass es hinter der Tür auch atembare Atmosphäre gibt, dann öffnet sie sich mit einem lauten Rauschen. Schale, recycelte Luft mit einer Spur von Maschinenöl und Abgasen schlägt uns entgegen. Mechaniker und Deckarbeitende rufen einander Anweisungen und dreckige Witze zu. Ihre Stimmen hallen in der weiten Landebucht wider, vermengen sich mit dem Scheppern von Werkzeugen und dem Zischen von Luftschleusen.

Am Ende der Bucht sitzen schon zwei Mädchen in der Gruppe unbequemer Metallstühle, die direkt unter dem Schild »Landezone 6« festgeschraubt sind. Wir kriegen ein spezielles Abend-Shuttle, nur für uns, das nach Feierabend im Schutz der Schummerbeleuchtung die Freaks und Versager wegschafft. Sobald wir wieder auf der Erde sind, können sie mir auch gleich die Füße am Boden festkleben. Dies ist das *einzige* Raumfahrtprogramm, und die nächsten fünf Jahre darf ich mich nicht noch mal bewerben. Andererseits, warum sollte ich? Nur um abermals durchzufallen? Ich bin fertig damit.

Die beiden Mädchen im Wartebereich könnten gegensätzlicher nicht sein. Das blonde, weiße Mädchen wippt zwanghaft mit dem rechten Bein, immer in Bewegung, und starrt in die Ferne. Das andere sitzt völlig reglos, fast wie eine Statue, und verbirgt das Gesicht hinter warmen braunen Händen und einem dichten Vorhang aus schwarzem, leicht gekräuseltem Haar. Keine scheint sonderlich wild auf eine Unterhaltung zu sein, was mir nur recht ist. Lieber setze ich mich und hülle mich in Schweigen. Ich wünschte, wir hätten unsere Tablets in die Akademie mitbringen dürfen; dann könnte ich wenigstens Starhunters spielen und alle ignorieren. Als ich näher trete und meine Tasche zu Boden werfe, zuckt das schwarzhaarige Mädchen von dem Geräusch zusammen.

»Whoa, bisschen nervös?«, frage ich, hüpfe auf einen Stuhl und setze mich auf die Rücklehne.

»Ach, leck mich.« Jetzt, wo sie aufschaut, erkenne ich sie: Einer der anderen Pilotenanwärter hat mir beim Essen von ihr erzählt. Sie ist wohl eins dieser Wunderkinder, die schon mit fünfzehn aufs College kamen. So eine kleine Überfliegerin. Ihr Akzent klingt zu neunzig Prozent nach New York und zu zehn Prozent spanisch, deutlich schärfer als mein halb unterdrücktes North-Carolina-Geleier. Ihre Augen schauen wach und schlau, und ich vertiefe mich etwas zu lang in ihr herrliches Haselnussbraun, obwohl die gehobenen Brauen mir unmissverständlich zu verstehen geben, wie absolut unbeeindruckt sie von meiner Erscheinung ist.

»Du hast schon gemerkt, dass dein Zeug total mit Rasiercreme vollgeschmiert ist, oder?«, erkundigt sie sich unschuldig.

Ich sehe nach meiner Tasche. Sieht wirklich so aus, als ob die Creme darin geplatzt wäre. Rion schlägt einen weiten Bogen darum, als er sich einen Stuhl rauspickt, und setzt seine vornehme Tasche sehr viel vorsichtiger ab.

Ich wische ein bisschen blauen Schaum von meiner Tasche und schnippe ihn fort. »Ist bloß mein Akademie-Shirt, und das brauche ich ja jetzt nicht mehr. Wieso trägst du deins denn noch?« Ich grinse spöttisch. »Wenn du hier rumsitzt, heißt das doch, dass du durchgefallen bist. Klammerst du dich noch an deinen Traum?«

Kaum dass mir die Worte rausgerutscht sind, würde ich sie am liebsten zurückpfeifen, aber es ist, als würde ich einem unerträglichen Arschloch zusehen und wäre zu weit weg, um einzugreifen. Die Überfliegerin schürzt die Lippen und verschränkt die Arme vor dem spitzen Logo der Technikerschule auf ihrem Shirt. Doch ehe sie wegschaut, erhasche ich ihren verletzten Blick. Durch lange Wimpern sieht Rion mich missbilligend an.

»Macht euch mal locker«, murmle ich und mustere Rion. Er ist breiter als ich – ich bin eher der lange, schlanke Fußballertyp –, und im Gegensatz zu meinem nervigen Stoppelbart ist er sauber rasiert. Das Gesicht unter den roten Locken ist markant und sehr ansehnlich. Ich wünschte, die schmalen Augen würden gute Laune versprühen, statt mich so anzufunkeln.

Na ja. Zu spät jetzt.

Das Mädchen am anderen Ende der Sitzgruppe schaut nun ebenfalls in unsere Richtung. Sie streicht sich das blonde Haar zurück; darunter kommen blaue Strähnchen an den Schläfen und graugrüne, mit Wimperntusche und Eyeliner geschminkte Augen zum Vorschein. Ihre durchtrainierten Beine deuten auf eine Sportlerin hin, aber sie trägt das Rot und Weiß der Medizinerschule. Unter ihrem prüfenden Blick rutsche ich unbehaglich auf meiner Stuhllehne herum.

»Du hast recht«, sagt sie. Ihre Konsonanten klingen hart und präzise – Russin vielleicht. »Hat keinen Sinn, sich an etwas festzuklammern. Mir haben sie gleich zu Beginn des Interviews gesagt, dass ich gar nicht durch die Vorauswahl hätte kommen sollen. Anscheinend suchen die Kolonien verzweifelt nach Ärzten – so verzweifelt dann aber doch nicht, dass sie *mich* nehmen würden. Es ist nun mal, wie's ist, oder?«

Die Überfliegerin zieht die Brauen zusammen und runzelt die Stirn. »Das ist ja übel. Wieso haben sie dich abblitzen lassen?«

Dr. Eyeliner zuckt mit den Schultern.

»Ist was Persönliches.« Sie verzieht die Lippen zu einem schiefen Lächeln. »Nichts für ungut. Und was war bei dir?«

Die Überfliegerin ist einen Moment lang still.

»Auch was Persönliches«, wiederholt sie schließlich und fährt sich nervös mit den Fingern durchs schwarze Haar. Alle schauen sie an, warten darauf, dass sie ins Detail geht, doch sie sagt bloß: »Ich will einfach nach Hause.«

Rion schnaubt. »Ich will wirklich alles, aber nicht nach Hause.«

In einer wortlosen Solidaritätsbekundung stößt Dr. Eyeliner ihre Faust gegen seine.

Ein tiefer, warmer Klang hallt durch die Landebucht, und eine Welle blinkender roter Lichter jagt um die Ränder der großen transparenten Schleuse, welche das Vakuum des Alls zurückhält. Gemeinsam beobachten wir, wie sich ein eckiges, blau gestreiftes Erdshuttle dahinter in Stellung bringt.

Eine ruhige Stimme dröhnt aus den Lautsprechern: »Warnung. Außentore öffnen.« Das Shuttle fliegt in die Schleuse, und die Türen hinter ihm schließen sich wieder. Ein Zischen, ein Warnsignal, dann abermals die Stimme: »Innentore öffnen.«

Als die Innentore sich einen Spalt weit auftun, schließe ich die Augen und verdränge das Brennen in den Winkeln. Das war's – das Einzige, was ich je wirklich wollte, ist offiziell und unwiederbringlich Geschichte. Die Kolonien werde ich in Zukunft bloß noch vom Sofa im Keller meines Kumpels aus bereisen, wenn wir eingebröselt in Käseflips Settlement III spielen.

Verstohlen mustere ich meine Leidensgefährten. Die Verliererklasse von 2194. Der Atem der Überfliegerin geht ruhig, doch ihr Gesicht verrät ihren Schmerz. Rions leerer Blick ist starr auf seine gefalteten Hände gerichtet. Eyeliner dagegen wirkt angespannt, verengt misstrauisch die Augen. Sie zeigt auf das Shuttle, das keine hundert Meter vor uns andockt. Auf seiner Steuerbordseite ist etwas Seltsames aufgemalt, was da nicht hingehört – hellblau und grün.

»Was ist denn das da auf …«

Das Licht geht aus.

Der stationsweite Alarm kreischt durch die Landebucht, eine schmerzhafte Kakofonie. Rein instinktiv werfe ich mich auf den Boden, suche Deckung hinter den Metallstühlen, während mein Herz gegen meine Rippen hämmert.

»Kommunikationssysteme versagen. Warnung. Kommunikationssysteme ver-«

Rauschen.

Ich spähe gerade rechtzeitig über die Stühle, um zu sehen, wie schattenhafte Figuren aus dem Shuttle huschen, getaucht ins dunkelrote Glühen der Notbeleuchtung. Mein

Körper versteift sich. Es sind mindestens sechs, in völlig schwarze raumtaugliche Kampfanzüge gekleidet. In enger, präziser Formation rücken sie vor, dann scheren vier von ihnen aus und eilen zu den Türen, die zur Leitzentrale der Station führen. Am Schalter der Flugüberwachung halten sie kurz inne, und ich glaube, einen leisen, weit entfernten Schuss zu hören. Ein dumpfer Laut, dann setzen die Gestalten ihren Weg fort.

Das ist schlecht, das ist *so was* von schlecht. Mein Atem rauscht in meinen Ohren, und mein Magen stimmt eine Wiederauflage des Kartoffelgerichts von heute Abend an. Ich kann die Umrisse der Überfliegerin im Dunkeln erkennen, das Weiß ihrer Augen, als sie mich am Ärmel packt.

»Zwei von ihnen sind noch hier«, haucht sie, und fast im selben Moment erledigen die Unbekannten mit schnellen Schüssen eine Gruppe Mechaniker. Als die Leichen zu Boden sinken, kann die Überfliegerin kaum einen Schrei unterdrücken.

»Sie bleiben, um das Shuttle zu bewachen«, sagt Eyeliner. Ich erschrecke fast zu Tode. Sie kauert direkt neben mir – ich habe sie absolut nicht gehört.

Der Deckenlautsprecher kracht noch einmal, doch die Stimme klingt, als stotterte sie. »Zugang zu Rettungskapseln ist gesperrt. Fehlfunktion in-in-in der Atmosphärenaufbereitung. Atemluft verbleibt geschätzt für zwei …«

Stille. Nur das ferne Zischen von Luft, die ins Weltall entweicht.

»Zwei was?«, blafft die Überfliegerin laut. Hastig sehe ich mich um, ob niemand am Shuttle sie gehört hat. »Zwei Stunden? Zwei Minuten? Zwei Sekunden?«

»Eine Minute fünfundvier…«, ergänzt der Lautsprecher, und diesmal schauen wir uns alle an.

»Wir müssen zu den Rettungskapseln«, sagt Rion, doch die Überfliegerin unterbricht ihn.

»Hast du nicht zugehört? Der Zugang ist gesperrt! Wir müssen …«

»Zum Shuttle, sofort!«, stoße ich aus.

Ich schnelle aus meiner Deckung und sprinte ins Dunkel, ohne darauf zu achten, ob die anderen hinter mir sind. Mein Atem sticht mir in der Kehle. Es bleibt keine Zeit zu verlieren, also renne ich, so schnell ich kann, schlage wahllos Haken nach links und nach rechts, während meine langen Beine mich die hundert Meter bis zum Shuttle tragen. Wenn die Eindringlinge Gelegenheit haben, auf uns zu zielen, sind wir tot; wobei, vor die Wahl gestellt zwischen erschossen werden und ersticken, fress ich lieber eine Kugel. Mein Herz schlägt mir bis zum Hals, doch ich muss mich zusammenreißen, zusammenreißen, *renne, verlier bloß nicht die …*

Eyeliner schließt mühelos zu mir auf und gibt mir eine auf den Arm. »Ich nehme den Linken«, unterbricht sie meine Panik und zischt davon, setzt kraftvoll und geschickt über eine große Werkzeugkiste hinweg. Definitiv eine Sportlerin.

Irgendwo fällt ein weiterer gedämpfter Schuss, und ich spüre den Luftzug, als die Kugel an meinem Ohr vorbeisaust. Beinahe erwischt; das Adrenalin trifft mich wie ein Vorschlaghammer. Keine Zeit, zu überlegen, keine Zeit …

»Eine Minute, dreißig Sekunden Atemluft verblei…« Der Lautsprecher verstummt wieder.

Wir erreichen das Schiff.

Mir bleibt eine halbe Sekunde, um in der blassen Notbeleuchtung der Schleuse den Anblick des erhobenen Waffenlaufs vor meinem Gesicht zu verarbeiten. Dann werfe ich mich hin, die Waffe geht los, und ich ramme dem Angreifer die Faust zwischen die Beine.

Mist.

Keine Eier – ich bin am Arsch.

Ich höre ein unterdrücktes Stöhnen, dann fährt die Pistole nieder und erwischt mich an der Schulter. Ich will schon meinem Hintern Lebewohl sagen, als aus dem Nichts ein Stiefel auftaucht und die Frau in die Niere trifft, rasch gefolgt von einem zweiten Tritt gegen den Kopf. Schlapp fällt die Getroffene zu Boden, und Erleichterung überkommt mich wie eine kühle Woge. Danke für die Rettung, Dr. Eyeliner! Verdammt, die Frau ist das reinste Kraftpaket.

»Los, komm!«, drängt sie und tastet nach meinem Arm. Hinter ihr stürmen Rion und die Überfliegerin die schmale Rampe ins Schiff. Ich hoffe nur, dass keine weiteren Bewaffneten auf sie warten.

»Bin direkt hinter dir!«, antworte ich, während ich der Bewusstlosen ihre Waffe abnehme. Wenn ich irgendwas aus Actionfilmen gelernt habe, dann dass man nie die Waffe zurücklässt.

Sobald ich an Bord bin, schlage ich auf die Steuerung, um die Rampe zu schließen, und kontrolliere, dass sie wirklich zu ist. Dann eile ich durch den zentralen Gang des Shuttles zum Cockpit. Dort finde ich die anderen schon zusammengepfercht in den Sitzen, sie schnallen sich gerade fest. Die Überfliegerin sitzt auf dem Platz des Navigators, doch der Pilotensessel ist noch frei.

»Sag bitte, dass du 'nen Pilotenschein hast«, sagt die Überfliegerin, kaum dass ich hereingestolpert komme. Sie schaut nicht auf, sondern tippt wütend auf dem hellen Touchscreen herum.

Ich zucke zusammen, als mir die Angst tief ins Herz sticht. »Na ja, nicht direkt …«

Rion stößt ein paar kreative Flüche aus. Ich hebe die Hände, bemerke, dass ich immer noch die Waffe halte, und sichere sie rasch. Hoppla. Meine Ammi, die Polizistin, wäre gerade echt entsetzt.

»Hey, ich hab nicht gesagt, dass ich nicht fliegen kann!« Ich gleite in den Pilotensessel, lege die Waffe neben mir auf den Geräten ab und greife mit zitternden Händen nach dem Steuerknüppel. »Nur dass ich keine Erlaubnis dazu habe.«

Fliegen ist schließlich der Grund, weshalb ich auf die Akademie wollte. Aber einen Raumpilotenschein müsste mir die Akademie erst noch ausstellen, und was sie *davon* hält, wurde mir ja deutlich zu verstehen gegeben. Sollte ich zugeben, dass ich noch nie ein echtes Schiff geflogen habe, bloß im Simulator? Soll ich ihnen …

Na ja. Was würde das bringen? Anscheinend bin ich gerade unsere einzige Hoffnung. Besser, ich krieg meinen Scheiß auf die Reihe und mach einfach.

Im Ernst – ich kann das.

Ich stelle meinen Sitz ein, bis meine Füße bequem die Pedale erreichen, atme tief aus und schaue die Überfliegerin an. »Kriegen wir die Schleusentore auf, oder müssen wir da auf die harte Tour durch?«

»Ich bin fast so weit«, schnauzt sie. »Im Übrigen zeigen die Scanner noch vier weitere Schiffe in der Nähe der Akademie. 269 zu 53 zu 620. Du solltest sie auf deinem Headup-Display sehen, sobald wir draußen sind.«

Ich wische mir die verschwitzten Hände an der Hose ab, dann greife ich wieder nach den Kontrollern und werfe einen Blick aufs HUD. »Klasse. Hervorragend. Irgendjemand religiös? Mag wer ein Gebet sprechen? Ein, zwei Hymnen singen vielleicht?«

Ich linse nach hinten. Dr. Eyeliner ringt sich ein Lächeln

ab, doch Rion verschränkt bloß die Arme und starrt nervös aus dem Sichtfenster. Niemand ist von meinem Versuch, die Stimmung aufzulockern, beeindruckt, dennoch hilft es mir, den quälenden Knoten in meinen Eingeweiden zu lockern. Alleine fliegen? Jederzeit, ohne Bedenken. Dann ist es wenigstens nur mein Problem, wenn ich's versaue und den Löffel abgebe.

Aber mit den ganzen anderen an Bord?

Ich verschließe die Augen vor der lebhaften Erinnerung an blitzende Krankenwagenlichter, verzogenes Metall und Blut. Die Stimme meines Bruders und die Sirenen verschmelzen zu einem einzigen ohrenbetäubenden Tumult.

»Hab es!«, ruft die Überfliegerin. Ich reiße die Augen auf, und tatsächlich – die inneren Schleusentore kriechen auseinander. Ich hole tief Luft, spreche innerlich die Basmala und beruhige meine Hände.

Dann leite ich etwas Energie in die Magnetspulen, und das Schiff löst sich geschmeidig vom Deck. Okay, so weit, so gut. Ich kann das. Langsam, vorsichtig drehe ich uns herum und gebe Gas. Das Shuttle macht einen Satz nach vorn, viel zu schnell.

»Öffne die Außentore!«, rufe ich, als wir schon durch die erste Öffnung rauschen.

»Ich versuch es ja!« Die Überfliegerin drückt auf dem Touchpad herum. Doch die Tore bleiben stur geschlossen. Etwas sanfter als zuvor kippe ich das Schiff, sodass die Magnetspulen sich aufs geschlossene Tor richten und uns zurückstoßen, in Richtung der sich schließenden Innentore – das ist die schlimmste Partie Pong aller Zeiten.

Jemand hinter mir stößt dieses angespannte Zischen aus, das auch Ammi immer machte, als sie mir das Fliegen beibrachte: ich mit Vollgas die 401 an den Maisfeldern entlang, sie eine Hand im Haar, damit sie noch was sieht, und die andere fest am *Ach-du-Scheiße-Griff*.

Ich *hasse* dieses Zischen.

Die äußeren Schleusentore öffnen sich endlich, ganz langsam; sobald der Spalt breit genug ist, gebe ich Stoff. Der plötzliche Antrieb presst mich tief in den Sessel, mein liebstes Gefühl überhaupt. Simulatoren kriegen es nie ganz richtig hin – in einem echten Schiff ist es viel besser. Die Trägheitsdämpfer des Shuttles geben ihr Bestes, um mitzuhalten, doch ich spüre die Beschleunigung bis in den Magen, und an die Stelle des nervtötenden Zischens treten nun drei angsterfüllte Schreie, während wir durch die aufgleitenden Tore schießen.

Viel besser.

Mein Timing ist so gut, dass uns beiderseits der Stummelflügel sogar noch einige Zentimeter extra bleiben. Die Schreie verebben, wir donnern über die zerklüftete Mondlandschaft und auf das sanfte Licht der blauen Murmel am Himmel zu.

Ich vollführe eine kleine Fassrolle, einfach weil ich es kann. Ich kann nicht widerstehen, obwohl mein Hirn schon halb damit rechnet, dass das Schiff unter mir explodiert oder ohne jede Warnung außer Kontrolle gerät. Die Steuerung fühlt sich ein wenig ungewohnt an. Irgendwie … physischer, so als könnte ich das Shuttle als Verlängerung meiner Hände und Füße spüren. Ich hänge noch ein paar Manöver dran, um mich abzureagieren, und grinse wie ein kleines Kind, das mit ausgebreiteten Armen durch die Felder rennt.

»Moment mal«, ruft da Rion hinter mir. »Du! Du bist doch dieser Arsch, über den sich alle Pilotenanwärter ausgekotzt haben, oder? Der Typ, der in der Vorauswahl die volle Punktzahl abgesahnt hat.«

»Genau der.« Ich grinse, um den dumpfen Schmerz in meiner Brust zu überspielen. Es fing ja alles so gut an, aber wie wir wissen, ging es nicht so aus.

»Im Ernst?«, fragt Rion. »Wie zur Hölle hast du's da geschafft, noch durchzufallen?«

»Wir haben ernstere Probleme, Leute«, unterbricht die Überfliegerin. »Dreh uns mal zurück zur Station, damit wir was sehen, du Held.«

Ich erfülle ihr den Wunsch, und wir kriegen gerade noch mit, wie die letzten Reste Atemluft der Station wie Wolken im Nichts verwehen. Urplötzlich wird mir die ganze Tragweite der Situation bewusst.

»Ob sie's noch geschafft haben, die restliche Luft am Entweichen zu hindern?«

Ich kenne die Antwort.

Niemand konnte es verhindern – die Station hat keinen Sauerstoff mehr.

»Ich registriere bloß noch eine Handvoll Wärmequellen in der ganzen Station. Sie sind alle …« Die Überfliegerin spricht nicht weiter. Ihre Stimme ist schwer vor Tränen.

Tucker Fineman ist tot. Wir sind zusammen zur Schule gegangen. Vor einer guten Viertelstunde hab ich ihn noch gesehen.

Hatte nicht irgendwer gerade einen Raumanzug zur Hand? Sind denn wirklich alle tot?

Und es betrifft ja nicht bloß die Akademie – sondern ganz Ellis Station. Der Raumhafen, die Lagerhäuser, die Labore. Die Luft der gesamten Station, dahin.

All diese Menschen, verloren.

Ich habe ein flaues Gefühl im Magen.

Ich nehme die Hand vom Gas und lasse uns einen Moment lang treiben. Umgeben von der Leere des Alls, von der

Schwärze verschlungen. Jenseits des gekrümmten Horizonts des Monds und des reflektierten Erdlichts füllen Sterne das Nichts, sprenkeln die endlose Nacht mit ihrem glitzernden Schimmer.

Im Cockpit herrscht Schweigen. Bloß vier Fremde, die dieselbe Luft atmen. Am Leben sind, zu begreifen versuchen. Wer sollte so etwas tun? Und *wieso* bloß?

Schließlich ergreift Dr. Eyeliner das Wort. »Sollten wir versuchen, die Station zu rufen? Nachsehen, ob diese Wärmequellen Überlebende sind? Vielleicht konnten sie …«

Da knistert das Kom. »Alle Schiffe: vorrücken auf den zugewiesenen Vektor! Die Station wurde neutralisiert.«

Im Lautsprecher zischt es, dann antwortet eine andere Stimme. »Verstanden. Haben wir mit Widerstand zu rechnen?«

»Wir konnten die Kanäle unterbrechen, ehe eine Warnung an die Erde rausging. Alles still und sauber. Unsere Insider passen die Logs an und pumpen frischen Sauerstoff in die Station. Bis ihr anlegt, sind wir fertig. Von draußen sollte alles wirken wie gehabt.«

Insider? Wusste etwa jemand in der Station, was passieren würde – und half sogar dabei? Der Gedanke allein verschlägt mir den Atem. »Wir müssen jemandem Bescheid geben«, sage ich zur Überfliegerin.

Sie nickt, die Lippen schmal, die Augen entschlossen. »Ich öffne einen Kanal zum Hauptquartier auf der Erde. Damit verraten wir zwar unsere Position, aber die GKK soll – hart Steuerbord!«

Meine Hände und Füße reagieren, noch ehe mein Gehirn die Worte richtig erfasst hat, und das Shuttle springt nach oben und rechts. Vor dem Sichtfenster fliegt eine Rakete vorbei, und eine neue Stimme erklingt im knackenden Kom, knapp und bestimmt.

»Alpha, hier spricht Tiger fünf. Nummer zwei hat das flüchtige Shuttle lokalisiert. Wir schalten es aus.«

»Gute Jagd, Tigergeschwader.«

Ich ramme den Fuß aufs Pedal und reiße das Shuttle herum, als ein Strom von Geschossen an uns vorbeirast. Zwei abrupte Manöver hintereinander in einem unvertrauten Schiff, und ich bin völlig desorientiert.

Flieg Richtung Erde, Scheißescheißescheiße, wo liegt die …

Zwei wertvolle Sekunden studiere ich die Instrumente, dann schwenke ich das Shuttle zurück nach Backbord und neige seine Nase. Die Erde rückt ins Bild, ein langer blauer Bogen im Gegenlicht.

Da mein Gehirn nun endlich richtig justiert ist, gebe ich wieder Gas. Diesmal bin ich darauf vorbereitet, dass es mir gleich die Organe hinten in den Brustkorb quetscht. 384 000 Kilometer von Ellis Station auf dem Mond bis zur Erde. Mein Herzschlag ist ohrenbetäubend. Ich darf das nicht vermasseln, muss uns retten, wir sind die Einzigen, die *Bescheid* wissen …

Ein buntes Blitzen voraus, dann noch eines, und ein Kugelhagel deckt uns ein. Unsere Schilde wehren das meiste ab, doch von achtern erklingt das *Ping* von Metall auf Metall, ein einziger Treffer, der ein stotterndes Husten durchs Shuttle schickt. *Nicht gut, nicht gut …*

»Verdammte Schweine!« Ich reiße den Steuerknüppel herum, als das HUD mir eine schrille Warnung entgegenschreit. Eine Rakete hat uns erfasst – schon wieder. Einer der Jäger hat sich uns an die Fersen geheftet, und mindestens drei andere umkreisen uns wie Raubtiere, geschickt und siegesgewiss. Ich hatte nicht *ernsthaft* vor, heute zu sterben, und so wenig ich auf der Erde festsitzen will, das hier schmeckt mir noch viel weniger.

»Da kommt noch einer!«, meldet die Überfliegerin. »Dreißig Sekunden entfernt. Sie schneiden uns den Weg ab.«

Ich stoße die Luft aus. Lege meine Hände ruhig auf die schweißnassen Kontrollen. Verdränge die Panik in meinem Schädel.

»Okay!«, übertöne ich das protestierende Schiff und seine Alarmsignale. »Wenn ihr nicht mit übermäßig vielen Löchern im Körper nach Hause wollt, brauchen wir wohl einen Plan B. Alle Karten auf den Tisch, denn so schaffen wir's garantiert nicht bis zum Boden. Das hier ist ein scheißklobiges Shuttle, kein Kampfjet, und ich kann die Arschlöcher dahinten nicht ewig beschäftigen.«

Rion beugt sich vor und legt die Hand auf meine Lehne. »Wehren wir uns!«, schreit er mir ins Ohr, dann wirft es ihn zurück in seinen Sitz, als ich überraschend bremse und ein Ausweichmanöver fliege. Ein Jäger rast an uns vorbei. »Ich bin ein guter Schütze. Wir schaffen das!«

»Ja, tolle Idee! Bloß dass du dich leider aus dem Fenster lehnen und mit Steinen schmeißen musst, denn wie ich schon sagte, ist das ein verdammtes Shuttle und kein Jäger. Wir sind absolut zahnlos.« Ein Politiker, der gut mit Waffen ist? Ein erschreckender Gedanke. Wo ist dieser andere Jäger hin? Was gäbe ich jetzt nicht für ein Schiff mit Bordwaffen …

»Dann ruf uns Verstärkung«, sagt Rion.

Die Schilde flackern kurz.

»Sie stören unsere Funkverbindung!«, schreit die Überfliegerin in der Pause zwischen zwei Feuerstößen. Sie legt einen Schalter um, und aus den Lautsprechern zischt und knistert es nur so.

»Na, dann kümmer dich drum!« Ich reiße derart hart am Steuerknüppel, dass es alle in ihre Gurte drückt, und weiche gerade noch der nächsten Rakete aus.

»Ich finde keine Frequenz!«

Ich knirsche mit den Zähnen. Die nächsten Jäger, die uns hätten helfen können, wären ohnehin an der Akademie stationiert gewesen. Die Piloten sind wahrscheinlich alle tot. Bis wir Hilfe bekommen oder die orbitalen Verteidigungswaffen alles abschießen, was hier nicht hingehört, sind wir längst Asche. Uns bleibt kein Ausweg mehr.

Das Herz rutscht mir in die Hose. Ich schlucke schwer, versuche mich zu beruhigen. Doch die Zeit läuft uns davon.

Sag es.

»Ich glaube, wir müssen in die Kolonien springen.«

Stille senkt sich über uns.

»Tu es«, sagt Dr. Eyeliner gefasst.

»Du hast doch 'nen Schaden!« Die Überfliegerin schreit, um den immer besorgniserregenderen Lärm des Antriebs zu übertönen. »Und was ist mit dem Rückkehrverbot? Wenn wir den erdnahen Raum verlassen, können wir niemals mehr …«

»Was für eine Wahl haben wir denn?«, entgegnet Rion scharf. »Wenn wir es durch die Akademie gepackt hätten, hätten wir auch nicht zurückgekonnt. Das war doch von vornherein klar. Ich will leben – also müssen wir springen.«

Ich gebe mir nicht die Mühe, etwas hinzuzufügen. Das HUD ist bereits komplett rot, und zwischen das Plärren des Raketenwarnsystems und das Rauschen der Lautsprecher passt nur noch die Panik in meinem Kopf. Ich werde uns garantiert alle umbringen. Ich kann das nicht, ich bin furchtbar, hab bis heute nicht einmal ein echtes Schiff geflogen, das ist *unmöglich.* Meine Hände rutschen von den Kontrollen, der Angstschweiß und das Muskelzittern machen alles nur noch schlimmer. Ein einziger Schnitzer, ein falsches Manöver, und diese Jäger werden uns drankriegen. Ein letztes Mal sehe ich zur Sonne, die über dem juwelenfarbenen Bogen der Erde aufgeht, dann reiße ich das Shuttle herum, schleudere uns aus dem Schwerkraftfeld des Monds hinaus und der Schwärze entgegen. Die Kugeln folgen uns und schlagen mittlerweile in den Rumpf statt in die Schilde.

»Hat dieses Ding überhaupt einen Sprungantrieb?«, frage ich noch in letzter Sekunde.

Doch das muss es wohl, denn die Überfliegerin ruft eine Sternenkarte auf und wählt aufs Geratewohl ein aufleuchtendes Ziel. Die Triebwerke heulen noch lauter, noch gellender, und ein Furcht einflößendes Beben pflanzt sich bis in die Pedale unter meinen Füßen fort. Gott, wir machen das tatsächlich, wir verlassen wirklich den erdnahen Raum, kommen niemals zurück, sehen unsere Familien nie wieder – und ja, ich wusste, dass es so geschehen würde, habe es mir sogar *gewünscht,* aber doch nicht so, nicht …

Mein Magen hebt sich, mein Brustkorb wird zusammengequetscht, das Licht krümmt sich in unverständlicher, kopfschmerzträchtiger Art und Weise. *Halt das Schiff ruhig, pass den richtigen Moment ab …* Ein letztes, plötzliches Beschleunigen, dann reißt der Raum vor uns auf. Ein winziges Loch im Weltall erscheint, nur für uns.

Und wir sind weg.

KAPITEL ZWEI

Ein Scheppern, ein Rumpeln, ein Scheppern, ein Rumpeln. Der schmerzhafte Klang von gequältem Metall.

Die Geräusche, mit denen wir zurück in den Normalraum fallen, sind definitiv nicht beruhigend. Die Vibrationen des Schiffs kriechen mir die Beine hoch wie ein schlimmes Jucken, und die Kontroller bocken mit jedem Scheppern.

»Statusbericht!«, stoße ich aus, denn es scheint mir das zu sein, was man in einer solchen Situation sagt. Es klingt aber weniger wie ein Befehl als mehr wie eine Bitte um Beistand.

Die Überfliegerin wirft einen Blick über die Schulter zu Rion und Eyeliner. »Geht allen gut.« Ihre Stimme bebt. »Wir sind in der Ankunftszone um die Koloniewelt al-Rihla. Äh …«

Sie verstummt, und ihre zitternden Finger auf dem schimmernden Display tippen merklich langsamer als noch vor dem Sprung. Sie schließt die Augen und beißt sich auf die Lippe, zwingt sich einige Sekunden zur Ruhe. Ich muss wegsehen. Ihr Anblick erinnert mich zu sehr an den quälenden Druck auf meiner eigenen Brust, der mir fast den Atem raubt; wenn ich nicht rasch etwas unternehme, werde ich gemeinsam mit ihr zusammenbrechen.

Ich erhöhe den Schub, um uns aus der Ankunftszone zu bringen – nur für den Fall, dass hinter uns noch andere Schiffe ankommen. Für den Anfang nicht schlecht. Wäre ganz schön peinlich, einem wilden Feuergefecht hoch über dem Erdmond zu entkommen, nur um vom Triebwerksstrahl eines ankommenden Frachters atomisiert zu werden.

Sobald wir in Sicherheit sind, sinke ich im Pilotensessel zusammen.

»Tja«, sage ich, dann muss ich schwer schlucken. Meine Kehle schnürt sich zu, bis von meiner Stimme nur noch eine heisere Katastrophe bleibt. »So viel zur Erde.«

Das Rückkehrverbot gilt nun offiziell für uns. Wir können die Erde niemals wieder betreten. Rion und Dr. Eyeliner scheint das nicht allzu viel auszumachen, wie sie da ausdruckslos aus dem Fenster starren, aber die Überfliegerin gibt einen erstickten Laut von sich und vergräbt das Gesicht in den Händen.

Da bricht das ganze Ausmaß der Lage über mich herein.

Ich konnte meinen Eltern nie Lebewohl sagen. Nicht richtig. Fast zehn Minuten saßen wir schweigend in unserem Flugauto am Raumhafen, dann schnappte ich mir einfach meine Tasche … und ging. In sechs Monaten hätte ich über die Winterferien heimkommen sollen, und zwar mit meiner Pilotenlizenz und dem Abzeichen eines Geschwaderführers auf meiner Uniform. Meine Eltern hätten Abendessen machen sollen und meine Onkeln und Tanten anrufen, um sich mit mir zu brüsten, und mir meine alten Fehltritte vergeben.

Doch das alles ist nun dahin, genauso wie Videospiele bei Mel, Fußball an der alten Farm und das Herumgeklettere in verfallenden Scheunen. Keine endlosen Gelage mehr zum Opferfest mit der kompletten Familie meiner Ammi, kein Apfelpunsch und Pecan Pie mit Grammy und Pa zu Weihnachten, all das ist vorbei, *vorbei.*

Ich habe nicht mal ein Problem mit dem Rückkehrverbot. Das Letzte, was die Menschheit braucht, ist irgendein beknacktes Weltraumvirus, das zwar bloß Fruchtfliegen befällt, aber das gesamte planetare Ökosystem kollabieren lässt. In den Kolonien gibt es erprobte Dekontaminationsmaßnahmen, aber keiner traut denen genug, um die Heimatwelt aufs Spiel zu setzen. Ein bisschen paranoid vielleicht, aber eine unbekannte Seuche reicht, um die Wiege der Menschheit dem Untergang preiszugeben. Davon abgesehen können wir uns nicht einfach ins All ausbreiten, dort weitervermehren und dann die ganzen Leute auf die Erde zurücklassen, die bereits aus allen Nähten platzt und die letzte Energiekrise gerade erst überwunden hat. Hart, aber notwendig. Ich hatte immer schon vor, den Rest meines Lebens hier draußen zu verbringen. Meine Eltern haben mich größtenteils unterstützt, und es war allen klar, dass ich die Erde nach meinen vier Jahren an der Akademie für immer verlassen würde. Aber so … so habe ich mir das einfach nicht vorgestellt. Nicht so rasch. Und so plötzlich.

Bei dem Gedanken daran dreht sich mir der Magen um. Das wäre ein denkbar schlechter Zeitpunkt, sich zu übergeben.

»Hey, ihr?«, fragt Rion mit tiefer Stimme. »Klingt dieses Pfeifen auch für euch nach einem Leck, irgendwie?« Er versucht es wie einen Scherz klingen zu lassen, doch seine Finger verkrampfen sich dabei um meine Lehne.

Die Überfliegerin wischt sich über die Augen und überprüft ihr Display.

»Ich würde dir ja nur zu gerne widersprechen«, keucht sie. »Aber dieses blinkende rote Licht da scheint dir recht zu geben.«

»Schaffen wir es bis nach al-Rihla, ehe uns die Luft ausgeht?« Doc Eyeliner kommt direkt zum Punkt.

Ich gebe vorsichtig mehr Schub, leite tröpfchenweise mehr Saft in die Triebwerke, doch sie stottern nur noch mehr. Ich hab uns wirklich alle umgebracht. *Ruhig atmen, Nax.* »Wird von Minute zu Minute unwahrscheinlicher …«

»Atemluft ist gar nicht mal unser größtes Problem«, merkt die Überfliegerin an. Rions und Eyeliners Beherrschtheit scheint auf sie abzufärben. Angesichts des drohenden Endes beweisen alle ganz schön Nerven – wie verdammt haben sie es geschafft, die Prüfung zu versieben?

Al-Rihla wird immer größer, bis der Planet die ganze Steuerbordseite des Sichtfensters ausfüllt. Ein leuchtender, rot-blauer Bogen mit zwei Monden über dem Horizont, die das Licht ihrer gelben Sonne reflektieren. Ich trete sanft auf das rechte Pedal, um unsere Bahn zu korrigieren.

Nichts tut sich.

Ich versuche das Shuttle entlang der Längsachse zu rollen, und die Flügel gehorchen anstandslos; ich drücke den Steuerknüppel von mir fort und ziehe ihn wieder heran, und die Nase des Shuttles vollführt ein Nicken; schließlich spiele ich wieder mit den Pedalen, um uns um die vertikale Gierachse zu drehen, sachte erst, dann stärker, bis ich sie bis zum Anschlag durchtrete.

Nichts. Keine Seitwärtsbewegung. Wir können nicht *wenden.*

»So, dann schätze ich mal, *das* ist unser größtes Problem.« Ich lehne mich zurück und schaue die Überfliegerin an. Ich stehe ganz kurz vor einer Panikattacke, jeder Muskel meines Körpers ist gespannt, doch ich spreche so ruhig und gelassen wie möglich. Wenn ich dem kalten Kitzeln der Furcht in meinem Magen nachgebe, werden die anderen auch in Panik geraten, und sie werden begreifen, dass ich dieses Schiff *wirklich* nicht fliegen sollte, und wir werden definitiv alle sterben.

Die Überfliegerin beißt die Zähne zusammen, zu beschäftigt mit ihrer eigenen Angst, um meine zu bemerken. »Genau. Die Giersteuerung ist hinüber.«

»Gut.« Ich wische mir die schweißnassen Hände ab. »Mir geht's gut. Alles ist gut.«

Die Ironie daran ist: Meine erste Reaktion auf Stress war immer, Geld für Zeit im Flugsimulator rauszublasen. Aber was soll ich machen, wenn der Stress vom Fliegen *kommt?*

Ich schließe die Augen, stelle mir das HUD als den Schirm eines Videospiels vor, dann studiere ich ihn abermals. »Okay. Bei unserem aktuellen Winkel sollten wir den Planeten trotzdem noch treffen. Nicht wortwörtlich, hoffe ich, aber ich meine ... Ich sollte in der Lage sein, zu landen. Glaube ich.«

Total inspirierend, Hall. Echte Führungsstärke! ›Ich bin mir ziemlich sicher, dass ich's nicht versaue – damit sind doch alle einverstanden, oder?‹ *Vollidiot.*

Rion öffnet seinen Gurt und beugt sich vor, um aus dem Fenster zu schauen. Die Hand, auf die er sich stützt, presst sich schmerzhaft in meinen Arm. Ich sehe zu den anderen: Die Überfliegerin ist ganz blass, und Eyeliner wippt, ohne es zu merken, mit den Beinen. Wir müssen uns wieder konzentrieren.

»Okay.« Ich versuche es mit einem Scherz. »Ich will euch in meinen Selbstgesprächen nicht länger *Dr. Eyeliner* und *Überfliegerin* nennen. Meint ihr, ich erfahre noch eure echten Namen, bevor ich meine wilden Pilotengeheimnisse offenbare?«

»Dr. Eyeliner ist ein schrecklicher Spitzname«, sagt Eyeliner.

Sehr hilfreich. Ich atme tief aus.

»Dann gib mir doch bitte was, womit ich arbeiten kann.«

Eyeliner sieht mich mit ihren kühlen grünen Augen an und lässt das Gezappel sein. Sogar ein Lächeln umspielt ihre Lippen, als ahnte sie, was ich mit meiner Frage bezwecke. »Zinaida«, sagt sie. »Nenn mich Zee.«

»Case«, sagt die Überfliegerin, ohne von ihrem Display

aufzusehen. So freundlich wie eine geladene Waffe. Etwas ratlos schaue ich Rion an.

»Und dich kenne ich ja schon.«

»Ach, tatsächlich?«, zieht er mich auf. »Na, dann bist du mir voraus. Erfahre ich auch deinen Namen?«

Hallo, jetzt müssen wir das wohl wirklich überleben. Ich setze mein charmantestes Grinsen auf und strecke ihm die Hand hin, die er mit festem Druck ergreift. »Nax Hall, zu Ihren Diensten.«

Rions Mundwinkel zucken leicht, dann lässt er meine Hand wieder los.

»Na dann, war nett, euch kennenzulernen«, sagt er. »Aber mir wäre es immer noch lieber, nicht zu sterben, wenn sich das irgendwie vermeiden lässt. Wie kann ich helfen?«

Die kleine Vorstellungsrunde hatte genau den Effekt, auf den ich gehofft hatte. Die anderen schauen mich an, und ich nicke, um meine Zuversicht zu unterstreichen.

»Okay, äh, Case.« Ich gebe mein Bestes, ›Überfliegerin = Case‹ in mein Hirn zu zementieren. »Meinst du, die manuelle Giersteuerung funktioniert vielleicht noch, oder hat es den kompletten Mechanismus zerfetzt?«

Sie tippt ein paar Mal auf den Bildschirm und schüttelt den Kopf. »Keine Ahnung. Der Computer kann die Steuerung nicht sehen, aber ich weiß nicht, ob das daran liegt, dass sie kaputt ist, oder daran, dass die Verbindung zum Computer unterbrochen wurde. Wir werden es wohl einfach probieren müssen.«

»Also gut.« Ich schaue nach hinten. »Rion, die manuelle Steuerung sollte sich …«

»Ich kümmer mich schon drum, du Held.« Er klopft mir auf die Schulter und verschwindet durch die Tür. Doc Eyeliner – Zee – schnallt sich ebenfalls los.

»Ich schaue mal nach Fallschirmen und medizinischer Ausrüstung, nur für den Fall, dass hier gleich начнется кромешный ад. Viel Erfolg, Freunde, ihr schafft das schon.« Dann folgt sie Rion.

»Hast du den letzten Teil verstanden?«, fragt Case und entspannt die verkrampften Hände.

»Ich glaube, ich kann es mir denken.« Allerdings gehört Russisch nicht zu meinen Sprachen. Beschimpf mich auf Paschto, dann reden wir weiter. Schweigend verfolgen wir, wie al-Rihla – das Juwel der Kolonien – das Sichtfenster immer weiter ausfüllt. Die Welt sieht genauso aus wie in meinen Büchern, nur so viel größer. Ich lasse den Blick schweifen, sehe grüne Kontinente, die Küstenlinien, mit tiefrotem Sand nachgezogen, und riesige, tiefblaue Ozeane, die unter uns glitzern. Ich weiß, dass es für uns um Leben und Tod geht, doch es fällt schwer, von dem Anblick nicht überwältigt zu sein. Kein Wunder, dass der ganze erkundungsfeindliche Mist aufhörte, kaum dass es die ersten Menschen hierhergeschafft hatten. Wer kann so was sehen, ohne sich danach zu sehnen? Es ist schon schräg – die Erde hab ich nur ein einziges Mal vom All aus gesehen, und da war ich zu sehr mit Überleben beschäftigt. Jetzt schaue ich auf einen völlig anderen Planeten hinab – ich, im Weltraum, am Steuer eines gestohlenen Schiffes.

Ich bin wirklich hier. Das ist alles, was ich mir je gewünscht habe, obgleich nicht auf diese Weise.

Und in ein paar (schmerzhaft langen) Minuten werde ich wohl herausfinden, ob ich auch die anderen sieben Kolonien eines Tages sehen werde oder ob ich bei einem dramatischen Absturz draufgehe, gemeinsam mit meinen neuen Freunden.

Ganz fantastisch.

Unvermittelt reißt mich Cases trockenes Lachen aus meinen Gedanken.

»Abstürze in Zeitlupe sind doch echt das Letzte.« Ihre blanke Panik rupft ihre sarkastische Bemerkung in Fetzen. »Mein Hirn braucht nicht noch länger, um sich detailliert auszumalen, was alles schiefgehen könnte. Solange wir was *machen,* ist ja alles okay, aber so? Das ist eher wie: Hast du die Energie auch wirklich umgeleitet? Besser noch mal überprüfen. Okay, zurück zum Hauptschirm. Aber bist du dir auch *wirklich* sicher? Besser noch mal … *Gott!*«

Ich verkneife mir ein Glucksen, das sie wahrscheinlich nicht witzig fände. Ich weiß genau, was sie meint. Diese zwanghaften Gedanken: *Versau es jetzt nicht, du versaust es bestimmt, wart's nur ab …* Die reinste Folter. Sie verknotet die Hände im Schoß und atmet so schwer, dass ich mir Sorgen mache. Vielleicht sollte ich eingreifen.

»Es ist echt wie in Zeitlupe. Oder – hey! ›Wollen Sie wissen, ob Ihre Zukunft einen flammenden Absturz für Sie bereithält? Sie brauchen nur zu warten, dann finden Sie's raus. In der Zwischenzeit reicht unser Bordpersonal ein paar Erfrischungen. Der aktuelle SkyMall-Katalog wurde bereits auf Ihr Endgerät übertragen …‹«

Sie bricht in überraschtes Gelächter aus – die Art Gelächter, die fast schon ein Heulkrampf ist. Ich schaue sie an. Ihre dunklen Augen sind ganz feucht und dennoch schön, so voller Trotz.

»Hey.« Ich halte ihr die Hand hin. »Wir kriegen das hin.«

Sie erwidert meinen Blick einen Moment zu lange, ihr Gesichtsausdruck undeutbar, dann ergreift sie meine Hand und drückt sie zaghaft. »Wir kriegen das hin«, wiederholt sie.

Und sie lächelt, zwar nur ein bisschen, doch es löst etwas

in meinem Inneren, sodass ich mir plötzlich überdeutlich unserer beider Hände bewusst werde. Ich streiche mit dem Daumen über ihre Knöchel, einmal, zweimal.

Stumm drückt sie noch einmal meine Hand, dann lässt sie los und widmet sich wieder ihrem Display, als ob nichts gewesen wäre. Mit einer raschen Geste schiebt sie mir eine Karte auf mein HUD. »Sieht so aus, als würde unser gegenwärtiger Kurs uns direkt über den Strand vor der Hauptstadt Saleem bringen. Wenn es uns gelingt, dort runterzukommen, gefährden wir niemanden. Mit etwas Hilfe von der manuellen Steuerung sollte das klappen.«

»Könnte mir schlimmere Plätze für einen Absturz vorstellen als den schönsten Strand der schönsten Kolonie. Das heißt, wenn wir nicht übers Ziel hinausschießen und im Meer landen. Aber selbst dann hätten wir beim Untergehen noch einen hübschen Blick. Immer das Positive sehen, richtig? Mit ein bisschen Glück begraben sie uns hier.«

Case brummt zustimmend. »Meine Mütter wollten sich immer hier zur Ruhe setzen. Sobald ich meinen Abschluss gehabt hätte, wollten sie packen und auswandern. Sie werden echt angepisst sein, dass ich al-Rihla vor ihnen gesehen habe.«

Da meldet sich das Kom mit einem Knacken. »Unbekanntes Shuttle, Sie sind in den Raum der souveränen Welt al-Rihla eingedrungen! Dieser unterliegt den Restriktionen der Kommission zur Kontrolle des Luft- und Raumverkehrs. Ihr Flug ist nicht genehmigt. Geben Sie unverzüglich Ihre Herkunft, Fracht und Absichten an.«

Case reißt die Augen auf und sieht mich an. Mir steht der Mund offen und wartet darauf, dass mein Hirn ihm einen Tipp gibt, was er sagen soll. Ein schrilles Warnsignal bohrt sich durch meinen Schädel, und ich überprüfe das HUD: Boden-Luft-Raketen haben uns erfasst.

Scheiße.

Ich trete das rechte Pedal durch, dann fällt es mir wieder ein: keine Giersteuerung. Wenn die Zielerfassung der Raketen nicht komplett daneben ist, werden wir ihnen nicht ausweichen können. Wir müssen etwas tun, müssen …

»Sag etwas!«, zische ich.

»Äh …« Case sieht sich im Cockpit um, als würde sich irgendwo eine magische Lösung verbergen. Das Kom knackst abermals. »Unbekanntes Shuttle, wir haben Sie mit unseren Raketen erfasst und werden in fünfzehn Sekunden feuern, wenn Sie sich nicht augenblicklich identifizieren.«

Case haut auf ihre Kontrollen und versucht, das Prasseln und Rauschen zu übertönen. »Mayday, Mayday, Mayday, unsere Giersteuerung ist beschädigt, und wir versuchen eine Notlandung. Bitte geben Sie unseren Anflugvektor frei. Wir zielen auf unbebautes Terrain und werden Kollateralschäden, so gut es geht, vermeiden.«

»Negativ, Shuttle. Brechen Sie ab, und bleiben Sie im Orbit! Wir schicken Ihnen einen Transporter, der …«

»Sorry, Bodenkontrolle, aber das können wir nicht. Wir verlieren Sauerstoff, und Ersticken ist eine wirklich bescheidene Art, den Löffel abzugeben«, sagt Case, und ich muss grunzen. Eigentlich ist es nicht besonders komisch, doch es fällt mir immer schwerer, mich – und die Steuerung – zu beherrschen, während das Shuttle die obersten Atmosphärenschichten durchdringt und zunehmend stärker rüttelt. Tränen brennen in meinen Augen, und ich fühle mich, als müsste ich jeden Moment losheulen oder in hysterisches Gelächter ausbrechen. *Reiß dich zusammen. Bring euch in Sicherheit. Keine Kunststückchen, keine Angeberei. Versau. Das. Nicht.*

Wir dringen in dichtere Atmosphäre ein, das Shuttle

bäumt sich auf, und seine Schnauze beginnt dumpf zu glühen. Ein abscheuliches Knarren ertönt, das rasch weiter anschwillt, bis das Metall laut kreischt und mit einem knallenden Schlag etwas abreißt.

»Was verdammt haben wir da gerade verloren?«, schreie ich. Meine Arme zittern vor Anstrengung, um das Shuttle auf Kurs zu halten.

»Das willst du nicht wissen. Aber wir brauchen sofort diese Giersteuerung, wenn wir es vermeiden wollen, einen Haufen Leute da unten zu erwischen!«

»RION!« Ich drücke mein Gewicht gegen den Steuerknüppel, damit die Schnauze des Schiffs nicht zurückkippt. Der Druck der Atmosphäre will uns mit aller Macht Purzelbäume schlagen lassen, bis wir bei lebendigem Leib verglühen und unsere Asche auf die guten Menschen von Saleem niederregnet. »Rion, ich brauche eine Drehung fünfzehn Grad nach Steuerbord!«

»Aye!«, ruft Rion zurück, und langsam, ganz langsam bewegt sich die Nase des Shuttles nach rechts.

Der Steuerknüppel kämpft gegen mich an, also packe ich ihn mit beiden Händen und reiße ihn mit aller Kraft nach rechts, während wir auf die bergige Küstenregion zu rasen. Dunkelgrüne Flecken üppiger Vegetation und kleinere Flusssiedlungen rauschen an uns vorbei. Das Schiff kippt gerade genug auf die Seite, um zwischen zwei Gipfeln durchzuschlüpfen, doch dann wandert die Nase weiter, wandert …

»Nicht weitergieren, nicht gieren!«, rufe ich Rion zu und bin mir nicht einmal ganz sicher, ob gieren das richtige Wort dafür ist, aber es ist mir auch verdammt noch mal egal. Der Strand rast uns entgegen, eine feste Mauer aus Sand, der bei unserer Geschwindigkeit auch ebenso gut Stahl sein könnte.

Wenigstens werden wir die Stadt verfehlen – keine unschuldigen Opfer auf meinem Gewissen. Wer zur Hölle hat überhaupt verfügt, dass ich der Pilot dieses Verlierertrupps sein muss? Haben wir ernsthaft das Gemetzel in der Akademie überlebt, nur um jetzt auf der schönsten aller Kolonien zu sterben, ohne sie je richtig gesehen zu haben?

Das Schiff schüttelt sich wie wild, als unter uns der Fahrwerk ausklappt, doch in unserer behelfsmäßigen Landezone wird uns das nicht viel nützen. Wir verlieren viel zu schnell an Höhe.

Das wird wehtun. Oh, so richtig weh. Wäre ich besser geflogen auf unserer Flucht, wären wir jetzt nicht so beschädigt, würden nicht abstürzen, und das ist allein *meine* Schuld – doch vielleicht kann ich uns wenigstens noch eine kleine Chance erkämpfen.

»Alle festschnallen!«, schreie ich und gebe ihnen fünf Sekunden Zeit, zu reagieren, dann reiße ich den Knüppel zurück und bringe die Nase des Shuttles nach oben. Im Sichtfenster sehe ich nur noch orangeroten Sand, der heranrast, um mir ins Gesicht zu schlagen, da kommt mir plötzlich ein Gedanke.

Roter Sand.

In der letzten Sekunde vor dem Aufprall aktiviere ich mit dem Daumen die Magnetspulen. Dann gibt es einen ohrenbetäubenden Schlag, die Nase des Shuttles wird eingedrückt, und fast in derselben Sekunde öffnen sich die Airbags im Cockpit und nehmen mir die Sicht. Das Shuttle neigt sich steil auf die Seite, Schreie füllen die Kabine, und Glasscherben klingen wie kleine Glöckchen. Wir hüpfen einmal, zweimal über den Strand, dann noch viele kleine Hüpfer, ehe das rutschende Schiff endlich krachend und knirschend zur Ruhe kommt.

Stille. Mein Kopf ruht auf dem ausgelösten Airbag, in einem schiefen Winkel, der nur deshalb funktioniert, weil die Schwerkraft nicht in die gewohnte Richtung weist. Feuchtigkeit rinnt mir die Wange hinab – weine ich etwa? Ich hebe eine zitternde Hand, und als ich mein Gesicht betaste und die Feuchtigkeit fortwische, fühlt sich meine Haut wie die eines anderen an. Ich ziehe die Hand zurück und halte sie mir vor die halb geöffneten Augen.

Die Hand – meine Hand – ist ganz rot.

KAPITEL DREI

Die ersten fünf Minuten nach dem Absturz sind ein einziger Nebel. Gelegentlich bahnt sich ein fernes Rumsen und Scheppern seinen Weg in meinen Schädel, aber es ist alles so weit weg. Gedämpft. Wie die Ziegen, wenn sie früher kurz vorm Essen leise draußen vor dem Fenster meckerten. War ich mit Füttern an der Reihe? Soll Malik doch, er ist dran. Auf dem Herd köchelt etwas Herrliches vor sich hin. Der warme Geruch nach gedünsteten Zwiebeln, Chilis und Garam Masala zieht durch die Räume. Aber der Geschmack – er ist so körnig, gar nicht scharf, und der pfeffrige Geruch mischt sich mit Schweiß. Dann der grobe Druck starker Arme um meine Hüfte, die mich hochziehen …

Licht bricht in meinen Schädel ein, und ich taumle zurück. Der Geruch nach Gewürzen verweht. Meine Fersen versinken im Boden, und ich rudere mit den Armen, falle aber trotzdem mit dem Hintern in einen Berg roten Sand. Rion tritt in mein Gesichtsfeld und streckt mir grinsend die Hand hin.

»Alles klar, Kumpel?«

Einen Moment lang sehe ich die Hand doppelt, dann gelingt es mir, nach ihr zu greifen. In meinem Kopf dreht sich alles, als er mich auf die Beine zieht.

»Weißt du«, sagt er und greift nach meiner Schulter, um mich zu stützen. »Ich bin mir nicht sicher, ob es der Inbegriff kapitänischer Opferbereitschaft ist oder einfach nur totale Blödheit, wenn man allen sagt, dass sie sich anschnallen sollen, und es dann selbst nicht macht.«

»Ich stimme für Blödheit«, sagt Zee irgendwo hinter mir, aber ich fühle mich noch nicht sicher genug, um den Kopf zu drehen.

»Case?«, frage ich. Ein scharfer Schmerz jagt durch meinen Schädel, als ich versuche zu sprechen, so stark, dass ich es sogar in den Zähnen spüre. Ich halte mich an Rion fest, bis der Schmerz wieder nachlässt, und hoffe, dass ihn mein Griff um seinen Bizeps nicht stört.

Zee stellt eine Tasche im Sand ab und tritt näher, um mein Gesicht zu inspizieren. Sie muss das Verbandszeug gefunden haben. Ich Glückspilz.

»Case geht es gut.« Mit ungerührter Zuversicht tupft Zee mir mit einem brennenden Desinfektionstuch die Stirn ab. Das Blut auf dem Stoff scheint sie nicht im Geringsten zu stören. »Du bist der Einzige, der was abgekriegt hat.«

Mir wird wieder schwindlig, aber Zee packt mich an den Schultern, damit ich nicht umkippe. Fröhlich plaudernd sprüht sie mir Flüssigverband auf die Schnittwunde, doch ihre Stimme wabert so diffus wie die Hitze, die ringsum vom Strand aufsteigt.

Alle am Leben. Ich habe niemanden umgebracht. Es war aber richtig knapp – und der enorme Druck auf meiner Brust will noch nicht weichen.

»Gibt das eine Narbe?« Ich deute schwach auf meine Stirn.

Schmunzelnd streift sich Zee den Handschuh ab. »Keine Angst, du Bruchpilot. Heutzutage braucht es eine ziemlich tiefe Wunde, dass eine Narbe bleibt.«

Meine Sicht klärt sich allmählich, und ich bin froh darüber – denn dieser Ort ist absolut überwältigend. Als mir im Cockpit der Boden entgegensprang, bekam ich es noch mit der Angst zu tun, aber jetzt, da wir in Sicherheit sind, ist der Kontrast zwischen dem roten Sandstrand und dem kristallblauen Wasser atemberaubend. Nur ein, zwei Meilen den Strand hinab sitzt Saleem hell und golden. Der Wind trägt den rhythmischen Klang der Wellen heran, dazu einen süßen Duft, der wahrscheinlich von den dichten Sträuchern herrührt, die wir bei unserem Absturz zermalmt haben. Das Schiff gibt ein unheilvolles Ticken von sich. Hoffentlich sind das bloß die abkühlenden Triebwerke. Ja. Ganz bestimmt.

Case tritt geschäftig aus dem Shuttle, eine große Tasche über die Schulter geschlungen. »Ich hab uns mal die Notrationen und den Flugschreiber eingepackt«, erklärt sie, wirft die Tasche zu Boden und setzt sich daneben. »Die Daten beweisen es, oder? Was wir gesehen haben. Der Komverkehr, die ganzen Navigationsdaten …«

Sie verstummt, und wir alle werden still bei der Erinnerung an die Station und die verlorenen Leben. In der ganzen Aufregung und Lebensgefahr habe ich es fast vergessen. Und insgeheim bin ich beeindruckt, dass Case daran gedacht hat, den Flugschreiber zu bergen, und vor allem auch wusste, wie man ihn aus der Navigationskonsole ausbaut. Gut, dass wenigstens eine hier ein Hirn hat.

Etwas kleinlaut fährt sie fort. »Auf jeder Kolonie gibt es eine Botschaft der Erde. Ich finde, das sollte unsere erste Anlaufstelle sein. Wir erzählen ihnen, was wir wissen, schicken per Kurierschiff eine Nachricht nach Hause und entschuldigen uns, dass wir die Anweisungen der Bodenkontrolle ignoriert haben. Das sind doch mildernde Umstände, oder? Vielleicht können sie ja eine Ausnahme beim Rückkehrverbot machen …«

Zee hebt kühl eine Braue. »Du kannst machen, was du willst, braves Mädchen, aber ich würde ehrlich gesagt lieber nicht zur Erde zurück. Also lass mich da raus.«

»Entschuldige mal, *Dr. Eyeliner,* wen nennst du hier *braves Mädchen?*«, fährt Case sie an.

»Auf *keinen Fall* gehe ich zurück!«, kommt Rion Zee zuvor. »Davon abgesehen gab es Insider in der Akademie, die beim Angriff geholfen haben, erinnert ihr euch? Alle hier, die nicht auf al-Rihla geboren sind, sind Akademieabsolventen. Wer sagt, dass nicht auch hier manche darin verwickelt sind?«

Case verdreht die Augen. »Das ist ein bisschen arg paranoid, findest du nicht? Außerdem glaube ich nicht, dass wir eine Wahl haben. Wir können nicht einfach so beschließen, dass wir Staatsbürger der Kolonien sind. Was willst du denn machen? Dich die nächsten zehn Jahre verstecken?«

Sie haben beide nicht unrecht. Ich strecke vorsichtig meine Beine und wage ein paar Schritte, während Zee wütend ihr Verbandszeug wieder einpackt.

»Vielleicht sollten wir wirklich eine Weile untertauchen.« Ich wähle meine Worte mit Bedacht. »Uns eine Unterkunft in der Stadt suchen und abwarten, ob ein Kurierschiff Neuigkeiten gebracht hat. Mir ist klar, dass diese Mörderschweine am liebsten alles vertuschen würden, aber meint ihr wirklich, dass sie so viele Leute umbringen können, ohne dass jemand Wind davon kriegt? Wenn die Luft wieder rein ist, können wir den Flugschreiber zu den Behörden bringen und versuchen, was auszuhandeln – ein Bleiberecht, eine Ausreisegenehmigung, je nachdem. Und wir versuchen auf jeden Fall, die Erde irgendwie zu warnen. Klingt das gut?«

Rions Fäuste entspannen sich, und die Wut weicht von seinen Zügen. »Gut – wenn wir mehr wissen, können wir eine echte Entscheidung treffen.«

»Vorausgesetzt, dass sie uns nicht gleich verhaften, sobald

wir die Stadt betreten«, füge ich hinzu. »Ich schätze mal, sie sind nicht gerade begeistert, dass wir bei unserer illegalen, äh, Landung ihr Hinterland umgegraben haben. Gut möglich, dass sie schon auf dem Weg sind, um uns festzunehmen.«

Case bindet sich das Haar zurück, ihre Miene ernst, und kaut auf ihrer Unterlippe. Dann schüttelt sie den Kopf.

»Wir machen es nur noch schlimmer für uns, wenn wir nicht mit offenen Karten spielen.«

Zee wirft sich die Tasche mit dem Verbandszeug über die Schulter und richtet sich auf. Irgendwie hat sie es hingekriegt, dass ihr blau-blondes Haar immer noch perfekt sitzt. »Wisst ihr, so leid es mir tut … aber vielleicht hat Case recht. Es gibt nichts, worauf ich weniger Lust habe als auf eine Rückkehr zur Erde – abgesehen davon, meine ersten Jahre hier im Gefängnis zu verbringen.«

Ich kratze mich am Kopf und betrachte die Gebäude am Horizont. »Wir wissen ja nicht einmal, wo hier alles ist. Lasst uns doch erst mal einfach Richtung Stadt laufen. In jedem Fall sollten wir nicht länger neben einem Wrack rumstehen, das jeden Moment explodieren kann. Und falls wirklich wer kommt, um es sich anzuschauen, wäre ich lieber auch nicht mehr hier.«

Die anderen betrachten das Shuttle, aber ich mag es nicht mehr anschauen. Der Anblick des verkrümmten Metalls, des abblätternden blauen Anstrichs und des zerplatzten Acryls verursacht mit Übelkeit. *Das da* haben wir überlebt.

Gemeinsam brechen wir auf in Richtung Zivilisation, schlurfen schweigend durch Sand und Gebüsch, während in meinem Kopf eine Endlosschleife läuft: Ich hätte uns beinahe alle umgebracht, beim ersten Mal an den Kontrollern eines echten Schiffs statt denen eines Simulators. Ich habe die Verantwortung für ihr Leben getragen und hätte uns beinahe alle in die Luft gejagt. Wir hatten verdammtes Glück …

»Es …«

Mist. Ich räuspere mich.

»Es tut mir leid, dass wir so unsanft gelandet sind. Ich bin froh, dass sich niemand sonst verletzt hat.«

Rion gluckst und wirft mir einen schiefen Blick zu. »Wir waren halt noch halbwegs bei Verstand und haben uns angeschnallt. So viel, wie auf dem Schiff kaputtgegangen ist, können wir froh sein, dass die Sicherheitssysteme noch funktionierten. Die Airbags haben uns das Leben gerettet.« Er stößt seine Schulter gegen meine. »Das und dein Stunt in letzter Sekunde.«

Da taut sogar Case ein wenig auf. »Stimmt, wie bist du draufgekommen, vor dem Aufprall noch die Magnetspulen reinzuhauen?«

Ich gestatte mir ein kleines Lächeln und vergesse für den Augenblick die Last der Sterblichkeit.

»Im letzten Moment dachte ich mir: *Der Sand ist rot. Rot bedeutet viel Eisen. Einen Versuch ist's wert.* Auf der Farm meiner Eltern gibt es viel roten Tonboden, vielleicht hatte ich das noch im Hinterkopf. Bin selbst überrascht, dass es geklappt hat – ich hätte nicht gedacht, dass der Sand genug nicht oxidiertes Metall für einen magnetischen Rückstoß enthält. Das Shuttle muss ziemlich sensible Spulen haben.« Ich zucke die Achseln. »War einfach so eine Ahnung.«

»Dann mag ich deine Ahnungen.« Zee wirbelt im Laufen eine Staubwolke auf. »Ich wäre fast versucht, sie als genial zu bezeichnen – aber ich weiß, wie Piloten-Egos ticken.«

Sie lächelt, um den Spott etwas abzumildern, und meine

Brust schwillt vor Stolz, als sie mich ›Pilot‹ nennt … nur damit mich im nächsten Moment wieder die Scham übermannt. Ich verdiene das nicht. Wir hätten fast nicht überlebt. Immer wenn ich am Steuer sitze, geht irgendwas schief. Ob sie es ahnen?

»Man tut, was man kann.« Ich schlucke schwer. »Ich schätze, ein paar von uns haben's einfach drauf.«

Case rollt mit den Augen und prustet, doch ich erhasche auch ein kurzes Grinsen. Süß.

Zee dreht sich um, kriegt es aber irgendwie hin, beim Reden rückwärts durch den Sand zu laufen. »Wisst ihr, was unser kleiner Ausflug wirklich braucht? Einen *Soundtrack.*«

»Und wie!« Ich greife nach dem unverfänglichen Thema wie nach einem Rettungsring. *Bitte lenkt mich ab!* »Wenn *Bright and Burning* mal nicht die absolut perfekte musikalische Untermalung für den wunderbarsten Strand aller Zeiten abgibt! Vor allem, wenn man gerade einen Crash überlebt hat …«

»Du sagst es!« Zee klatscht vor Begeisterung in die Hände, doch Rion gibt einen abschätzigen Laut von sich. Ich verdrehe die Augen.

»Was, ist *Bright and Burning* etwa zu gewöhnlich für deinen erlesenen Geschmack? Vermutlich triffst du deine Freunde im Sinfonieorchester zum Tee?«

Rion reckt mir in einer obszönen Geste zwei Finger entgegen. »Ich kann die Sängerin nicht ab. Der Rest ist schon klasse.«

Zee schnappt entrüstet nach Luft. So in Fahrt wie jetzt hab ich sie noch gar nicht erlebt. »Du kannst Ella Riders Stimme nicht ab? Sprich nie wieder ein Wort mit mir, du Ungläubiger.«

»Genau. Du wurdest eben aus der Mannschaft gewählt.

Mach's gut.« Ich zwinkere ihm zu, und Rion schüttelt glucksend den Kopf.

Ich schaue, ob ich vielleicht Case in die Unterhaltung einbinden kann, aber sie macht einen besorgten Eindruck, tief in Gedanken versunken. Besser, sie eine Weile in Ruhe zu lassen.

Wir erklimmen eine höhere Düne, und vor uns erstreckt sich die Stadt wie ein glitzerndes Spinnennetz aus Glas und Stahl an der Küste. Die ruhigen Außenbezirke sind wie daheim eher spärlich besiedelt, nur hier und da ein paar Gebäude entlang befestigter Straßen. Al-Rihla ist richtig alt für eine Kolonie – gegründet vor hundert Jahren, und Saleem ist die älteste Stadt. Für koloniale Verhältnisse ist sie gut entwickelt. Schon drei Generationen konnten auf dem aufbauen, was bei der Ankunft an Infrastruktur gelegt worden war. Immer noch wenig, verglichen mit den Städten der Erde, aber nichtsdestotrotz faszinierend und schön.

Wenn ich daran denke, was innerhalb der letzten Stunde alles passiert ist, dreht sich immer noch alles in mir: Tausende sind tot, wir wurden beschossen, sind abgestürzt … *Hör auf damit.* Und dennoch vollführt ein anderer Teil in mir kindliche Freudensprünge, weil ich auf einem anderen Planeten stehe, am Rande einer Stadt, die ich aus dem Geschichtsunterricht kenne. Es ist nicht bloß irgendeine Kolonie, sondern die *erste,* der Schauplatz so vieler politischer Verwicklungen in den frühen kolonisierungsfeindlichen Tagen. Genau hier wollte ich sein – das war meine Bestimmung. Ich dachte bloß immer, ich würde diese Reise mit meinem Bruder antreten, aber manchmal kommt es wohl anders. Dramatisch anders.

Wir nähern uns den ersten Straßen. Nachdem wir gerade aus dem Himmel gefallen sind, freuen sich meine Füße auf festen Asphalt, während mein Herz noch immer dort oben weilt und zum ersten Mal auf eine neue Welt herabblickt. Die sanften Küstendünen werden flacher, je näher wir der Stadt kommen. Kleine Muscheln und Steine sprenkeln den Sand. Verlassene Baustellen säumen den Stadtrand, Zeichen einer blühenden Kolonie mit allem Grund zu wachsen. Doch es muss wohl ein Feiertag sein, denn niemand arbeitet gerade.

Wir passieren halbfertige Häuser und glaslose Fenster. Je weiter wir ins Zentrum vordringen, desto dichter stehen die Gebäude. Temporäre Unterkünfte weichen permanenteren Bauten. Nach einigen Minuten sind wir von Reihenhäusern und kleinen Märkten umringt. Aus Cafés weht ein Duft, der einfach nur köstlich ist, auch wenn ich das Zeug gar nicht trinke. Die Passanten tragen so ziemlich alles: Salwar Kamiz, Jeans und T-Shirt oder Anzug; manche auch einen Hidschab oder eine andere Kopfbedeckung. Wir stechen definitiv hervor, so verschrammt, wie wir nach dem Absturz aussehen. Dann sind wir wohl … Bauern, genau: Wir sehen aus, als hätten wir uns gerade im Ziegenstall gewälzt. Das ist schon okay.

Die meisten schenken uns kaum einen flüchtigen Blick, und so tauchen wir in der Menge unter. Gesprächsfetzen dringen an mein Ohr: auf Englisch, Arabisch, auch ein paar vertraute Brocken Paschto und Urdu schnappe ich auf. Manches kann ich auch gar nicht identifizieren, und alles vermischt sich zu einem Strom melodischer Sprache, einem konstanten Hintergrundrauschen der Stadt. Der Architekturstil wandelt sich, während wir die einzelnen Schichten der Stadt durchdringen. Es ist, wie einen Blick zurück durch ihr Wachstum der letzten hundert Jahre zu werfen: übrig gebliebene Behelfsunterkünfte, schnittige ultramoderne Türme, Metall und Gussbeton, lackiertes Holz und Mauerwerk aus den hiesigen Steinbrüchen. Über allem brennt die Sonne des Planeten, größer als die der Erde.

Zum Zentrum hin drängen sich auch immer mehr Leute, und der salzige Geruch der Meerluft wird allmählich von Kinopopcorn, Restaurants, teuren Bäckereien und Schönheitssalons verdrängt. Es ist so geschäftig hier, ganz anders als in meiner Kleinstadt im Niemandsland von Carolina. Überall Menschen, Krach und ständige Bewegung. Ich hebe die Hand und gehe langsamer. Wir sollten uns besser auf ein Ziel einigen, ehe wir uns noch in der Menge verlieren. Zee räuspert sich und schließt zu mir auf.

»Case wird allmählich etwas hibbelig«, warnt sie mich leise, ihr Kinn an meiner Schulter. »Wir müssen klären, wohin wir eigentlich wollen, ehe sie noch durchdreht.«

»Okay«, flüstere sich verstohlen. »Ich hab bloß keine Ahnung, wo wir sind. Die Beschilderung ist auch nicht wirklich hilfreich.«

»So gerne ich auch den Kunstdistrikt und das Restaurantviertel besuchen würde …«, stimmt sie zu. »Das bringt uns gerade nicht weiter.«

»Es muss doch irgendwo einen Stadtplan geben. Vielleicht können wir …«

»Wir haben ein tolles Besucherzentrum ganz in der Nähe!«, meldet sich da ein fröhliches Stimmchen hinter mir zu Wort. »Aber ich kann Sie gerne auch persönlich rumführen!«

Mein Herz schlägt mir bis zum Hals, und fast haue ich dem armen Jungen vor Schreck eins auf die Nase. Er kann höchstens zehn oder elf Jahre alt sein, aber er trägt ein breites Grinsen im Gesicht und einen teuer wirkenden Tablink am Ohr. Mit den schicken Kleidern dazu wirkt er fast wie ein kleiner Geschäftsmann, der Inbegriff der Seriosität. Ich schiele zu Rion und zu Case. Beide zucken nur die Schultern. Na super – schätze, wenn uns das jetzt um die Ohren fliegt, ist alles meine Schuld.

»Na gut, Kleiner. Wir suchen nach der Erdbotschaft und einem Platz für die Nacht. Und wir müssen auch eine Nachricht zur Erde aufgeben, gleich mit dem nächsten Kurierschiff.« *Und wenn du uns verpetzt, darf Zee ihre Kampfsporttricks an dir ausprobieren, egal wie alt du bist. Und dann schnappe ich mir das Teil an deinem Ohr, das sieht nämlich geil aus.*

»Kein Problem, Erdlinge, ich kenn mich aus. Hier entlang, bitte!«

Er biegt in eine Straße, die im Neunzig-Grad-Winkel zu unserem bisherigen Weg verläuft, und die Leute machen ihm grinsend Platz und klopfen ihm gutmütig auf den Kopf. Obwohl seine Beine viel kürzer sind als meine, habe ich Probleme, mit ihm Schritt zu halten. Er führt uns tiefer ins lebhafte Stadtzentrum, was mich einerseits noch nervöser macht und andererseits auch beruhigt: mehr Leute, hinter denen wir uns verstecken können, aber auch mehr Augen, die uns beobachten.

Die Architektur ändert sich abermals, als wir Alt-Saleem erreichen, das Herz der ursprünglichen Siedlung. Es ist ein heilloses Durcheinander. Den Grundstein des Viertels bilden die vorgefertigten Gebäude, die mit der ersten Welle von Siedlern verschifft wurden, aber mit zahlreichen nachträglichen Änderungen. Im Zentrum steht die erste und größte Moschee, bald nach der Stadtgründung errichtet und das erste Gebäude komplett aus hiesigen Materialien. Die große Kuppel und das himmelhohe Minarett funkeln weiß und golden im Licht des frühen Abends.

Die ganze Stadt erinnert mich ein bisschen an die Heimatstadt meiner Ammi in Pakistan: die enormen Wolkenkratzer, die Lichter, aber zum Glück nicht der Verkehr. Ein scharfer Stich fährt mir ins Herz, und eine Woge von Heimweh raubt mir den Atem. Die Besuche bei ihrer Familie in den Jahren, nachdem endlich Frieden in der Region eingekehrt war, gehören zu meinen schönsten Kindheitserinnerungen. Und ich werde keinen dieser Orte je wiedersehen.

Fast stoße ich mit zwei Kindern zusammen, die auf der vollen Straße Fangen spielen, und der Anblick berührt mich tief in meinem Innersten, dort, wo die Erinnerung an die Sommer wohnt, die ich zwischen der Farm in North Carolina und einer Hochhauswohnung in Karatschi verbracht habe. Die Jungs erinnern mich an Malik und mich in dem Alter, ehe er perfekt und ich zum Totalausfall wurde. Einfach nur zwei Kinder, die einander jagen und allen anderen in der Nähe damit tierisch auf die Nerven gehen, unzertrennlich beste Freunde und größte Rivalen zugleich. Ehe alles so kompliziert wurde.

Ich schiebe die Erinnerung beiseite und laufe schneller, um unseren Fremdenführer wieder einzuholen. Wir haben wichtigere Probleme gerade.

»Hey, warte doch mal!«, rufe ich. »Wie weit ist es denn zur Botschaft? Brauchen wir noch lang?«

»Nur zehn Minuten.« Er grüßt ergeben einen älteren Mann, der vor uns die Straße überquert. »Sie liegt etwas ab vom Schuss – aber ganz in der Nähe gibt es auch ein Hotel, das gut für Sie wäre. Sie sind sehr … diskret da. Wird Ihnen gefallen. Genau was Sie suchen.«

»Klingt gut.« Ich entspanne mich etwas. »Wir haben aber kein Geld für dich …«

»Kein Problem, Sir. Die Läden und Hotels bezahlen mich für jeden Kunden, den ich bringe. Für Sie sind meine Dienste kostenlos.«

»Oh.« Was ein Glück.

Zee tritt neben den Jungen und wirft verstohlene Blicke ringsum.

»Erzähl uns doch mal was über die Stadt«, sagt sie freundlich. »Bist du hier aufgewachsen?«

Es ist bemerkenswert – im einen Moment ist sie drauf und dran, jemandem ins Gesicht zu treten, und kurz darauf ist sie jedermanns Lieblingstante. Der Junge öffnet sich ihr sofort.

»Nein, ich bin auf der Erde geboren, aber mit fünf Jahren hergezogen. Ich kenne jede Straße in der Stadt, Sie werden schon sehen! Sie wurde von den 30:22-Fahrern gegründet, von daher haben wir viele Muslime hier. Einige kleinere Läden schließen während der Gebetszeiten, viele bleiben aber auch geöffnet. Wenn Sie einer anderen Religion angehören, kann das Multikulturelle Zentrum beim Ratshaus Ihnen sagen, wohin Sie sich wenden können. Das Essen ist häufig halal, man findet auch problemlos vegetarische Gerichte. Ähm …«

Der Junge benetzt sich die Lippe. »Die meisten Gesetze sind dieselben wie nach GKK-Standard, aber es gibt ein paar Unterschiede. Die meisten sind nur für Firmen interessant, langweiliger Finanzkram. Die Botschaft hat eine hervorragende Übersicht für Besucher zusammengestellt, die alles ganz genau erklärt. Bis dahin kommen Sie sicher zurecht. Ich sag schon Bescheid, wenn ich den Eindruck habe, dass Sie was Verbotenes tun!« Er grinst verschmitzt. »Sonst noch Fragen?«

Zee schaut uns an und hebt eine Braue.

Rion zuckt die Schultern. »Das deckt das Wesentliche ab, würde ich sagen. Du bist ein richtig guter Fremdenführer, Kleiner.«

Der Junge strahlt uns mit seinen Zahnlücken an. Sein Grinsen ist ansteckend. »Ich tue nur meinen Teil. Schön, wenn ich helfen kann.«

In diesem Moment packt mich eine Hand am Ellbogen. Ich wirble herum und finde mich einem Mädchen mit hellblauem Hidschab und leuchtenden Augen gegenüber.

»Da bist du ja, Nax!« Sobald sie sich meiner Aufmerksamkeit gewiss ist, lässt sie mich los. »Ich habe überall nach dir gesucht. Ich habe uns allen ein Hotel gebucht, aber wenn wir nicht bald da sind, geben sie die Zimmer jemand anderem.«

Ich starre sie an. Ich habe dieses Mädchen nie zuvor gesehen, aber sie macht eine Geste mit dem Kopf, die zu sagen scheint: *Jetzt komm schon, Fragen kannst du später stellen.* Ihr Blick huscht zu dem Kleinen, dann zurück zu mir, und das ist schon seltsam: Unser junger Fremdenführer hat sich breitbeinig vor uns aufgebaut, verschränkt die Arme, senkt die Brauen und bedenkt uns mit einem viel zu strengen Blick für so ein kleines Kind. Ich habe ein ungutes Gefühl in der Magengrube, deshalb trete ich näher und senke argwöhnisch die Stimme.

»Woher kennst du meinen Namen?«, frage ich und lasse sie nicht aus den Augen.

»Der Kleine führt euch zur Polizeiwache!«, zischt sie unterdrückt und behält die Menge hinter uns im Blick. »Er ist auf die Belohnung aus, die auf euch ausgesetzt wurde. Ich erkläre euch alles, aber wir müssen hier weg. Jetzt gleich!«

Ich folge abermals ihrem Blick, und tatsächlich: Jetzt hat der Junge zwei Finger auf seinen Tablink gelegt und spricht mit jemandem blitzschnell auf Bengalisch. Mist.

»Das mit dem Hotel tut mir echt leid«, sage ich so laut, dass auch die anderen es hören. »Wir wollten dir Bescheid geben, aber unser Kom kam nicht durch!«

»Kein Problem, wenn wir uns beeilen«, erwidert sie, die Brauen bedeutungsvoll gehoben, und wirft dem Jungen eine Münze zu. »Für deine Mühen.«

»Hey, aber …« Der Junge will noch protestieren, doch unsere neue Führerin packt mich schon am Ärmel und zieht mich in die nächste Seitenstraße. Ich vergewissere mich noch, dass die anderen uns folgen, und schenke ihnen ein Lächeln, das hoffentlich beruhigend wirkt. Schließlich hätte ich uns beinahe ans Messer geliefert, weil ich dem Falschen vertraute.

Wir passieren mehrere laute Straßen, in denen die Menschen ihren täglichen Geschäften nachgehen, dann werden die Gassen immer enger, bis die Menge sich ausdünnt. Hinter einer letzten Ecke halten wir zwischen dem Hinterausgang eines kleinen Farmbedarfsladens und den Mülltonnen des gegenüberliegenden Wohnblocks. Der vielschichtige Geruch nach Dung, Luzernenheu und vergammeltem Gemüse droht meine arme Nase zu überwältigen, und ich könnte schwören, dass ich hinter einer dieser Türen Geschnattere höre.

Sobald wir alle da sind, zieht das Mädchen in dem hellblauen Hidschab ein Tablet aus der Gesäßtasche ihrer Jeans. Und als sie darauftippt … verändert sich urplötzlich ihr Gesicht. Ihre Nase wird schmaler, ihr Kinn weicher, die Lippen dünner. Ich könnte schwören, dass ich einer anderen Person gegenüberstehe – einer mit komischen kleinen elektronischen Dingern auf Wange, Stirn und Kinn.

»Bist du denn völlig bescheuert?«, fährt sie mich an und gestikuliert mit der Hand vor meinem Gesicht herum. »Der

Junge hätte euch direkt bei der nächsten Wache abgeliefert! Ihr wart bloß noch eine Straße von eurer Verhaftung entfernt, als ich euch eingeholt habe, du Genie.«

Mein Mund klappt auf. Ich will mich verteidigen, will fragen, woher ich es denn hätte wissen sollen oder was zur Hölle gerade mit ihrem Gesicht passiert ist. Doch alles, was ich herausbekomme, ist: »Kennen wir uns?«

Sie rollt mit den Augen. Es sind hübsche Augen, tief und dunkel im warmen Goldbraun ihres Gesichts, betont mit einer dünnen Linie schwarzer Schminke. »Natürlich kennt ihr mich nicht, denn ihr seid gerade erst gelandet. Ich kenne aber euch – von euren Steckbriefen. War ja klar, dass es höchstens zehn Minuten braucht, bis jemand darauf anspringt. Ihr seid entweder sehr mutig oder sehr leichtsinnig, ganz ohne Verkleidung in der Stadt rumzulaufen. Ihr armseliger Haufen könnt euch glücklich schätzen, dass ich beschlossen habe, euch zu helfen.«

Zumindest Zee schaut genauso belämmert drein wie ich. Case ist schon wieder der Panik nah und kommt ihr von Sekunde zu Sekunde näher. Ich kenne Case kaum eine Stunde, sehe aber schon genau, wenn es in ihrem Kopf durcheinandergeht.

»Dann mal vielen Dank für dein beherztes Eingreifen«, sagt Rion etwas distanziert, ehe Case die Neue ins Kreuzverhör nimmt. »Könntest du die Sache mit den Steckbriefen vielleicht etwas näher ausführen?«

Das Mädchen schüttelt mitleidig den Kopf.

»Kurz nach eurem Absturz sprang das letzte Kurierschiff ins System. Ellis Station hat euch in allen Systemen zur Fahndung ausgeschrieben. Sie vertrödeln keine Zeit – bis heute Abend weiß jede Kolonie der GKK Bescheid über euch. Sie sagen, dass man euch die Zulassung zur Akademie verweigert hat und ihr deshalb einen Groll gegen sie hegt. Man wirft euch Shuttlediebstahl, tätlichen Angriff, Verleumdung und Verrat vor. Man soll euch sofort verhaften und zur Station verschiffen, wo man euch den Prozess machen wird.«

»Was?« Ich schüttle den Kopf; und als das nicht zu reichen scheint, schüttle ich ihn noch einmal. *Was zur Hölle?* Wenn meine Eltern das hören, werden sie doch bestimmt glauben, dass ich …

»Aber das stimmt doch gar nicht … Die Station wurde angegriffen! Wir hätten fast nicht überlebt! Weiß das denn niemand? Glauben wirklich alle, dass auf der Station nichts passiert ist? Wie kann es denn sein, dass niemand gemerkt hat, dass die Atemluft entwich oder diese ganzen Schiffe kamen und …« Mir fehlen die Worte. Hilfe suchend sehe ich die anderen an.

Selbst unsere Retterin wirkt überrascht. »Das ist definitiv nicht das, was ich gehört habe.«

Rion macht ein finsteres Gesicht, und wahrscheinlich sehe ich nicht anders aus; es fühlt sich an, als wäre alles Blut aus meinem Körper gewichen, und mir kitzelt der Rücken, als ob tausend Augen mich jede Sekunde beobachteten. Zees Gesicht ist noch blasser als sonst, und Case wirkt nicht mehr panisch, sondern so, als würde sie gleich überschäumen vor Wut.

»All diese Leute«, beginnt sie, dann versagt ihr die Stimme, sie schüttelt den Kopf und versucht es noch mal. »Niemand soll was gemerkt haben? Es waren doch Tausende Studenten auf der Akademie! Dazu die Lehrer und die Leute, die im Rest der Station gearbeitet haben. Schon klar – diese Schweine haben sich eingeschlichen und alles still und heimlich durchgezogen. Aber ich war mir so sicher, dass irgendwem inzwischen was aufgefallen sein muss! Was wollen sie denn tun? Die Leichen beiseiteschaffen und weitermachen wie bisher?«

»Es wäre kein Problem, wenn hochrangige Insider sie unterstützt haben«, stellt Zee sachlich fest. »Es gibt keine andere Möglichkeit. Die Leute, die die stündlichen Berichte verfassen – die müssen mit ihnen unter einer Decke stecken. Und vor dem Angriff haben sie Raumanzüge angelegt oder sich in Sicherheit gebracht.«

»Sie könnten auch Leute in der ersten Siedlung versteckt haben – der alten aufgegebenen Station«, fügt Rion hinzu. »Leute, die nur darauf warteten, nach Ellis Station vorzurücken und dort alles so schnell wie möglich wieder zum Laufen zu bringen.«

»Aber warum das alles?«, fragt Case und rückt näher an mich heran, bis sich unsere Schultern streifen. Ich erwidere den sanften Druck, die Berührung tröstet mich. »Wieso die Station? Wieso mussten sie …«

»Wir müssen eine Nachricht zur Erde schicken«, unterbricht Rion. »Wir wissen nicht, wer diese Leute sind oder wie ihre Pläne aussehen – aber es kann nichts Gutes sein, wenn sie bereit sind, dafür Tausende von Leuten umzubringen und alles zu vertuschen. Mir würden haufenweise Gruppierungen einfallen, die ein Interesse daran hätten, den einzigen legalen Weg von der Erde in die Kolonien zu kontrollieren. Alle könnten sie die Schuldigen sein. Ich will immer noch nicht wieder heim – aber die Wahrheit zu verbreiten sollte unsere oberste Priorität sein.«

»Klar!« In einem Anfall von Hoffnung klammere ich mich an die Idee. »Wenn wir ihnen die Daten vom Flugschreiber schicken …«

»Der Kurierdienst zur Erde ist unterbrochen«, sagt die

Neue, und auf einen Schlag fallen alle meine halb garen Heldenträume in sich zusammen. Wie betäubt lasse ich mich gegen die harte Ziegelsteinmauer in meinem Rücken sinken.

»Ganz unterbrochen?«, frage ich, obwohl mein Mund sich anfühlt, als wäre er voll Watte. »Keine Ausnahmen?«

Das Mädchen schüttelt den Kopf und sieht sich misstrauisch um. »Es geht nicht nur darum, wer den Schiffen eine Botschaft mitgeben kann – die Schiffe fliegen momentan überhaupt nicht. Das Schiff mit euren Steckbriefen war das letzte für die nächsten Tage. Ich zeig euch das auch alles gerne, sobald wir uns nicht mehr in einer Gasse in der Nähe der *Polizeiwache* verstecken! Wenn ihr also nicht gerade einen magischen Supersender erfunden habt, mit dem ihr Botschaften quer durch die Galaxis schicken könnt …«

Kein Kontakt zur Erde – wir können niemanden warnen. Selbst wenn wir ein Schiff stehlen und zurück in den erdnahen Raum springen würden, würde man uns abschießen, ehe wir Gelegenheit hätten, eine Nachricht zu übermitteln. Ich kann mich nicht mal bei meinen Eltern melden: *Hey, ich weiß, ich hab eine Menge versaut, aber diesmal war ich's wirklich nicht und würde so was auch nie machen …* Stattdessen sitzen meine Eltern wohl auf ihrem zwanzig Jahre alten Sofa und gehen vom Schlimmsten aus. So wie immer.

Ich bedecke kurz meine Augen, dann lasse ich schlaff die Hände sinken. »Was können wir nur tun?«

»Na ja … ihr könntet für den Moment mal überleben«, schlägt die Neue vor. Zuversicht funkelt in ihren Augen, und in ihren Mundwinkeln verbirgt sich ein zaghaftes Grinsen. »Alles, was ihr da vorhabt – die Erde retten und andere Großtaten –, werdet ihr nur schaffen, wenn ihr am Leben und in Freiheit seid.«

Cases Augen verengen sich zu Schlitzen, und schließlich stellt sie die Frage, die auch mich schon eine Weile beschäftigt: »Was springt für dich dabei heraus? Wieso hilfst du gesuchten Kriminellen?«

Auch Zee baut sich breitbeinig vor ihr auf. Ob sie gleich wieder zutritt? »Ich frage mich dasselbe. Wieso sollten wir dir trauen?«

Ich bin froh, dass die beiden auf meiner Seite sind. Gegen Cases scharfen Verstand und Zees Coolness (und Trittfreudigkeit) hätte ich kaum eine Chance. Sie könnten mich in null Komma nichts in eine dieser Tonnen entsorgen.

Die Neue wirft seufzend einen Blick über die Schulter, dann sieht sie uns ungeduldig an. »Weil ich euch helfen kann! Ich weiß, wie man von diesem Planeten kommt, direkt unter der Nase des Gesetzes. Aber allein schaff ich das auch nicht.« Sie hält inne, holt tief Luft. »Also such ich nach Hilfe, aber wenn's geht, keine gruseligen alten Knackis oder Mörder. Als ich eure Steckbriefe sah, dachte ich, ihr könntet vielleicht die Richtigen sein. Ein Arrangement zu beiderseitigem Vorteil – ihr kriegt, was ihr wollt, und ich kann diesen Planeten und ein paar unliebsame Familienangelegenheiten hinter mir lassen.«

Sie tritt zurück und sieht uns der Reihe nach an. »Voraussetzung dafür ist allerdings ein sehr gründlicher Backgroundcheck. Nur dass ihr Bescheid wisst: Ich werde jede Datei hacken, die zu euch existiert, bis ich sicher bin, dass ihr mich nicht im Schlaf absticht. Nichts für ungut.«

Plötzlich dringt von der nächstgelegenen Straße Lärm an unsere Ohren: Rufe, Schritte und viel empörtes Geplapper. Das kann nichts Gutes bedeuten. Ich treffe eine schnelle Entscheidung. »Pass auf, wir hatten alle wenig Schlaf, und eine dunkle Gasse ist echt nicht der beste Ort, so eine Entscheidung zu treffen. Können wir uns nicht irgendwo ausruhen und dann in Ruhe reden?«

»Okay.« Sie legt den Kopf schief und lauscht in Richtung der Menge. Lautes Geschrei hallt durch die Gasse, dann schießt unser kleiner Fremdenführer von vorhin um die Ecke. Er sieht sich um und hat uns schon entdeckt.

»Sie sind hier drüben!«, ruft er und winkt, wie wir nun erkennen, eine Gruppe Uniformierter herbei. Könnten wir nicht bitte eine Pause einlegen?

Das verschleierte Mädchen verdreht die Augen und zieht sich ihr Tuch tief ins Gesicht. Dann nimmt sie ihr Tablet zur Hand.

»Mir nach!«, ruft sie, vergewissert sich kurz, dass wir auch folgen, und sprintet in eine Seitengasse.

Ich zögere nur den Bruchteil einer Sekunde, dann stürme ich los. Auch die anderen sind mir dicht auf den Fersen. Hoffentlich kennt die Neue eine geheime Abkürzung oder so, denn die Gesetzeshüter, die uns jagen, rufen schon nach Verstärkung. Nichts scheint unsere Verfolger aufhalten zu können, weder die Mülleimer noch die gespannten Leinen frischer Wäsche oder der Stall mies gelaunter Ziegen, denen wir auf unserer Flucht zu nahe kommen.

Da höre ich hinter uns den bedrohlichen Klang von Waffen, die entsichert werden. Nicht drüber nachdenken, dass gleich zum dritten Mal innerhalb von ein paar Stunden auf uns geschossen wird … einfach rennen.

»Weißt du«, ruft Zee und klingt total gelassen, nicht im Mindesten außer Atem. »Wenn wir dir trauen sollen, wär ein Name ganz nützlich.«

Das Mädchen wendet im Rennen den Kopf zu mir und lächelt. Es ist so ziemlich das erste Mal, dass sie mich nicht finster anschaut, und der Anblick ist ganz bezaubernd, so flüchtig er sein mag: keine Zähne, nur das Spiel roter Lippen, wie ein Geheimnis. Dann tippt sie auf ihr Tablet, und ihr Gesicht verschwindet flackernd hinter einer neuen, unbekannten Maske.

»Ihr könnt mich Asra nennen. Und ihr seid sicher bei mir – das verspreche ich euch.«

Im schwindenden Licht des trüben Abends führt uns Asra tiefer und tiefer in die schattigen Viertel der Stadt, weg von unseren Verfolgern und den hellen, glänzenden Gebäuden Alt-Saleems.

Hoffentlich wartet nicht schon die nächste Falle auf uns.

KAPITEL VIER

Zwei Stunden stehlen wir uns durch dunkle Gassen und verstecken uns hinter Abfallcontainern, bis wir unsere Verfolger abgeschüttelt haben. Als wir endlich Asras winzige Wohnung erreichen, sind wir so erschöpft, ausgehungert und durch den Wind, dass ich kaum noch begreife, was um mich herum geschieht.

Gedrängt sitzen wir um den niedrigen Tisch auf dem Boden und kratzen die letzten Reste Reis und Kichererbsen aus unseren Schüsseln, während auf dem großen Wandschirm ein Fußballspiel läuft. Es ist ein altes Spiel von der Erde, das schon stattfand, ehe ich zur Akademie aufbrach. Sehr viel unterhaltsamer, als die Carolina Racers ein weiteres Mal untergehen zu sehen, ist Rions und Zees Streit über Premier-League-Teams und ihre Wut auf die FIFA.

Wenn es um Fußball und Vereinspolitik geht, verliert Zee jeden Rest von Gelassenheit. Ihre Wangen sind gerötet vor Leidenschaft, und Rion schafft es, sie mit Witzen auf Kosten der FIFA abzulenken und in Sicherheit zu wiegen; dann, als sie sich vor Gelächter kaum noch wehren kann, holt er zum Schlag aus.

Auf der anderen Seite des Tisches hat Asra es geschafft, Case in eine Unterhaltung über eine Reihe alter Klassiker zu verwickeln, die ich nie gelesen habe – irgendwas mit Greifentüren und Zauberern. Ich habe Case nie so entspannt gesehen wie in diesem Moment, als sie mit leuchtenden Augen von einer Figur mit einem komischen Nachnamen schwärmt. Ohne die Angst in ihren Augenwinkeln wirkt sie viel jünger, als wäre sie fünfzehn statt beinahe neunzehn.

Asra deutet auf eine ihrer beeindruckenden Bastelarbeiten, von denen es Dutzende in ihrer Wohnung gibt. Anscheinend ist sie nach einer Vorlage aus diesen Büchern gestaltet, und Case strahlt vor Begeisterung. Asra muss die Königin in Sachen Kunstfertigkeit sein.

Da ich zu keiner der Unterhaltungen etwas beizusteuern habe, stehe ich auf und strecke mich, wobei ich einen nervösen Blick zu den Fenstern werfe. Asra bemerkt meine Unruhe und schenkt mir ein zuversichtliches Lächeln.

»Ihr seid hier in Sicherheit.« Sie steht auf und trägt ihre Schüssel zur Spüle. »Wenigstens solange ihr nicht die Köpfe aus dem Fenster steckt oder ohne Verkleidung über die Straße geht. Niemand hier im Viertel ist ein Spitzel, schon gar nicht Nanni.«

Die herrlich herzhaften Gerüche aus dem Untergeschoss verraten, dass Nanni gerade das Restaurant fürs Abendessen vorbereitet. Jede Fläche im Haus ist mit einer dünnen Schicht Küchenfett überzogen, aber Asra scheint es nichts auszumachen.

»Sie ist wie eine zweite Mutter für mich. Wirklich die Beste.« Sie wischt ihren Platz an dem schmuddeligen Tisch mit einem Lappen ab. »Nanni lässt mich hier kostenlos wohnen, und ich erledige dafür ein paar Sachen für sie. Ihre Zunge ist aus Eisen; niemand wird ein Wort über euch rauskriegen.«

Zee lächelt still, beinahe wehmütig. Eine Erinnerung, der sie nachhängt? Dann schüttelt sie den Kopf und fragt: »Was erledigst du denn so für sie? Kellnerst du im Restaurant?«

»Hacking«, erwidert Asra nüchtern. »Und hier und da ein wenig Netzwerksicherheit. Nanni kann ganz schön streitlustig sein – möchte mich nicht auf politische Diskussionen mit ihr einlassen.«

Case legt den Kopf schief, und ein Lächeln stiehlt sich auf

ihre Lippen. »Schätze, dasselbe ließe sich auch über dich sagen.«

Asra schmunzelt. »Schätze schon.«

Ich möchte echt nicht derjenige sein, der jetzt anfängt zu stressen, schon weil auch mir fast die Augen zufallen. Aber wir müssen wirklich klären, wie unser Plan aussieht, bevor wir hier zusammenklappen. Ich werfe einen Blick zu Asra, und sie nickt und nimmt ihr Tablet zur Hand. Das verbindet sie mit dem stadtweiten öffentlichen Netz und spiegelt es auf den Wandschirm.

»Seid ihr bereit?«, fragt sie. Ihr Finger schwebt über der App der Lokalnachrichten.

Über den Rand meiner Schüssel hinweg mustere ich die anderen. Rion starrt ausdruckslos, undeutbar, auf den leeren Bildschirm. Case zerrupft eine Serviette und sammelt die Fetzen säuberlich in ihrer Schüssel. Zee ist die Einzige, die meinen Blick erwidert. Sie reicht mir eine frische Tasse Tee; ich habe nicht einmal gemerkt, dass meine leer war, aber der warme Honiggeruch hat genau die beruhigende Wirkung, die ich jetzt brauche. Dankbar lächelnd nippe ich an der Tasse. Dann nicke ich Asra zu.

»Hat keinen Sinn, das weiter aufzuschieben. Schauen wir's uns an.«

Sobald die App geladen hat, füllt sich der Schirm mit rot blinkenden Pop-ups: Fahndungsfotos, Satellitenaufnahmen und Amateurvideos unseres Absturzes und von unseren Spuren im Sand. Es existiert sogar ein gestochen scharfes Bild unserer Hinterköpfe, komplett mit Zeit- und Ortsangabe der Sichtung und dem Hinweis, dass es für Informationen zu unserem Verbleib eine saftige Belohnung gibt.

Kaltes Grauen flutet meine Adern. Neben mir schnappt Case scharf nach Luft und hält sich an der Tischkante fest.

Das Schlimmste aber ist das Video, das gerade startet. Das Gesicht ist uns nur allzu bekannt – Dr. Maia Herrera, die Direktorin der Akademie, die bei unseren Vorstellungsgesprächen dabei war und auch unseren offiziellen Rauswurf unterschrieb. Die unmittelbar vor dem Angriff noch mit Rion sprach. Sie wirkt … völlig normal. Die Uniform sauber gebügelt, kein Haar am falschen Platz. Ruhig, gefasst. Nicht im Geringsten, als ob auf ihrer Station gerade Tausende von Menschen gestorben wären. Auch ihre Stimme klingt absolut sachlich.

»Diese Nachricht wurde am 10.8.2194 um 22:13 Uhr Universalzeit zur Verbreitung via Kurierschiff zu allen Welten der Globalen Kolonialkommission aufgezeichnet.«

Nur Minuten nach dem Angriff. Wie kann das sein?

»Es spricht Direktorin Herrera auf Ellis Station. Im Namen der Akademie und des gesamten Stationspersonals möchte ich mich entschuldigen, falls der kurze Ausfall unserer Kommunikationssysteme zu Besorgnis geführt haben sollte. Am späten Abend wurde unsere Station an zwei Fronten angegriffen.«

Mir bleibt die Luft weg. Auch Case erstarrt.

Das Video läuft weiter: »Ein Angriff kam von innen – vier junge Studenten, denen der Eintritt in die Akademie verwehrt wurde, stahlen ein Shuttle und flohen aus dem erdnahen Raum. Dabei verursachten sie Schäden an der primären Sendeanlage, die mehrere Mitarbeiter das Leben kosteten. Bilder der Verdächtigen und Informationen zu ihnen, ihrem Verrat und den übrigen Anklagepunkten sind dieser Nachricht beigefügt. Nach Auswertung ihrer Flugrichtung und des Bildmaterials aus den Cockpits unserer Jäger sind wir zu dem Schluss gelangt, dass sie wahrscheinlich auf der Kolonialwelt al-Rihla abgestürzt sind.«

Rion verzieht aufgebracht das Gesicht. »Was? So ein kompletter … Ausgerechnet sie! Ich habe doch vor unserer Flucht noch mit ihr geredet. Dachte mir noch, dass sie wirkte, als ob sie mit den Gedanken woanders wäre. Jetzt wissen wir wohl auch, warum.«

Im Video tritt ein Mann neben Dr. Herrera. Er trägt die strenge Uniform eines Captains im Militär der GKK. Sie nickt ihm zu und wendet sich dann wieder zur Kamera. »Captain Thomas wird die Verfolgung aufnehmen, gemeinsam mit seiner Spezialeinheit, dem Tigergeschwader. Die Regierungen aller Kolonien werden aufgefordert, Captain Thomas und seinem Team ihre volle Unterstützung bei der Festnahme der Flüchtigen zukommen zu lassen.«

Der Name des Geschwaders löst im Handumdrehen einen Adrenalinschub in mir aus – und statt am Tisch zu sitzen, ringe ich plötzlich wieder mit der Steuerung des Shuttles, weiche Schüssen aus und schrecke zusammen, wenn der markerschütternde Raketenalarm erklingt. Ich schnappe nach Luft.

»Das ist das Geschwader, das uns beinahe abgeschossen hätte!«

Case packt mich am Arm. Ihre Nägel bohren sich in meine Haut, ihr Blick ist hart wie Stahl. Uns gegenüber hat Zee die Hände vor den Mund geschlagen. Rions Entsetzen ist einer ausdruckslosen Maske gewichen, hinter der er alle Gefühle versteckt. Das Video läuft weiter.

»… glauben, dass ihre Taten die Ablenkung für den zweiten Angriff liefern sollten, dem wir uns ausgesetzt sehen: einen gezielten Anschlag auf unsere Server. Wir können keine neue Sendeanlage installieren, ehe die Hackergefahr nicht gebannt ist und unsere Spezialisten für digitale Sicherheit die entsprechenden Gegenmaßnahmen implementieren konnten.«

Dr. Herrera schürzt die Lippen. »Ich bedaure daher, mitteilen zu müssen, dass der Flugverkehr und die Kommunikation mit dem erdnahen Raum auf das absolut notwendige Minimum beschränkt werden, bis wir die Angelegenheit sicher im Griff haben. Kurierschiffe werden zwar weiter zwischen den Kolonien verkehren, doch nicht von und nach Ellis Station. Wer immer sich der Station oder der Erde nähert, wird festgesetzt.«

Asra hatte recht. Es ist wirklich wahr.

Keine Kurierschiffe – keine Nachrichten. Wir können unseren Eltern nicht sagen, dass wir noch leben, können nicht die Wahrheit über das erzählen, was passiert ist.

Wir können die Erde nicht warnen.

Mein Herz schlägt schwer in meiner Brust, und ich bedecke Cases Hand mit meiner. Sie erwidert den Druck und rutscht ein Stück näher, jede Faser ihres Körpers angespannt.

»Wir erwarten, dass sich Kommunikation und Flugverkehr bis in vier Tagen normalisieren werden. Diese Nachricht und die beigefügten Haftbefehle gelten bis auf Weiteres. Vielen Dank.«

Das Bild wechselt zu einem Raum mit Reportern und Fotografen. Sie drängen sich vor einem bogenförmigen Tisch, der auf einer erhöhten Plattform steht. Auf der Wand dahinter prangt das Siegel Saleems, und die Untertitel verraten, dass es sich um den Ratssaal handelt. Auf den Stühlen am Tisch sitzen die neun Räte der Stadt, für jeden von Saleems Bezirken einen. An einem Podium davor bittet eine Frau mit umbrabrauner Haut gerade um Ruhe. Ihr hauchfeiner Dupatta-Schal funkelt im Licht. Laut des Untertitels handelt es sich um Sabira Bahmani, die Bürgermeisterin von Saleem.

Beim Anblick dieser neuen Szenerie verändert Asras Haltung sich schlagartig; sie holt tief Luft, verengt die Augen zu Schlitzen, und ihr Mund verzieht sich hässlich und streng.

»Dieser Teil ist neu«, faucht sie und funkelt den Bildschirm an.

Die Bürgermeisterin legt die Hände aufs Podium und spricht.

»Sie haben inzwischen alle von den Flüchtigen in unserer Mitte erfahren. Die Polizei von Saleem wird die Bemühungen der GKK und der Akademie, diese vier Verdächtigen zu fassen, unterstützen. Jede Hilfe seitens der Bevölkerung ist willkommen, und jeder Hinweis, der zu einer Verhaftung führt, wird belohnt. Raheem Ahmed, unser Polizeipräsident, wird die Ermittlungen leiten und dabei eng mit Captain Thomas und dem Tigergeschwader zusammenarbeiten. Bevor wir Fragen entgegennehmen, hat Stadtrat Jace Pearson vom fünften Bezirk noch weitere Informationen für Sie.«

Sie tritt beiseite, und der einzige weiße Kerl am Tisch steht auf und nimmt ihren Platz ein. Er ist stylish gekleidet, wirkt sehr nahbar in seinem schicken grauen Anzug. Bloß die helle Haut scheint im Bühnenlicht noch blasser. Er nimmt sich einen Moment, um sich zu sammeln, dann spricht er.,

»Die Verdächtigen wurden zuletzt in Begleitung dieses Mädchens gesehen.« Asras Gesicht füllt den Schirm aus, halb verdeckt von ihrem hellblauen Hidschab. »Ihr Verbleib ist derzeit unbekannt. Wir vermuten, dass die Verdächtigen sie als Geisel genommen haben, um sich mit ihrer Hilfe in der Stadt zurechtzufinden.«

Pearson senkt kurz den Blick, schluckt schwer und sieht dann wieder auf. »Dieses Mädchen ist Mazneen Haque, meine Stieftochter, und als Stadtrat wie als Vater bitte ich

Sie, sich mit allen Informationen, die Sie vielleicht haben, an die Polizei zu wenden. Wir danken Ihnen für Ihre Kooperation und hoffen, dass sich diese ganze Sache rasch klären wird.«

Ich knalle mit den Knien gegen den niedrigen Tisch, als ich aufspringe und rückwärtstaumle, nur weg von Asra. Mein Puls dröhnt mir in den Ohren. Sie ist seine *Stieftochter* – ich habe uns direkt in eine Falle geführt, habe es *wieder* vermasselt. Wahrscheinlich ist die Polizei bereits auf dem Weg zu uns. Ich stoße mit Rion zusammen, der auch schon auf den Beinen ist, mich an der Schulter packt und zur Tür schiebt.

»Wartet!«, fleht Asra und springt uns in den Weg. »Ich habe euch davor gerettet, verhaftet zu werden, und ihr seid jetzt schon zwei Stunden hier. Meint ihr nicht, ich hätte längst die Polizei gerufen, wenn ich das vorgehabt hätte?«

Stolpernd komme ich vor ihr zum Stehen. Rion prallt gegen meinen Rücken und hält sich an meiner Hüfte fest, um nicht zu fallen. Ich versuche Asra im Blick zu behalten, aber der starke Griff seiner Hände lenkt mich komplett ab. Nur am Rande kriege ich mit, wie Case und Zee sich zur Tür stehlen, um sicherzustellen, dass unser Fluchtweg frei ist.

»*Mazneen?*«, frage ich, immer noch bereit, loszurennen, wenn mir ihre Antwort nicht gefällt.

Sie verzieht das Gesicht. »Das ist offiziell mein Name, und ich hasse ihn. Bitte nenn mich nicht so.« Sie fasst sich an die Wange, dann schlägt sie in einem plötzlichen Wutanfall in die Luft. »So ein Mist, dass sie vorhin mein Gesicht gesehen haben! Ließ sich leider schwer vermeiden – ich wollte mich euch nicht mit aktivem Gesichtswandler vorstellen. Wäre nicht cool gewesen, oder? Auf jeden Fall wissen Jace und mein Stiefbruder nichts von dieser Wohnung, also sollten wir hier eine Weile sicher sein.«

Sie richtet ihren Blick auf mich, die Augen wie flüssiges Feuer. »Ich habe meinen Stiefvater seit acht Monaten nicht mehr gesehen. Er tut so, als sei er ein ehrenhafter Bürger, aber in Wirklichkeit führt er die komplette kriminelle Unterwelt der Kolonie – und alle wissen es. Nur meine Mom hatte keine Ahnung, als mein Abba starb und wir hierherzogen. Ihr habt ja gesehen, wie Jace ist. Er spielt seine Rolle echt gut: spendet für die Wohlfahrt, hat einen Laden hier im Viertel, sitzt im Rat – aber als Amma die ganze Wahrheit über ihn rausfand, ist sie fast auf ihn losgegangen. Dann hat sie meine Schwester in Sicherheit gebracht, weg auf eine andere Welt – nur ich wurde erwischt.«

Sie atmet tief durch die Nase ein, wie um sich zu beruhigen. »Er hätte mich besser gehen lassen, denn Nanni und ich arbeiten seitdem daran, ihn zu stürzen. Er wäscht für irgendjemanden Geld, ich habe nur noch nicht rausgefunden, für wen. Inzwischen ist es mir auch egal. Ich halte es nicht länger aus, mir einen Planeten mit ihm zu teilen, deshalb habe ich nach euch gesucht. Ich will hier weg, und ich habe einen Plan, der Jace dabei noch das Geschäft versaut. Aber allein schaffe ich's nicht. Und ehrlich, ich wollte euch das alles erzählen.«

Ich schiele zu Zee, die sich während Asras Erklärung ein wenig entspannt hat. Case dagegen wirkt wie ein Stachelschwein vorm Angriff.

»Was denkt ihr?« Ich schaue über meine Schulter zu Rion, um ihn mit einzubeziehen.

Er mustert Asra und überlegt. »Wenn sie uns verraten wollte, hätte sie es schon getan.«

Case spielt mit ihrem Daumenring, ihre Lippen eine

schmale Linie. Dann schüttelt sie den Kopf. »Nein, tut mir leid. Das ist alles Schwachsinn. Wir müssen raus hier, Nax, und zwar sofort!«

Sie hat recht, ich *weiß*, dass sie recht hat – aber ich kann kaum einen klaren Gedanken fassen, solange in meinem Kopf die alte Leier läuft: *Dumm, dumm, du bringst sie alle um, du Arsch, ganz toll.* Bei Zee dagegen setzt sich ihr kühler Kopf durch; sie tritt vor und hebt beschwichtigend die Hände.

»Vielleicht können wir Asra wenigstens ausreden lassen. Uns ihren Plan anhören. Aber diesmal komplett, okay? Keine Überraschungen mehr.«

Rion brummt zustimmend. Gut, okay, das klingt vernünftig. Damit kann ich leben. Ich trete zu Case und berühre sanft ihre Hand.

»Hey«, flüstere ich. »Ich versteh dich echt – aber meinst du, wir können uns wenigstens ein paar mehr Infos anhören, bevor wir uns entscheiden?«

Sie blickt zur Tür, dann auf unsere Hände. Ich streiche mit dem Daumen über ihre Knöchel, und es scheint zu helfen.

»In Ordnung.«

Ich lächle ihr kurz zu, dann verschränke ich die Arme vor der Brust und richte mich mit meinen vollen 1,78 Meter vor Asra auf. Wenigstens ich komme mir schon viel selbstsicherer vor.

»Na, dann lass mal hören – und wollen wir hoffen, dass es gut klingt.«

»Oh, das wird es. Da bin ich ganz sicher.« Asra grinst. »Was haltet ihr von einem kleinen Ausflug in einer Honda Breakbolt Mark III?«

Augenblicklich plumpst mein Hintern aufs Sofa.

»Ich bin ganz Ohr …«

KAPITEL FÜNF

Die Honda Breakbolt Mark III ist das geilste Stück Technik, das sich in unserem Universum je die Ehre gab, und ich würde *viel* auf mich nehmen, um hinter ihrem Steuerknüppel zu sitzen. Keine Ahnung, woher Asra das wusste, doch sie kann kaum das Kichern unterdrücken, als sie nach ihrem Tablet auf dem Tisch greift. Sie kehrt zum Startbildschirm zurück, loggt sich aus und rebootet ein komplett anderes Betriebssystem, alles ganz zielsicher, während sie mit Lichtgeschwindigkeit weiterredet.

»Tatsächlich glaube ich, dass mein Plan euch jetzt erst recht überzeugt, nachdem ihr die Steckbriefe gesehen habt. Sie wissen, dass ihr in Saleem seid – also müsst ihr erst mal von diesem Planeten runter, bevor ihr euch selbst oder der Akademie helfen könnt.«

Case schürzt die Lippen und schaut weg, sagt aber nichts.

Dann dreht Asra das Tablet herum und legt es in die Mitte des Tischs. Wir drängen uns ringsum, Schulter an Schulter. Der winzige Projektor des Geräts zeichnet das dreidimensionale, rotierende Bild eines Schiffs in die Luft. Es ist ein *traumhaftes* Geschoss. Lange Linien, glatte, abgerundete Flügel und ein derart starker Antrieb, dass ich fast einen Ständer bekomme. Der Gedanke, am Steuer eines solchen Schiffs zu sitzen – *Wahnsinn.*

Asra greift nach dem Bild und zoomt näher heran. »Das ist die RSS *Manizeh.* Sie ist kaum ein Jahr alt, mit extragroßem Frachtraum und aufgewerteten Kabinen. Das eleganteste, luxuriöseste Transportraumschiff auf dem Markt, definitiv das schönste Schiff in Jaces Schmuggelflotte – und wenn ihr Lust auf eine kleine Straftat habt, kann sie uns gehören.«

Jede Faser meines Körpers schreit: *Ja, mein Gott! Straftaten? Was immer du willst!* Ich will dieses Schiff so sehr, wie ich noch nie etwas gewollt habe. Mit neun Jahren hatte ich ein Poster des allerersten Breakbolt-Modells an meiner Schlafzimmerwand. Es ist wie ein wahr gewordener Traum, von allem, was ich mir je gewünscht habe – ein Pilotenschein, ein schönes Schiff unter mir und die Sterne draußen vor dem Cockpit. Das Kind in mir schreit: *Tu es, klau das Schiff!*

Rion stupst mich mit der Schulter an und hebt eine Braue, und Zee schüttelt den Kopf mit einem stillen Lächeln, als könnte sie meine Gedanken lesen. Ich fürchte, sie können meinen Enthusiasmus nicht ganz nachvollziehen. Case jedoch senkt den Kopf und spielt mit dem Daumen an ihrer Unterlippe, was mich für einen Moment vollkommen ablenkt. Ihrem finsteren Blick nach zu urteilen, brennen ihr gleich die Sicherungen durch.

»Ich kapier's einfach nicht«, sagt sie. »Davon abgesehen, dass es komplett illegal und falsch ist und unsere Anklageliste noch länger macht – wie soll der Diebstahl eines Schiffs uns helfen, unterzutauchen und der Polizei zu entkommen?« Mir fährt ein kleiner Stich ins Herz. Offensichtlich turnt das Schiff sie nicht so sehr an wie mich. Bin ich vielleicht aerosexuell oder so was?

»Das wird es auch nicht«, gesteht Asra ein. »Aber ein nettes Schiff ist es trotzdem, und wir können damit verschwinden und Zeit gewinnen, unsere nächsten Schritte zu planen. Außerdem würde es Jace wirklich unglücklich machen, was ich persönlich sehr erheiternd fände.«

Es geht mich wahrscheinlich nichts an, aber ich kann mir

die Frage nicht verkneifen. »Ich kapiere, dass dein Stiefvater …«

»Jace«, knurrt sie.

O-kay. »Ich kapiere, dass *Jace* so eine Art Gangsterboss ist. Aber bist du dir sicher, dass du ihm sein Schiff klauen willst? Was ändert es an dem, was er treibt, wenn du auch einen auf Gangster machst?«

Asra verzieht den Mund und starrt den Tisch vor ihr an, als hätte er sie persönlich beleidigt. »Jace ist mehr als bloß ein Krimineller. Er hat seine Finger in jedem dreckigen Geschäft auf diesem und noch ein paar anderen Planeten. Er zerstört ganze Familien, schmuggelt mit seinen Schiffen Drogen, er …«

Sie muss schlucken und wendet den Blick ab. »Nichts würde mich glücklicher machen, als ihm sein Lieblingsspielzeug wegzunehmen und dem Drogenhandel einen Dämpfer zu verpassen. Kann doch nur gut sein, oder?«

Zee drückt Asras Hand und gießt ihr einen frischen Tee ein. Ich verberge ein Grinsen hinter meinen Fingern. *Stimmt etwas nicht? Dann trink doch mehr Tee!* Meine Ammi ist genauso.

Zee wechselt dezent das Thema, damit Asra sich etwas beruhigen kann. »Die Geschichte mit den Angriffen und dem zerstörten Sender – das ist eine sehr geschickte Lüge der Akademie. Gibt den Verrätern jede Menge Zeit, um zu tun … was immer es ist, bei dem sie nicht gestört werden wollen.«

Rion lehnt sich gegen das Sofa und kaut gedankenverloren auf seiner Unterlippe. »Ich frage mich, wieso sie überhaupt einen Zeitrahmen angeben. In vier Tagen sind immer noch alle auf der Station tot. Das können sie nicht ewig vertuschen. Was passiert am Ende der Frist?«

Beim Gedanken daran, was das bedeuten könnte, läuft mir ein Schauer über den Rücken. Case spricht aus, was mir durch den Kopf geht: »Vielleicht spielt das alles ja danach keine Rolle mehr. Vielleicht brauchen sie einfach vier Tage, um ihren Plan durchzuziehen – wie immer der aussieht.«

Zee brummt nachdenklich. »Ich glaube, es beruhigt die Leute, wenn sie ein bestimmtes Datum im Kopf haben. Ehe diese vier Tage nicht um sind, macht sich niemand ernsthaft Sorgen um die Station. So halten sie sich die Leute eine Weile vom Hals, ohne dass sie gleich eine Panik auslösen.«

»Meint ihr, sie planen was gegen die Erde?« Asra hebt die dampfende Tasse zum Mund, nippt vorsichtig und stellt sie wieder ab. »Sonst fällt mir nichts ein.«

»Es könnte so ziemlich alles sein.« Case zieht ihre Tasche heran und entnimmt ihr den Flugschreiber unseres abgestürzten Shuttles, um ihn nachdenklich in den Händen zu drehen. »Wir haben keine Möglichkeit, es rauszufinden. Ellis Station ist die Durchgangsstation für den gesamten Reise-, Waren- und Nachrichtenverkehr zwischen der Erde und den Kolonien. Vielleicht geht es ihnen um die Erde – genauso gut könnten sie es aber auf eine der Koloniewelten abgesehen haben.«

»Und wir sind derweil alle am Arsch«, sage ich. »Sie haben uns die Schuld an einem Angriff zugeschoben und als Verräter angeklagt. Und da sie ihre Lügen jedem einzelnen Bürger auf sein Tablet, sein Kom und sein Klo geschickt haben, ist es nur eine Frage der Zeit, bis uns jemand die Polizei auf den Hals hetzt. Was immer wir unternehmen wollen, wir sollten es lieber bald tun. Vor allem wegen dieser Sache mit den vier Tagen.«

Mir liegt noch etwas auf der Zunge, als draußen vor dem offenen Fenster eine klangvolle Stimme erschallt. Die trällernde Melodie trägt die vertrauten Worte herein, mit denen die Gläubigen zum Maghrib-Gebet gerufen werden. Asra erhebt sich und schaut zum Fenster. Die warmen Farben des Sonnenuntergangs färben die Vorhänge blutrot.

»In zehn Minuten bin ich wieder da. Ich gehe mal davon aus, dass ihr alle ein gewaltiges Schleudertrauma habt, also nehmt euch ruhig Zeit, zu entscheiden, was ihr tun wollt. Ich erwarte nicht, dass ihr mir alles glaubt, und ich bin auch nicht beleidigt, wenn ihr mir nicht vertraut – aber wir müssen uns ranhalten. Sagt mir einfach, wie ich helfen kann, okay?«

Sie schnappt sich einen kleinen zusammengerollten Teppich, verschwindet in ihrem Schlafzimmer und schließt die Tür hinter sich. Kurz darauf ertönt das Geräusch von Wasser, als sie mit ihren Waschungen beginnt, also widme ich mich wieder meinen neu gefundenen Komplizen. Rion grinst breit und schüttelt den Kopf.

»Was?«, frage ich.

Er gluckst. »Ich finde es bloß lustig, dass sie sagt, wir bräuchten ihr nicht zu trauen – ich meine, nichts für ungut, Leute, aber ich kenne ja nicht mal euch so richtig! Wir haben uns wann getroffen? Vor ein paar Stunden oder so? Bin ich wirklich der Einzige, der es ein bisschen seltsam findet, dass wir in nicht mal einem Tag von Fremden zu Mitverschwörern bei einem schweren Fall von Raumschiffdiebstahl geworden sind?«

Wo er recht hat … Ich rutsche von der Couch auf den Boden und gebe Rion einen Klaps auf die Schulter. »Ganz ehrlich, ich würde ernsthaft dein Urteilsvermögen anzweifeln, wenn du dem Verrückten, der gerade ein Shuttle geschrottet hat, gleich vertrauen würdest. Aber sieh es mal so: Wir sind alle von der Akademie geflogen, und damit haben wir etwas gemeinsam – aus irgendeinem Grund passen wir ihnen nicht ins Konzept. Und bei allem, was wir über sie wissen, halte ich das für ein Kompliment.«

Case verschränkt die Arme vor der Brust, als wollte sie das Logo der Akademie schützen, das sie dort immer noch trägt. »Sprich für dich selbst. Ich wäre Klassenbeste geworden, wenn sie mich genommen hätten.«

Sie ist wütend ohne Ende, doch darunter klafft eine offene Wunde, die mir nur zu vertraut ist. Ich kann ihr keinen Vorwurf machen. Wenn sie mir nur ein bisschen ähnelt, dann war die Akademie seit Jahren ihr Traum. Für mich war sie die Flucht aus meiner viel zu kleinen Heimatstadt und die Aussicht, ein eigenständiges Leben zu führen. Die Gelegenheit, mich von Grund auf neu zu erfinden, ein fähiger Pilot und Captain meines eigenen Schiffes zu sein – statt ein Versager, der bloß für Videospiele und zum Hühnerfüttern gut ist und in der Nachbarschaft für die schlimmsten Neuigkeiten sorgt, die man sich denken kann. Maliks Traum ist in Erfüllung gegangen: ein Leben in den Kolonien, ein guter Job, Freunde und genug Geld, seine teuren Geschmäcker zu finanzieren.

Jetzt wäre ich an der Reihe gewesen – die Akademie war mein Ausweg.

Ich muss an die entweichende Atemluft und an die kalte Stimme denken, wie sie sagte, dass die Station *neutralisiert* worden sei.

Eine Weile legt sich Schweigen über die Gruppe. Ich zupfe an einem Faden am Saum meines Shirts. Das leise Geklapper von Pfannen im Restaurant unter uns trägt mich zurück in die Küche meines Elternhauses, wo Malik und ich miteinander am Tisch zankten, während unsere Eltern sich hinter der Kühlschranktür heimlich küssten und alles andere für ein paar Sekunden vergaßen. Heftiges Heimweh zerrt an mir, und plötzlich wird mir alles zu viel – hinter meinen Augen staut sich ein heißer Druck, und es kostet mich meine ganze Kraft, ihn zurückzuhalten. Es war einfach noch nicht an der Zeit. Es ging alles zu schnell und zu plötzlich, ohne jede Gelegenheit, unseren Entschluss zu durchdenken. Ich werde niemals wieder die Erde betreten, und die letzten Minuten mit meinen Eltern habe ich in schrecklich peinlichem Schweigen auf dem Parkplatz am Raumhafen verschwendet.

Meine Kehle tut so weh, dass ich kaum schlucken kann. Zaghaft strecke ich die Hand nach Case aus; ihre Schulter unter meinen Fingern ist ein kleiner Trost. Bei der Berührung weicht die Anspannung auch ein wenig von ihr. Ihre Schulter senkt sich mit einem Seufzen. Ich atme tief durch und reiße mich zusammen.

»Ich sehe das so: Wir sind gemeinsam gestrandet – das Rückkehrverbot trifft uns alle. Die Station kontrolliert die Kurierschiffe, also können wir keine Nachricht zur Erde schicken. Wir können auch nicht zur Polizei, wenn die mit der Akademie zusammenarbeitet. Und ohne Visa können wir nicht bleiben. Unterm Strich sind wir alle im Arsch – aber wenigstens gemeinsam, stimmt's?« Ich schaue sie der Reihe nach an. »Das macht uns zu natürlichen Verbündeten. Und hey, ich bin jetzt auch kein Weltraumkiller oder so was. Viel lieber sehe ich mich als ehrgeizigen, aufstrebenden Piloten auf der Suche nach einem Schiff. Ich verspreche, euch nicht im Schlaf umzubringen.«

Lachend stößt Rion mir die Knöchel gegen die Schulter. »Gut zu wissen, dass du kein Weltraumkiller bist. Das wärmt mir echt das Herz. Wie steht's mit dem Rest von euch?«

Zee nickt und toastet uns mit ihrem Tee zu.

»Auch keine Killerin«, sagt sie so trocken wie die Wüste.

Case räuspert sich. Ihre Lippen bilden eine schmale Linie, und ihre Augen sind wie Feuerstein, bereit, jeden Moment Funken zu schlagen. Ist *sie* eine Killerin? Bald vielleicht, wenn das hier so weitergeht.

»Das ist doch alles komplett lächerlich«, sagt sie. »Ihr denkt ernsthaft darüber nach, dieses Schiff zu stehlen?«

»Na ja.« Rion schaut sich um, als hätte er etwas verloren. »Ich sehe nicht wirklich eine Alternative. Du?«

Case stößt ein ersticktes Lachen aus.

»Machst du dich über mich lustig?« Sie hält den Flugschreiber hoch. »Wir haben Beweise, genau hier! Wir haben nichts falsch gemacht, nur in Notwehr gehandelt. Es gibt absolut keinen Grund, weshalb wir nicht einfach zur Botschaft gehen, ihnen die Daten geben und die Sache richtigstellen sollten. Ich habe zwar noch nie von einer Ausnahme vom Rückkehrverbot gehört … aber wir müssen es versuchen.«

»Auf keinen Fall!«, ruft Zee im selben Moment, in dem auch Rion ein nachdrückliches »Verdammte Scheiße!« entfährt. Er zuckt hilflos die Schultern, als wollte er sagen: *Was machen wir nur mit ihr?*

»Das wird nie funktionieren«, führt er aus. »Klar, sie werden dich zurück nach Ellis Station bringen – aber einen Fuß auf die Erde wirst du trotzdem nie mehr setzen. Die stecken dich in Quarantäne und richten dich hin – wegen Hochverrat und schwerem Diebstahl und dem ganzen Mist. Mit Asras Plan können wir wenigstens den Rest der Kolonien warnen. Vielleicht können *die* ja was unternehmen.«

Case lässt den Flugschreiber in ihre Tasche gleiten und hat damit die Hände für wütende Gesten an Rions Adresse frei. »Und die Lösung unserer Probleme ist es, der Liste unserer angeblichen Verbrechen ein paar echte hinzuzufügen?

Pass auf. Eine Freundin meiner Familie arbeitet bei der Botschaft, ziemlich weit oben sogar. Sie kann uns rein- und zu den richtigen Leuten bringen …«

»Nein«, wiederholt Zee. »Ich *will* nicht zurück zur Erde. Niemals wieder.« Sie überlegt kurz. »Oder lass es mich so ausdrücken: Ich *werde* nicht zurückgehen. Wenn ihr das mit der Botschaft probieren wollt, dann lasst mich bitte aus dem Spiel. Ich werde nicht darum betteln, dorthin zurückzudürfen, von wo ich immer nur wegwollte.«

»Ganz genau«, pflichtet Rion ihr bei.

Case wirft die Arme hoch, springt auf und marschiert im Zimmer auf und ab. »Wie steht's mit dir, Nax? Bist du bei diesem Schwachsinn auch dabei? Du bist so schrecklich still die ganze Zeit.«

Ich spüre richtig, wie ich ins Kreuzfeuer gerate, kurz vorm Kopfschuss.

»Ehrlich gesagt … ich bin mir nicht sicher.«

Zee und Rion schauen mich verblüfft an. Ich schließe die Augen, um sie und die Honda mit ihren geschwungenen Linien kurz zu vergessen. So verlockend …

»Es ist so: Wenn ich meinen Pilotenschein will, bleibt mir nur der Weg über die Akademie. Ohne die kann ich kein Pilot werden. Und wenn ich kein Pilot sein kann, sehe ich wenig Sinn darin, den Rest meines Lebens getrennt von meiner Familie auf der Erde zu verbringen.« Schon gar nicht nach einem Abgang wie meinem. Ich muss das wieder hinbiegen. »Wenn es eine Chance gibt, zurückzukehren, sollte ich sie ergreifen.«

Die Tür zum Schlafzimmer öffnet sich leise, und Asra kommt heraus und setzt sich still neben Zee. »Sorry, dass ich gelauscht habe«, entschuldigt sie sich. »Aber das stimmt so nicht ganz. Als meine Amma und meine Schwester von al-Rihla weg sind, hab ich ihnen falsche IDs und Papiere gemacht. Dasselbe kann ich auch für dich tun.«

Sie zieht die Knie heran und stützt das Kinn darauf. »Ohne angeben zu wollen, aber ich bin ziemlich gut mit so was. Wird selbst der gründlichsten Überprüfung standhalten, mein Wort darauf.«

»Immer noch illegal«, sagt Case genervt. »Immer noch ein echtes Verbrechen statt falscher Beschuldigungen.«

Ich hasse es. Jede Alternative ist irgendwie Scheiße. Es gibt kein klares Richtig oder Falsch, keinen Weg, alle glücklich zu machen und auf dieselbe Seite zu ziehen. Ich schließe die Augen, achte nicht länger auf meine Umgebung. Zeit, mich zu entscheiden. Was finde *ich* richtig?

Ich beiße auf meine Lippe, schaue zu Zee und Rion, dann begegne ich Cases abwartendem Blick.

»Ich muss in dieser Frage Case zustimmen«, sage ich schließlich und zucke unter Zees strafendem Zungenschnalzen zusammen. »Ich glaube zwar nicht, dass es funktionieren wird – aber ich finde, wir müssen den legalen Weg zumindest probieren. Und wenn das nicht klappt, schauen wir uns Plan B an.«

»Da bin ich raus«, sagt Rion und weicht vor mir zurück. »Mein Dad weiß inzwischen, dass ich bei der Einschreibung seine Unterschrift gefälscht habe. Wenn ich zurückkehre, war's das für mich. Er hat mein ganzes Leben für mich geplant – noch mehr Praktika, Politikstudium, Anzüge und Lügen und Scheiß. Ohne mich.«

»Und ohne mich«, sagt Zee. »Ihr könnt beide machen, was ihr wollt, aber gebt uns wenigstens einen Vorsprung, damit wir abhauen können. Nach allem, was wir miteinander durchgemacht haben, ist das doch nicht zu viel verlangt, oder?«

»Wartet, jetzt wartet doch mal!«, stottere ich und haue innerlich die Bremsen rein. Was sollen wir bei der Botschaft dann erzählen? Wir können Zee, Rion und Asra nicht ans Messer liefern. Auf keinen Fall. Aber einfach so tun, als würden wir sie nicht kennen? Auch irgendwie Mist. Ich fahre mir nervös mit den Händen über das Gesicht und Haar.

»Wir können diese Entscheidung nur einmal treffen. Aber wir haben ewig nicht geschlafen, und ich bin total erledigt. Können wir das Thema nicht bitte auf morgen früh vertagen?«

Anscheinend können Case, Rion und Zee wenigstens in dieser Sache einer Meinung sein; trotzdem bedenken sie mich mit ihren fiesesten Blicken, als ob ich sie alle persönlich verraten hätte. Aber ich meine es, wie ich es sage: Meine Gedanken sind ein einziges Durcheinander, und mein Hirn weiß kaum noch, was zwei plus zwei ist. Wirklich nicht der beste Zeitpunkt für lebenswichtige Entscheidungen.

Asra steht auf und grinst mich an. »Also wenn ihr damit fertig seid, euch gegenseitig an die Gurgel zu gehen, hätte ich noch ein paar Kissen und Decken im Schrank neben dem Sofa.« Sie nimmt ihr Tablet vom Tisch, schaltet es aus und lässt es in der Gesäßtasche ihrer Jeans verschwinden. »Um die könnt ihr euch auch zanken, wenn ihr mögt. Ich bin in meinem Zimmer, falls was ist.«

Die langen Ärmel ihrer Kurta flattern, als sie uns zuwinkt und uns eine gute Nacht wünscht, ein heller Klecks goldbesticktes Weiß vor der aufziehenden Dunkelheit. Ich suche nach Anzeichen von Arglist oder böser Absicht in ihrem Gesicht, doch ich finde nur Freundlichkeit, Hilfsbereitschaft und einen scharfen Verstand. Dann zieht sie sich in ihr Zimmer zurück. Kurz darauf erklingt das leise Lachen einer Sitcom durch die dünnen Wände.

Widerwillig grummelnd fügen die anderen sich ihrem Schicksal. Es gelingt uns, die drei Kissen und zweieinhalb Decken halbwegs gerecht aufzuteilen, und Zee gewinnt bei Schere, Stein, Papier die Couch, verdammt. Rion rollt sich an der gegenüberliegenden Wand zusammen, Case bei der Tür und ich unter dem einzigen Fenster. Der Boden ist so hart, dass ich das Kopfkissen in der Mitte zusammenklappe. Die Stille ist angespannt und wütend, und ich werde das Gefühl nicht los, dass sie sich gegen mich richtet.

Das ist doch alles Scheiße. Ich habe mir alle Argumente angehört und einen Kompromiss gesucht – und jetzt bin ich der Böse?

Was soll's.

Ich drehe den anderen den Rücken zu und starre die Wand an.

***

Ich kann mich nicht bewegen.

Meine Füße sind schwer wie Magnetstiefel auf der höchsten Stufe. Sie nageln mich an Ort und Stelle fest, während Case und Rion mir ins Ohr flüstern.

»Tu das Richtige, Nax!«, zischt Case. Ihre Fingernägel bohren sich in meinen Arm. »Willst du unbedingt an deinem Vorstrafenregister arbeiten? Deine Eltern werden dich nur noch mehr hassen.«

»Ihr Plan ist die reinste Selbstmordmission.« Rion klingt ruhig, die Stimme der Vernunft. Seine Lippen berühren fast meine Wange. »Wir können doch nicht für die ganzen Opfer kämpfen, wenn wir selbst tot sind!«

Eine Projektion der Honda Breakbolt Mark III *erscheint und dreht sich langsam im Takt des Geflüsters, während Asra ihre Ausstattung und Upgrades aufzählt. Dann ist das Bild plötzlich nur noch zweidimensional, ein Poster aus einem Flugmagazin, fest auf den Boden geklebt, und Asra kreist darüber in der Luft.*

Zee tritt zu mir und reicht mir eine Tasse mit kochend heißem Tee. Sie ist zu heiß, ich lasse sie fallen, und sie zerbricht. Tadelnd reicht mir Zee eine neue und noch eine und noch eine, bis ein Rinnsal Blut mein rechtes Auge blendet. Meine Stirn blutet. Zee schnalzt noch einmal mit der Zunge und drückt mir ein Tuch auf die brennende Wunde.

»Du musst vorsichtiger sein«, sagt sie – aber es ist Maliks Stimme, nicht ihre, hart und anklagend. »Eines Tages bringst du noch jemanden um, wenn du so eine Scheiße abziehst. Weißt du nicht mehr, was letztes Mal passiert ist?«

Ohne jede Warnung drückt Zee noch fester auf den Schnitt. Schmerz schießt mir durch den Schädel. Dann holt sie mit dem Bein aus und …

Ich schrecke hoch und lege mir schützend die Hand über den Schritt. Irgendwie wirkt der Schmerz aus meinem Traum noch nach. Ich blinzle benommen und hebe den Kopf. Zee steht mit verschränkten Armen über mir.

»Du hast mich getreten!«, beschwere ich mich, meine Stimme noch schläfrig.

Zee packt mich am Arm und zieht mich auf die Beine. »Case ist weg – und den Flugschreiber hat sie mitgenommen.«

Die Worte wirken wie ein Eimer Eiswasser. Ich reiße mich los und suche nach meinen Stiefeln, obwohl ich noch gar nicht weiß, wofür ich mich anziehe. Was sollen wir denn tun? Durch die Stadt irren und hoffen, dass wir nicht gesehen werden, während wir planlos nach Case suchen?

»So ein blödes Miststück aber auch«, schimpft Rion und

kämpft mit seinen Jeans. »Sie bringt uns alle ins Gefängnis! Ich fasse es nicht ...«

Zee läuft auf und ab, die Finger im Haar verheddert. »Wir hätten es kommen sehen sollen! Sie hatte den Flugschreiber schon gestern die ganze Zeit in der Hand, und sie war echt sauer. Was, wenn sie ihnen sagt, wo wir sind?«

Asra kommt herein und schaltet den großen Bildschirm an der Wand an. »Wenn sie gefasst wird, werden wir es in den Nachrichten sehen. Ihr seid gerade die spannendste Story des Planeten.«

Sie zappt durch die Sender, bis sie die Nachrichten findet. Und mein Herz rutscht mir in die Hose.

Da ist sie, Case, die wutschnaubend jemanden außerhalb des Bildes anschreit, während sie davongeschleppt wird. Ihr wildes Haar klebt ihr in den Mundwinkeln, und sie stößt Flüche aus; aber natürlich ist die Szene ohne Ton. Was immer sie sagt, es könnte über unser Schicksal entscheiden. Ein Sprecher kommentiert die Bilder.

»Die Verdächtige Case Hwang-Torres wurde kurz nach fünf Uhr morgens in Gewahrsam genommen, als sie die Botschaft der Erde betrat und behauptete, über wichtige Informationen zu verfügen. Sie wurde augenblicklich verhaftet – sowohl wegen ihrer Rolle beim Anschlag auf Ellis Station als auch wegen des Versuchs, Falschinformationen über den Angriff und die Globale Kolonialkommission zu verbreiten. Sie wird nach Ellis Station in Quarantäne gebracht und dort des Verrates angeklagt werden. Im Falle einer Verurteilung droht ihr die Todesstrafe. Derzeit wird sie ohne Aussicht auf Bewährung in der Botschaft festgehalten, bis sie abtransportiert wird. Der Verbleib ihrer drei Komplizen und der entführten Stieftochter von Saleems Stadtrat Jace Pearson ist nach wie vor unbekannt. Weitere Details über die Verdächtigen und eine Analyse unserer Experten in Kürze. Bleiben Sie dran!«

Asra schaltet den Bildschirm aus und erspart uns dankenswerterweise, wie genau am Arsch wir nach Meinung der »Experten« wirklich sind. Hilflos wende ich mich den anderen zu; die aber schauen mich an, als ob ich die Antwort wissen müsste. Ich habe keine Ahnung, was ich sagen soll. Wir müssen los, müssen irgendwas tun. Aber was?

»Was denkt ihr?«, frage ich schließlich, um das Schweigen zu beenden.

»Wir sollten hier weg, falls sie irgendwem erzählt hat, wo wir sind.« Rion wirkt sachlich und gefasst.

»Allerdings«, stimmt Zee ihm zu. »Und dann gehen wir zur Botschaft und holen sie raus.«

»Was? Auf keinen Fall!«, protestiert Rion und schaut Zee an, als hätte sie vorgeschlagen, eine Party für die örtliche Polizei zu geben. »Sie hat das so gewollt! Also ist es jetzt ihr Problem.«

»Willst du etwa, dass sie stirbt?«

»Natürlich nicht! Aber es besteht noch immer Hoffnung, dass sie freigesprochen wird.«

Zee unterbricht ihn mit einer scharfen Geste. »Glaubst du ernsthaft, dass sie einen fairen Prozess kriegt, solange die alles vertuschen?«

»Wenn wir versuchen, zur …«

»Wahrscheinlich wird sie hingerichtet, kaum dass …«

»Ich weiß, ich weiß, es tut mir leid, okay?«, ruft Rion. »Ich weiß das alles! Ich weiß, dass wir ihr helfen müssen. Ich könnte es mir nie verzeihen, wenn ihr was passiert. Es … es kotzt mich bloß an, und wenn das alles damit endet, dass ich zurück zur Erde geschickt werde, dann springe ich aus der verdammten Luftschleuse.«

Er legt eine Hand übers Gesicht, schützt die letzten Reste seiner falschen Gelassenheit.

»Falls es das leichter macht: Wir haben eigentlich keine Wahl«, versuche ich die beiden zu versöhnen. »Die Breakbolt benötigt ein Zweierteam zum Fliegen. Falls sich also niemand sonst so gut mit Schiffssystemen auskennt wie Case … brauchen wir sie zurück.«

Ich schaue zu Asra, die sich bislang rausgehalten hat. »Mir ist klar, dass das nicht unbedingt dein Problem ist – aber wir könnten etwas Hilfe gut gebrauchen. Irgendwelche Vorschläge?«

»Eine Menge«, sagt sie. »Aber dafür brauchen wir Waffen. Zieht euch fertig an«, fügt sie an Rion gewandt hinzu. Dann lächelt sie.

»Es wird Zeit, dass ihr Nanni kennenlernt.«

KAPITEL SECHS

Nanni, so stellt sich heraus, ist genau, wonach sie klingt: eine gebrechliche alte Frau mit einem schmalen, faltigen Gesicht, feinem silbrigem Haar und strengen braunen Augen. Allerdings hat sie auch Arme wie ein Seemann und ein Geheimversteck voll Waffen und illegaler Technik. Definitiv niemand, mit dem man sich anlegen möchte.

Asra fällt ihr um den Hals, kaum dass die alte Frau die Tür zwischen Wohnung und dem Restaurant im Erdgeschoss öffnet. Sie unterhalten sich schnell auf Bengalisch, während Nanni uns in die Küche führt und den Kühlraum öffnet. Dann bedeutet sie mir, Rion und Zee, große Kisten von einer Seite zur anderen zu schieben. So kommt nach und nach eine ein Meter fünfzig große Klappe in der Rückwand zum Vorschein. Nanni leiht sich Asras Tablet, verbindet es mit dem Schloss und tippt mit verblüffender Geschicklichkeit einen komplizierten Code ein. Zee, Rion und ich tauschen Blicke. Dann folgen wir den beiden durch die Tür.

Nanni schlägt auf einen altmodischen Lichtschalter, und ein dumpfes Licht erhellt den Raum, der gefüllt ist mit Waffen, Munition und Ausrüstung, alles säuberlich auf Wandhalterungen sortiert. Mein Rücken versteift sich, und Rion haucht ein leises »Whoa«. Zee tritt zögernd einen Schritt zurück, als rechnete sie damit, dass der Raum gleich explodiert. Mit einer Kindheit auf dem Land und einer Polizistin als Mutter kenne ich mich aus mit Waffen. Doch bei der schieren Größe und Feuerkraft dieses Arsenals kribbelt meine Haut unangenehm. Nanni winkt uns zu sich, und Asra übersetzt für uns.

»Sie sagt, ihr braucht nicht wie verängstigte Hündchen dreinzuschauen. Niemand hier wird euch was tun, solange ihr euch nicht mit ihr anlegt – was ich nicht empfehlen würde. Sie gibt uns auch bloß nicht tödliche Waffen, damit wir uns nicht wehtun. Mehr hat sie auch gar nicht – aber es macht ihr Spaß, etwas Unruhe zu stiften. Wir sind eine kleine Widerstandsbewegung, nicht das Militär.«

Was für eine Erleichterung. Wenn meine Ammi mir auf dem Schießstand irgendetwas beigebracht hat, dann die Gefahr und Verantwortung zu kennen, die eine Waffe mit sich bringt. Dank der Horrorgeschichten, die sie von der Arbeit erzählte, fehlt mir auch jedes Verlangen danach, eine Waffe zu tragen.

Asra, die für unseren Geheimeinsatz eine wallende, nachtschwarze Kurta trägt, nimmt fünf dünne, rechteckige Etuis von einem der Regale. Sie reicht uns jeweils eins und behält zwei für sich, ehe sie uns den Inhalt des Etuis zeigt: sieben kleine Metallscheiben in einer Schaumstoffform.

»Gesichtswandler«, erklärt sie. »Natürlich illegal – aber so erkennt man uns nicht gleich. Einen Projektor auf die Stirn, einen auf die Nasenspitze, einen auf jede Wange und beide Kieferseiten, einen aufs Kinn.«

Zee brummt fasziniert. »So einen hast du getragen, als wir uns das erste Mal getroffen haben.«

Asra nickt. »Ich gehe mittlerweile kaum noch ohne vor die Tür. Hält mir Jace und meinen Stiefbruder vom Leib.«

Als Nächstes reicht sie uns drei Tablets. »Die Apps dazu sind schon installiert. Ich kann euch helfen, die Geräte einzurichten. Aber diese eine Sache sage ich euch jetzt nur einmal …«

Sie sieht mich streng an. »Hinterlasst keinen Datenabdruck, egal wie klein! Keine sozialen Netzwerke, kein Standortverlauf, keine Messenger. Nur Basisfunktionen. Die Tablets sind verschlüsselt und im Netz fast unsichtbar, aber natürlich könntet ihr sie in den Werkszustand zurückversetzen und dann Blödsinn damit anstellen. Bringt uns nicht ins Gefängnis, bloß weil ihr es nicht lassen konntet, dem nächsten Interkolonienkurier eine Nachricht für die Ex mitzuschicken.«

Ich pruste – die Gefahr besteht nun wirklich nicht. Keiner meiner Ex-Partner ist in die Kolonien ausgewandert, und selbst wenn – meine letzte Freundin kann mich auf den Tod nicht mehr ausstehen, und der Kerl, den ich vor ihr hatte, war ein Arschloch, dem ich nichts mehr zu sagen habe. Meine Ammi war von meinen Dates nie sehr begeistert – aber als der Typ mit mir Schluss machte, bot sie mir an, ihn zu verhaften. Ich liebe meine Mutter. Wenn die Kurierschiffe zur Erde noch flögen, wäre ich ernsthaft versucht, mich Asras Warnung zum Trotz bei meinen Eltern zu melden. Wahrscheinlich sind sie gerade superwütend auf mich. Ich wünschte, ich könnte mich wenigstens für das Chaos entschuldigen, das ich zurückgelassen habe, und ihnen sagen, dass sie nicht alles glauben sollen, was sie hören.

Na ja. Wahrscheinlich würde mir das auch nicht mehr helfen.

Das Licht des Startbildschirms ist wie der erste Sonnenstrahl nach einem Hurrikan. Mein Tablet auf der Erde zu lassen tat echt weh, und ich bin jetzt schon über einen Tag ohne. Fühlt sich an, als bekäme ich gerade meinen verlorenen Arm wieder angenäht – ein schlechtes Zeichen wahrscheinlich, aber Zee und Rion wirken genauso verzückt, also bin ich wenigstens nicht allein damit. Und angesichts dessen, dass wir in eine schwer bewachte Botschaft einbrechen wollen und dabei wahrscheinlich alle sterben, sollte ich mich lieber zusammenreißen und konzentrieren.

Ich stecke das Tablet ein und will mich gerade dem kleinen Silberetui mit den Projektoren widmen, als Nanni mir eine Waffe in die Hand drückt. Kaum dass das kalte Metall meine Haut berührt, melden sich Training und Muskelgedächtnis zurück, und ich halte das fürs Geschäftliche zuständige Ende der Pistole weg von den Leuten. Auch Rion und Zee nehmen ihre Waffen nur zögerlich entgegen.

»Betäubungspistolen«, erklärt Asra. »Versetzen einen Menschen bei Treffern auf die nackte Haut in Tiefschlaf. Schießt euch bitte nicht gegenseitig ab.«

»Danke für den Hinweis«, murmelt Rion, wiegt die Waffe in der Hand und nimmt dann die gegenüberliegende Wand ins Visier. Zee hält ihre Pistole mit Daumen und Zeigefinger wie drei Tage alte Unterwäsche und legt sie dann vorsichtig auf dem nächsten Tisch ab. Wenn sie auf Trittreichweite an ihre Gegner herankommt, ist sie sowieso immer bewaffnet. Nanni lacht und holt ihr ein Holster. Sie hilft Zee, es anzulegen und die Waffe unter ihrem Shirt am Rücken zu verstecken. Vermutlich ist es besser, eine Pistole zu haben, die man nicht benutzt, als sie nicht zu haben, wenn man sie braucht.

Asra lässt ihre Pistole ebenfalls unter der Kleidung verschwinden, dann setzt sie sich mit geübten Griffen die Projektoren aufs Gesicht. »Das Ratshaus und die Botschaft teilen sich dasselbe Gebäude. Mit Jaces Zugangscodes kämen wir rein – dann müssten wir weiterschauen. Wenn's wirklich dumm läuft, hab ich ein paar Freunde, die draußen etwas Unruhe stiften können – aber in der Botschaft selbst sind wir auf uns allein gestellt. Hat jemand eine bessere Idee? Eine nützliche Ablenkung?«

»Ich hab schon oft gehört, ich sei ein Wahnsinnstänzer«,

sagt Rion. »Wenn du mir einen Tisch besorgst, verspreche ich dir eine Ablenkung, die du so schnell nicht vergisst.«

Ich stoße ein Lachen aus. Das läuft alles bestimmt ganz super.

Aber hey, klar, Tabledancing – das würde ich auch gern sehen.

***

Wenig überraschend fühlt es sich recht seltsam an, in aller Öffentlichkeit mit einem Stück illegaler Technik im Gesicht rumzulaufen. Vor lauter Nervosität habe ich schon die Rückseite meines geliehenen Shirts durchgeschwitzt. Eigentlich sollten die Gesichtswandler uns die Angst ja nehmen, statt sie noch größer zu machen – immerhin *verwandeln sie unsere Gesichter,* damit uns niemand erkennt. Aber erzähl das mal meinem paranoiden Hirn.

Der Gedanke hinter der Erfindung war ursprünglich ein guter: Opfer von Gewalt sollten trotz ihrer Narben ihr altes Gesicht wiederhaben. Etwa fünf Sekunden später merkte die Regierung, dass die Dinger eine Scheißidee waren. Man kann Verbote erlassen, wie man will, früher oder später landet alles auf dem Schwarzmarkt. Und da wären wir nun, dank Nannis Kontakten: fremde Gesichter in einem Meer fremder Gesichter.

Für halb sieben Ortszeit sind die Straßen überraschend voll. Al-Rihla ist eine bunt gemischte Welt mit Menschen jeder Größe, Statur und Hautfarbe, wobei die meisten ursprünglichen Siedler aus südasiatischen Ländern stammten und immer noch die Mehrheit stellen. Wir fügen uns problemlos ein, die Gesichtswandler aktiv, alle Sinne in Alarmbereitschaft.

Asra trägt statt ihrer modisch bunten Kurta nun unauffälliges Beige, und es fällt schwer, sie mit dem Gesichtswandler nicht aus den Augen zu verlieren, während sie uns durch das Labyrinth der Straßen führt. Glitzernder Stahl wölbt sich über Beton und Glas, kleine Mäuerchen säumen kunstvolle Muster im Pflaster des Kunstdistrikts, stinkende Mülltonnen ruhen im groben Kies der Gassen zwischen den Geschäften.

Die kleinen Projektoren des Gesichtswandlers jucken wie krabbelnde Ameisen auf meiner Haut, aber ich widerstehe dem Drang, zu kratzen. Und dann erreichen wir unser Ziel: ein glänzendes Gebäude mit langen, schwungvollen Kurven, ein Mix aus Metall und rustikalen Holzbalken. Die Menschenmenge bricht wie eine Welle und setzt uns direkt vorm Eingang auf dem Gehweg ab, doch Asra führt uns rasch ums Eck in eine Gasse mit einer versteckten Nische und einer einzelnen schwarzen Tür darin.

»Sind wir so weit?«, frage ich.

Zee nickt und tätschelt mir beruhigend die Schulter, ihre Beine gespannt wie eine Feder. Rion zückt mit schiefem Grinsen seine Betäubungspistole.

»Lasst uns böse sein«, sagt er mit einem Zwinkern, bei dem mein Gesicht ganz heiß wird. Ich lache verärgert und nicke Asra zu, woraufhin sie mit flinken Fingern den Code in ihr Tablet eingibt. Die Tür summt, dann öffnet sie sich mit einem Klicken, und wir sind drin.

Der lange Flur gleich hinter der Tür ist menschenleer. Es ist noch vor Schichtbeginn, und eine schwere Stille legt sich über uns. Mit langen Schritten stehlen wir uns an den Wänden entlang, die mit Arbeitsrechtpostern und inspirierenden Sprüchen der Chefetage tapeziert sind. Asra und ich geben den Weg vor, Rion und Zee halten uns den Rücken frei. Als mit einem lauten Klappern die Lüftung anspringt, zucke ich vor Schreck so schlimm zusammen, dass ich Asra fast mit einem Schuss schlafen lege. Zum Glück habe ich das Sicherheitstraining meiner Ammi so verinnerlicht, dass ich den Finger nicht auf dem Abzug hatte.

Wir erreichen eine Kreuzung und lauschen. Meine Nerven sind zum Zerreißen gespannt. Asra tippt mir auf die Schulter und deutet nach rechts, doch ehe wir loshuschen können, hallt von links ein leises Klicken durch den Gang. Sie duckt sich, und ich tue es ihr gleich. Meine Lungen brennen schon vor lauter Luftanhalten. Rasche Schritte, kaum zu hören – dann öffnet sich ein paar Sekunden später eine andere Tür, und es kehrt wieder Stille ein.

Asra tippt mich abermals an und führt uns zügig nach rechts und um mehrere Ecken durch scheinbar zufällig gewählte Seitengänge. Dann schlüpfen wir durch eine Tür und finden uns in einer Art Wartungsbereich samt verstecktem Treppenhaus wieder. Zee und ich haben kein Problem mit Stufen und liefern uns ein kleines Rennen nach oben (Zee gewinnt), während Asra und Rion uns verärgert nachhasten. Mehrere Etagen über unserem Ausgangspunkt bedeutet Asra uns schließlich, anzuhalten.

»Das ist der Wartungszugang zum Stockwerk der Botschaftssicherheit.« Sie projiziert mit ihrem Tablet eine kleine Karte in die Luft. »Sobald wir da durch sind, müssen wir bis hier in der Ecke, wo die Zellen sind.«

Ich nicke und hole tief Luft. Case verlässt sich auf uns. Wir können das schaffen.

»Okay. Ich gebe euch Deckung, während ihr euch um die Sicherheitssysteme kümmert. Rion und Zee, ich denke mal, ihr könnt uns eine Ablenkung verschaffen?«

Sie sehen einander an und heben fragend die Brauen.

»Kriegen wir hin«, sagt Zee.

Rion grinst. Wenn ich den Tabledance verpasse, bin ich wirklich sauer.

Ich kontrolliere zum hundertsten Mal meine Betäubungspistole und mache mich bereit. »Wann immer du so weit bist, Asra.«

Rion und Zee beziehen links und rechts von mir Position, Rion mit der Waffe auf die Tür gerichtet, Zee sprungbereit. Asra schaut uns an und zählt einen stillen Countdown herab.

3 … 2 … 1 …

Sie betätigt den Öffner, die Tür gleitet summend beiseite …

Auf der anderen Seite steht jemand.

Asra taumelt zurück, rempelt gegen mich und stolpert, will den Weg zurück, den wir gekommen sind. Doch es ist schon zu spät – ich hebe die Waffe, habe den Finger am Abzug …

Moment mal.

Case?

Ihre Augen weiten sich vor Schreck, sie zuckt zurück, dann zögert sie. Der Reihe nach schaut sie uns an, mustert uns von Kopf bis Fuß.

Oh verdammt – die Gesichtswandler.

»Wir sind's!«, flüstere ich. »Wir sind gekommen, um dich rauszuholen. Geht's dir gut?«

»Was zur Hölle habt ihr hier verloren?«, zischt sie und stößt mich zur Treppe. »Sie wissen, dass ich weg bin, und sind direkt hinter mir! Und ach du Scheiße, wer hat *dir* eine Waffe gegeben?«

»Wie bist du entkommen?«, unterbricht Rion sie misstrauisch, und ich kann es ihm nicht verübeln. Es ist schon seltsam.

Mit frustriertem Stöhnen drängt sich Case an uns vorbei

und hastet die Treppe runter. »Glaubt ihr echt, dass ich einfach so hier reinspaziert bin – ohne einen Plan B, falls was schiefgeht? Ich bin doch nicht *völlig* bescheuert.«

Ich unterdrücke ein Prusten. »Hätte ich mir denken können, dass die Überfliegerin einen Plan hat.«

Doch sie ist schon wieder hyperkonzentriert. Ich kann das Adrenalin regelrecht brummen hören, während sie die Stufen hinabspringt.

Am Fuß der Treppe übernimmt wieder Asra und führt uns zurück zum Personaleingang. Wir rennen an den flatternden Motivationspostern vorbei und schaffen es bis in die Gasse hinter dem Gebäude, ohne irgendwem zu begegnen. Dort zieht Asra den fünften Gesichtswandler aus ihrer Innentasche und klatscht ihn Case auf die Wangen, ohne groß um Erlaubnis zu bitten. Case wehrt sich erst, dann kapiert sie, was Asra vorhat, und hält still. Asra probiert verschiedene Gesichter durch, bis sie eins hat, das an Case natürlich wirkt, und drückt ihr das Tablet dazu in die Hand.

»Wir sollten uns aufteilen und zurück zur Wohnung.« Sie sieht sich um. »Sobald sie einen Blick auf ihre Überwachungskameras werfen, werden sie nach einer fünfköpfigen Gruppe suchen.«

Rion nickt. »Neue Gesichter wären auch nicht verkehrt. Diese hier kennen sie jetzt.«

Wir wechseln die Gesichter, während Zee Case noch kurz untersucht. Gerade will ich uns für den Rückweg aufteilen, als hinter uns der Personaleingang der Botschaft aufschlägt.

»Sie sind hier draußen!«, brüllt jemand.

Scheiße.

»Teilt euch auf!«, rufe ich und tippe Rion an den Arm, damit er mir folgt.

Wir hechten in eine Seitenstraße mit bröckelnden Fassaden und verrammelten Fenstern, springen über alte Kisten und streunende Katzen. Hinter uns erklingt ein Schrei, gefolgt von schweren Schritten und Lärm.

Na schön. Hoffentlich lassen sie wenigstens die anderen in Frieden, wenn sie uns folgen.

Keine Zeit mehr zu verplempern – rasch in eine enge Gasse, damit sie uns aus den Augen verlieren, ein paar Optionen mehr einbeziehen müssen. Nicht groß über links und rechts nachdenken, einfach eine Entscheidung fällen und los und noch mal und noch mal, genau wie die Ausweichmanöver im Flugsimulator. Ich weiß, dass sie uns noch auf den Fersen sind; ich kann ihre Stiefel hören und wie sie über ihre Koms Verstärkung anfordern und unsere Namen schreien. Wenn die Verstärkung erst eintrifft, sind wir gearscht. Noch mal nach links, dann steigt mir ein staubiger, vertrauter Geruch in die Nase.

Ziegen – eine ganze Herde, direkt über der Straße auf einer eingezäunten Weidefläche. Riesige, stinkende, zottelige, schlecht gelaunte Ziegen. Die vorderste starrt mich herausfordernd an. Ich starre zurück.

»Rion«, sage ich und greife nach seiner Hand. »Bitte vergib mir, was ich jetzt tue.«

Kapitel Sieben

Wir stecken bis zum Hals in Ziegen, als Rion endlich ausspricht, was ich die ganze Zeit schon denke.

»Du bist ohne jeden Zweifel der absolut. Schlimmste. Captain. Aller. Zeiten – scheiß auf dich und das Shuttle, das dich angeschleppt hat, Hall.«

Er stößt ein halbes Lachen aus, doch ehrlich gesagt muss ich ihm zustimmen. Dunkle Verzweiflung droht mich mit Haut und Haaren zu verschlingen, also versuche ich, die Stille zwischen uns zu füllen.

»Genau genommen haben wir da ja schon – also, auf das Shuttle geschissen. Das wir zu Bruch geflogen haben. Und mit *wir* meine ich mich. War ja meine Schuld.« Der Schmerz sitzt immer noch tief. »Und ich bin niemandes Captain«, füge ich leise hinzu. »Also scheiß drauf.«

Dann halte ich die Luft an und unterdrücke das Niesen, das mir seit drei Minuten vor lauter Staub in der Nase rumkriecht. Daheim dachte ich immer, nichts könnte schlimmer sein, als unseren Ziegenstall zu entmisten, aber … jap, das hier ist schlimmer.

Die Ziegen drücken sich von allen Seiten an uns. Ihre Hufe wirbeln noch mehr Staub auf, ihre Augen rollen nervös hin und her. Sie scheinen nicht sehr begeistert davon zu sein, dass wir zwischen ihren zottigen Flanken kauern und uns, so leise es geht, mit langen, kniemordenden Schritten halb kriechend, halb schleichend voranarbeiten.

Unerträglich langsam verschwindet das Botschaftsgebäude hinter der Ecke des Blocks außer Sicht, und wir kriech-watscheln weiter, bis uns die Ziegen zum Verstecken ausgehen – leider viel zu schnell. Ich strecke die Hand nach Rion aus und riskiere einen Blick aus dem Wald der Ziegenbeine: Die Straße sieht verlassen aus. Keine Spur von unseren Verfolgern. Was nicht heißt, dass sie nicht in der Nähe sind.

Hinter der Einzäunung liegt ein Grundstück mit hohem, trockenem Gras, aber ich habe in genügend Weizenfeldern Verstecken mit meinem Bruder gespielt, um zu wissen, dass es jede Bewegung sofort verraten würde. Besser, wir sprinten zu der dunklen Gasse auf der anderen Straßenseite. Wenn wir es bis dahin schaffen, ohne dass uns jemand sieht, können wir uns problemlos durch die Hintergassen zurück zu Asras Wohnung stehlen. Nun zum schweren Teil: die Straße, über die wir gekommen sind, überprüfen. Da hilft alles nichts: Ich muss den Kopf über die Ziegen strecken und hoffen, dass mich niemand bemerkt.

Meine Schenkel und Waden schmerzen von der letzten halben Stunde, als ich mich gerade weit genug aufrichte, um geduckt über die krummen Ziegenrücken zu spähen. Eine Brise frische, salzige Küstenluft weht mir um die Nase – einfach herrlich, wenn man gerade fast im erdigen Aroma von Ziegenfell und ihrem unerklärlich fischigen Mundgeruch ertrunken wäre. Rasch scanne ich die Umgebung, ob uns unmittelbare Gefahr droht – dann noch mal genauer, ob nicht doch irgendwo etwas lauert.

Alles ruhig.

Die Straße ist verlassen, und das Bedrohlichste, was ich sehe, ist ein erschreckend großer Haufen Ziegenkacke am Ende des Stalls. Keine Rufe, keine Bewegung. Es widerstrebt mir, die frische(re) Luft wieder aufzugeben; mit einem letzten, genießerischen Seufzen sinke ich zurück auf meine schmerzenden Knie.

»Ich glaube, wir können gefahrlos weiter. Auf der anderen Straßenseite ist eine Gasse, zu der wir rennen können, und von da sollten uns viele Wege zurück zur Wohnung führen.«

Rion starrt mich anklagend an. »Der Fiesling hier hat gerade mein Haar angeknabbert. Und meine Stiefel will ich lieber gar nicht ansehen.«

Ich pruste, und die Ziege neben mir prustet zurück. »Ach, ich dachte, du findest sie süß?«

Er wirft mir einen verstörten Blick zu. *Frag lieber nicht.* Dann kann Rion das Grinsen nicht länger unterdrücken, er lässt sich fallen und hält sich an meinen Armen fest, um sein Lachen an meiner Schulter zu ersticken. Auch ich breche in unkontrolliertes Gelächter aus, bis ich es schaffe, ihm ins Ohr zu zischen.

»Psst!«

»Das darf doch alles nicht wahr sein«, japst Rion.

»Wir werden noch verhaftet!«

Er schüttelt den Kopf und lässt meine Schulter los, dann trocknet er sich die Augen. »Ach was, Kumpel, wir haben hier maximalen Ziegenschutz am Start. Das wird schon.«

Zärtlich und ein wenig wehmütig tätschle ich den Hintern eines großen, roten Ziegenbocks. »Ihr seid deutlich hübscher als die Ziegen meiner Eltern. Danke, dass ihr uns nicht niedertrampelt. Oder mein Spielzeug fresst. Oder spuckt.« Gott, die Spuckerei immer …

»Bist du dann so weit, oder möchtest du lieber diesen üblen Kackfabriken nachtrauern?« Rion reckt seinen Kopf über die Ziegen. Ich tue es ihm gleich. Als er sich umdreht, treffen sich unsere Blicke. Ich versuche, mich zu beherrschen – ich versuche es wirklich –, doch dann zuckt sein Mundwinkel, und ich kann nicht mehr. Wir brechen abermals zusammen und ducken uns in den Wald aus Ziegenbeinen, die Hände über dem Mund.

»Diese üblen Kackfabriken haben uns das Leben gerettet«, flüstere ich mit brüchiger Stimme. »Ich finde, sie verdienen deinen Respekt und deine Bewunderung!«

Rion lässt mich deutlich wissen, was er davon hält. Staub spuckend kriecht er zum anderen Ende der Einzäunung. Wahrscheinlich weiß nicht jeder eine gute Rettungsziege zu schätzen.

Am Ende des Stalls schauen wir uns ein letztes Mal nach Verfolgern um, dann sprinten wir über die Straße und in die Gasse. Dabei hinterlassen wir eine Spur buchstäblich beschissener Fußspuren, die sich zum Glück bald ausdünnen. Wir werfen uns gegen eine Hauswand, von den Schultern zu den Hüften in den Schatten gedrückt, atmen schwer, lauschen – hören wir da Stiefel auf der Straße? Alarmrufe, knirschenden Kies?

Nichts. Nur unser Keuchen. Einen kurzen, spannungsgeladenen Moment tauschen wir Blicke, dann schlüpfen wir tiefer in die Schatten. Das sanfte Dunkel zieht uns in das Labyrinth eines Lagerviertels. Versteckt. In Sicherheit.

Den Rest des Wegs zur Wohnung legen wir schweigend zurück. Wir halten nach den wenigen vertrauten Orientierungspunkten der Stadt Ausschau und schauen alle fünf Sekunden über die Schulter. Wir sollten das nicht – es schreit geradezu *verdächtig* –, doch es fällt schwer, sich nicht bei jedem kleinen Geräusch einen Polizisten auszumalen, der gerade die Waffe zieht.

Rion hält beim Gehen die Hände abgespreizt, als würde ihn das davor bewahren, den Dreck noch weiter zu verteilen. Etwas spät dafür. Hätte nicht gedacht, dass er sich derart anstellt, aber hey, er ist ein reicher Großstadtjunge, von daher sollte es mich nicht überraschen. Die Nachmittagshitze flimmert über der Stadt, und mein Shirt ist völlig durchgeschwitzt. Gerade frisch fühl ich mich echt nicht. Bäh.

Als wir uns Asras Viertel nähern, verebbt allmählich das Adrenalin, und ich entspanne mich. Auch Rion läuft nicht mehr ganz so stocksteif. Hinter einer Ecke lichtet sich die Menschenmenge, und er grinst mir mit gelüpfter Augenbraue zu.

»Also, was ist das mit dir und Ziegen? Deine Eltern hatten welche, hast du gesagt?«

Ach, jetzt geht dieses Spiel los. Stadtjunge gegen Landjunge.

»Genau. Wir haben ein bisschen Land in North Carolina, mit einer kleinen Farm. Nichts Besonderes, bloß ein paar Hühner, Ziegen und ein größerer Gemüsegarten.«

Zum Glück lacht er nicht, obwohl sein Mund sich verzieht, als würde er gerne. »Hast du sie füttern und die Scheiße wegräumen müssen?«

»Ja, ich hab die Scheiße weggeräumt. Irgendwer muss es ja machen, und mein Bruder hat es irgendwie immer geschafft, sich zu drücken.« Ich beiße mir auf die Lippe, werfe Rion einen verstohlenen Blick zu – und erwische ihn, wie er zurückschaut. Ich muss ein Grinsen unterdrücken. »Offen gesagt mochte ich sie. Die Tiere. Wenn ich bei meinen Eltern auf der Erde geblieben wäre, hätte ich die Farm wohl irgendwann übernommen. Wie steht's mit dir? Keine Ziegen daheim?«

Er schneidet eine Grimasse. »Um Gottes willen, nein. Mein Dad und ich hatten eine winzige Wohnung in der Londoner Innenstadt, und den Großteil vom Jahr war ich auf dem Internat. Jedes Tier in unserer Obhut wäre binnen einer Woche einen schrecklichen Tod durch Vernachlässigung gestorben.«

»Du warst auf einem Internat? Echt jetzt?«

»Was immer du dir jetzt vorstellst, wahrscheinlich ist es … genau so.« Er wirft mir einen weiteren Blick zu, dieses Mal länger, dann wendet er sich wieder der Straße zu. »Uniformen, reiche Jungs, Machosprüche, latente Homoerotik und viel panisches Gebüffel, damit wir alle mal große Oxbridge-Spießer werden und unsere Familien nicht enttäuschen.«

Oh. Interessant. Ich räuspere mich und gebe mir Mühe, gelassen zu klingen. »Latente Homoerotik ist doch das Grundgerüst des britischen Bildungssystems, oder nicht?«

»Eine ehrwürdige Schultradition. Manche nehmen sie ernster als andere.« Er zwinkert mir zu.

Mein Gesicht *brennt* richtig. Damit wäre auch das geklärt – nett. Bloß cool bleiben.

»Dann führt dich dein Weg also nicht nach Oxbridge?« Was immer das ist … total unverfängliche Frage, oder nicht?

»Gott bewahre. Mein Dad war in Cambridge – ich wäre lieber tot, als in seine Fußstapfen zu treten. *Er* wiederum wäre lieber tot, als dass ich nach Oxford gehe – nimmt sich die alte Konkurrenz echt zu Herzen.« Er schüttelt den Kopf, presst die Lippen aufeinander. Er muss seinen Vater echt hassen.

»Und deine Mom? Wie ist sie so?« Ich hoffe, die Unterhaltung in eine angenehmere Richtung zu lenken, um vielleicht noch einmal dieses schiefe Grinsen aus ihm rauszukitzeln.

»Sie war toll.« Er zögert. »Sie starb, als ich zehn war. Sie war immer auf Reisen für die Weltgesundheitsorganisation. Manchmal durfte ich mir. Es war klasse – die beste Zeit meines Lebens. Sie ist schuld dran, dass ich in die Kolonien wollte. Beamtenlaufbahn, den Leuten hier draußen helfen, sich ein neues Leben aufzubauen.«

Ich zucke zusammen. Ganz toll, die tote Mutter und geplatzte Lebensträume anzusprechen. Saubere Arbeit, Hall.

Wir werfen einen Blick um die nächste Ecke, warten, bis eine Gruppe Kinder vorbei ist, dann gehen wir weiter.

Rion steckt die Hände in die Taschen (hat mit dem Dreck wohl seinen Frieden gemacht) und seufzt schwer. »Ich will ja nicht die Spaßbremse sein, aber ich finde, wir sollten wirklich über Case reden, bevor wir zurück sind. Was machen wir mit ihr?«

Ich zucke die Schultern, aber tief im Herzen fühle ich mit ihr. Mir ist klar, weshalb Case das getan hat. Es fällt schwer, zu akzeptieren, dass wir nichts Falsches gemacht haben, aber trotzdem als die Bösen dastehen. Uns wurde beigebracht, dass das Gesetz uns beschützt, wenn wir nur das Richtige tun. Die Wirklichkeit ist leider viel brutaler – gerade ich hätte das wissen müssen. Wie oft habe ich erlebt, dass Ammi frustriert von der Arbeit heimkam, weil ein Verbrecher aus verfahrenstechnischen, politischen oder finanziellen Gründen freikam? Doch die Hoffnung stirbt zuletzt.

»Keine Ahnung … Ich meine, kein Grund für Stress, oder? Irgendwie bleibt uns ja nur noch Asras Plan. Wir haben keine Beweise und wissen jetzt, was dabei rauskommt, wenn wir zur Polizei gehen. Was für eine Wahl hat Case da noch?«

Er sieht mich nachdenklich an. »Ich glaube, wir haben verschiedene Ansichten, was in diesem ganzen Chaos als *Wahl* durchgeht. Und ich kenne eine *Menge* Leute, die einen anlächeln, sagen, was man hören will, und einem dabei ins Gesicht lügen. Ich will Case gar nicht unterstellen, dass sie auch so eine ist, aber ausschließen kann ich es auch nicht.

Ich meine, hab es nicht kommen sehen – dass sie einfach so verschwindet.«

»Ich auch nicht. Aber wir kennen einander halt auch kaum, oder?«

»Stimmt. Aber das ändern wir ja grade, oder?« Er stupst mich mit der Schulter an und lächelt leicht. Ich unterdrücke ein Grinsen und erwidere den Schubs. Case würde ich aber auch gern besser kennenlernen – was sie getan hat, war Scheiße, aber ich bin nicht bereit, sie dafür abzuschreiben, so wie Rion anscheinend. Ich kann nichts dafür, ich mag sie einfach. Sie ist so aufgeweckt, so geschickt mit allem … so sehr sie selbst.

Und hübsch ist sie auch.

Auf den Straßen herrscht wieder mehr Betrieb, und wir eilen schweigend weiter, um keine Aufmerksamkeit zu erregen, weichen Schlaglöchern und Kistenstapeln aus, klettern über niedrige Zäune, quetschen uns mit angehaltenem Atem zwischen Mülltonnen durch. Das Schweigen ist mir auch lieber gerade. Rion hat recht – wenn man gemeinsam krasse Scheiße durchmacht, kommt man sich schnell näher. Wie Fußballcamps im Sommer: Zwölf Stunden am Tag mit anderen Leuten, sieben Tage die Woche intensives Training, und schon ist es quasi unmöglich, danach nicht ein paar neue beste Freunde, ein paar peinliche Geschichten und einen guten Überblick darüber zu haben, wer gerade was mit wem hat.

Normalerweise ist das genau mein Ding. Ich mag diese kurzen Sommerfreundschaften. Aber ich werde dieses Gefühl nicht los, dass früher oder später alles in Flammen stehen und es meine Schuld gewesen sein wird. Wir werden verletzt oder Schlimmeres, weil ich wieder was zu Bruch fliege, die falsche Entscheidung treffe oder mein Ego mich dazu bringt, etwas Dummes zu tun. Es ist nur eine Frage der Zeit. Hoffentlich hat der Absturz dem Universum gereicht, und die anderen sind eine Weile in Sicherheit vor mir.

Wir sind noch einen ganzen Block vom Restaurant entfernt, als schon der herrliche Geruch nach gedünsteten Zwiebeln, Knoblauch und Ingwer in der Luft hängt. Wir erreichen die Gasse hinter der Wohnung, ich schleiche voran und bedeute Rion, mir zu folgen. Dann huschen wir wie aufgedrehte Eichhörnchen die Feuertreppe hoch, gerade als eine Gruppe Jugendlicher am Eingang der Gasse vorbeirennt, quetschen uns durchs enge Fenster und brechen halb ineinander verknotet auf dem Boden von Asras Wohnung zusammen.

In Sicherheit.

Ich lege Rion die Hand auf die Schulter und grinse verlegen, während er noch um Atem ringt. Meine Anspannung löst sich, als er den sanften Druck mit einem Klaps erwidert und sich an mich lehnt.

Dann nehme ich die allgemeine Stimmung wahr.

Eisige Stille.

Case sitzt am Ende des Sofas, das Gesicht auf die Hände gestützt. Neben ihr sitzt Zee mit einem Desinfektionstuch und versorgt Cases blutige Kopfverletzung. Asra ignoriert beide mit Inbrunst und faltet wütend Origami-Laternen, die sie der Girlande über ihrem Schreibtisch hinzufügt.

Ich wusste gar nicht, dass man so wütend falten kann, aber man lernt nie aus.

Großartig.

Muss ich wohl den Friedensstifter spielen.

Kapitel Acht

Angesichts des Blutes, das in feinen Spinnwebmustern über Cases Arm rinnt, bleibt mir ja gar nichts anderes übrig, als über meinen Schatten zu springen und dieses peinliche Schweigen zu brechen.

»Okay, jetzt hört mal alle zu. Ich weiß, dass wir in einer beschissenen Lage sind, aber vor lauter Angst nicht mehr miteinander zu reden hilft doch auch keinem.« Ich knie mich neben Case vors Sofa.

»Hey.« Ich schiebe ihr eine Strähne hinters Ohr und lege vorsichtig meine Finger auf ihr Knie. Sie zittert, und ich sehe den Schweiß auf ihrem Gesicht. »Hey – soll sich Zee nicht auch um den Schnitt an deinem Arm hier kümmern? Du willst doch keine komischen Weltraumkrankheiten, oder?«

Ein leises Schnauben – oder ein Lachen vielleicht? Case löst eine Hand vom Gesicht und legt sie neben sich aufs Sofa. Zee säubert den Schnitt mit antiseptischem Spray und gibt ein mitfühlendes Geräusch von sich, als wären sie sich nicht vor Kurzem noch fast an die Gurgel gegangen. Auch bei Asra kommt der Waffenstillstand an; sie setzt sich neben den Tisch auf den Boden und widmet sich mit finsterem Gesichtsausdruck einem Tablet, das Case mitgebracht hat.

Rion schaut auf, mustert mich, dann lehnt er den Kopf an die Wand. »Vielleicht sollten wir darüber reden, was in der Botschaft passiert ist.«

Case hält unter Zees geschickter Behandlung ganz still, holt aber schaudernd Luft. »Nur wenn ihr versprecht, dass ihr mich ausreden lasst, bevor ihr die Axt auspackt, um mir den Kopf abzuhacken.«

Ihre Stimme klingt noch schwach und brüchig, doch zu meiner Erleichterung hört man auch eine Spur ihrer alten Stärke heraus. Ich drücke ihr Knie und setze mich zu ihr aufs Sofa, damit sie weiß, dass ich auf ihrer Seite stehe.

Rion sieht zu mir, deutet ein Grinsen an. »Keine Äxte, Messer oder andere blutige Mordinstrumente, das verspreche ich. Ich will einfach nur wissen, was passiert ist.«

Ich schenke ihm ein dankbares Lächeln. Was Case da abgezogen hat, war Scheiße, aber wir sollten nicht über jemanden herfallen, der gerade eine Panikattacke hinter sich hat.

»Ich auch«, meldet sich Asra zu Wort. Sie wirft das gestohlene Tablet frustriert auf den Teppich, dann verkabelt sie es mit ihrem eigenen. »Ich war ein paar hundert Mal zu *Besuch* dadrin bei Jace, und die Sicherheitsvorkehrungen sind echt strikt. Wären wir nicht durch den Personaleingang reingekommen, wäre es praktisch unmöglich gewesen. Wie hast du's geschafft?«

Case zischt, als Zee ihr einen besonders üblen Schnitt an der Schulter abtupft, wo das Fleisch blutig auseinanderklafft. Sie beißt die Zähne zusammen und packt meine Hand.

»Bevor ich los bin, habe ich Ana – die Freundin meiner Mutter – kontaktiert und ihr gesagt, dass ich komme. Sie hat mich in Empfang genommen, und wir sind auf ihr Büro, wo ich ihr den Flugschreiber gezeigt hab. Damit sind wir dann zu ihrem Abteilungsleiter.« Sie atmet konzentriert und starrt Asras gemusterten Teppich an. »Da wurde es dann seltsam – eigentlich sofort. Er hat mich gleich erkannt, und als ich ihm von dem Flugschreiber erzählt habe, hat er Ana ausgequetscht, ob sie gesehen hat, was drauf ist. Hatte sie, aber vermutlich hat sie die komische Stimmung auch bemerkt, denn sie hat gelogen und gesagt, dass sie mich gleich zu ihm gebracht hätte.«

Case muss schlucken, und ihre Miene wird düster. »Sie

waren null daran interessiert, meine Geschichte zu hören. Ihre oberste Priorität war, mir den Flugschreiber abzunehmen und mich wegzusperren, damit niemand meine Geschichte hört. Ehrlich gesagt bin ich überrascht, dass sie mich nicht einfach umgebracht haben. Wahrscheinlich wollten sie die Publicity, um euch aus der Reserve zu locken. Was ja auch geklappt hat, ihr Vollpfosten.« Sie klatscht Zee aufs Bein. Zee klatscht zurück und nutzt die Gelegenheit, ihren Arm besser zu packen und den Schnitt zuzukleben.

»Oi, gern geschehen«, beschwert sich Rion und wirft halb im Scherz sein zerknülltes, durchgeschwitztes Hemd nach ihr. Sie zuckt zurück, als stünde es in Flammen, obwohl es sie weit verfehlt. Zee schnalzt tadelnd mit der Zunge und verfolgt Case mit dem Hautkleber.

»Halt doch mal still«, rügt sie. »Was hast du angestellt, dich durch ein Fenster mit rostigen Nägeln gequetscht?«

»So in der Art«, murmelt Case und ergibt sich Zees Gefummel. »Ana hat mir geholfen, das Schloss meiner Tür zu deaktivieren, und ich hatte mir den Grundriss des Gebäudes eingeprägt, bevor ich los bin. Aber es war trotzdem ganz schön knapp. Ich hätte gern mehr mitgebracht, aber sie waren mir schon auf den Fersen, deswegen konnte ich nur das Tablet da aus dem Büro des Sicherheitschefs klauen.« Sie deutet auf das Gerät in Asras Händen, aber Asra arbeitet schweigend weiter und ignoriert sie.

Ich rutsche etwas zurück, stütze die Hände auf die Knie und betrachte Case. Sie sieht schon viel besser aus, und die Mordlust im Raum ist genervtem Misstrauen gewichen, was mir deutlich lieber ist. »Wie, du hast dir den Grundriss des ganzen Gebäudes eingeprägt – nur in der Zeit, in der wir geschlafen haben?«

Sie zuckt mit ihrer unverletzten Schulter und sieht ihre

Schuhe an. »Ich hab ein gutes Gedächtnis für Diagramme. Brauchte ich auch fürs Ingenieurstudium.«

Ich schüttle den Kopf. Eine ganz schöne Untertreibung; sie muss praktisch ein fotografisches Gedächtnis haben. »Klar. Die Überfliegerin wieder. Beinahe vergessen.«

Ich lege den Kopf auf meine Schulter, um kurz zu entspannen, dann überlege ich es mir anders. Bäh, ich *stinke.* Rion sieht wohl das Gesicht, das ich mache, denn er prustet los.

»Der Gestank ist übrigens allein Nax' Schuld«, erklärt er. »Ich bin sicher, ihr brennt darauf, die Geschichte zu hören: Wir mussten durch ein paar Gassen schleichen auf der Flucht, und oh Captain mein Captain hier sah diesen Ziegenstall und beschloss, das ist das perfekte Versteck. Anscheinend hatte er Kuschelziegen als Kind oder so, und das hat ihm das Hirn ruiniert.«

Schaudernd fügt er hinzu: »Die einzigen Herden in London sind Ratten, Fledermäuse und Corgis. Die Ratten und Fledermäuse bleiben meistens unter sich, und die Corgis sind wenigstens stubenrein. Tragen auch coole Outfits.«

Zee, der man schon ansah, dass sie sich kaum noch beherrschen kann, bricht in lautes Gelächter aus. Binnen eines Herzschlags hat sie den Rest von uns angesteckt, sogar Case, denn okay – im Nachhinein war die ganze Sache wirklich zum Schreien. Ich wische mir die Tränen aus den Augen und will gerade noch was zum Thema Corgi-Outfits sagen, als Asra plötzlich strahlt.

»Ich hab's!«, ruft sie.

Sie tippt auf dem gestohlenen Tablet herum. »Viel gibt's hier aber nicht mehr …« Ihre Miene verfinstert sich wieder. »Es ist komplett gelöscht, bis auf die letzte empfangene Nachricht.«

Sie stellt das Tablet auf eine Stütze und verbindet es mit

dem großen Wandschirm. Die Nachricht erscheint, darüber ein Logo: zwei einander überlappende Kreise, einer hellblau und einer grün, mit einer fetten Eins in der Mitte.

> Alle Geräte wurden an ihre Bestimmungsorte gebracht. Alle Mitarbeiter von Earth First sollten ihre letzten Vorkehrungen treffen und, sofern noch nicht geschehen, ihren Flug nach Ellis Station antreten. Ebenso die Angehörigen, die sie verschonen möchten. Stunde null ist 00:01 Uhr am 14.8.2194 UTC. Bitte öffnen Sie den Anhang, um diese Nachricht sicher zu löschen.

Angehörige, die sie verschonen möchten.

Verschonen.

Vor was denn verschonen?

Case holt keuchend Luft und schließt die Finger um Zees Arm. Zee tätschelt sie beruhigend, doch ihre Lippen sind ganz schmal. In Asras Augen steht die dunkle Wut. Nur Rion stößt ein ungläubiges Lachen aus.

»Das ist ja scharf«, sagt er. »Das ist eine uralte Geschichte! Ich glaub's ja nicht, dass …« Er stößt langsam den Atem aus. »Ich weiß, wer die sind.«

Alle werden still und richten die Augen auf ihn. Er starrt kurz zur Decke, murmelt still, dann nickt er.

»Gut. Also – die Globale Kolonialkommission wurde kurz nach Entdeckung al-Rihlas gegründet, während der zweiten Erkundungsphase des Alls. Okay? Ursprünglich, weil es einen echt alten Vertrag gab, in dem stand, dass alle Ressourcen im All der ganzen Menschheit gehören, nicht bloß den Organisationen oder Ländern, die sie finden. Daran wollte sich keiner mehr halten, also brauchte es jemanden, der den neuen Vertrag durchsetzt.«

»Typisch Erdpolitik«, kommentiert Case trocken.

Rion schnaubt verächtlich. »Ja, mein Ding ist das auch nicht. Jedenfalls gab's damals eine Gruppierung, die sich Earth First nannte. Die waren gegen die Schaffung der GKK, weil sie generell gegen's Auswandern waren. Sie wollten Terraforming verbieten und es illegal machen, auf andere Welten zu siedeln, abgesehen vom Erdmond.«

Ich schüttle den Kopf. Die Kolonisierung des Alls war die letzten hundert Jahre einfach eine Tatsache. Schon seltsam, dass Leute mal darüber gestritten haben.

Rion fährt fort. »Earth First war eine kleine Gruppe und hat in den Medien nie viel Aufmerksamkeit erregt – aber einflussreich waren sie schon, weil sie von überall kamen und aus allen möglichen Gründen an ihre Sache glaubten. Manche waren religiös und glaubten, dass ihr Gott die Menschen aus gutem Grund auf die Erde gesetzt hatte oder dass die Erde heilig war. Manche waren Wissenschaftler, die es für falsch hielten, ins Ökosystem eines anderen Planeten einzugreifen. Ökologen, die fanden, dass wir in erster Linie der Erde verpflichtet waren und das, was wir hier angerichtet hatten, erst mal in Ordnung bringen sollten, bevor wir die nächsten Planeten zerstören. Geschäftsleute, Ökonomen, Lehrer, Militär, ganz verschiedene Leute.«

»Okay«, sagt Asra und zieht das Wort in die Länge. »Aber das war vor über hundert Jahren.«

»Ich hab von Earth First auch noch nie was gehört«, sagt Case. »Und ich hatte im College Geschichte der Kolonien als Nebenfach.« Sie wirkt fast beleidigt, weil es etwas gibt, das sie nicht wusste. Ich stupse ihren Fuß an und verkneife mir ein kleines Grinsen. Sie stupst zurück und lässt ihr Bein neben meinem ruhen, sodass ich mich kaum noch aufs eigentliche Thema konzentrieren kann.

»Wundert mich nicht, dass ihr sie nicht kennt«, nimmt Rion den Gesprächsfaden wieder auf. »Die ganze Sache wurde unter den Teppich gekehrt, bevor die Bewegung ernsthaft Zulauf fand. Da war so ein Typ, ein Abgeordneter, der sich nach einer wichtigen Debatte zum Thema in seinem Büro erschoss. Während seiner letzten Sitzung sagte er noch: Wenn die Erde die Kolonisierung des Alls wirklich durchziehe, würden jene, die loyal zur Erde stehen, den Fehler schon korrigieren. Überstimmt hat man ihn trotzdem; und der Brief, den er hinterließ, war ziemlich bedrohlich. Das alles wurde gründlich vertuscht. Ich denke mal, man hatte Angst, dass die Medien es aufgreifen und die Öffentlichkeit noch Sympathien für ihn empfindet. Einen Märtyrer lieben alle.«

»Woher weißt du das denn alles, wenn es doch vertuscht wurde?«, fragt Zee. Guter Punkt.

Rion lacht bitter und schüttelt den Kopf.

»Das ist der Witz daran: Ich weiß es nur, weil mein Dad mich zu einem Praktikum beim Parlament gezwungen hat. Für ein Archivierungsprojekt durfte ich mich durch einen Stapel alte Akten wühlen, die nie digitalisiert worden waren. Ich musste eine Vertraulichkeitsvereinbarung unterzeichnen, bevor sie mich überhaupt ins Archiv ließen. Vermutlich gibt es höchstens eine Handvoll Leute, die von dieser alten Sache überhaupt noch wissen.«

Asra wirft das gestohlene Tablet zurück auf den Tisch, und die Nachricht erlischt. »Und einer davon ist anscheinend Jace. Ich habe dieses Logo überall in seinem Hinterzimmer gesehen, als ich mich das letzte Mal in sein Büro geschlichen habe. Ich gehe jede Wette ein, dass das Geld, das er wäscht, für Earth First ist. Wahrscheinlich hat er seine ganze Organisation bloß aufgebaut, um sie zu finanzieren. Und ich dachte, ich könnte ihn nicht mehr hassen, als ich's eh schon tue!«

Zee stülpt ihren Einweghandschuh um und knüllt die blutigen Tücher zusammen, dann räumt sie das Verbandszeug weg. »Scheint, als ob diese Earth-First-Leute nie richtig weg waren. Das ist echt albern – wer kann nach hundert Jahren, in denen man bewiesen hat, dass die Besiedelung des Alls funktioniert, noch dagegen sein? Aber vermutlich spielt Logik keine große Rolle, wenn man nur besessen genug ist. Sie müssen diesen Plan jahrzehntelang vorangetrieben haben, bis sie ihre Leute an den richtigen Stellen hatten. Politiker? Offiziere?«

Case krallt ihre Finger so fest in ihr Shirt, dass ihre Knöchel hervortreten. »Und ausgerechnet die Akademie als Ausgangspunkt für ihre *Korrektur* des *Fehlers* zu nehmen, hat eine gewisse Symbolkraft, wisst ihr? Als kehrte man das Kolonisierungsprogramm gegen sich selbst.«

Einen Herzschlag lang herrscht schreckliche Stille.

Dann: BANG!

Eine Stimme hinter mir: »Los, zur Vorderseite, schneidet ihnen den Weg ab!«

Ich wirble herum und sehe einen Kopf im kleinen Fenster – den Kopf eines uniformierten Polizisten. Einer von denen wahrscheinlich, die Rion und mich vorhin gejagt haben. Haben wir sie hergelockt? Scheiße, ich kann einfach nicht glauben, dass ich schon wieder alle in Gefahr gebracht habe. Rion rammt dem Kerl die Hand ins Gesicht, der Kopf verschwindet, und wir hören das lautstarke Scheppern der Feuertreppe, gefolgt von einem üblen Klatschen.

Autsch. Das klang schmerzhaft.

Ich schlage das Fenster zu und überprüfe die Anzeige: verschlossen. Asra, Rion und Zee sind schon auf den Beinen, keuchend, die Augen schreckgeweitet. Ein Stockwerk tiefer kracht eine Tür auf, und Nannis wütende Stimme ertönt. Ich verstehe nicht, was sie sagt, aber es klingt danach, als ob sie die Eindringlinge in Grund und Boden scheißt. Ihr Geschrei löst Asra aus ihrer Schockstarre.

»Vielleicht schafft sie's, sie lange genug zu beschäftigen, dass wir die Treppe in den Keller nehmen können. Da gibt es noch einen Ausgang. Schnappt euch eure Sachen!« Schon legt Asra los, nimmt die beiden Tablets und rennt in ihr Zimmer, das Knallen von Schubladen folgt ihrem Weg. Case schnappt sich die Tasche vom Shuttle, wir packen unsere Tablets und Gesichtswandler ein und greifen uns unsere Waffen. Dann rast Asra auch schon zur Tür hinaus und bedeutet uns, mitzukommen. Case und Rion gehen vor, ich folge.

»Zee, halt uns den Rücken frei – und tret alle um!« Ich schlinge mir ihre Verbandstasche um die Schulter. Ein neuerlicher Schlag gegen das Fenster elektrisiert meine Beine.

Zeit, zu verschwinden.

Im Treppenhaus hallt unser heiserer Atem von den Wänden wider, während unsere Füße die Stufen hinabfliegen. Das wütende Geschrei aus dem Erdgeschoss wird lauter, übertönt von ohrenbetäubendem Geklapper und Gerumpel, als ob Nanni vorsätzlich Sachen in ihrer Küche umwirft, damit man unsere Schritte nicht hört. Weitere Stimmen mischen sich ins chaotische Getöse, manche fremd, andere vage vertraut: Nannis Angestellte, die wir während unseres kurzen Aufenthalts kaum kennenlernten.

Rions und Asras helle Kleidung strahlt geradezu im dunklen Treppenhaus. Sie hätten wirklich ihre ›Rumschleich‹-Klamotten anlassen sollen. Falls irgendwer uns folgen sollte, sieht er uns sofort. Asra eilt mit schnellen, sicheren Schritten voran und hält nur einmal kurz mit erhobener Hand, um hinter eine Ecke zu spähen. Wir erreichen den Flur im Erdgeschoss, sind bloß durch eine Wand vom Aufruhr in der Küche getrennt. Der warme, stechend würzige Geruch überwältigt meine Sinne. Wenn uns jemand schnappt, dann hier. Mein Atem brennt in meiner Lunge.

Schmerzhaft laut schallen Schläge und Geschepper durchs Gebäude, von daher sorge ich mich nicht um den Lärm, den wir machen, sondern renne, so schnell ich kann. Asras leuchtend roter Hidschab verschwindet gerade die enge Kellertreppe hinab, Case direkt hinter ihr. Da hören wir neuerliches Küchengeklapper und ein paar befehlsgewohnte Stimmen – Verstärkung trifft ein. Ich eile weiter, dem Dunkel der Treppe entgegen, und stoße in meiner Hast gegen Rion. Wir haben es fünf Stufen weit geschafft, als direkt hinter mir jemand ruft: »Die Treppe!«

Zee fährt herum, und zwischen ihren Beinen hindurch sehe ich den Polizisten, der es geschafft hat, die staubige alte Tür am hinteren Ende der Küche zu finden. Nein, kein Polizist – einer der privaten Sicherheitsleute der Botschaft. Zee verliert keine Zeit, schwingt treffsicher das Bein und erwischt ihn hart am Knie, dann noch am Kinn, als er schon stürzt. Richtig fest. Seinem Stöhnen nach zu urteilen, ist er noch halb bei Bewusstsein, aber nicht mehr lang – ich ziele und schieße ihm eine Ladung Schlafmittel auf die ungeschützte Haut des Arms. Der wird uns nicht mehr folgen.

Ich mache Zee auf der Treppe Platz, doch sie achtet nicht auf mich, sondern packt den Mann unter den Armen und dreht ihn im Flur herum, damit seine Hände in Richtung der anderen Treppe zeigen – der, von der wir gekommen sind. Geschickt wie eine blau-blonde Katze setzt sie über den Bewusstlosen hinweg, folgt mir in den Kellerabgang und schließt mit behutsamem Klicken die Tür hinter sich.

Ich würde ihr für diesen Einfall gerne gratulieren, aber jeder Laut riskiert, den Vorteil, den sie uns gerade verschafft hat, wieder zu verspielen. Also mache ich das Sinnvollste, was ich gerade tun kann: Ich schaffe meinen Arsch, so schnell und so leise es geht, die Treppe runter. Als wir den Keller erreichen, hat Asra bereits eine Kiste Kartoffeln beiseitegeschoben, hinter der sich eine niedrige Klappe in der Wand verbirgt. Aus der Öffnung ragt noch Cases Hintern heraus, und Asra gibt ihr gerade einen nicht besonders sanften Tritt, damit sie schneller macht. Rion sieht uns kommen, lässt sich auf alle viere nieder und verschwindet ebenfalls in der Öffnung. Ich lege eine Hand zwischen Zees Schultern und schiebe sie vor mich. Sie diskutiert nicht, folgt den anderen.

»Du kommst nach?«, frage ich Asra.

»Klar«, zischt sie. »Aber erst schaffe ich, so gut es geht, die Kiste an ihren Platz zurück. Vielleicht verschafft uns das ein bisschen Zeit.«

»Ich kann dir helfen«, biete ich an, doch sie fällt mir ins Wort.

»Du bist deutlich größer als ich, Nax. Ich passe hier noch durch, wenn die Klappe fast zu ist. Du verschwendest nur Zeit – geh!«

Ich hebe ergeben die Hände und klettere, so schnell es geht, durch die Öffnung in den Kriechkeller dahinter. Kaum eine Sekunde später schließt sich die Klappe ein gutes Stück, und die Kiste wird herangeschoben. Meine Augen gewöhnen sich an die Dunkelheit, und ich kann die Umrisse von Zee, Case und Rion erkennen, die zwischen Rohren und Kabeln vorankriechen, immer bemüht, sich nicht die Köpfe zu stoßen und unsere Position nicht zu verraten. Ein leises Schaben von Stoff auf Metall, und Asra quetscht sich durch die Öffnung, die kaum noch dreißig Zentimeter breit ist, und zieht die Klappe hinter sich zu. Das letzte bisschen Licht erlischt.

»Wie verdammt sollen wir jetzt noch den Weg sehen?«,

flüstert Case, aber Asra würgt sie mit einem Zischen ab. Wir hören Geraschel, dann wird der Keller von ihrem leuchtenden Tablet erhellt. Das kalte weiße Licht lässt unsere Gesichter zu geisterhaften Masken gefrieren. Asra kriecht näher und bedeutet uns, zusammenzukommen.

»Hört zu«, flüstert sie, während über uns ferne Schritte erklingen. »Dieser Keller erstreckt sich fast unter dem ganzen Gebäude bis zum Ende des Blocks. Ich weiß, wo wir als Nächstes hinkönnen, aber erst müssen wir uns entscheiden, ob wir gleich verschwinden oder erst eine Weile hier stillhalten wollen. Denkt drüber nach, während ihr mir folgt.«

Auf Armen und Knien robbt sie weiter, vor sich das Tablet, das ein Durcheinander von Trägern und Rohrleitungen erhellt. Wie metallene Klauen ragen sie aus der Unterseite des Gebäudes. Einer Karawane von Lasttieren gleich kriechen wir Asra nach, und während ein Teil von mir Angst hat, geschnappt zu werden, hofft ein anderer Teil meines Hirns einfach nur inständig, dass Rion mir nicht ins Gesicht furzt. Ich mache etwas langsamer, nur um ganz sicherzugehen.

Als Asra endlich an einer schimmelfeuchten Wand eine Pause einlegt, fühle ich mich wie ein alter Mann, dem sämtliche Gelenke wehtun. Doch alles Gegrummel hilft nichts bei der Frage, was wir jetzt tun sollen. Alle sind noch sauer auf Case, wenn wir geschnappt werden, werden wir hingerichtet, und diese Earth-First-Arschlöcher wollen … ja, was eigentlich, die ganze verdammte Galaxis hochjagen?

Eins nach dem anderen, Hall. Verlier nicht den Überblick.

Ich dränge Rion aus dem Weg. »Gibt es nicht ein Fenster, durch das wir einen Blick nach draußen riskieren können?«, flüstere ich Asra zu.

Sie bedeutet mir zu folgen, und wir schieben uns an einer Reihe komplizierter Digitalanzeigen vorbei zu einem kleinen, trüben Fenster. Man sieht kaum die helle Mittagssonne durch den Schmutz, also wische ich es mit dem Ärmel ab, so gut wie es von innen geht. Kaum bin ich fertig, zucke ich zurück: Da stehen ein paar polierte Stiefel direkt vor der Scheibe. Militärstiefel? Polizei?

Ich kauere mich in den Dreck, versuche aus dem steileren Winkel mehr zu erkennen, vielleicht die Uniformen. Wahrscheinlich schmiere ich mir dabei den Schimmel und die Madenscheiße eines ganzen Jahres ins Haar – aber ich muss wissen, ob eine Flucht gefahrlos möglich ist, bevor ich schon wieder das Leben anderer Leute aufs Spiel setze. Ich verrenke mir den Hals, und da – Sand und Dreck auf dem Fenstersims verdecken leicht die Sicht, doch das ist definitiv das knackige Marineblau von Polizisten. Ich rolle mich rasch zurück. Wenn jemand da oben im falschen Moment nach unten geschaut hätte …

Wir kehren zurück zu den anderen, und Asra legt ihr Tablet in unsere Mitte. Auf voller Helligkeit können wir unsere Gesichter erkennen: Die meisten blicken finster drein, auch Asra wirkt ziemlich angeschlagen. Wahrscheinlich macht sie sich Sorgen um Nanni. Rion lehnt sich gegen die Wand und massiert seine Wadenmuskeln. Ich weiß genau, wie es ihm geht – nach dem Morgen, den wir hatten, war noch mehr Gekrieche und Gerenne, Angst und Adrenalin so ziemlich das Letzte, was uns gefehlt hat. Meine Beine brennen. Nie in meinem ganzen Leben habe ich mich so nach einem Sofa, einem Videospiel und Dads endlosen Baseballübertragungen im Hintergrund gesehnt.

»Vermutlich wollt ihr das nicht hören«, sage ich zu der Gruppe, »aber wir sollten es uns lieber eine Weile gemütlich machen – wenigstens bis zum Abend. Ich hab mindestens ein halbes Dutzend Polizisten oder mehr da oben gesehen.

Wenn wir jetzt rauskommen, werden wir garantiert verfolgt und, wenn's dumm läuft, geschnappt. Asra, für wie wahrscheinlich hältst du es, dass sie uns hier unten suchen?«

Sie spitzt die Lippen, überlegt und schüttelt den Kopf. »Nicht sehr wahrscheinlich. Das Haus direkt über uns ist verlassen und abrissreif.« Rion und Case schauen prompt nach oben, als ob das Gebäude allein auf Zuruf hin kollabieren könnte. Ich will schon einen dummen Spruch reißen, als die Decke ein verdächtiges Stöhnen von sich gibt und ich vor Schreck fast aus der Haut fahre.

Asra ringt sich ein Grinsen ab. »Entspannt euch. Es wartet schon seit Jahren auf den Abriss, und ich bezweifle, dass es ausgerechnet heute einstürzt. Sie werden aber nicht das Risiko einer Durchsuchung eingehen – zu gefährlich für die Beamten. Wenn sie die Klappe finden, könnten sie natürlich denselben Weg nehmen wie wir, aber ich hoffe mal, dass sie sich mehr für die oberen Fenster und die Straßen vorm Haus interessieren.« Sie lächelt mir aufmunternd zu. »Alles wird gut. Ich weiß, wohin wir können, sobald wir raus sind. Wir müssen uns bloß noch ein bisschen zusammenreißen.«

Zee, die sich insgesamt sehr beherrscht und sachlich gezeigt hat, nickt und streckt die langen Beine vor sich aus.

»Im Großen und Ganzen stimme ich dir zu. Aber was ist mit der Nachricht, die wir auf dem Tablet gesehen haben?«

Rion flucht. »Stimmt. Wir können es uns nicht leisten, einen halben Tag zu verschwenden. Earth First will die Kolonien angreifen? Wir *sind* auf einer Kolonie. Wenn wir dieses Schiff noch klauen wollen, sollten wir es jetzt tun.«

»Heißt das, ihr seid alle dabei bei dem Plan?« Asra studiert ihr Tablet, dessen blasser Schirm sich als kleine weiße Rechtecke in ihren Augen spiegelt. Sie hat die Frage betont ruhig, fast beiläufig gestellt, aber ihre Miene ist gespannt.

Case und ich schauen uns an. Wir waren diejenigen, die ein Problem damit hatten. Ich sehe aber nur noch diesen einen Ausweg, diese eine Möglichkeit, das drohende Unglück zu verhindern. Andererseits hatte Rion recht, als er meinte, dass wir alle verschiedene Ansichten dazu haben. Ich tausche kurz Blicke mit ihm, dann sehe ich zu Case.

»Ich bin dabei. Tut mir leid, Case – aber ich sehe keine andere Alternative.«

»Hey, ich habe versucht, das Richtige zu tun, und bin nur verarscht worden.« Cases Augen sind herzzerreißend traurig, doch sie zwingt sich zu einem Lächeln. »Klauen wir uns ein Schiff.«

Zee mustert sie kritisch. »Bist du dir sicher? Wirst du nicht mehr wegrennen und uns vor lauter schlechtem Gewissen in Gefahr bringen? Können wir dir vertrauen?«

»Mein Gewissen ist so rein, reiner wird's nicht.« Case zuckt mit den Schultern. »Ihr könnt mir trauen. Wir müssen uns bloß das Wann und Wie überlegen.«

Asra nickt zufrieden. »Das Wann steht im Prinzip schon fest. Die *Manizeh* ist gerade noch unterwegs, soll aber bis Mitternacht zurück sein. Wir können der Polizei ein paar Stunden geben, um sich zu beruhigen, dann weiter in mein Versteck, einen Plan schmieden, dann loslegen. Einverstanden?«

Zee drückt Cases Schulter. »Einverstanden.«

»Einverstanden«, sagt auch Rion, lässt Case aber noch nicht aus den Augen.

Ich deute eine Verneigung an, und Case verdreht die Augen, schenkt mir aber immerhin ein Lächeln. »Gut. Heute Nacht. Einverstanden.«

»Dann haben wir's.« Ich zwinkere ihr zu und wiederhole ihre Worte.

»Klauen wir uns ein Schiff!«

KAPITEL NEUN

Es ginge mir hundertmal besser, könnte ich laufen gehen, ohne gleich verhaftet zu werden. Ich bin in diesem seltsamen Zustand zwischen aufgedreht und erschöpft, und die Wände anzustarren macht es nicht besser. Daheim waren im August immer die Fußballcamps: endloses Training mit Langstreckenläufen dazwischen. Sich hinter zugezogenen Vorhängen zu verschanzen ist schon schlimm genug. Aber einfach rumzusitzen, während Asra, Rion und Case unseren großen Beutezug ausarbeiten, raubt mir den letzten Nerv. Zee und ich wollten mithelfen, aber wie sich rausstellte, sind eine Ärztin und ein Pilot nicht sonderlich nützlich bei einem Einbruch.

Asra redet kurz mit Tahseefa, der Freundin, deren Haus wir vorübergehend in Beschlag genommen haben, und sie meint, dass es kein Problem wäre, die Treppe zu benutzen, wenn wir überschüssige Energie abbauen wollen. Hauptsache, wir gehen nicht nach draußen. Ein Glück – sonst wäre ich noch aus der Haut gefahren.

Ich beginne mit ein paar Dehnübungen. Zee sitzt am Rand der abgewetzten Couch und starrt ausdruckslos den stummgeschalteten Wandschirm an, doch ihre ruhelosen Beine wippen. Da lenkt Asra Zees Aufmerksamkeit auf mich, und mit einem Ausdruck inniger Erleichterung springt sie auf, und ich mache ihr Platz. Dankbar fängt sie ebenfalls mit dehnen an.

Ich spreize die Beine und beuge mich vor, spüre, wie sich meine Waden spannen, und spähe durch die Knie verstohlen zu Case und Rion, die auf Stühlen neben der

Couch sitzen. »Lust, zu laufen?«, frage ich Zee mit einem Grinsen.

»Wenn's dir nichts ausmacht.«

»Natürlich nicht. Scheint, wir haben dasselbe Problem. Mir fehlt das Fußballspielen.«

Sie bindet sich das blau-blonde Haar zu einem engen Pferdeschwanz und hebt eine Braue.

»Mir auch. Ich war in der Vorauswahl für die kasachische Nationalmannschaft, und jetzt weiß mein Körper nicht, was er anstellen soll. Wenn ich nicht bald rennen oder irgendwas kicken kann, wird noch ein unschuldiges Möbelstück dran glauben müssen, und das wäre furchtbar unhöflich. Wo ich herkomme, ist es fast so schlimm, ein schlechter Gast zu sein wie ein schlechter Gastgeber.«

Ich muss lachen. Mir fällt es jetzt wie Schuppen von den Augen: wie sie sich bewegt, ihr ganzer Körperbau, ihre Schnelligkeit, ihre Kraft.

»Lass mich raten: Mittelfeldspielerin?« Ich würde ihr die Rolle der Spielmacherin zutrauen.

Ihr Mundwinkel hebt sich. Derselbe kühle, selbstbewusste Ausdruck, den sie auch angesichts von Blut und Verletzungen hat. »Nummer 10. Und du bist bestimmt ein Stürmer.«

»Ach, und wie kommst du darauf?«

Sie schnaubt und senkt die Stimme. »Also bitte. Ein Toppilot, tolle Reflexe, reißt ständig Sprüche, und dann siehst du auch noch gut genug aus, dass sowohl Case als auch Rion an dir kleben? Klassischer Stürmer. Auf der Erde wärst du echt ätzend gewesen.«

Die Röte steigt mir in die Wangen, und ich schaue mich um, ob die anderen die Bemerkung gehört haben. »Du aber nicht, oder was?«

Sie verdreht die Augen. »Gegen Stürmer bin ich immun. Davon abgesehen wäre es kein guter Zeitpunkt, meinst du nicht?«

»Du hast recht, du hast recht.« Aber trotzdem … Ich strecke die Arme, damit ich einen Vorwand habe, noch mal den Kopf zu Case und Rion zu drehen. Es beruht definitiv auf Gegenseitigkeit. Case ist in jeder Hinsicht absolut genial und lässt sich von niemandem was sagen. Und nur zu gerne würde ich die Arme um ihre Kurven schließen. Und Rion … wir verstehen uns einfach. Wir sind nicht immer einer Meinung, aber sein Humor und sein Lächeln sind so entwaffnend, und er steht zu seinen Überzeugungen. Er hat dieses gewisse Etwas, dem ich unter anderen Umständen garantiert nachjagen würde …

Ich verdränge den Gedanken. *Konzentrier dich auf Zee.* »Kasachstan also? Aus irgendeinem Grund hielt ich dich für eine Russin.«

Da stellen sich ihr die Nackenhaare auf, und sie erstarrt. »Mein Land hat eine komplizierte Geschichte. Meine Familie kommt auch größtenteils aus Russland, aber väterlicherseits aus Kasachstan. Es ist … kompliziert trifft es wirklich am besten.«

Anscheinend bin ich in ein Minenfeld gestolpert. Schnell zurückrudern. Ich stemme die Zehen gegen die Sockelleiste, um meine Waden zu strecken, und suche nach einem neuen Thema.

»Wenn du auf Nationalmannschaftsniveau Fußball gespielt hast, wie bist du dann ins Ärzteprogramm der Akademie geraten?«

Sie hält ihre Dehnposition ein paar Sekunden länger und mustert mich, dann beugt sie sich vor und berührt ihre Zehen. »Ich liebe mein Land«, sagt sie ruhig. »Aber in mancher

Hinsicht hinken sie dem Rest der Welt echt hinterher. Zum Beispiel wird bis zu deinem 21. Geburtstag in Dokumenten nur das Geschlecht angegeben, das dir bei der Geburt zugewiesen wurde.«

Ich sehe sie überrascht an. »Im Ernst? So was gibt's noch immer?«

»Ja.« Sie richtet sich wieder auf und macht mit den Armen weiter. »Als ich fürs Nationalteam der Frauen ausgewählt wurde, wurde ich zum Problem für sie. Also entschied ich mich für Sportmedizin, Physiotherapie und so was. Hab meinen Abschluss gemacht und den Sommer in Petropawl gearbeitet. Dann wollte ich zur Akademie und hatte dort dasselbe Problem.«

»Das gibt's doch nicht.« Ich versuche mich zu beherrschen, doch es fällt mir schwer. »Das ist illegal, Zee, das können sie doch nicht ...«

»Sie können«, erwidert sie komplett ruhig. »Dein Ausweis muss mit den restlichen Papieren übereinstimmen. Sie können mich nicht ablehnen, weil ich trans bin – aber dafür, dass der Ausweis nicht passt.«

»Wow. Mensch, Zee, ich weiß gar nicht, was ich sagen soll. Tut mir echt leid, dass du in sonem Land aufwachsen musstest.«

Zee zuckt mit den Achseln. »Mir nicht. Es war schon hart und ist es immer noch, aber ich hoffe, dass sich bald was ändert. Und wie gesagt, ich liebe mein Land und meine Eltern, Großeltern und Schwestern. Ich bin mit meinem Fußballteam weit gereist und habe viele Länder gesehen. Zugegeben vor allem die Stadien, aber Kasachstan gefällt mir noch immer am besten. Wir waren auch oft wandern, in den schönsten Ecken, die unser Land zu bieten hat. Ich bin froh, dass ich dort aufgewachsen bin. Die Nationalparks Burabai und Bajanaul, der Kaindysee … Aber nach allem, was ich mit Fußball und der Akademie durchmachen musste, bin ich auch nicht traurig, das einfach hinter mir zu lassen.«

Sie atmet tief durch. Vielleicht lässt es sie doch nicht so kalt, wie sie tut. »Wie steht's mit dir? Weshalb haben sie dich rausgeworfen?«

Meine Nerven gehen schon wieder mit mir durch. Ich bin nicht bereit für diese Unterhaltung – noch nicht. Aber was kann ich sagen?

»Ich, äh …« *Halt sie hin. Dehn dich weiter, denk nach.* »Ich hab da eine Vorgeschichte … Ich treffe nicht immer die besten Entscheidungen. Eine hat mich wieder eingeholt. Bin selbst schuld dran.«

Ja, das reicht erst mal. Ich springe ein paar Mal auf und ab; meine Muskeln sind locker und ganz scharf darauf, sich zu bewegen. Und ich bin scharf darauf, diesem Gespräch zu entkommen. »Also, wollen wir?«

Zee klopft mir lächelnd auf die Schulter. »Nach dir, mein heldenhafter Bruchpilot«, sagt sie mit ihrem harten Akzent.

Ich verneige mich spöttisch. »Wie Sie wünschen, Dr. Eyeliner.«

Die Beine angespannt und bereit, loszulegen, doch ich drehe mich noch einmal zu den anderen um.

»Wie kommt ihr mit der Planung voran? Gibt's schon was Neues?«

Case winkt ab, ohne den Blick von dem Tablet zu nehmen, das sie und Rion studieren.

»Verschwindet ruhig, ihr Sportskanonen. Wir haben es bald.«

Asra beugt sich vor, um sie auf etwas auf ihrem eigenen Tablet hinzuweisen, und Case richtet ihre Aufmerksamkeit wieder völlig auf ihre Arbeit. Ich schaue zu Zee und öffne kopfschüttelnd die Tür. Wir rennen die Treppe hinab, so schnell es geht, ohne unten gegen die Wand zu knallen.

Während der Rennerei halten wir immer mal wieder etwas Small Talk, vor allem über Fußball, aber sie bringt mich auch dazu, ihr von meiner Familie zu erzählen, und redet von ihrer daheim in Kasachstan. Die Geschichten vom Farmleben in North Carolina erheitern sie, weil es so anders ist als das Leben in den ultramodernen Großstädten Kasachstans. Und bei Dads und Pas Feuerwerksunfällen am vierten Juli muss sie so lachen, dass sie kaum noch laufen kann.

»Wie steht's mit Geschwistern?«, erkundigt sie sich, sobald sie wieder Luft kriegt. »Hattest du Leidensgenossen?«

Mir fällt das Grinsen aus dem Gesicht. »Nur einen Bruder. Wir verstehen uns nicht sonderlich.« Nicht mehr jedenfalls. Diese Zeiten sind vorbei.

Zee winkt schwach mit der Hand, eine stumme Entschuldigung. »Das ist wenigstens ein Vorteil, wenn man von der Erde verbannt ist. Mit dem brauchst du dich nicht mehr rumzuschlagen.«

Ich lege einen Zahn zu und lasse meine Frustration an der Treppe aus. Wenn es doch nur so einfach wäre.

»Genau genommen ist er auch hier draußen – er arbeitet bei der Raumhafensicherheit auf Valen.«

Zee bricht in erschöpftes Kichern aus. »Ach, dann lass den Planeten einfach aus. Gibt genug Alternativen.«

Ich will mich gerade darüber beschweren, dass mein Bruder sich die besten Welten rauspickt, als Case den Kopf ins Treppenhaus steckt.

»Für den nächsten Teil bräuchten wir euch«, sagt sie und rümpft die Nase beim Anblick unserer verschwitzten Gesichter. »Und euer Getrampel geht mir echt auf die Nerven. Meint ihr, ihr könntet mal Pause machen?«

Mit einem selbstsicheren Grinsen stolpere ich zurück in die Wohnung. Mein nasses T-Shirt klebt an mir. »Zu Befehl.«

Als ich noch ein paar Dehnübungen nachschiebe, um meine warmen Muskeln zu entspannen, errötet sie. Solange ich ihre Aufmerksamkeit habe, ziehe ich eine kleine Show ab, beuge mich so weit vor, dass ich mir den Schweiß mit dem Shirt von der Stirn wischen kann. Wieso auch nicht? Als ich mich das nächste Mal umdrehe, vermeiden Case und Rion Blickkontakt und schauen alles an – bloß nicht mich. Theorie bestätigt. Zee sieht kopfschüttelnd zur Decke, doch ich kann ihr Grinsen erahnen.

Ich schalte das kleine Lämpchen in der Kochnische des Wohnzimmers an und finde nach drei Versuchen einen Schrank mit Gläsern. Das Wasser aus der Spüle schmeckt etwas metallisch, aber sonst in Ordnung. Es klärt meinen Kopf und löst die Anspannung hinter den Augen. Essen wäre ebenfalls ganz gut. Auf nüchternen Magen Verbrechen zu planen klingt nach einer blöden Idee.

Eine weitere Suche fördert eine gusseiserne Pfanne und ein paar Eier zutage. Nichts spricht gegen Eier um zehn Uhr abends , wenn man grade dabei ist, ein Verbrechen zu begehen. Es ist eine Fummelei, aber ich schaffe es, den Herd anzuschalten, und werfe einen Klumpen Ghee zum Schmelzen in die Pfanne.

»Dann lasst mal hören.« Ich schlage ein paar Eier in eine Schüssel, die halbwegs sauber aussieht. »Asra, was ist die nächste Phase des Plans, die wir bereden müssen?«

Sie holt tief Luft und schaut mich an. »Erst mal möchte ich mich noch bedanken. Im Ernst – ich hab monatelang nach Leuten wie euch gesucht, auf eine zweite Chance gehofft … Ich hatte schon Angst, dass … Jedenfalls glaube ich wirklich, dass das funktionieren wird. Danke für euer Vertrauen.« Sie senkt den Kopf und spielt mit dem Saum ihres Hidschab. »Ich mag euch echt, wisst ihr.«

Ich lächele. »Wir sind dir auch sehr dankbar, besonders dafür, dass du uns ständig vor uns selbst rettest.«

Sie nimmt ihr Tablet und vertieft sich in den leuchtenden Schirm, aber das kleine Lächeln in ihren Mundwinkeln ist deutlich zu sehen. Sie beißt sich auf die Lippe, dann schaut sie wieder auf.

»Ich *weiß*, dass es falsch ist, was wir tun – egal, wie gut unsere Absichten sind.« Ich erkenne den Schmerz in ihren Augen. »Ich will nicht, dass ihr denkt, ich wüsste das nicht. Ich habe, so gut es geht, meinen Frieden damit gemacht, und ich verspreche, dass ich euch nicht hängen lasse.«

Ich winke ab. Ich bin der Letzte, der sie verurteilt. Keine Ahnung, wie Asra damit umgeht, dass Diebstahl haram ist – aber was ich weiß, ist, dass sie ein deutlich besserer Mensch als ihr Stiefvater ist. Und Saleem wird ein besserer Ort sein, wenn wir Erfolg haben. Ich lächle ihr aufmunternd zu und schlage die Eier, bis sie schön schaumig sind. Dann gieße ich sie in die Pfanne.

»Nach allem, was seit gestern passiert ist, hast du dir unser Vertrauen, glaube ich, verdient.«

Die anderen murmeln zustimmend, sogar Case. Die Sache mit der Botschaft scheint sie wirklich Demut gelehrt zu haben. Asra schaut kurz zur Decke, dann räuspert sie sich und hebt die Stimme, damit wir sie über die brutzelnden Eier verstehen.

»Wir gehen den ganzen Plan gleich noch mal durch«, sagt sie, wieder ganz sachlich. »Aber wir haben noch nicht darüber geredet, wohin wir eigentlich wollen, wenn wir das Schiff haben – und das ist der Teil, bei dem ich euch dabeihaben wollte. Könnten wir das bitte klären?«

Hm. Ups. Wahrscheinlich waren wir wirklich so darauf konzentriert, dieses Schiff zu stehlen, dass wir uns noch gar keine Gedanken gemacht haben, *wohin* wir damit wollen. Das wird ja alles ganz großartig laufen. Gedankenverloren kratze ich das Rührei vom Pfannenboden, damit es nicht anbrennt. Angst droht, ihre Klauen in mein Herz zu schlagen, doch das rhythmische Schaben beruhigt mich.

»Ich würde sagen, wenn wir es bis zum Landeplatz auf Jaces Dach geschafft haben, machen wir uns erst mal auf den Weg in den Orbit und hoffen, dass niemand uns abschießt. Ich verspreche, dass ich mit vollem Einsatz fliege und besser als auf der Flucht von der Station – aber wir bräuchten schon mindestens ein Sprungziel, damit wir das nicht diskutieren müssen, während auf uns geschossen wird. Habt ihr Vorschläge?«

Rion steht auf und wandert zu mir in die Küche. »Wir haben sicher alle Familie oder Freunde hier draußen, die bereit wären, uns aufzunehmen, während wir uns um das Problem mit der Akademie kümmern.« Er sucht in den Schränken, bis er fünf Teller und Gabeln gefunden hat. »Mein Onkel und sein Mann zum Beispiel. Die sind auf Europa.«

Case verzieht das Gesicht. »Das ist für meinen Geschmack etwas zu nah an zu Hause. Ich bin mir nicht sicher, ob ich noch im selben Sonnensystem wie die Erde sein will. Ana war mein einziger Kontakt in den Kolonien – und wie das ausging, wissen wir ja. Von daher kann ich niemanden anbieten.«

»Ich habe eine Freundin auf Xīnjiā«, wirft Zee ein, »aber sie hat gerade erst vor einem halben Jahr ihren Abschluss gemacht und sich dort niedergelassen. Sie wohnt mit zwei Freunden mitten in einer Großstadt. Ich wüsste nicht, wie sie uns helfen könnte. Es wäre aber schön, sie vor der Gefahr warnen zu können.«

»Meine Onkel auch«, sagt Rion. »Wie sieht's mit dir aus, Nax?«

Erschrocken höre ich mit dem Gerühre auf, dann reiße ich mich wieder am Riemen. »Hm, nein. Keine Kontakte hier draußen. Sorry.«

Das klingt nicht gerade überzeugend, aber okay. Ich bin ein schrecklicher Lügner. Ich schaue in die Runde, versuche einen Hauch Gelassenheit zu verströmen, aber Zee starrt mich herausfordernd an. Scheiße.

»Wirklich?«, fragt sie. »Gar keine?«

Verdammt, ich hätte ihr nie von Malik erzählen sollen. Sie ist einfach eine zu gute Gesprächspartnerin, ich war abgelenkt vom Laufen, und da hab ich ihr wohl zu viel verraten. Meinen Bruder um Hilfe zu bitten kommt aber absolut nicht in Frage, schon gar nicht jetzt, wo ich ein gesuchter Krimineller bin. Eine wirklich preisverdächtige Leistung. Zee muss mir das durchgehen lassen.

»Nein. Niemand, der bereit wäre, mir zu helfen. Wie steht's mit dir, Asra? Kennst du vielleicht jemanden auf Umoja? Da wollte ich immer mal hin.«

Asra tippt auf ihr Tablet, und eine große Karte der Kolonien baut sich über dem niedrigen Kaffeetisch auf, jede besiedelte Welt blau hervorgehoben. »Alles, was ihr bislang vorgeschlagen habt, ist zu weit weg für einen schnellen Sprung mit möglicherweise nur wenig Treibstoff im Tank. Und wahrscheinlich hat Earth First eine starke Präsenz auf allen offiziellen Kolonien.« Sie wählt der Reihe nach fünf Welten aus, markiert sie rot und gibt dreien davon eine Nummer.

»Diese roten Planeten sind illegale Siedlungen, die der GKK und Worlds United fürs Erste egal oder noch gar nicht bekannt sind.« Sie zoomt die erste Welt näher heran. »Möglichkeit Nummer eins ist eine Terraformingwelt namens Serenity. Das Projekt lieft völlig unter der Hand, aber der Planet hat gut auf die Veränderungen reagiert, und seit zwanzig Jahren hält sich dort eine ganz anständige Siedlerzahl. Hier könnten wir wahrscheinlich am einfachsten untertauchen, wenn etwas Schlimmes passiert, weil dort genug Leute wohnen und sie die beste Infrastruktur haben. Dort eine Landeerlaubnis zu kriegen, sollte machbar sein. Die anderen beiden Welten sind deutlich jünger.«

Sie tippt die zweite an und ruft die Infos dazu auf. »Tau'ri ist eine Naturwelt. Die Kolonie ist kleiner – ihre Hauptstadt ist ganz okay, aber sie sind etwas … abgeschottet. Wir können es versuchen, wenn's sein muss, aber ihre Luftraumüberwachung ist möglicherweise schwerer zu überzeugen. Außerdem haben sich meine Amma und meine Schwester nach ihrer Flucht dort versteckt, und ich möchte wenn möglich keine Aufmerksamkeit auf sie lenken. Es muss echt nicht sein, dass Jace sie findet.«

Mit einer schnellen Geste ersetzt sie Tau'ri durch die dritte Welt. »Babylon ist eine Kuppelkolonie, was mir persönlich am wenigsten zusagt. Ich finde auch, dass sie sich für unsere Zwecke am wenigsten eignet. Keine Ahnung, ob das Schiff Raumanzüge an Bord hat – wenn sie uns also den Zugang zur Kuppel verweigern und uns der Sprit ausgeht, sind wir Weltraumschrott.«

Case schaudert. »Kuppeln haben mir auch noch nie gefallen. Sie machen mir Angst. Ich bin mir ziemlich sicher, dass ich da klaustrophobisch würde. Ich weiß ja, dass es irrational ist – aber ich müsste ständig dran denken, dass die Kuppel kollabiert und die ganze Luft entweicht. Mir wäre eine Naturwelt am liebsten, wenn möglich.« Sie schaut sich um, als malte sie sich direkt hinter den Fenstern den luftleeren Raum aus.

»Geht mir ähnlich«, sagt Rion. »Wobei ich auch mit Terraforming klarkäme.« Er zeigt auf die verbliebenen roten Planeten auf der Karte. »Was ist denn mit den anderen beiden?«

»Die sind ein bisschen zu weit weg für einen Sprung von hier«, sagt Asra. »Und sie werden von ein paar unangenehmen Zeitgenossen kontrolliert. Keine Leute, mit denen ich zu tun haben möchte, nicht einmal für einen ehrlichen Handel. Die GKK-Kolonie Valen wäre ebenfalls in Reichweite, aber wie gesagt – das wäre eher eine Notlösung.«

»Absolut«, stimme ich zu und hantiere mit der heißen Pfanne. Zee lässt mich nicht aus den Augen, während ich das Essen zum Tisch trage, hält aber den Mund.

»Das heißt dann wohl Serenity, richtig?« Asra löscht die Karte. »Dort kriegen wir am ehesten Hilfe, wenn wir angehumpelt kommen. Sie verstecken angeblich auch öfter mal Leute, die nicht gefunden werden wollen.«

Ich stelle die Pfanne auf einem zusammengelegten Geschirrtuch ab und verteile das Rührei auf die Teller, meinen zuletzt. »Klingt nach dem perfekten Parkplatz, bis wir wissen, was wir wegen Earth First unternehmen.«

Asra schüttelt den Kopf, bevor ich auch nur ausgeredet habe, und allmählich klingt sie ungeduldig. »Nein, denke ich nicht. Bestenfalls können wir auftanken und Vorräte an Bord nehmen, falls wir welche brauchen. Sobald das Schiff als gestohlen gemeldet wird, lassen sie uns auf keinen Fall bleiben.«

Sie beißt sich auf die Lippe. »Jace ist ein schrecklicher Mensch – aber seine Macht und sein Einfluss reichen weit über al-Rihla hinaus. Dass wir ihm geschadet haben, wird den Leuten auf Serenity gefallen, aber sie werden bestimmt nicht seinen Ärger auf sich ziehen, indem sie uns verstecken. Entweder wir verhökern das Schiff und zahlen für den Rückflug, oder wir leisten uns einen kompletten Umbau, vom Anstrich bis zum Bordcomputer – und das wird teuer. Besser, wir verstecken uns nur so lange wie nötig und fliegen dann weiter, diese Geräte von Earth First suchen.«

Rion bricht die angespannte Stille.

»Die Eier sind echt Scheiße.«

Meine Hand verkrampft sich um den eiverklebten Pfannenwender. *Nein, ich werde Rion nicht damit ins Gesicht schlagen. Nein, werde ich nicht. Nein …*

Da sehe ich das breite Grinsen auf seinen Lippen. Sein Teller ist schon leer, sein Mund voller Essen. Der Scheißkerl hat mich nur verarscht. Seine Augen strahlen mich fröhlich an, und unwillkürlich erwidere ich das Grinsen.

»Darfst dir jederzeit selbst was kochen, Kumpel.« Wir sind alle noch verwöhnt von unserem ersten Tag mit Nannis Restaurant unter uns. Aber irgendwer muss ja was kochen, und ich hab wenigstens gelernt, mich zu ernähren, bevor ich von der Erde weg bin.

Case beugt sich vor und schnipst Rion ans Ohr, und er jault auf und hält es sich, als ob er bluten würde. Ich schaufle mir die letzten Eier auf den Teller und decke sie großzügig mit Pfeffer ein, falls sie wirklich so furchtbar sein sollten. Dann trete ich Rion der Form halber noch unterm Tisch ans Bein.

Ganz ehrlich, schlecht sind die Eier nicht. Ich verschlinge sie, so schnell ich kann – und verschlucke mich fast, als sich die Eingangstür mit lautem Klicken öffnet.

Mit steifem Rücken halte ich den Atem an. Mein Herz rast, ich fische nach der Betäubungspistole unter dem Tisch. Es war klar, so klar, dass irgendwas wieder schiefgeht …

Die Tür öffnet sich einen Spalt – und ich sinke erleichtert

zurück. Es ist Tahseefa, Asras Freundin. Sie streckt den Kopf herein und lächelt uns freundlich zu. Asra gleitet um den Tisch und geht zu ihr, Tahseefa legt ihr eine Hand auf den Arm, und eine geflüsterte Unterhaltung auf Bengali entspinnt sich.

»Sind gleich wieder da«, sagt Asra, und beide verschwinden nach draußen in den Flur. Kurz darauf kommen sie wieder, kleine Rucksäcke über der Schulter – gefolgt von keiner anderen als der furchtlosen, unverwüstlichen Nanni. Rion springt auf, um ihr Platz zu machen, und setzt sich auf meine andere Seite. Asra setzt sich neben Nannis Stuhl auf den Boden und stellt ihren Rucksack vor sich hin.

»Okay, alle mal herhören.« Sie öffnet den Rucksack, um ihn zu durchwühlen. »Tahseefa und Nanni haben unser Leben deutlich vereinfacht. Sie haben uns Vorräte und alles, was wir für den Plan noch brauchen, besorgt.«

Tahseefa streicht sich das gewellte Haar aus der Stirn. »Bloß ein paar Arzneimittel, die ihr hoffentlich nicht benötigen werdet, etwas Essen, Kleider, Munition für die Betäubungswaffen … Ich helfe gern, wo immer ich kann.«

Nanni lehnt sich zurück und richtet ihren Schal. Die Augen streng auf mich gerichtet, stößt sie einen raschen, bestimmten Redeschwall aus, den Asra frei für mich übersetzt: »Sie sagt, wenn du mich umbringst, bringt sie dich um.«

Toll, gar kein Druck. Ich schlucke schwer und senke den Blick. »Ich werde euch alle beschützen. Das verspreche ich.«

Nanni mustert mich skeptisch, dann nickt sie. Es fühlt sich an, als könnte sie direkt in mein Innerstes sehen.

Zee gießt Nanni eine Tasse Tee ein (es ist wirklich ein wenig zwanghaft von ihr). »Tahseefa«, fragt sie besorgt. »Kommen du und Nanni denn nicht mit?«

Tahseefa und Asra wechseln einen bedauernden Blick.

Dann schüttelt Tahseefa den Kopf und greift Asras Hand noch fester. »Nein. Asra hat eine Menge Gründe, von hier zu verschwinden, und ich verstehe sie. Es sind aber ihre Gründe, nicht meine. Wahrscheinlich würde ich an ihrer Stelle auch gehen. Doch für den Moment kann ich, glaube ich, mehr ausrichten, wenn ich bleibe.«

»Und solange Jace noch atmet, kriegst du Nanni selbst mit Gewalt nicht von al-Rihla losgeeist«, fügt Asra hinzu. »Eher schießt sie mit allem auf dich, was sie hat.« Sie grinst schelmisch. »Wir müssen aber unbedingt in Kontakt bleiben. Wenn wir nicht vor der Deadline rausfinden, was Earth First vorhat, kommen wir zurück.«

»Klingt gut.« Ich strecke mich und richte mein Shirt, als es mir hochrutscht – aber nicht, ohne zuvor aus den Augenwinkeln ein paar verirrte Blicke auf meinen Nabel zu registrieren.

Cases Blick wandert weiter zum Wandschirm. Da springt sie plötzlich auf und greift nach der Fernbedienung.

»Lauter!«, ruft sie, noch während sie nach dem richtigen Knopf sucht, dann erfüllt die Stimme des Nachrichtensprechers den Raum.

»… Opfer, Ana Velez, wurde kurz nach sieben Uhr im Sicherheitsbereich der Erdbotschaft gefunden, direkt nach der Flucht der kürzlich verhafteten Casandra Hwang-Torres, die für den Mord wahrscheinlich verantwortlich ist. Hwang-Torres wurde auf ihrer Flucht von den übrigen Verdächtigen unterstützt, die in Zusammenhang mit dem Angriff auf Ellis Station gesucht werden: Nasir Alexander Hall aus den Vereinigten Staaten, Rion William Kwesi Turner, Sohn des britischen Abgeordneten …«

Ich nehme Case die Fernbedienung aus der Hand und schalte den Ton ab. Sie keucht erstickt, kann kaum noch stehen und schlingt die Arme um sich, als müsste sie sich am Auseinanderfallen hindern. Besorgt schlinge ich meine Arme um sie, da geben ihre Knie nach, und wir sinken gemeinsam zu Boden. Ein erstickter Schrei bricht aus ihrer Kehle hervor.

»Ich war es nicht!«, schluchzt sie an meiner Brust und bäumt sich auf. »Sie haben sie umgebracht, die *Arschlöcher haben sie umgebracht,* sie haben …«

Ich drücke sie noch fester und verlangsame bewusst meinen Atem, versuche sie zu beruhigen.

»Ich bin da, ich bin da. Es tut mir leid, so leid …«

Zee setzt sich ebenfalls zu uns und legt die Arme um uns beide, reibt uns sanft den Rücken.

»Umarm sie nicht ganz so fest, Nax. Atme mit mir, Case. So ist gut. Tief durch die Nase ein, langsam, gut – jetzt durch den Mund wieder aus, so langsam du kannst. Super, das ist super. Jetzt noch mal.«

Eine ungewisse Zeit kauern wir da auf dem Boden, während Zee mit uns Atemübungen macht, bis Cases Klammergriff um mein Shirt sich lockert und die Panik abebbt. Ich halte sie, streichle ihren Arm, vergrabe die Nase in ihrem Haar und atme mit ihr. Ich will ihr helfen, aber es hilft auch mir: Es war alles so *viel,* und sie in meinen Armen zu halten, lindert den Schmerz in meinem aufgewühlten Inneren. Das ist alles nur zu vertraut, geht mir viel zu nahe – eigentlich war es ja Malik, der immer Panikattacken wegen irgendwas in der Schule bekam, aber eine Weile hatte er mich damit angesteckt. Wenigstens weiß ich so, was man dagegen tun kann oder was für Malik und mich funktionierte – viel Nähe, Ruhe und langsames, beherrschtes Atmen.

Schließlich lässt Case mich los und reibt sich die roten, verquollenen Augen, in deren langen Wimpern noch die Tränen hängen. Ihr Lippen sind aufgedunsen wie nach einer allergischen Reaktion, und ihre Haut ist blass und fleckig. Dann schließt sie die Augen und holt zitternd noch einmal Luft.

»Danke euch«, sagt sie, als wäre sie gerade aus einem schlimmen Albtraum erwacht. »Und tut mir echt leid. So was ist mir schon lange nicht mehr passiert.«

»Kein Grund, sich zu entschuldigen«, sagt Zee gelassen und misst mit zwei Fingern Cases Puls an ihrem Handgelenk. Dann schickt sie Rion ein Glas Wasser holen und nimmt die Taschentücher entgegen, die Asra ihr reicht. »Hast du irgendwas, was du dagegen nehmen kannst?«

Case schüttelt den Kopf. »Das war alles in meiner Tasche auf der Station. Aber es geht mir schon besser. Ist vorbei. Gib … gib mir noch ein paar Minuten, und ich bin wieder einsatzbereit.«

»Bist du dir sicher?« Asra hebt eine Braue. »Wir können auch ein paar Stunden warten, wenn du …«

»Nein.« Case stützt sich auf meine Schulter und kämpft sich auf die Beine. Nur kurz gerät sie ins Schwanken dabei. »Tut mir leid, aber nein. Wir müssen das durchziehen. Jetzt erst recht. Und davon abgesehen – je länger wir warten, desto mehr hab ich Gelegenheit, mich verrückt zu machen. Gib mir eine Tasse Tee und was mit Zucker drin, und ich bin wieder fit.«

»Schon dabei«, sagt Rion und begibt sich auf direktem Weg zum Wasserkocher. »Wenn es was gibt, was ich in Krisenzeiten kann, dann Tee kochen. Das steckt in meiner DNA.«

Beide, er und Zee. Da muss sogar Case lächeln, und bei dem Anblick löst sich der Knoten in meiner Brust. Sie kommt wirklich wieder auf die Beine.

Sobald sie ihren Tee und ein paar von den Dingern hat,

die Rion *Biskuits* nennt, wirkt Case beinahe wieder wie die Alte. Tahseefa ist in der Zwischenzeit gegangen, um Nanni nach Hause zu bringen. Case schenkt Asra ein schwaches, tränenfeuchtes Lächeln. »Hey, weißt du, was uns allen gut tun würde? Zeig uns noch mal dieses hübsche Schiff. Das bald unseres sein wird, und zwar …« Sie schaut auf ihr Tablet. »In einer Stunde und achtundzwanzig Minuten?«

Ha, wusste ich's doch, dass nicht nur ich hier eine aerosexuelle Ader habe. Scharf. Wer kann einem solchen Schiff auch widerstehen?

Asra zwinkert. »Zu Befehl – eine Breakbolt Mark III, kommt sofort.«

Sie ruft dieselbe Projektion wie gestern auf – es fühlt sich an wie vor einer Ewigkeit. Das Schiff rotiert gemächlich über dem Tisch, liebliche Kurven und schlanke Aerodynamik. Sie ist wunderschön.

Wir alle sehen aus, als würden wir vor lauter Aufregung gleich unser Rührei wieder auskotzen. Wir sind wirklich im Begriff, das durchzuziehen. Wir stehlen schon wieder ein Schiff, hier, am anderen Ende der Galaxis, im Vertrauen auf ein Mädchen, das wir kaum kennen. Komplett verrückt.

Aber irgendwie … trotz allem auch großartig. Ich gestatte mir ein dümmliches Grinsen, und als ich die anderen der Reihe nach anschaue, erwidern alle das Lächeln auf ihre Weise: Case still, aber entschlossen, Rion offen und aufrichtig, Zee mit etwas reserviertem Stolz.

Und Asra? Sie strahlt vor dieser wundersamen Art von Freude, die aus Hoffnung entsteht.

Wir sind bereit – so bereit, wie wir nur sein können.

»Okay. Wir sollten uns anziehen und den ganzen Plan noch so oft wie möglich durchgehen. Aber erst mal schnappen wir uns unsere Sachen und verschwinden von hier!«

»Aye, Captain«, sagt Rion, und der Kreis löst sich auf. Alle stürzen sich in die Vorbereitungen oder benutzen rasch noch einmal Bad und Dusche.

Das ist alles total bekloppt und supergefährlich, Gott, ich weiß das. Wir müssen einander echt vertrauen. Müssen perfekt unsere Rollen spielen. Schon male ich mir fliegende Granaten aus, Feuer speiende Waffen, muskelbepackte Sicherheitstypen …

Ich hoffe nur, dass das allgemeine Vertrauen in meine Flugkünste nicht vollkommen fehl am Platz ist. Ich hoffe, dass ich es nicht wieder so verbocke wie die Landung. Hoffe, dass wir überleben. Dass ich alldem gewachsen bin.

Ich atme tief durch.

»Okay«, sage ich, eine Hand schon an der Tür. »Ziehen wir's durch!«

KAPITEL ZEHN

Funktioniert das Ding auch richtig?«, fragt Rion und dreht sich im Dunkeln zu mir um. Ich mustere ihn konzentriert; der Gesichtswandler läuft, produziert aber einen kleinen Fehler, eine Lücke in den Strukturen direkt über Rions Wangenknochen.

»Irgendwas stört ihn, genau … hier.« Ich berühre die Stelle mit dem Finger. »Lass mich mal.« Ich zupfe seinen Kragen zurecht, damit dieser den winzigen Projektor auf Rions Kiefer nicht mehr behindert, und fixiere ihn mit einer Sicherheitsnadel. Die Strukturen seiner Wange glätten sich, und Rion wird vollends zum Fremden. Immer noch groß, schwarz und gut aussehend *(konzentrier dich, Hall),* aber seine Augen haben eine andere Form und einen neuen Braunton. Seine Nase ist nun schief, und wenn er grinst, sieht er ganz ungewohnt aus.

»Besser«, sage ich und denke mit etwas Verspätung daran, von ihm zurückzutreten. Peinlich, peinlich. Um das Missgeschick zu überspielen, präsentiere ich ihm mein Gesicht von allen Seiten. »Wie sieht's bei mir aus?«

»Der andere gefällt mir besser.« Rions Grinsen wird breiter, und er legt seine Hände über die Projektoren auf meinen Wangen.

Wir kennen einander erst kurz, aber dieses fremde Grinsen auf seinem Gesicht zu sehen, ist seltsam verstörend. Ich senke den Blick und verkneife mir ein Lächeln. »Da sollte ich wohl Danke sagen?«

»Gern geschehen.« Jetzt bedeckt er die Projektoren abwechselnd. »Aber ganz im Ernst – ich glaube, dein Gesichtswandler ist kaputt. Es sieht aus, als ob dieser Projektor hier ein anderes Gesicht zeigt als der Rest.«

Wie aus dem Nichts taucht Asra auf und zieht mir ohne Vorwarnung das Tablet aus der Tasche. »Wahrscheinlich hast du ihn auf der letzten Flucht beschädigt. Er kommuniziert nicht mehr richtig mit der App. Wir müssen wohl ein Gesicht suchen, bei dem's nicht so auffällt.«

Sie und Rion treten einen Schritt zurück, während sie die Gesichter durchwechselt. Dann kichern beide.

»Perfekt«, sagt Asra.

»Auf jeden Fall … lenkt es von dem Fehler ab.« Rion rümpft die maskierte Nase.

»Was?«, frage ich mürrisch. »Bin ich jetzt hässlich, oder was?«

»Sagen wir, *markant.*«

Autsch. Wenn er sich so diplomatisch ausdrückt, muss es echt schlimm sein.

Ich schaue mich nach Case um, die ebenfalls an den Einstellungen ihres Gesichtswandlers spielt. Es scheint ihr schon deutlich besser zu gehen, und sosehr ich auch wünschte, dass sie mehr Zeit hätte, sich zu fangen, diesen Luxus haben wir nicht. Ich beobachte sie kurz, dann greife ich nach dem Rucksack für Teil eins unseres Plans. Er enthält die wenigen Sachen, die sich die Reise in die große Schwärze verdient haben: Tahseefas Vorräte und Kleidung, ein tragbares Ladegerät. Das Tablet für den Gesichtswandler stecke ich griffbereit wieder ein, falls ich noch mal was an den Einstellungen ändern muss. Rion schnappt sich ebenfalls seine Sachen, und wir eilen weiter ins vordere Zimmer, die anderen hinter uns.

Wir verstecken uns in einer verlassenen Wohnung im zweiten Stock eines Hauses ganz in der Nähe von Jaces Lager. Es ist eine halbe Stunde nach Mitternacht, was heißt, dass uns noch etwa fünf Minuten bleiben, bis es losgeht. Case murmelt mit geschlossenen Augen vor sich hin – wahrscheinlich geht sie im Kopf die Pläne des Gebäudes durch. Als sie immer unruhiger wird, legt Zee ihr die Hand auf die Schulter, und die Anspannung weicht von Case. Beeindruckend, wie sie sich schon wieder konzentriert, ihr Verstand wie ein Laser; alles eine Frage von Abgrenzungsstrategien, hat sie gesagt. Asra ist in ihr Tablet vertieft; hoffentlich überwacht sie die Kameras, die sie im und ums Lager gehackt hat. Wir sind alle dunkel gekleidet, wie Diebe aus einem albernen Krimi – aber hey, für einen nächtlichen Einbruch ist es echt praktisch.

»Und, wie sieht's aus?«, fragte ich Asra und linse über ihre Schulter.

»Bis jetzt wie erwartet«, antwortet sie viel ruhiger als ich. »Zwei Wachen vor der Tür, niemand im Lager. Zwei weitere Wachen auf dem Dach. Jace übernachtet heute in seiner anderen Wohnung in New Dhaka. Die Crew des Schiffes ist gegangen, sobald die Fracht ausgeladen war, und bis jetzt ist niemand zurück – ideal für uns. Hoffentlich kommen sie erst wieder, wenn wir schon lang verschwunden sind.«

»Wir können nur hoffen«, sage ich. Asra schaut mich an, dann wendet sie den Blick ab. Die anderen verhalten sich genauso – alle weichen sie mir aus. Ein bitteres Gefühl steigt in mir hoch.

»Okay, was ist los?«, frage ich schärfer als beabsichtigt. »Liegt es an meinem Gesichtswandler, oder habt ihr auf einmal alle kalte Füße? Das ist unsere letzte Gelegenheit, drüber zu reden – also lasst noch mal alles raus.«

Dafür ernte ich wenigstens leises Kichern, und Case begegnet meinem Blick. »Ich bin bloß nervös«, sagt sie. »Aber das Gesicht schafft mich auch. Deins ist echt besser – also dein eigenes, mein ich.«

Ich schnaube. Gleich zwei auf einmal, Volltreffer. Bloß dass ich jetzt wohl so hässlich bin, dass alles andere besser wäre. Wieso denke ich ausgerechnet jetzt darüber nach? Kein guter Zeitpunkt, wie Zee sagen würde. Ich schüttle den Kopf, als würde ich so die störenden Gedanken los, und versuche zu entspannen.

»Also dann. Wenn alles nach Plan läuft, sind wir in zehn Minuten unterwegs. Seid ihr bereit?«

Zee ist ruhig und beherrscht wie immer; sie hat es sogar geschafft, sich Schminke für ihren charakteristischen Look zu besorgen. Asra ist ganz hibbelig, vibriert geradezu, so nah ist sie ihrem Ziel. Rion und Case jedoch vermeiden Blickkontakt, und innerlich seufze ich. Ich wünschte, wir könnten einander komplett vertrauen; wir werden das nicht schaffen, solange wir unsere Probleme nicht überwinden. Selbst ich kann nicht alle Zweifel abschütteln – ist Case wirklich okay mit der ganzen Sache? Ist sie bereit, vorsätzlich eine Straftat zu begehen?

Wie auch immer – die Zeit ist um.

Asra steckt ihr Tablet weg und wirft einen Blick in die Runde, fokussiert jeden von uns. »Danke für euer Vertrauen. Ich weiß, dass es für euch vielleicht nicht so aussieht – doch ihr rettet mich gerade vor ihm. Dafür bin ich euch wirklich dankbar.«

Ich habe einen Kloß in der Kehle, bringe aber ein schwaches Lächeln zustande. »Ich hoffe, du vergibst uns, wenn wir mit dem *Gern geschehen* noch warten, bis wir's auch wirklich geschafft haben.«

Schließlich muss ich uns noch alle sicher hier rausfliegen, ehe wir uns auf die Schultern klopfen. Ich ignoriere die stechende Furcht in meinem Herz und zwinge mich zu etwas Zuversicht.

»Dann legen wir mal los, Leute! Rion, du kommst mit mir. Die Übrigen führt Asra rein, sobald wir die Wachen abgelenkt haben.« Ich zögere, die Lippen gespitzt. *Viel Glück* zu sagen kommt mir irgendwie gefährlich vor. Was sagt man stattdessen noch gleich am Theater?

»Hals- und Beinbruch. Wir sehen uns auf der anderen Seite.«

***

Vor dreißig Sekunden kam ich mir noch tapfer und richtig anführermäßig vor. Jetzt dagegen nur noch richtig dumm. Jeder Schritt fühlt sich an, als liefe ich statt auf das Lager auf eine Grube Treibsand zu, der mich fröhlich verschlingen, mir die Luft aus den Lungen pressen wird …

Rion und ich passieren das offene Tor in der äußeren Mauer des Grundstücks, und da sind auch schon die Wachen: groß und muskelbepackt, mit ziemlich finsteren Gesichtern. Rion lässt sich nichts anmerken, läuft ganz entspannt, sein Atem ruhig. Der Mann hat echt Nerven. Er spielt seine Diplomatenrolle ohne den geringsten Fehler, aber nach all den Praktika war das wohl zu erwarten. Gelassen schreitet er voran und wirkt in dieser Umgebung so selbstsicher, wie es die Leute wären, die wir vorgeben zu sein.

Wir sind den Plan inzwischen sicher hundertmal durchgegangen. Von daher sollte ich wohl wirklich lockerer sein – so wie er. Ich versuche, die Schultern zu entspannen, meine Arme ganz natürlich an den Seiten schwingen zu lassen. Schwinge ich zu sehr? Wie laufe ich normalerweise? Was macht man beim Laufen mit den Händen?

In meinem Kreuz, kalt und hart an meiner Wirbelsäule, spüre ich die Waffe. Es ist bloß die Betäubungspistole, aber ich werde die irrationale Angst nicht los, dass ich mir mit einem falschen Schritt den Arsch wegpusten könnte. Auf der Erde habe ich Waffen nur unter kontrollierten Bedingungen und mit viel Schutzkleidung abgefeuert. Dann in Nannis Treppenhaus auf einen schon gestürzten Polizisten. Das jetzt ist vollkommen anders – und der Weg dauert *ewig*. Vom Haupttor zu den Wachen sind es bloß zwanzig Meter, doch mir kommt es vor, als würde ich mit jedem Schritt ein Jahr älter.

Wir passieren Kistentürme, alte Paletten und einen geparkten Gabelstapler. Die Wachen haben uns längst bemerkt; ihre Hände ruhen auf den Waffen an ihren Gürteln. Ich werte es als positives Zeichen, dass sie sie noch nicht gezogen haben – anscheinend nehmen sie uns die Verkleidung momentan noch ab. *Scheißescheißescheiße*, jetzt sind wir da, wir halten an, und mein Mund ist ganz trocken und …

»Lieferung nach Plan von Ms Begum«, sagt Rion, seine Stimme so selbstbewusst, dass sie schon fast gelangweilt klingt. Perfekt nach Drehbuch. Wie macht er das bloß? Er nimmt langsam seinen Rucksack ab, aber die Typen regen keinen Muskel.

»Was ist denn mit den anderen beiden?«, fragt der Wachmann zur Linken. »Wie hießen sie noch gleich? Ravi und Sudeepta? Irgendwie so was.« Er kratzt sich an einer furchterregend buschigen Braue. Seine ganze Körpersprache kündet von seinem Training, und seine Augen sind wachsam. Das ist ein Test.

»Rabi und Nirjar. Nicht mal dicht dran beim Zweiten, Kumpel.« Rion bleibt cool. Wie kriegt er das ohne das geringste Zittern in der Stimme hin? Ich habe mal gehört, dass Politiker Furcht riechen könnten. Vielleicht kommt ihm sein diplomatisches Training beim Begehen von Straftaten unverhofft zugute. »Die haben heute Nacht was anderes zu erledigen. Die Chefin meinte, dass wir die Übergabe übernehmen sollen, und wenn alles glattläuft, sehen wir uns in Zukunft vielleicht öfter.«

Oder: Asra hat die anderen beiden bestochen, damit sie heute wegbleiben, aber hey – fast dasselbe.

Ein leichtes Grinsen spielt auf Rions maskierten Lippen, als weihte er die Wachen in ein kleines Geheimnis ein. Ich versuche, es ihm gleichzutun, und hebe dramatisch eine Braue.

Der Wachmann zur Rechten mustert mich. »Kann dein Freund hier auch reden?«, fragt er Rion.

»Ach komm.« Ich schnaube im Scherz. Spiele ich eben aus, was mir alle schon bestätigt haben. »Will doch keiner hören, was ich Hackfresse zu sagen habe.«

Die zweite Wache vergisst einen Moment jede professionelle Unterkühltheit und lacht überrascht. »Da könntest du recht haben, Junge. Mit der Visage hast du's sicher nicht leicht.«

»Hey, du beleidigst das Gesicht meiner Mama!« Ich muss den Witz so lange melken wie möglich. Im Kopf überschlage ich die verstrichene Zeit: Wo die anderen jetzt wohl sind? Haben sie das Gelände schon überquert? Die Sicherheitssysteme ausgeschaltet? Unwillkürlich zuckt mein Blick zur Kamera über dem Kopf der zweiten Wache: Das Lämpchen leuchtet immer noch grün. Scheiße.

Der Wachmann folgt meinem Blick, und sein Ausdruck verfinstert sich. »In Ordnung, die Herren, ich finde, es reicht. Gebt uns das Geld, wir zählen es durch, und wenn alles da ist, könnt ihr zurück zu eurer Chefin und ihr sagen, dass ihr gute kleine Kuriere wart.«

Rion setzt eine verwirrte Miene auf, eine Sekunde lang packt mich die Panik. Weiß er etwa nicht mehr, was er sagen soll? Fängt jetzt die Schießerei an?

Aber natürlich ist das alles bloß Teil des Spiels. Er hat die Lage unter Kontrolle. Ich muss echt sagen – ich bin verdammt beeindruckt.

»Sollen wir das Geld denn nicht drinnen abgeben?« Er runzelt die Stirn. »Nirjar meinte, dass wir es Mr Patel, dem Lageristen, geben sollen. Oder war er der Buchhalter?« Er schaut mich an, als versuchte er sich an die genauen Instruktionen zu erinnern. Ich spiele mit und kaue nachdenklich auf meiner Lippe herum.

»Ich ... glaube, er sagte Lagerist. Stimmt doch, oder?«, frage ich den Wachmann zur Linken. Nicht gut, gar nicht gut. Ich bin der mieseste Lügner aller Zeiten – seine Hand liegt schon wieder auf der Waffe, und entsichert hat er sie auch.

»Nein, stimmt nicht«, sagt der leise. »Ihr habt zehn Sekunden, uns das Geld zu geben.« Die zweite Wache tut es ihm gleich und zieht ihre Waffe.

»Whoa, whoa, Freunde, das ist doch nicht nötig!«, protestiert Rion und lässt den Rucksack von seiner Schulter gleiten. »Nur ein kleines Missverständnis, ein paar Mal aneinander vorbeigeredet, keine große Sache. Wir geben euch das Geld einfach hier, okay? Wie hättet ihr's gerne? Wollt ihr den Rucksack haben? Soll ich ihn auf den Boden stellen? Das Geld rausnehmen und euch nur das geben?«

Rion hat wirklich ein Talent zum Quasseln, denn er zieht das Gespräch immer mehr in die Länge, und wir sind immer noch nicht tot, doch lange kann das nicht mehr gut gehen. Vielleicht sollte ich einfach schießen. Mein Herz hämmert so hart wie eine Bassdrum, die einen lachhaft schnellen, aggressiven Elektronikbeat spielt. Unauffällig trockne ich mir die Handflächen an meiner Hose. Solang der halbe Amazonas aus meinen Händen strömt, kann ich nicht mal eine Waffe halten.

Ich erkenne den genauen Zeitpunkt, an dem sie ihre Entscheidung treffen. Die Wachen tauschen einen Blick, nur den Bruchteil einer Sekunde, und Gott, das geht total daneben, ehe wir es auch nur reingeschafft haben, ehe wir auch nur kurz davor sind … Und plötzlich ist es egal, denn ich höre Metall über Leder schaben, da sind Waffen auf mein Gesicht gerichtet und eine in meiner Hand, und ich kippe zur Seite …

Nein, der Wachmann kippt zur Seite, Zees Stiefel bohrt sich hart in seine rechte Niere. Die anderen sind da – und sobald ich das begreife, beginnt auch die Zeit wieder zu fließen, und mein Verstand klärt sich. Ich reiße meine Waffe herum, um mich um die Wache zur Linken zu kümmern, doch da hat Rion schon geschossen, und der Mann sackt in sich zusammen.

Ich wirble herum, lege wieder auf den Rechten an und treffe ihn (durch schieres Glück) auf die Wange. Keine Sekunde später ist das Schlafmittel durch die Haut gedrungen und tut seine Wirkung. Seine Hände, mit denen er sich eben noch die Niere hielt, fallen schlaff herab. Und die Kamera über ihm – ja, das kleine Licht ist jetzt rot. Asra und Case schließen zu Zee auf, und Asra verschwendet keine Zeit und macht sich mit ihrem Tablet am Keypad der Tür zu schaffen. Es summt, und die Tür öffnet sich mit einem Klicken. Asra reißt sie weit auf und winkt uns hinein. An der Ungeduld ihrer Geste erkenne ich, wie nervös sie ist.

Case tritt als Erste ein, die Betäubungspistole ungeschickt ausgestreckt. Am liebsten hätte sie gar keine Waffe getragen, aber ich habe darauf bestanden. Selbst ohne jedes Training, sogar ohne jemals geschossen zu haben, ist es besser, für den Fall der Fälle eine zu haben. Sie ist ja nicht tödlich, also was kann schon passieren?

Zee schlüpft als Nächste hinein und rennt ohne Umschweife auf ihr zugewiesenes Ziel zu: das Waffenlager. Und verdammt, ist sie schnell. Ich hätte sie zu gerne mal auf dem Fußballplatz erlebt – sie war sicher ein Star. Auf dem Rückweg wird sie jedoch deutlich langsamer sein, mit einer Kiste Granaten in der Hand … und ich dachte, mit *Scheren* rennen wäre gefährlich.

Als Nächstes komme ich, dann Rion. Asra schließt die Tür hinter uns. Case führt uns mit schlafwandlerischer Sicherheit um eine Ecke nach der nächsten und murmelt dabei Richtungsangaben vor sich hin: einmal rechts, dann nach links einen Gang mit Lebensmitteln entlang, dann noch einmal rechts, und da ist der Lastenaufzug. Daneben lagern Treibstoff und Kisten mit Schiffsmunition, genau wie Asra gesagt hat – bloß dass sie nicht schon für den morgigen Transport auf Wagen verladen sind, wie es sein sollte. Denn es gibt keine Wagen. Überhaupt keine.

Scheiße.

Der Treibstoff ist in einem großen Metallzylinder, der mir bis zum Bauch reicht, mit einem silbernen Griff an jeder Seite. Ich packe die Griffe und versuche das Ding anzuheben, aber verdammt, es ist schwer wie Bleibarren. Es bewegt sich kein bisschen. Ich versuche das Fass von unten zu packen, aber das bringt ebenfalls nichts.

»Ich kann einen Wagen suchen gehen«, sagt Case, doch ich winke ab.

»Keine Zeit. Ruf den Lift. Wir rollen den Zylinder drauf und sehen oben weiter. Rion, kannst du wenigstens eine dieser Munitionskisten tragen?«

Statt einer Antwort kniet Rion sich vor eine Kiste, schlingt die Arme darum und hebt sie an. Er kippt beinahe um, und sein Stöhnen verrät, wie schwer die Kiste ist.

»Greift sich doof, aber ich hab sie. Bitte sag, dass ihr den Lift schon gerufen habt.«

Ein fröhlicher Glockenton unterstreicht seinen Satz, und die Fahrstuhltür gleitet geschmeidig auf. Asra springt vor, um sie offen zu halten, dann wankt Rion hinein und lehnt sich schwitzend gegen die Wand, um zu Atem zu kommen, doch seine Arme halten ruhig die Kiste umklammert. Trotzdem müssen wir uns beeilen.

Ich rufe Case zu mir. »Hilf mir bitte mit dem Zylinder – kipp ihn zu mir, dann rollen wir ihn.«

Wir schaukeln das Fass ein paar Mal hin und her, bis es schließlich auf seine Unterkante kippt. Obwohl es immer noch auf dem Boden steht, ist es höllisch schwer und kaum zu kontrollieren. Beim ersten Versuch verfehle ich die Tür, und ich muss es stückchenweise vor und zurück rollen, bis ich die Kurve kriege. Ein Stoß fährt durch die Griffe, als es die Schwelle passiert. Dann bin ich drin. Den Tank an meine Seite gelehnt, schlage ich auf den Knopf zum vierten Stock.

»Nimm die Treppe!«, rufe ich Asra zu, als die Tür sich schon schließt. »Und kümmer dich mit Zee um die Wachräume – wenn auf dem Dach Verstärkung aufkreuzt, bin ich echt sauer!«

Da zerreißt ein hallender Donner die Luft: eine Explosion. Wie von einer Bombe.

»Zee!« Ich lasse beinahe den Zylinder fallen, als ich zur Tür stürze, aber es ist schon zu spät. Meine Finger kratzen am Türspalt, der Lift fährt los, und oh Gott, wenn etwas schiefgegangen ist, sind wir ganz allein auf dem Dach. Sie hätten der Verstärkung den Weg abschneiden, die Treppe hinter sich sprengen sollen, aber …

»Rion!«, keuche ich panisch. Meine Lunge brennt vor Erschöpfung und Furcht. Ich neige den Zylinder einmal, zweimal, dann lasse ich ihn zurück auf den Boden kippen. Plötzlich von der Last befreit, fühlen sich meine Arme fast schwerelos an. »Rion, stell die Kiste ab, vergiss die Munition. Wenn die anderen in Schwierigkeiten sind, müssen wir uns allein um die Wachen oben kümmern. Pack die Kiste weg, und zieh deine Pistole. Das ist mein Ernst.«

So vorsichtig wie in der schmucklos engen Stahlkabine möglich setzt Rion die Kiste ab, aber bei den letzten paar Zentimetern verliert er den Halt, und sie schlägt auf den Boden. Ich zucke zusammen. Munition sollte man nicht fallen lassen. Zum Glück explodiert nichts. Wir ziehen unsere Waffen, ich mit der linken, Rion mit der rechten Hand, und pressen uns beiderseits der Tür an die Wand, bereit, loszustürmen.

»Kein Zögern – renn direkt auf sie zu, und schieß, sobald du freie Sicht hast, dann such dir Deckung für den Rest. Wir müssen schnell zurück und den anderen helfen.« Ich drücke Rions Schulter, als der Glockenton des Lifts unsere Ankunft verkündet. »Ich wette, dein Dad würde ausflippen, wenn er dich jetzt sehen könnte.«

Seine Zähne blitzen, als er mich angrinst. »Du weißt, wie du mich motivieren musst.«

Dann öffnet sich die Tür, und wir preschen los.

KAPITEL ELF

Zwei Wachen drehen träge den Kopf zum Lift, als die Glocke erklingt. Wahrscheinlich erwarten sie die Crew des Schiffs, die besoffen, aber glücklich von der Bar zurückkommt. Was sie stattdessen kriegen, sind zwei Bekloppte, die mit feuernden Betäubungswaffen auf sie zurennen. Meine ersten Schüsse gehen weit daneben, was der ersten Wache reichlich Zeit gibt, ebenfalls die Waffe zu ziehen und Deckung hinter dem gewölbten, dunklen Bauch des Schiffes zu suchen.

Beim *Pop* des ersten Schusses übernimmt mein Muskelgedächtnis. Ich werfe mich zu Boden und rolle mich weg – das ist jetzt das zweite Mal in kurzer Zeit, dass auf mich geschossen wird. Nicht bloß mit Schlafmitteln oder einem Schocker, sondern einer echten Waffe mit echten Kugeln, die mich wirklich töten, wenn sie mich treffen. Ich will nach Rion sehen, sichergehen, dass er klarkommt, aber ich brauche Deckung, muss mein Ziel ausschalten, damit wir Zee und den anderen –

Pop, Pop, Pop!

Gefolgt von einem Aufschrei.

Oh Gott, Rion!

Kaltes Grauen packt mich und presst die Luft aus meinen Lungen. Ich springe hinter einen Stapel Vorratskisten, den Kopf voll Adrenalin und Angst. Dann wage ich einen Blick zu Rion. Er duckt sich hinter einen elektrischen Transportwagen und presst eine blutige Hand an – seine Schulter? Seine Brust? Wurde er in die Brust getroffen? Oh mein Gott, bitte nicht Rion, bitte! Er feuert immer noch wie wild, die verletzte Seite aufgestützt, doch seine Schüsse nutzen bestenfalls noch als Ablenkung für die zweite Wache.

Eine Kugel prallt von meiner Deckung ab, und ich ducke mich tiefer. Presse die Hand gegen die Stirn. Ich kriege keine Luft mehr. Das geht so nicht – ich kann mich nicht einfach verstecken und darauf warten, dass sie kommen und mich erschießen. Die Schüsse aus Rions Versteck fallen immer seltener – verliert er das Bewusstsein? Ich muss etwas tun. Ich muss zu Rion, muss zu Zee. Ich muss einfach. Keine Zeit, hier zu sitzen und zu zögern.

Ich hole tief Luft. Gehe in die Hocke. Prüfe die Ladung meiner Betäubungspistole – Gott, schon halb leer. Ich kann das. *Zähle rückwärts, 3 … 2 … 1 …*

Ich springe auf und sprinte zum Schiff, wo mein ursprüngliches Ziel Deckung gesucht hat. Die Wachfrau wartet auf mich, hat mich schon im Visier, aber ich werfe mich nach links, dann noch mal, dann nach rechts, bremse nicht ab, ganz im Gegenteil. Sie macht große Augen, ihre Brauen steigen immer höher. Dann kapiert sie's: Ich habe gar nicht vor, anzuhalten. Frontalangriff mit voller Wucht, das hab ich im Sinn. Sie stellt sich auf die verringerte Reichweite an, zielt abermals auf mich … und schießt.

Gott, ich sollte tot sein, heißes Blut sollte aus einem Loch in meiner Brust sprudeln. Vielleicht bin ich das ja, tot, und ich hab's bloß noch nicht gemerkt. Doch ich war auf dem Boden, kaum dass sie schoss. Schon hab ich den Finger am Abzug, drücke ab, feuere eine wilde Flut von Betäubungsgeschossen …

Ein kleiner grüner Fleck auf ihrem Kinn – getroffen. Sie kippt um.

Am liebsten würde ich einfach bleiben, wo ich bin. Einfach nur still daliegen. Auch mein Körper beharrt darauf, dass er schon genug getan hat, aber alles, woran ich denken kann, ist Rion, dem das Blut über die Hand strömt, das Gesicht schmerzverzerrt. Ich höre ihn nicht mehr. Was, wenn er tot ist? Ich renne um das Schiff zurück, auf dem Weg zu Rions Versteck, und dann BAMM! Der Boden schlägt mir ins Gesicht, oder ich stürze darauf, und bevor ich überhaupt realisiere, dass ich mich in der Horizontalen befinde, presst sich der Lauf einer Waffe an meinen Hinterkopf.

»Wer hat dich geschickt?«, fragt eine Stimme, eigenartig sanft und mit leichtem Akzent. »Verrat es mir«, sagt sie. »Und ich töte dich gleich, statt dich zu Mr Pearson zu bringen. Glaub mir, bei mir hast du's besser.«

Ich will der Wachfrau einen coolen Spruch entgegenschleudern, die Wangen auf den harten Asphalt gedrückt; aber alles, was ich herausbringe, ist: »Ist mein Freund noch am Leben?«

Sie schnaubt, als fände sie mein Unvermögen belustigend. »Tot, am Leben, was macht das für einen Unterschied? Es war blöd von euch, nur zu zweit hier hochzukommen.«

Irgendwo schlägt eine Tür auf – das Treppenhaus? –, und ich drehe den Kopf, so weit ich kann. Drei Leute – Gott oder dem Universum sei Dank. Zee kann uns helfen, sie …

Aber sie sind es nicht. Drei weitere Wachleute schlendern aufs Dach, die Hände lässig an den Waffen.

»Habt euch ganz schön Zeit gelassen!«, beschwert sich meine Wache. »Ich hab schon letztes Jahr Verstärkung angefordert, ihr Penner. Inzwischen haben wir die Lage im Griff, ihr könnt also wieder runter und euch am Arsch kratzen oder was immer ihr in eurer Freizeit tut.«

Ein Wachmann hält die Hände hoch, als wollte er sich ergeben. »Hey, reg dich ab, okay? Scheinst ja alles unter Kontrolle zu haben, von daher …«

Der Mann … erstarrt. Hält einfach an. Dann schließt er die Augen und kippt um.

Der Druck der Waffe an meinem Kopf lässt nach und verschwindet dann ganz. Eine Sekunde später bricht die Frau mitsamt ihrer Körperpanzerung über mir zusammen.

»Au, verdammt …!«

Zwei weitere dumpfe Schläge, direkt vor mir. Stöhnend kämpfe ich mich auf die Ellbogen, bis die Frau halb von meinem Rücken rutscht. Alle drei Wachen liegen bewusstlos am Boden. Und direkt vor der Tür zum Treppenhaus stehen Case, Asra und Zee, die gerade ihre Waffen einstecken. Asra wirft mir einen kurzen Blick zu, dann eilt sie geradewegs auf das Schiff zu und knackt mit ihrem Tablet die Schleuse. Case will zu mir, aber ich hebe einen Arm und winke ab.

»Mach das Schiff startklar!«, rufe ich ihr zu. Denn alles war umsonst, wenn wir das Schiff nicht in die Luft kriegen. Sie zögert kurz, dann rennt sie zu Asra. Gut. Danke.

Mit einem Ruck befreie ich mich vom Rest der betäubten Wachfrau, kämpfe mich auf die Beine und winke Zee herbei, während ich zu Rions Versteck stolpere. Sobald ich um die Ecke komme, steigt mir die Galle in der Kehle hoch.

Rion lehnt zusammengesunken am Transportwagen, Kleider und Hände mit Blut verschmiert. Ich gehe auf die Knie und taste mit zitternden Fingern nach dem Puls an seinem Hals. Das ist alles so schrecklich, *schrecklich* vertraut, und einen Moment lang bin ich mir nicht mehr sicher, ob es Rion oder Malik unter meinen Fingern ist. Wo zum Teufel sollte der Puls noch mal sein? Bin ich zu tief? War das ein Herzschlag oder nur mein eigenes Zittern? Ich drücke fester, und *nein, nein, nein,* ist da vielleicht gar kein Herzschlag mehr? Vielleicht … aber da finde ich ihn.

Da ist er.

Ich bin mir nicht sicher, ob das Tempo richtig ist, aber der Puls ist regelmäßig, und er ist da. Das ist alles, was ich weiß. Alles, was zählt.

»Er lebt!«, rufe ich, als Zee schon an meine Seite stürzt. »Hilf mir, ihn hochzuziehen. Wir müssen ihn an Bord bringen, ihn mitnehmen!«

»Klar machen wir das«, beruhigt sie mich. »Aber noch nicht jetzt.«

Sie reißt sich den Rucksack ab und nimmt eine dicke, elastische Bandage heraus, mit der sie Rions Schulter und Oberarm umwickelt, während ich seine unverletzte Seite stütze. Dann zurrt sie die Bandage fest. An der Einschussstelle sickert das Blut binnen Sekunden durch, aber Zee schiebt einfach ein Stück Verbandsmull darunter und nickt mir zu, die Hand fest auf die Wunde gedrückt. Sie ist unglaublich, einfach unglaublich, so Herrin der Lage, so alles, was ich nicht bin, und den Sternen sei Dank dafür.

Mit sorgfältiger Koordination lege ich mir Rions gesunden Arm über die Schulter, während Zee von der anderen Seite seine Hüfte packt. Wir vermeiden, seine Wunde zusätzlich zu berühren, so gut es geht, dann heben wir ihn an. Er ist so viel schwerer, als er wirkt, der Scheißkerl. Sein Kopf sackt auf die Seite, seine kurzen Locken streichen meine Wange. Ein gehauchtes Stöhnen entkommt seinen Lippen – war das mein Name?

»Halt durch, Rion«, flüstere ich und presse meine Wange gegen seine Stirn. Keine Ahnung, ob er mich hören kann, aber wahrscheinlich rede ich nicht nur mit ihm, sondern auch mit mir selbst. »Wir haben's fast geschafft. Ehe du's auch nur bemerkst, sind wir im All und in Sicherheit.« Ich straffe meinen Griff und schneide eine Grimasse. »Natürlich ginge es noch schneller, wenn du aufwachen und mithelfen würdest, du Arsch.«

Doch seine Beine baumeln nutzlos zwischen Zee und mir, und es braucht viel Geschick, ihm nicht mit jedem Schritt gegen die Knöchel zu treten oder mit seinen Turnschuhen irgendwo hängen zu bleiben. Nur ein paar Meter noch. Die herrlichen Linien des Schiffs glänzen schwach unter den aufgehenden Monden; nur die offene Luke verschlingt das Licht. Dann tritt Asra aus der Dunkelheit und hilft uns, Rion die Rampe hochzutragen. Ich will protestieren, als sie ihn mir abnimmt, doch sie löst meinen Griff um sein Hemd, seinen Bizeps, und drängt mich beiseite.

»Geh vor«, sagt sie. »Ich hab ihn. Schließ die Rampe, und bring uns in die Luft. Case ist fertig mit den Vorbereitungen. Wir sind direkt hinter dir.«

Sie hat recht. Rions Wunden sind egal, wenn wir abgeschossen werden, bloß weil ich zu lang getrödelt habe. Je schneller ich uns in Sicherheit bringe, desto schneller kann Zee ihn richtig versorgen. Ich renne durch den beeindruckend großen Frachtraum, dann nach links in den hell erleuchteten Korridor und am Maschinenraum vorbei. Dann erscheint vor mir die Tür zur Brücke.

Sobald ich im Pilotensitz Platz nehme und die blinkenden Lichter der Konsole unter meinen Fingern habe, explodiert ein neuer Adrenalinstoß in meiner Brust: *der Boden, der uns entgegenspringt, hinter mir die Schreie; das schrecklich schrille Kreischen reißenden Metalls und die Schnauze des Shuttles, die auf mich zurast – dann Schwärze.* Meine Hände zittern.

Es wird sich nicht wiederholen. Das werde ich nicht zulassen. Ich beschwöre Zees unerschütterliche Zuversicht herauf und tue, was getan werden muss.

Vom Navigationsterminal aus wirft Case mir einen Blick zu. Sie wirkt gefasst, entschlossen, keine Spur ihrer vorherigen Panik; also hole ich tief Luft und reiße mich ebenfalls zusammen. Das dicke Polster des Pilotensessels schmiegt sich an meinen Rücken, und während ich den Sitz verstelle, damit meine Füße bequem die Pedale erreichen, schwelgt ein Teil von mir in dem Gefühl, ein derart elegantes, luxuriöses Schiff zu haben. Nur zu gerne würde ich mir die Zeit nehmen, diesen Moment und all die kleinen Details richtig auszukosten. Aber wir haben keine Zeit. Wir müssen los.

»Alle bereit?«, rufe ich, mein Finger über der Zündung. Case beendet noch ein paar letzte Eingaben, dann sieht sie mich an und nickt.

Ich betätige die Zündung.

Das Schiff brüllt unter uns auf, ein unglaublich geiles Geräusch, das ein sanftes Schaudern durch die metallene Haut schickt. Mein Sessel vibriert, mehr noch die Pedale unter meinen Füßen und der Steuerknüppel in meiner Hand. Die Steuerung erinnert mehr an einen Kampfjet als an ein Shuttle, was mir einerseits entgegenkommt, aber mir andererseits auch Angst einjagt. Wahrscheinlich hat dieses Schiff eine Menge Extras unter der Haube. Ich gebe den Maschinen Zeit zum Aufwärmen, aber nur kurz; noch hat Case nichts gesagt, aber sie beugt sich tiefer und tiefer über ihr Display, deshalb ahne ich, dass sie bald schlechte Neuigkeiten für uns hat.

Asra und Zee platzen auf die Brücke, den bewusstlosen Rion zwischen sich. So schnell sie können, schnallen sie ihn fest, dann verbindet Asra ihr Tablet am drahtlosen Interface der Steuerung. Wahrscheinlich überträgt sie dem Schiff Koordinaten. Sobald ihr Tablet piept, lässt sie sich in den Sitz hinter Case fallen und schnallt sich ebenfalls an. Zee stellt sich breitbeinig hinter Rions Sitz und hält sich mit einer Hand daran fest.

»Willst du dich nicht lieber anschnallen?«, frage ich.

»Mir geht's gut. Ihm nicht«, wehrt sie ab. »Sobald seine Blutung nachlässt, mache ich mir Gedanken übers Hinsetzen.«

Keine Zeit für Diskussionen. Ich fahre die Magnetspulen auf volle Leistung hoch und bringe uns ohne den kleinsten Ruck in die Luft. Dann schalte ich die Triebwerke zu. Der Landeplatz und Jaces Lager verschwinden unter uns, und ich steuere uns sanft aus dem Irrgarten von Saleems höchsten Gebäuden in den offenen Himmel hinaus. Unter uns glitzert die Stadt, doch ihre Bögen und stolzen Minarette schrumpfen ebenfalls zusammen, je mehr wir an Höhe gewinnen. Es ist wundervoll – sowohl der Anblick als auch das Gefühl, endlich wieder in der Luft zu sein. Wäre ich nicht für all die Leben verantwortlich, die ich wirklich nicht verlieren möchte, würde ich das Schiff durch sämtliche Gänge jagen, steile Kurven fliegen und mich garantiert wieder in Schwierigkeiten bringen. Aber so wie die Dinge liegen, konzentriere ich mich lieber, bin mir meiner Verantwortung nur zu bewusst.

Sobald wir den nötigen Sicherheitsabstand erreicht haben, erhöhe ich den Schub. Im gleichen Maße wird auch das Summen des Schiffs immer höher. »Hast du ein Ziel für mich, Case, oder soll ich einfach so schnell wie möglich in den Orbit?«

Asra antwortet an ihrer Stelle. »Wenn möglich, halte dich direkt über der Stadt – sie haben Waffen, die bis in den Orbit reichen, aber sie wollen ja nicht, dass es Trümmer auf die Bevölkerung regnet. Wahrscheinlich werden sie eher …«

»Jäger!«, unterbricht Case. »Noch sieben Kilometer entfernt, aber in zehn Sekunden sind sie hier.«

»Genau«, schließt Asra. »Das ändert aber nichts: Wenn du über der Stadt bleibst, werden sie uns nicht abschießen. Sie werden versuchen, uns abzudrängen, uns zur Landung zu zwingen oder über die Wüste zu treiben. Lass sie einfach nicht.«

»Oh, lass sie einfach nicht!«, blaffe ich. »Superidee, Asra, ich bin dir so dankbar für deinen genialen Rat.« Ich reiße den Knüppel zurück und gebe Schub. Hinter mir taumelt Zee und flucht dabei, während wir in den Nachthimmel donnern, bis das Sichtfenster ganz mit nadelspitzenkleinen Sternen und leuchtenden Monden gefüllt ist.

Moment mal. *Monde.*

»Case, der größte Mond ist gerade direkt über der Stadt. Aus seinem Gravitationsfeld zu kommen dauert etwas länger, oder?« Meine Finger spielen nervös mit der Schubkontrolle, als könnte uns das schneller machen.

»Genau.« Cases Stimme ist laserscharf, ihr konzentrierter Blick bohrt fast ein Loch durch das Navigationsdisplay. »Sobald wir im niedrigen Orbit sind, können wir ausscheren, wann immer du es für sicher hältst. Hängt aber davon ab, was mit diesen Jägern passiert.«

Wie aufs Stichwort schält sich das hungrige Brüllen leistungsstarker Maschinen aus dem Hintergrundgrollen unseres eigenen Schiffes heraus. Das Komlämpchen blinkt, und eine Stimme erklingt auf der Brücke.

»Hier spricht Lieutenant Haque, erstes Jagdgeschwader der Streitkräfte al-Rihlas. Sie sind im Besitz gestohlenen Eigentums. Ich befehle Ihnen, unverzüglich zu landen und Ihr Schiff zu übergeben.«

Sobald die Jäger in Schussweite kommen, meldet sich auch mein HUD, und ich lasse das Schiff tanzen, fliege jedes Manöver, das unser Tempo zulässt. Zee flucht wieder, und ich höre, wie sie in ihrer Ausrüstung kramt, aber die Lage wird jede Sekunde kritischer.

»Du musst dich jetzt wirklich anschnallen, Zee.« Ich breche hart nach steuerbord aus, als die Jäger uns zu nahe kommen. »Du kannst gerade wirklich nichts für Rion tun.«

»Lass mich ihm … einfach noch … diese Spritze geben«, bringt sie hervor, dann stößt sie einen leisen Laut des Triumphs aus. »Geschafft! Das sollte die Blutung …«

»Setz dich *hin,* Zee!«, befiehlt Case. Es ist ihr verdammt ernst. »Und leg den Scheißgurt an.«

»Das wäre sehr hilfreich«, bekräftige ich. Sobald ich den Gurt klicken höre, stoße ich den Knüppel nach links und zurück und schieße haarscharf an einem Jäger vorbei, der uns den Weg abschneiden will. Mein Kopf prallt von der Wucht des Manövers gegen die Rückstütze – ich hoffe, ich schubse Rion mit seiner Wunde nicht zu schlimm herum, aber angesichts der Alternative würde es ihn wahrscheinlich nicht stören.

Gott, Rion.

Nicht der richtige Zeitpunkt.

Die Augen aufs Display gerichtet, die Hand festgeklebt am Knüppel, frage ich: »Sollten wir dem netten Lieutenant nicht antworten, oder lassen wir ihn schmoren?«

Case tippt wild auf ihren Kontrollen herum. »Ich finde, es gibt nicht viel zu sagen …«

Das Kom klickt, und hinter mir erklingt Asras Stimme. »Lieutenant Haque von dem ersten Jagdgeschwader! Ich denke, dass es größeres Unrecht zu verfolgen gibt als den Diebstahl des Schmuggelschiffes eines schrecklichen Mannes, der mit seinen Drogen unsere Gesellschaft vergiftet. Wie lange hast du vor den Machenschaften unseres Stiefvaters die Augen verschlossen, Aasim? Was war der Grund – Geld? Angst?

Oder bist du wirklich so blind? Woran auch immer es liegt – du bist der größere Verbrecher von uns beiden.«

Das Kom verstummt, und ein wirklich peinliches Schweigen lastet über der Brücke. Ich habe keine Ahnung, was ich sagen soll, und ohnehin keine Hirnkapazität mehr zum Reden. Die Jäger haben eine Formation um unser Schiff eingenommen: einer neben jedem Flügel, einer vor uns, einer hinter uns. Wir sitzen in der Falle.

Der vordere Jäger füllt unser großes Sichtfenster aus, und seine Triebwerke kommen uns immer näher. Schließlich kann ich sogar die Beschriftung auf dem Flügel lesen: Tigergeschwader, Lt. Jill Corso, und darunter eine Strichliste ihrer Abschüsse. Ach du Scheiße, die Tigergeschwader – ich hatte ganz vergessen, dass die zur Unterstützung hier sind. Über der Erde haben sie's nicht geschafft, uns abzuschießen, aber ich bezweifle, dass sie uns noch einmal entkommen lassen. Das wird ja echt immer besser. Mit einem Druck meines Daumens schalte ich die Bordelektronik auf Luftkampfmodus. Dass ein Schiff dieser Größe überhaupt so was hat, ist beachtlich – alles durch und durch maßgeschneidert.

Wieder das Kom. »Asra – bist das du? Was machst du denn da?«

»Wozu du nie den Mut hattest«, erwidert sie wütend. Ich riskiere einen Seitenblick zu Case, die keine Anstalten macht, die Verbindung zu unterbrechen. Tatsächlich wirkt es, als lächelte sie ein wenig, aber da muss ich mich schon wieder auf das Geschehen draußen vor dem Cockpit konzentrieren. Die Jäger ziehen ihre Formation enger, und mir bleibt kein Spielraum für Manöver, wenn ich keinen Flügelkontakt riskieren will. Wahrscheinlich wäre es für sie gefährlicher als für uns. Aber im schlimmsten Fall wären wir zu beschädigt für einen Sprung, oder einer der Jäger stürzt über Saleem ab, und es gibt Tote unter den Zivilisten. Nichts davon ist akzeptabel. *Denk nach, denk nach …*

»Glaubst du wirklich, dass Maa gutheißen würde, was du da tust?«, fragt der Lieutenant über das Kom. Der Befehlston weicht etwas anderem – Bedauern vielleicht oder Überdruss.

»Ich glaube, es wäre ihr immer noch lieber, als zu sehen, was aus dir das letzte Jahr geworden ist. Ich hoffe, eines Tages wachst du auf und bist der Mann, der du sein könntest, *inschallah.*« Asras Stimme ist nun leiser. »Bis dahin erweise ich unserer Stadt gerne diesen kleinen Dienst. Und da diese Übertragungen allesamt mitgeschnitten werden, möchte ich noch etwas sagen: Alle, die es noch nicht wissen, weil sie es lieber übersehen oder ignorieren, sollen wissen, dass so ziemlich alle Vermissten der letzten fünfzehn Jahre auf das Konto meines Stiefvaters gingen: des Stadtrats Jace Pearson. Manche hat er gezwungen, Drogen herzustellen, andere hat er wegen Schulden oder im Streit umgebracht. Alle, die bereit sind, zu suchen, werden Beweise dafür finden. An meine Freunde dort draußen – ihr wisst, wen ich meine: Verbreitet diesen Mitschnitt, so weit ihr könnt. Bringt Jace Pearson zu Fall. Allah vergib mir.«

Asra tut so entspannt – aber dieser kleine Augenblick, in dem sie um Vergebung bittet, verrät, wie sehr die Sache mit ihrem Stiefvater sie auffrisst. Doch es vergeht kaum ein Moment der Stille, ehe eine neue, wütende Stimme aus dem Lautsprecher schallt: »Hier spricht Captain Jaye Thomas, Tigergeschwader. Wir haben Sie umstellt und werden …«

Die Verbindung bricht ab. Das Kom piepst zweimal.

»Ich habe es ausgeschaltet, damit wir uns das Gejammer nicht länger anhören müssen«, sagt Asra kühl. Ich will etwas erwidern, will sie nach ihrem Stiefbruder und allem anderen fragen, aber wenn ich nicht binnen der nächsten fünf Sekunden etwas unternehme …

Ein fünfter Jäger erscheint auf meinem HUD, um die vier, die uns schon eingekeilt haben, zu unterstützen. Der Neue kommt direkt von oben und zwingt uns Richtung Boden. Wenn keiner von uns nachgibt, werden wir zusammenstoßen. Was verdammt soll ich tun? Wir sind so tot. Ich habe nichts in der Hand. Mir war ja klar, dass ich uns dieses Mal alle umbringen würde, aber …

Es sei denn …

»Case!« Meine Stimme klingt erstaunlich fest. »Kannst du mir ein wenig mehr Energie auf den Antrieb geben? Ich will was probieren, das vielleicht … nicht so gut ist.«

»Oh, super«, sagt Case. »Da wir die Waffensysteme gerade sowieso nicht benutzen, kann ich dir gerne deren Energie umleiten. Ansonsten kann ich höchstens ein paar Sicherheitsprotokolle umgehen und hoffen, dass das Schiff nicht explodiert. Sind alle dafür?«

»Dass wir nicht explodieren?«, wiederhole ich ungläubig.

»Dass ich die Sicherheitsprotokolle umgehe, Nax«, zischt sie, und ihre Finger fliegen über das Display.

»Mach!«, ruft Asra.

Zitternd greife ich nach der Schubkontrolle. Das ist genau die Art von Aktion, die immer nach hinten losgeht. Ich werde zu eingebildet, will angeben, immer mehr erreichen … aber wenn wir noch irgendeine Aussicht haben wollen, zu entkommen, dann muss ich das tun.

Ich muss ganz einfach.

Ich atme tief aus. »Okay. Sagt Bescheid, wenn ihr bereit seid.«

»Nur noch kurz … okay, leg los!«, ruft Case. Ich schalte den Antrieb aus, stoße den Steuerknüppel nach vorn und uns damit direkt in den freien Fall. Das Schiff protestiert lautstark, genau wie Asra, aber die Jäger rauschen in vollem Tempo weiter, und wir sind aus ihrer Blockade befreit. Ich ziehe den Knüppel wieder heran, und eine verrückte Sekunde lang segeln wir rein von unserem Schwung getragen dahin – dann zwinge ich den Knüppel noch weiter, haue den Nachbrenner rein und gebe vollen Schub. Ach du Scheiße, Case hat nicht übertrieben. Ohne die Sicherheitsprotokolle gibt dieses Schiff echt was her.

Es ist *unglaublich* scharf.

Wir rasen an den Jägern vorbei, und ich gebe mich gar nicht erst mit Ausweichmanövern ab, die uns bloß aufhalten würden, verlasse mich einfach auf unsere schiere Geschwindigkeit, um uns hier rauszubringen. Die Jägerformation bricht kurz in Chaos aus, und ich kann mir die aufgeregten Stimmen denken, mit denen sie uns zuzurufen versuchen oder sich fragen, was zur Hölle eigentlich gerade passiert ist. Aber glücklicherweise brauchen wir uns den Quatsch nicht mehr anzuhören. Nervenkitzel schwillt in meinem Brustkorb an, wie ein Freudenruf, der darauf brennt, herauszubrechen, und ein Grinsen zupft an meinen Mundwinkeln. Ich hab tatsächlich mal was gerissen. Die Atmosphäre wird immer dünner, und der Luftwiderstand lässt Stück für Stück nach.

Der Schwung presst mir den Kopf gegen die Lehne und sämtliche Organe gegen das Rückgrat – ein Gefühl, das nie seine Faszination für mich verlieren wird. Mein Grinsen wird ein wenig eingebildet, und ich drehe den Kopf, um den Augenblick mit Case zu teilen. Wenn wir dieses Tempo beibehalten, können wir in einer guten Minute den Sprung machen. Und dann sind wir in Sicherheit.

Ganz. Großer. Fehler.

Was stimmt nicht mit mir?

Wie von meiner Überheblichkeit heraufbeschworen, stößt das HUD eine schrille Warnung aus. Ich trete das rechte Pedal durch und ziehe den Knüppel herum. Ein Geschoss rauscht an uns vorbei und verschwindet in der Ferne. Die planetaren Railguns. Ganz schlecht.

Der größte Mond hängt schräg und felsig über unserem rechten Flügel und starrt mit seinem pockennarbigen Gesicht auf uns herab. Und während wir dahinrasen, habe ich eine neue Idee – statt am Mond vorbei ins offene All zu steuern, bringe ich uns näher an ihn ran.

»Case, ich brauche hier deine Hilfe«, sage ich, die Hand ganz sachte am Knüppel. »Ich hätte den Mond gern als Deckung, aber wenn wir nicht schnell verschwinden, kommen die Jäger zurück und schießen uns ab. Deshalb will ich seine Schwerkraft für einen Swing-by nutzen. Das sollte uns doch auf Sprunggeschwindigkeit bringen, oder? Du hast den Physikkram besser drauf als ich. Können wir …«

»Ja, na klar. Jetzt halt die Klappe, und stör mich nicht beim Rechnen! Flieg erst mal weiter geradeaus, ich schicke dir die Koordinaten. Moment noch … okay, hier, los!«

Auf meinem HUD erstrahlt ein Kurs mit exakten Richtungs- und Geschwindigkeitsangaben. Ich bewege vorsichtig den Knüppel, bis unsere Nase genau auf Kurs liegt, dann korrigiere ich unsere Position und passe das Tempo an. Ich bin derart versucht, etwas mehr Gas zu geben; nach dem, was wir gerade abgezogen haben, weiß ich, dass das Schiff mehr draufhat. Aber Winkel, Geschwindigkeit und Beschleunigung müssen perfekt aufeinander abgestimmt sein – und der entscheidende Moment ist gleich da.

Ein Blitz, eine gellende Warnung, dann schlagen Kugeln in unsere Schutzschilde ein. Nicht schon wieder. *Bittebittebitte,* nicht noch einmal, ich würde es nicht ertragen, wenn …

»Bleib auf Kurs!«, ruft Case über den Kugelhagel. »Unsere Schilde halten, nur noch ein paar Sekunden!«

Das Kom erklingt, und Asras Stimme erfüllt die Brücke. »Aasim, wenn das du dahinten bist, dann hoffe ich, du weißt, dass ich dir nie vergeben kann.«

»Asra …«, hebt die Stimme des Jägerpiloten an, aber Asra unterbricht die Verbindung. Ich spüre ihre kalte Wut wie eine physische Präsenz in meinem Rücken.

Dann leuchten meine Anzeigen grün, und der Knüppel springt aus meiner Hand, als der Autopilot den Swing-by übernimmt. Mit einer Kraft, wie ich sie nie erlebt habe, werden wir in die Schwärze katapultiert. Es ist ein Rausch, so belebend, dass er fast schmerzhaft ist, genialer als jede Achterbahn der Welt.

Bis ich Rion hinter mir vor Schmerz stöhnen höre. Scheiße.

Auch mir ist von dem abrupten Manöver ganz schwummrig, aber noch sind wir nicht aus der Gefahrenzone. »Case, sind die Sprungberechnungen fertig?«

»Wir sind gleich weg, Nax. Gib mir noch ein paar Sekunden …«

Das Brummen der Maschinen wird lauter und lauter. Die Vibrationen fangen an zu stottern, und die Raumzeit knirscht, als der Sprungantrieb richtig loslegt. Die Sterne werden weggesaugt, bis bloß noch eine blinde, leere Mitte bleibt …

Dann sind wir nirgends mehr. Fort.

Hoffentlich läuft es besser als das letzte Mal, wenn wir auf der anderen Seite rauskommen.

Kein Absturz diesmal.

Ich verspreche es.

Ich hoffe es.

(Rion, bitte halt durch.)

KAPITEL ZWÖLF

Die Sterne kehren genauso irritierend plötzlich zurück, wie sie verschwunden sind. Dennoch ist ihr blasses Funkeln eine Erleichterung. Mehrere Lichter blinken auf meinen Anzeigen und buhlen um meine Aufmerksamkeit: Die Maschinen laufen heiß, aber da für den Moment kein Absturz, kein Leck oder andere Todesgefahr droht, erlaube ich mir, ein paar Sekunden in meinem bequemen Pilotensessel zu versinken und Adrenalin abzubauen. Wahrscheinlich fange ich jeden Moment an zu zittern, doch jetzt gerade ist alles okay. Ruhe. Frieden. Nur wir und die Sterne, die gemeinsam in der Stille treiben. Sachte dirigiere ich uns aus der Ankunftszone – wäre doof, direkt nach unserer geglückten Flucht von einem hereinspringenden Schiff umgebracht zu werden. Dann lasse ich den Kopf gegen die Stütze fallen.

Ein bebender Atemzug neben mir durchbricht die Stille, und von hinten ertönt ein feuchtes Schniefen. Plötzlich beginnen auch meine Augen zu brennen, genauso wie meine Kehle – lebhaft und schmerzlich. Case stützt sich mit den Ellbogen auf die Kontrollarmatur, hält den Kopf in den Händen. Ihr Oberkörper hebt und senkt sich heftig – sie steht kurz vorm Hyperventilieren. Ich will die Hand nach ihr ausstrecken, ihr das Haar oder den zitternden Rücken streicheln, aber die Mittelkonsole mit ihren Kontrollern steht zwischen uns. Immerhin ist es keine ausgewachsene Panikattacke, bloß ein ganz gewöhnliches, verständliches Danke-dass-wir-noch-leben-Schluchzen.

Der Moment währt nicht lange.

Das Klicken von Zees Sicherheitsgurten reißt mich ins

Hier und Jetzt zurück. Jetzt, da wir relativ sicher sind und einsam durch die Schwärze treiben, kann ich plötzlich an nichts anderes mehr als an das Blut denken, das auf der Schulter meines Shirts trocknet. Ich lege ein paar Schalter um, blase die überschüssige Hitze ins All und schalte den Autopiloten ein. Dann schwinge ich mich aus dem Sessel, um Zee mit Rion zu helfen. Gemeinsam schaffen wir es, den bewusstlosen Körper loszuschnallen und wie zuvor zwischen uns zu tragen. Sein Kopf hängt schlaff auf seiner Brust, und eine ganze Weile zwängen wir uns ungeschickt seitwärts durch den engen Korridor, der kaum breit genug für zwei ist. Nach mehreren falschen Abbiegungen finden wir schließlich etwas, was man mit viel gutem Willen als Krankenstation bezeichnen könnte.

Eigentlich ist es eher ein besserer Arzneischrank, in den grade so ein schmales Bett passt. Ich lehne Rion gegen die Wand, während Zee das Bett in den Flur hinausrollt; im Zimmer selbst haben wir einfach zu wenig Bewegungsspielraum. Sie senkt das Bett ab, um Rion daraufgleiten zu lassen. Dann rollen wir ihn zurück hinein, und sie kauert sich neben ihn.

Rion da liegen zu sehen, die Augen geschlossen, seine Haut ganz fahl, trifft mich härter als erwartet.

Da in der Krankenstation kaum genug Platz für zwei ist, bleibe ich im Türrahmen stehen, verfügbar, aber unaufdringlich, während Zee bedacht und sorgfältig ihre Arbeit macht. Mein Körper scheint bemerkt zu haben, dass ich einen Augenblick für mich habe, denn mir wird schwindlig, und ich muss kurz die Augen schließen und die Stirn gegen den Türrahmen lehnen, bis ich mein Gleichgewicht wiederfinde.

Hinter meinen geschlossenen Lidern tanzen Pünktchen

und meine Haut fühlt sich erst heiß, dann kalt an, dann kribbelt auf einmal alles. Ein Teil von mir fragt sich, ob ich gerade endgültig die Kontrolle verliere, doch überwiegend ist mein Hirn damit beschäftigt, immer wieder den Moment abzuspielen, als sich dieses kleine Stückchen Metall in Rions Schulter bohrte, er schrie und stürzte, genau wie Malik, und sein Blut über meine Hände strömte. Was tun wir bloß? Einer von uns wurde *niedergeschossen.* Schüsse *töten* Menschen. *Oh mein Gott …*

»Ruhig atmen, Nax«, sagt Zee aus dem winzigen Raum. Ich öffne die Augen. Sie löst gerade die letzten Reste ihres provisorischen Verbands. Beim Anblick der Wunde schürzt sie die Lippen: Sie ist dunkel, klebrig, ein einziger Albtraum.

»Ich wünschte, ich hätte mir auf dem Dach die Zeit genommen, ihm erst sein Hemd wegzuschneiden. Das wird jetzt echt nicht angenehm für ihn. Hoffentlich wacht er nicht auf.« Sie lässt den Blick über die Regale schweifen und wühlt in den Schubladen, schlägt jede lauter zu als die zuvor.

»Ernsthaft?«, fragt sie schließlich und wirft die Arme hoch. »Was für eine Krankenstation hat denn keine Verbandsschere?«

Ich schnaube schwach. »Das Schiff ist so voll mit illegalen Extras, dass es mich nicht wundern würde, wenn sie die Krankenstation halbiert hätten, um mehr Platz für den Antrieb oder die Kühlung oder so was zu haben.«

»Ich muss das aber durchschneiden, bevor ich irgendwas anderes mache! Der Stoff ist auf der Wunde festgetrocknet. Bei meinen Sachen auf der Brücke hab ich eine Schere. Ich bin gleich wieder da. Du legst so lange ein feuchtes Tuch auf die Wunde – eine Sprühflasche mit Wasser wäre auch gut, wenn du eine findest. Weich das Hemd ein.«

Sie drückt sich an mir vorbei, und ich folge ihren Anweisungen, froh, mich nützlich machen zu können. Ich durchsuche die Schränke, die sich in dem engen Raum kaum öffnen lassen, und finde einen Stapel weiße, weiche Handtücher. In dem winzigen Waschbecken halte ich eines unter warmes Wasser und lege es dann auf die Wunde. Die meisten Sprühflaschen, die ich finde, enthalten unbekannte Reiniger und Chemikalien; aber zu guter Letzt fällt mir eine leere in die Hände. Ich fülle sie ebenfalls am Wasserhahn und tränke mit dem feinen Sprühnebel das Hemd rund um die Einschussstelle. Mit dem Handtuch weiche ich die blutigen Ränder der Wunde ein, wo der Stoff erstarrt ist.

Hoffentlich tut es ihm nicht weh. Ich habe ihm bereits genug wehgetan. Wahrscheinlich will er bloß noch weg von mir und diesem Schiff, sobald wir wieder festen Boden unter den Füßen haben; und wahrscheinlich würde es ihm leichtfallen, sich aus der ganzen Sache irgendwie rauszureden. Es ist doch immer dasselbe mit mir, irgendwelche wilden Pläne, die dann nur zu Verletzten führen, und …

»Hey, Kumpel, denk mal nicht so laut«, krächzt Rion, und ich zucke zusammen und lasse beinahe das Tuch fallen. Erleichterung füllt meine Brust, als er die hellbraunen Augen aufschlägt und mich ansieht.

Einen Moment lang kann ich bloß starren. Rions Iriden haben außen einen dunkleren Ring, und neben der rechten Pupille ist ein kleiner Fleck. Ist mir nie aufgefallen. Ich muss erst die ganzen Gefühle runterschlucken, bevor ich was sagen, die gespannte Stimmung mit einem Witz entschärfen kann.

»Gott, Mann, du hast mich echt zu Tode erschreckt. Ich dachte, du bist bewusstlos! Wie geht es dir, du alter Mistkerl?«

Er ringt sich ein schwaches Lächeln ab und neigt den

Kopf zu mir. »Ach, weißt du: ganz gut. Ich hole nur etwas Schlaf nach. Ich glaub, ich hab da ein Stück Metall in meiner Schulter, die vielleicht auch gerade in Flammen steht, aber ich bin gleich wieder auf den Beinen.« Er hält kurz inne. Ich erkenne den Schmerz auf seinen Zügen, aber er verliert nicht den Humor. »Wie ist die Lage? Haben sie uns schon erwischt? Haben wir ein Leck? Stürzen wir bald wieder ab?«

»Okay, dir geht's offensichtlich wieder besser. Ich glaub, ich lass dich einfach noch ein bisschen bluten.« Es gelingt mir, meine Panik hinter einem leisen Glucksen zu verbergen. Ausnahmsweise hab ich's mal geschafft, uns nicht fast umzubringen, besten Dank. Aber dass er blöde Witze drüber reißen kann, ist wirklich ein gutes Zeichen.

»Wir treiben gerade im Nirgendwo am Rand von Serenitys Territorium. Viel weiter hab ich ehrlich gesagt noch nicht gedacht. Keine Ahnung, wie es den Systemen geht oder wie viel Sprit wir noch haben. Wenn es ein echtes Problem gäbe, hätte das Schiff sich wahrscheinlich gemeldet.«

Ich streiche mit dem Daumen über das Handtuch, betrachte das Spiel der einzelnen Fasern. Nach einer Weile wird das Handtuch kühler – sollte ich es noch mal unter warmes Wasser halten? Als ich wieder aufschaue, merke ich, dass Rion mich ansieht, ich erstarre, und mein Herzschlag geht durch die Decke. Seine Lippen teilen sich, und die winzige Bewegung zieht mich in ihren Bann. Ich spüre die Röte in meine Wangen steigen, aber meine Augen verweigern sich dem Befehl, wegzusehen, verdammt. Ich will etwas sagen, eine Entschuldigung vielleicht für das, was ihm passiert ist, oder ein »Bin ich froh, dass du noch lebst«, aber mein Mund ist ganz trocken.

Und dann drängt sich Zee durch die Tür, und der Moment ist vorbei.

»Mach mal Platz«, sagt sie mit kühler Geschäftigkeit, und ich gehorche und überlasse ihr das feuchte Handtuch. Sie geht neben Rion in die Hocke und schenkt ihm ein knappes Lächeln, ehe sie das Tuch anhebt.

»Sorry, dass wir dich so nass gemacht haben«, sagt sie. »Aber das tut deutlich weniger weh, als dir das trockene Hemd von der Wunde zu reißen. Ich schneide jetzt den Stoff auf, okay?«

Er grunzt zustimmend. Könnte wahrscheinlich nicht mehr sagen, selbst wenn er wollte, solange sie so an dem Stoff zupft.

Ganz langsam schneidet Zee Rions Hemd ein, um die gezackte Schulterwunde herum. Dann zählt sie für jeden Streifen, den sie abreißt, einen kleinen Countdown. Vor Schmerz zischt Rion durch die Zähne und keucht nur ein verbissenes »Ja«, wieder und wieder. Ich vermute, was er meint, ist: *ja, tut scheißeweh.*

Ich bin total auf ihn fixiert, bis ein zweifacher Signalton mich aufschrecken lässt. Cases Stimme erklingt über das schiffsweite Kom.

»Wir brauchen dich auf der Brücke«, sagt sie ohne Umschweife. »Wir haben da ein … Problem.«

Mein Herz setzt einen Schlag lang aus. Was ist los? Macht das Schiff schlapp? Werden wir wieder beschossen? Es wäre schön, wenn sich mal jemand anders darum kümmern könnte. Ich nehme mir eine Sekunde, um mich zu beruhigen, dann nicke ich Rion noch einmal zu. Zurück zur Brücke, um der nächsten Krise zu begegnen. Zees und Rions Stimmen bleiben hinter mir zurück, stattdessen werden zwei andere lauter, je näher ich der Brücke komme. Asras Stimme ist die einzige, die ich erkenne, das Problem ist mir aber schnell klar.

»… können wir uns wirklich nicht einigen? Wenigstens auftanken? Wir könnten abseits der Stadt landen oder auf der anderen Hemisphäre, Funkstille bewahren, was immer Sie wollen, wir brauchen nur …«

»Tut mir leid, Ma'am, aber die Entscheidung ist endgültig. Kommen Sie wieder, sobald Sie das Schiff los sind, und wir werden Sie und Ihre Credits mit offenen Armen und Geldbörsen empfangen. Bis dahin können wir es aber nicht riskieren, dass sich herumspricht, wir würden die Leute verstecken, die Jace Pearsons kostbares Spielzeug gestohlen haben. Wir wollen wirklich nicht unhöflich sein – aber wir müssen darum bitten, dass Sie sich aus unserem Territorium zurückziehen. Und zwar jetzt gleich.«

Asra schüttelt seufzend den Kopf. »Verstanden.«

»Gute Winde und einen freundlichen Himmel, Schwester«, sagt er und klingt fast bedauernd, dann endet die Verbindung.

Einen Moment lang sagt niemand ein Wort. Ich lasse mich in meinen Sessel sinken und schließe die Augen. Wahrscheinlich eine dumme Idee; ich könnte auf der Stelle einschlafen. Die Stunden schmelzen nur so dahin in dieser Adrenalinflut, und die Geschehnisse in der Akademie belasten uns jeden Tag mehr. *Vier Tage.* Angehörige von den Kolonien evakuieren, die *verschont* werden sollen … Ich öffne die Augen und blinzle, um die Erschöpfung zu vertreiben. Dann richte ich den Blick auf den hellblauen Bogen Serenitys in der Ferne. Ich wende das Schiff, und der Planet gleitet unter unserem Backbordflügel hinweg. Dann aktiviere ich den Autopiloten und lasse die Hände in den Schoß sinken. Ich bin zu müde zum Fliegen, schaffe es ja kaum, mich zu konzentrieren. Besser, der Bordcomputer übernimmt.

»Schätze, es ist Zeit für eine Besprechung.« Ich kann die

Müdigkeit in meiner Stimme nicht verbergen. »Wir brauchen allmählich einen Plan, was wir wegen Earth First unternehmen.«

Case verbindet ihr Tablet mit den Navigationskontrollen. »Ich lade den Schiffsstatus runter, Treibstoffvorrat und so weiter. Treffen wir uns in der Messe?«

Ich massiere mir das Gesicht. Mein Gehirn fühlt sich an, als wäre es voller Sirup. »Klar, sofern wir eine haben.«

Asra steht auf, stützt sich auf die hohe Sessellehne und streckt sich. »Ich sage den anderen Bescheid. Bis gleich.«

»Okay.« Ich lasse mich wieder zurücksinken. »Zwei Minuten.«

Ihre Schritte verhallen im Korridor, Sekunden später gefolgt von Cases raschem Getrappel.

Ich bin allein auf der Brücke.

Stille umfängt mich, ein Segen nach zwei Tagen permanenter Gesellschaft. Das letzte Adrenalin verebbt, und ich dämmere fast augenblicklich weg.

Wir haben es geschafft. Wir sind hier – in unserem eigenen Schiff, fern der Erde, draußen im Weltall. Frei. Es ist das, wovon ich immer geträumt habe.

Aber alles, was ich fühle, ist Erschöpfung.

***

Ich bekomme keine Luft. Wir stürzen wieder ab – ich kann aber auch nie irgendwas richtig machen, oder? Durch die Einschusslöcher im Rumpf entweicht unser Sauerstoff, und alle um mich herum schreien, schreien. Rions Blut ist überall, und Zee schaut mich streng und tadelnd an. Sie gibt mir die Schuld. Case keucht rasselnd und viel zu schnell – bestimmt eine Panikattacke, wo sind ihre Medikamente? Asra kann sie ihr ho-

len, Asra ... schüttelt bloß den Kopf. Langsam. Traurig. Sie schüttelt und schüttelt ihn, von einer Seite zur anderen, wieder und wieder, aber nun dreht sich ihr Hals viel zu weit, unnatürlich weit – wie macht sie das? Dann rast uns der Boden entgegen, und alles andere ist egal, denn ein grelles Licht blitzt auf, und ich bereite mich auf den Absturz vor. Die Tür zur Brücke schlägt auf –

»Nax!«

Keuchend schrecke aus ich aus dem Schlaf hoch. Es ist dunkel, alles ruhig. Kein Alarm. Keine Schreie. Eine sanfte Hand ruht auf meiner Schulter.

Case.

»Klang, als hättest du einen Albtraum«, sagt sie leise. Ich reibe mir über das Gesicht und blinzle.

»Wie lang war ich weg?«

»Bloß ein paar Minuten. Die anderen sind in der Messe und warten auf uns.« Sie zögert. »Wovon hast du geträumt?«

Ich schließe die Augen, um mich zu sammeln.

»Wieder vom Absturz. Rion verblutet, Zee versucht ihm zu helfen und gibt mir die Schuld. Und du hattest eine Panikattacke.«

Als ich die Augen wieder öffne, wirkt sie ernst.

»Tja«, sagt sie mit selbstironischem Lächeln. »Jetzt weißt du, weshalb ich durchgefallen bin.«

»Wegen der Panikattacken?«

Ihre Hand gleitet von meiner Schulter, hinterlässt eine Spur der Wärme. »Ich hatte meine Medikamente und die Akademie schriftlich von jeder Verantwortung entbunden. Mein Arzt bescheinigte mir meine Diensttauglichkeit. Es hätte keine Rolle spielen dürfen.« Sie atmet tief durch. »Sie beschlossen, dass es doch eine spielt.«

Ich schüttle ungläubig den Kopf. »Ohne Scheiß, ich fasse

es nicht, dass sie jemanden wie dich vor die Tür setzen. Ein echtes Genie.«

Schnaubend winkt sie ab. »Ich war bloß gut in der Schule. Da gab's immer was Neues zu lernen – eine Note, die ich noch brauchte, eine Arbeit, die ich noch schreiben musste, und ich hab mir immer neue Ziele gesteckt. Kurz bevor ich fünfzehn wurde, gab es auf der Highschool aber nichts Neues mehr für mich, und ich bekam Angst, weil ich kein Ziel mehr hatte. Also weiter aufs College – da konnte ich mich auf was konzentrieren, statt nur zu warten, dass ich alt genug für die Akademie werde.«

»Du wusstest also immer schon, dass du auf die Akademie willst?«

Ein Schatten wandert über ihr Gesicht. »Nicht immer, aber relativ früh. Ich dachte mir, solange ich auf der Erde festsitze, kann ich auch einen Abschluss machen, der mir hilft, später Systemspezialistin zu werden.«

»Und der wäre?«

Case kaut auf ihrer Lippe und lenkt mich dadurch kurz ab, dann sieht sie mich an. »Es gab viele Überlappungen, von daher hab ich am Ende Maschinen- und Elektrotechnik studiert, beide als Hauptfach, Schwerpunkt Schiffssysteme.«

Sie schaut zur Decke und blinzelt rasch. »Schätze, es hat wenig gebracht. All die Arbeit für nichts und so.«

Ich stehe auf und will mich ihr zuwenden, doch sie tritt nicht zurück, um mir Platz zu machen. Stattdessen lässt sie die Schultern hängen, Augen und Lippen fest geschlossen. Dann sinkt sie an meine Brust und klammert sich an meinem Shirt fest.

»Tut mir leid. Gib mir einfach eine Minute.« Ihr Griff wird noch fester, dann entspannt er sich. Sie hebt den Kopf und sieht mir direkt in die Augen. Ihr Gesicht ist bloß Zentimeter von meinem entfernt, strahlt Entschlossenheit und Wut aus. »Ich bin immer noch so sauer wegen dieser Sache. Ich bin permanent zwei Sekunden davon entfernt, loszuschreien, weil es einfach so unfair ist. Aber weißt du was?«

Ihr Zorn klingt ab, doch das Grinsen auf ihrem Gesicht wirkt nicht minder gefährlich. »Wenn wir die Galaxis vor diesen Earth-First-Scheißern retten, dann werden sie bereuen, uns nicht genommen zu haben.«

Verdammt richtig. Ich erwidere das Grinsen. Nach allem, was passiert ist, komme ich mir inzwischen selbst ein bisschen gefährlich vor. Dieses wunderschöne, brillante Mädchen hat wirklich was Besseres verdient als das.

Ihr Blick zuckt zu meinen Lippen, dann zurück zu meinen Augen.

Mein Gehirn legt eine quietschende Vollbremsung hin.

Will sie …?

Ihr Mund ist auf meinem, bevor ich die Bewegung richtig mitbekomme.

Automatisch greifen meine Hände nach ihrem Haar, das ich schon so lange anfassen wollte. Meine Finger fahren durch seidenweiche Strähnen. Ihre weichen Lippen sind erst zaghaft, eine zarte Liebkosung, um das Terrain zu erkunden, dann hört sie kurz auf, nimmt meine gebannte Reaktion auf und kehrt mit neuem Selbstvertrauen zurück. Diesmal ist ihr Kuss fester, länger, wagemutiger, und es fühlt sich an wie ein heißer Schuss direkt in meinen Magen, meine Brust …

Ein Schuss.

R*ion.*

Mit bedauerndem Seufzen löse ich mich von ihr und lege meine Stirn an ihre.

»Wir können das nicht«, bringe ich hervor, obwohl ein Teil meines Hirns protestiert. *Was tust du da?*

Sie tritt zurück, um mich anzusehen, dann weiten sich ihre Augen.

»Scheiße, tut mir leid. Ich weiß, dass du und Rion – ich hätte nicht …«

»Nein, das ist nicht …« Ich bedecke meine Augen mit der Hand. »Du bist definitiv …« Ich winde mich. »Ich meine …«

Ich sollte einfach immer den Mund halten. Was soll ich auch sagen? *Ich bin bi, und ihr seid beide toll, aber irgendwie geht's gerade um Leben und Tod?* Dann fallen mir Zees Worte von heute Nachmittag wieder ein: »Es ist einfach kein guter Zeitpunkt, weißt du?«

»Du hast recht, du hast vollkommen recht.« Sie schüttelt reumütig den Kopf. »Wir müssen zum Treffen mit den anderen. Wenn Serenity uns nicht landen lässt, tun andere Welten das vielleicht auch nicht. Solange sind wir schutzlos. Wir brauchen einen Plan.«

Case zieht mein Shirt glatt und schaut mich noch einmal an.

»Und wenn es *doch* an Rion liegt, dann ist das okay, ganz ehrlich.« Sie holt tief Luft und ringt sich ein Lächeln ab. »Aber wenn nicht – dann vielleicht ein anderes Mal.«

Sie macht einen Schritt zurück, lächelt mir schüchtern zu und verschwindet dann mit erhobenem Kopf und schwingenden Hüften im Korridor.

Wie benebelt schaue ich ihr nach.

Ach du *Scheiße.*

Ich muss komplett bescheuert sein.

KAPITEL DREIZEHN

Mir ist immer noch ganz schwummrig von dem Kuss, als ich die Bordküche betrete, die gleichzeitig als Messe dient. Ich sollte mich sammeln, bevor ich Case bei der Crewbesprechung wieder in die Augen blicke, aber meine Lippen kribbeln noch immer, sind ganz empfindlich, genau wie meine Finger, mit denen ich ihr Haar, ihre Hüfte berührt habe …

Okay, nicht hilfreich. *Konzentrier dich.*

Immerhin ist die Messe deutlich größer als die Krankenstation. Jace hatte wohl seine Prioritäten, als er das Schiff in Auftrag gab. Eine lange Metalltheke trennt die Küchenhälfte des Raums vom Esstisch. Unter der Theke stehen Hocker wie an einer Bar, und alles, was auf einer glatten Oberfläche liegt, ist magnetisch, damit es während des Flugs nicht herumrutscht – selbst die Salz- und Pfefferstreuer auf dem Metalltisch. Die Küchenausstattung ist besser als alles, was ich je gesehen habe, sogar auf der Erde. Saubere und leistungsstarke Geräte, glänzende Schränke und Designertöpfe und -pfannen. Der Hammer.

Der Tisch, der die andere Hälfte des Raums einnimmt, hat auf jeder langen Seite vier Stühle und einen weiteren an jedem Ende. Case, Zee und Asra haben sich auf drei Plätzen am selben Ende niedergelassen. Sie trinken aus Metalltassen und haben irgendwo ein paar Cornflakes gefunden. Es wäre genug Platz für eine verdammte Dinnerparty; in der Tischmitte steht sogar eine magnetische Blumenvase mit einem Strauß Seidenblumen. Aus irgendeinem Grund verleiht dieses kleine Detail der ganzen Situation etwas Unwirkliches.

Rions Krankenbett am Kopfende des Tischs macht es auch nicht unbedingt besser.

Mir fährt ein scharfer Stich ins Herz, und ich eile zu ihm. Als er mich sieht, will er sich aufrichten, aber ich drücke ihn sanft an seiner gesunden Schulter wieder runter. Er trägt ein frisches, ärmelloses Unterhemd, das sich ganz weich anfühlt. Es steht in krassem Kontrast zu der zerlumpten Kleidung, in der der Rest von uns steckt. Ich mustere ihn, dann sehe ich zu Zee.

»Sollte er wirklich hier sein?«

»Du kannst ja gerne mit ihm drüber diskutieren«, erwidert sie trocken. »Ich bin mir selbst nicht sicher, wieso ich damit einverstanden war.«

»Ich kann euch hören, wisst ihr?«, beschwert sich Rion.

Ich ziehe mir einen Stuhl heran und setze mich neben ihn, um seine sauber bandagierte Schulter zu inspizieren. Kein Blut mehr zu sehen; fast wirkt es, als wäre die Wunde schon geheilt und die Bandage bloß ein Modestatement. Sein Gesicht jedoch erzählt eine andere Geschichte.

Rion ist immer noch ganz fahl und hat Mühe, die Augen offen zu halten. Bringen wir das besser hinter uns, damit er schlafen kann.

Ich schnappe mir den Pfefferstreuer und schlage dreimal auf den Tisch wie mit einem Hammer, dann stelle ich ihn wieder ab.

»Ich erkläre die Crewbesprechung der RSS *Manizeh* hiermit für eröffnet.« Ich verspüre den Wunsch, etwas Captainmäßiges zu sagen, wie *Statusbericht!* oder *Wie ist unsere Lage?*. Doch ich bringe nur ein dümmliches Lachen und eine schwache Geste zustande. »Und?«

»Rion geht es überraschend gut«, beginnt Zee gleich mit dem Wichtigsten. »Ein Schuss in die Schulter kann richtig übel sein, aber die Kugel hat Arterie und Knochen verfehlt. Es hätte wirklich deutlich schlimmer kommen können – wahrscheinlich war es nur ein Querschläger. Ich konnte die Kugel entfernen; der Blutverlust und die Schmerzen werden ihn noch eine Weile schwächen, aber alles in allem hat er echt Glück gehabt.«

Erleichtert schließe ich die Augen. *Er kommt wieder auf die Beine. Ich hab ihn nicht umgebracht.* Der Ernst der Lage wird mir abermals bewusst. Case und Asra drücken Zee kurz an sich, und ich greife über den Tisch nach ihrer Hand. Was täten wir nur ohne Zee? Sie ist einfach unglaublich.

»Habt ihr gehört?«, mischt Rion sich ein. »Mir geht's gut, also kümmern wir uns um die echten Probleme! Was unternehmen wir jetzt wegen Earth First? Wir haben eine Menge Zeit verschwendet, um unseren Scheiß auf die Reihe zu kriegen. Und jetzt bleiben uns gerade noch anderthalb Tage, oder? Wird Zeit, dass wir's mit ihnen aufnehmen.«

Case lehnt sich zurück, verschränkt die Arme und legt einen Fuß auf den Tisch. »Momentan wissen wir Folgendes: Earth First hat irgendeine Art von Waffe auf sämtliche Kolonien verschifft. Ihre eigenen Leute evakuieren sie nach Ellis Station, damit sie *verschont* bleiben. Was auch immer die Waffen tun und wovon auch immer sie ihre Angehörigen verschonen wollen – es wird kurz nach Mitternacht am vierzehnten August UTC geschehen. Das ist noch ein bisschen länger als ein Tag.«

»Und das ist nicht gerade viel.« Zee schenkt mir eine Tasse Wasser ein. »Ich sehe hier nur zwei Möglichkeiten. Da wir den Flugschreiber nicht mehr haben, können wir ihnen nichts nachweisen.« Case senkt den Blick. »Also probieren wir entweder, alle zu warnen – oder wir suchen nach einer dieser Teile und finden raus, was der Plan ist und wie wir ihn verhindern können.«

»Es gibt keine Möglichkeit, alle zu warnen«, merkt Asra schnell wie immer an. »Wir müssten die Nachricht auf einem Dutzend verschiedener Kurierschiffe mitschicken und hoffen, dass Earth First sie nicht abfängt. Und wir müssten darauf hoffen, dass die Leute uns auch glauben, obwohl wir als Kriminelle gelten, und die Dinger noch rechtzeitig finden. Selbst unter Idealbedingungen haben wir nur noch Treibstoff für einen Sprung. Wir bräuchten einen magischen Supersender mit einer Reichweite von vielen Lichtjahren, um alle Kolonien gleichzeitig zu warnen – aber leider gibt's so was nicht.«

»Unser nächster Sprung muss also wohlüberlegt sein.« Case balanciert auf zwei Stuhlbeinen und starrt nachdenklich an die Decke. »Ich würde mal vermuten, dass diese Geräte wie alle Lieferungen den größten Raumhafen jedes Planeten durchlaufen müssen.«

»Das hieße, wenn wir Zugang zu den Raumhafenlogs bekämen, könnten wir rausfinden, wohin die Dinger gebracht wurden«, spinnt Asra den Gedanken fort. »Und sie uns unter den Nagel reißen.«

»Da gibt es nur ein Problem«, wirft Rion ein. »Mit der Sicherheit an einem Raumhafen ist nicht zu spaßen. Meines Wissens ist sie auf den Kolonien mindestens so streng wie auf der Erde.«

»Stimmt«, sagt Zee. »Aber ich glaube, es gäbe einen Weg für uns hinein.«

Mir rutscht das Herz in die Hose. Ich weiß genau, was jetzt kommt. Gott, warum konnte ich meine verdammte Klappe nicht halten? Wir waren zusammen laufen, und beim Laufen plappere ich immer … und ich hätte einfach nicht gedacht, dass es zum Problem werden könnte, einer Fremden von meiner Familie zu erzählen …

»Nax«, sagt Zee. »Du weißt, wohin wir müssen.« Sie sieht mir unverwandt in die Augen.

Ich schüttle den Kopf, dann noch einmal heftiger. »Nein. Wird nicht passieren.«

Ihre sanften, graugrünen Augen flehen mich an. »Wir müssen aber! Es ist vielleicht unsere einzige Chance. Für *alle.* Es steht zu viel auf dem Spiel.«

Ich wickele mein Haar um meine Finger und ziehe, bis ich es in den Wurzeln spüre. Nein, nein, nein, *bitte.* »Es muss doch noch einen anderen Planeten in Reichweite geben. Asra kann uns Dokumente fälschen, wir können …«

»Dokumente fälschen dauert seine Zeit«, unterbricht Asra und betrachtet mich aufmerksam. »Was ist los, Nax?«

Wie von selbst beginnt mein Bein unter dem Tisch zu zucken und zu wippen. Ich trinke einen großen Schluck, um Zeit zu schinden, und starre in die leere Tasse. Es muss einfach einen anderen Weg geben. *Irgendeinen.*

Allerdings dürfen wir diese Sache wirklich nicht in den Sand setzen. Wir brauchen die beste und schnellste Option. Leben stehen auf dem Spiel – Tausende, Millionen. Das ist wichtiger als meine Familienprobleme.

Ich lehne mich zurück und lege einen Arm auf Rions Bettgitter. Rastlos trommeln meine Finger auf das kalte Metall. »Mein Bruder«, beginne ich und stocke gleich wieder, verdränge den unangenehmen Mischmasch von Gefühlen, den die beiden Worte mit sich bringen. Noch mal von vorn – tief durchatmen.

»Mein großer Bruder, Malik, arbeitet am Raumhafen von Valen. Er ist Sicherheitsspezialist.«

Cases Stuhl kippt lautstark auf alle viere zurück. »Nax, das ist perfekt! Das ist genau, was wir brauchen!«

Eine sanfte Berührung meiner Finger zieht meine Aufmerksamkeit auf sich.

»Was ist das Problem?«, fragt Rion, seine Stimme schon im Verhandlungston.

Ich kämpfe meine Wut nieder, bedecke die Augen mit der Hand, um einen Moment für mich zu haben. Er weiß ja nicht, was er da fragt.

»Wir kommen nicht miteinander klar. Zumindest nicht mehr. Wir haben seit zwei Jahren nicht mehr miteinander geredet oder geschrieben. Ich weiß nicht mal, ob er mir zuhören würde.«

»Was ist denn passiert?«, fragt Asra. »Würde er uns unterstützen, was meinst du?«

Wenn jemand Bruderprobleme versteht, dann wohl sie, aber ich … kann einfach nicht.

»Es ist kompliziert«, sage ich schließlich. »Er würde uns wahrscheinlich schon helfen, sofern er uns anhört. Er wollte immer schon in die Kolonien, blieb nur ein paar Jahre länger daheim, um Ammi und Dad zu helfen.« Bis ich dann Scheiße baute. Ich schlucke schwer. »Von daher würde er sein neues Zuhause sicher verteidigen wollen. Aber ich kann nicht garantieren, dass er mir glaubt.«

»Dann sollten wir uns einen Plan B überlegen, aber …« Cases Blick ruht auf mir. »Das ist unsere beste Chance. Wir müssen sie ergreifen.«

»Sorry, Nax«, sagt Zee und stupst mich unter dem Tisch mit dem Fuß an. »Aber ich sehe das auch so. Wir müssen ganz einfach.«

Der Widerwille in meiner Brust windet und krümmt sich, aber ich balle die Fäuste und entspanne mich dann.

»Okay. Fliegen wir hin, ich kontaktiere ihn. Versuchen können wir's.« Ich schließe kurz die Augen, dann sehe ich Zee an. »Nächstes Thema, bitte. Wie sieht's mit unseren Vorräten aus?«

»Zee hat in der Krankenstation eine ganze Kiste Kondome gefunden«, sagt Rion und zwinkert.

Die anderen brechen in Gelächter aus wie Zwölfjährige, aber das bittere Gefühl in meinem Bauch hält mich davon ab, mit einzustimmen. Zee wirft eine Handvoll Cornflakes nach Rion, und er fängt ein paar mit dem Mund, während der Rest in seinem rot gefärbten Haar hängen bleibt.

»Was?«, macht er und kaut, so unschuldig er nur kann. »Anscheinend hatte die ursprüngliche Crew dieses Schiffs einfach gern ihren Spaß, das ist alles.«

»Wir bräuchten Medizinbedarf«, lenkt Zee die Unterhaltung zurück aufs Thema. »Natürlich bringt uns das auch nicht mehr viel, wenn wir Earth First nicht aufhalten, aber die letzten wasserdichten Bandagen habe ich gerade aufgebraucht.«

»Oder – ich weiß, das klingt lächerlich, aber hört mir mal zu – wir lassen einfach nicht mehr auf uns schießen«, schlage ich vor. Es musste mal gesagt sein, und ich bin immer noch sauer.

Case verdreht gutmütig die Augen »Das wäre natürlich das Beste, du Klugscheißer. Und zum Thema Essen sollten wir uns auch was überlegen, wenn wir landen. Die Packung Cornflakes hier ist alles, was die alte Crew uns hinterlassen hat.«

»Sprit und Munition sind auch fast alle«, fügt Asra hinzu. »Aber das wisst ihr ja. Von daher stünde bloß noch ein Punkt auf der Tagesordnung.«

»Der da wäre?«, fragt Zee.

»Auf keinen Fall heißt dieses Schiff weiter RSS *Manizeh*«, sagt Asra finster. »Das ist Ammas Name, und das ist voll daneben. Es verdient einen neuen Namen für sein neues Leben.«

»Am besten was Simples.« Rion dreht sich langsam auf die gesunde Schulter, um uns anzusehen. »Nennen wir's die ESS *Jace-ist-ein-Wichser.*«

»Ziemlicher Zungenbrecher«, grübelt Zee, einen Finger auf der Unterlippe. »Hat aber was.«

»Bloß dass wir es nicht die ESS irgendwas nennen können, solange das *E* darin uns lieber im Gefängnis sähe als im Besitz eines Raumschiffs.« Case hat es wohl als Witz gemeint, aber der Gedanke ist schon ernüchternd.

»Ich würde nur zu gerne zum Hauptquartier und den Ärschen dort einen ordentlichen Tritt verpassen«, sagt Rion. »Die haben echt keine Ahnung. Oder noch besser, Zee soll sie treten – mit den Beinen könnte sie sie wahrscheinlich bis in den Orbit kicken.«

Zee grinst, sagt aber nichts.

»Stimmt.« Ich beuge mich vor, um Zee einen leichten Knuff zu geben. »Ein schneller Tritt hat uns lebendig von Ellis Station und dann aus Asras Haus gebracht.«

»Und ich glaube, du hast gerade unser Schiff getauft«, sagt Asra. Sie malt auf ihrem Tablet schwungvoll zwei Wörter und projiziert sie in die Luft. »Die *Swift Kick* – schneller Tritt. Oder einfach nur *Kick.*«

Einen Moment lang herrscht Stille am Tisch.

»Hm«, meldet sich Rion schließlich zu Wort. »Gefällt mir echt gut.«

Case klopft Zee grinsend auf den Rücken. »Mir auch.«

Da lacht auch Zee, ein tiefer, reizender Klang. »Passt für mich.«

Und es passt wirklich so gut, dass es die dunkle Wolke über mir vertreibt, die durch die Aussicht auf ein Wiedersehen mit Malik heraufbeschworen wurde. Die Begeisterung ist einfach ansteckend, und ich erlaube mir ein Grinsen.

»Damit wäre das entschieden.« Ich greife nach dem Pfefferstreuer und schlage ihn noch einmal auf den Tisch. »Ich erkläre dieses Raumfahrzeug als neu geboren, und zwar unter dem Namen *Swift Kick*. Über die Registrierung machen wir uns nach dem Umbau Gedanken. Zunächst aber – auf die *Kick!*« Ich hebe mein Glas.

»Auf die *Kick!*«, wiederholen die anderen und stoßen mit ihren Metalltassen an.

Eigentlich ist es ja nichts. Wir treiben immer noch mitten im Nirgendwo, trinken recyceltes Wasser und essen die letzten Krümel aus den Schränken. Aber es ist unser Nichts. Und es fühlt sich wie ein großer Moment an. Ich starre ein paar Sekunden in meine Tasse, in der mein Spiegelbild zittert, dann reiße ich mich los und wende mich an meine Crew. Meine Freunde?

»Okay, Matrosinnen und Matrose.« Ich stehe auf und strecke mich. »Ich weiß ja nicht, wie's euch geht, aber ich brauche wenigstens ein paar Stunden Schlaf, bevor ich mich mit meinem Bruder und dieser ganzen Earth-First-Sache befasse. Ich weiß, dass uns nicht mehr viel Zeit bleibt, aber wir tun niemandem einen Gefallen, wenn wir vor Erschöpfung umfallen. Auf Valen ist es später Vormittag – wieso suchen wir uns also nicht erst mal alle ein Quartier aus, hauen uns ein paar Stunden hin und kommen dann am frühen Abend an? Bis dahin ist Malik wohl auch mit der Arbeit fertig.«

Dieser Name wieder. Ich habe ihn zwei Jahre nicht mehr ausgesprochen, und jetzt kommt es mir so vor, als fiele er in jedem Satz.

Als Antwort bekomme ich einen Chor müder Zustimmung, also rollen wir Rion zurück in die Krankenstation und sagen ihm Gute Nacht, dann drängeln wir uns zurück durch den Flur. Hinter der Messe liegen das Gemeinschaftsbad und die Duschen, und dahinter führen zu jeder Seite drei Türen in die einzelnen Quartiere. Fünf davon sind identisch: kleine, funktionale Würfel mit einem schmalen Einzelbett, einem Nachttisch, einem Waschbecken und einem Spiegel. Der letzte Raum ist deutlich größer, mit einem Bett, groß genug für zwei, einem privaten Bad mit Waschbecken und WC und einem großen Schreibtisch. Da kommt mir eine Idee – die Art von Einfall, bei dem sich Malik vor Lachen weggeschmissen hätte, ehe es mit uns auseinanderging.

»Was haltet ihr hiervon?« Ich kann einfach nicht widerstehen. »Wir nehmen alle eins der kleinen Quartiere – aber das private Klo hier benutzen wir zum Kacken.«

»Was zur Hölle, Nax?« Asra schubst mich, und ich stoße mit den Knien gegen das große Bett; fast lasse ich mich fallen, aber ich weiß, dass ich dann nie wieder aufstehen würde. Die Versuchung ist einfach zu groß, die nächsten zwölf Stunden zu verschlafen und den anderen ihren Spaß mit Malik zu lassen. Case und Zee kichern hinter vorgehaltener Hand, aber ich bin mir nicht sicher, ob über meine Idee oder weil Asra mich rumschubst.

»Was, wäre doch gut, oder? Wieso das Gemeinschaftsbad verstinken, wenn wir hier ein Extraklo haben? Oder wir machen ein Spielezimmer draus – Projektor an die Decke, ein paar Games und Videos – wär kein großer Aufwand.«

Ich merke, dass ich mich um Kopf und Kragen rede, aber ich kann nicht anders. Ein Spielezimmer zu planen ist so viel angenehmer als alles andere.

»Klingt super, Nax«, sagt Case mit herzhaftem Gähnen.

»Gleich morgen früh mache ich mir Gedanken dazu. Beziehungsweise … was auch immer in vier Stunden ist. Wir sollten den Tagesrhythmussimulator neu kalibrieren. Weltraum ist echt verwirrend.«

Asra schnaubt. »Probier dir mal zu merken, wann die Gebetszeiten sind. Zum Glück gibt's eine App dafür.«

Sie wedelt mit ihrem Tablet und scheucht Case zur Tür raus, gefolgt von Zee. Der Reihe nach verschwinden sie in jeweils einem der identischen Quartiere, murmeln Gute Nacht und schließen die Türen hinter sich.

Und auf einmal bin ich wieder allein. Ein merkwürdiges Schaudern ergreift mich, und ich werfe einen Blick über die Schulter. Niemand da. Ich war einfach so lange nicht mehr richtig allein, und die plötzliche Stille verunsichert mich. Ich beäuge noch einmal das große Bett und stelle mir vor, mich daraufzuwerfen und wie schön es wäre, es mit jemandem zu teilen. Das wäre aber nicht fair. Ich sollte mir eins der kleinen Zimmer nehmen, so wie die anderen.

Ich beschließe, noch einmal nach Rion zu schauen. Dann schlafen. Viel schlafen.

In Gedanken sehe ich das Schiff abstürzen, wieder und wieder. Blut fließt. Ist es Rions oder Maliks?

Ja. Schlaf.

Vielleicht.

***

Dieses Mal werde ich nicht von Cases Lippen geweckt, und ich bin mir nicht sicher, ob ich das gut finde. Stattdessen klingelt mein Tablet leise. Stöhnend wälze ich mich auf die andere Seite, vergrabe das Gesicht im Kissen und versuche nicht darüber nachzudenken, dass irgendein Fremder hier seine

Schuppen verteilt hat. Oder weshalb ich jetzt aufstehen muss. Viel lieber denke ich an die warme, weiche Matratze, die mich wieder zurück ins wohlige Vergessen knuddelt.

Klingel. Klingel. Klingel.

»Ach Scheiße!«, schreie ich ins Kissen, dann hebe ich den Kopf. Was zur Hölle hat mich geritten, mir den Wecker zu stellen? Wieso nur tue ich so was? Ich war offensichtlich nicht ganz bei Sinnen. Fünf Stunden Schlaf bringen mich nicht sonderlich weit. Ich schlage nach dem Tablet, bis es endlich Ruhe gibt, und breche abermals auf dem Kissen zusammen. In wessen Schweiß ich mich gerade suhle? (Widerlich.) Wer hat diese kleine Schachtel wohl sein Zuhause genannt? Der Gedanke bringt eine Spur von Bedauern mit sich – wer immer es war, er oder sie hat jetzt wohl keinen Job mehr. Und wo ich gerade darüber nachdenke: Ich habe auch sein oder ihr Zeug.

Meine Neugier ist geweckt, und ich schaue auf. Der Nebel des Schlafes lichtet sich, während ich den Blick umherschweifen lasse. Ich habe mir bis jetzt nicht die Mühe gemacht, mich groß umzusehen, bin nach der Rückkehr von der Krankenstation einfach mit dem Gesicht voran aufs Bett geklappt und eingeschlafen. Jetzt fallen mir überall die Kleinigkeiten auf, die der vorige Bewohner der Kabine hinterlassen hat. An der Wand über dem Schreibtisch hängt ein abstraktes Gemälde an seiner Magnethalterung, die Neonfarben das Bunteste in dem sonst eher unscheinbaren Raum. Ich schwinge meine Füße aus dem Bett und öffne die oberste Schublade des Nachttischs.

Igitt.

Unterhosen, schwarz mit Neonakzenten. Mich hat ja viel beschäftigt bei dem Gedanken, ein Raumschiff zu stehlen – aber die Unterwäsche anderer Leute hatte es nicht auf die

Liste geschafft. In der unteren Schublade finde ich drei identische Sätze komplett schwarze Kleidung, die nach Waschmittel riechen. Ich falte sie auseinander: Die Hosen sind mir eine Größe zu weit, aber die Hemden würden gehen. Ich bin nicht scharf darauf, die Klamotten von jemand anderem zu tragen, aber da ich nichts zum Wechseln habe, sollte ich mich wohl nicht beschweren.

Das Einzige, was mir sonst im Zimmer auffällt, ist ein kleines Foto in der Ecke des Spiegels über dem Waschbecken. Fünf Leute unterschiedlichen Geschlechts, die einander in den Armen halten, so glücklich und ungelenk wie ein Haufen Hündchen. Sie tragen dieselbe schwarze Kleidung wie die im Nachttisch und identische Tattoos auf den Oberarmen. Sie sind jung, keiner viel älter als wir. Es muss die Crew sein – oder eher, die vorige Crew.

Ich ziehe das Bild aus dem Spiegelrahmen, um es näher zu betrachten, fahre mit dem Daumen über den Rand des Fotopapiers. Sie wirken nicht wie schlechte Menschen. Eher wie eine Familie. Wieso haben sie für einen so ekligen Kerl gearbeitet und Drogen durch die Galaxis geschmuggelt? Vermutlich haben alle Menschen ihre Gründe – aber ihre kann ich echt nicht nachvollziehen. Ob andere Leute sich bei uns dasselbe denken? *So nette Kids – wie kamen die nur auf die schiefe Bahn?*

Abgesehen von Malik vielleicht. Ob ihn das Fahndungsfoto mit meinem Gesicht überhaupt überrascht hat??

Wenn ich meinen Bruder schon wiedersehen muss, will ich so sauber und respektabel auftreten, wie man als gesuchter Krimineller nur sein kann. Ich stecke das Foto zurück und trete hinaus auf den Flur, mache mich auf zu den Gemeinschaftsduschen.

Aus einer der Kabinen steigt Dampf auf, und ich kann die

Hitze spüren. Anscheinend will sich da jemand die oberste Hautschicht wegsengen. Vielleicht ist ja nicht nur mir aufgefallen, dass wir die schmutzige Bettwäsche anderer Leute benutzen. Am liebsten würde ich auch gleich das eklige Gefühl abwaschen, das mich bei der Vorstellung befällt, meinen Bruder um Hilfe bitten zu müssen. Aber nichts im Universum kann mir das erleichtern. Allein beim Gedanken an sein Gesicht bilden sich Knoten in meinen Schultern, und ich kriege Herzrasen.

Ich schlüpfe in eine freie Kabine, streife meine Kleider ab und werfe sie in einem wilden Haufen vor die Tür. Die Dusche hat eine Digitalanzeige, an der ich meine Vorlieben eingeben kann – echt nett, verglichen mit meiner Dusche daheim. Ich tippe kurz, sie läutet fröhlich und zählt einen Countdown bis zum Erreichen der optimalen Temperatur runter.

Dann fließt das Wasser, erst langsam, dann immer mehr, bis ein steter Strom auf mich niederregnet. Ein Piepton warnt mich, dass gleich die Reinigungsmittel hinzugefügt werden, und ich schließe die Augen. Nachdem das letzte Wasser von mir abgetropft ist, trocknet mich der Entfeuchter, und meine Haut kribbelt erfrischt. So sauber, wie ich mich jetzt fühle, will ich nicht noch mal die Sachen von gestern anziehen. Lieber gehe ich in Unterhosen zurück und borge mir dann die Klamotten aus der Kabine. Schließlich riskieren wir unser aller Leben hier – da können die Leute auch mit ein wenig nackter Haut umgehen.

Ich öffne die Tür einen Spalt, um mir meine Shorts zu schnappen, ziehe sie an, trete hinaus – und finde mich Auge in Auge einem frisch geduschten Rion gegenüber, der bloß ein Handtuch um die Hüfte und eine wasserdichte Bandage um die Schulter trägt. Sonst nichts. Mein Blick fällt auf einen einzelnen Wassertropfen, der gerade seinen Hals hinabrinnt, dann über seine Brust, seinen Bauch, um im Rand des Handtuchs zu verschwinden. Unwillkürlich benetze ich meine Lippen und stelle mir vor, der Wassertropfen – *oh verdammt, ich starre ihn an.*

»Du bist ja wieder auf den Beinen«, sage ich und zwinge meinen Blick zurück auf sein Gesicht. Seine Nähe elektrisiert mich, die Härchen auf meiner Haut stellen sich auf. »Schön, dich zu sehen. Äh, wie geht's dir?« *Augen hoch, Hall, reiß dich zusammen.*

Rions Lächeln breitet sich aus, wie eine Flüssigkeit, die mühelos über seine Lippen fließt. »Ein wenig angefressen, dass ihr euch eure Zimmer ohne mich ausgesucht habt, du Penner, aber sonst ganz in Ordnung. Die Schulter tut immer noch höllisch weh, und steif ist sie auch, aber Zee leistet gute Arbeit.« Sein Blick wandert über meinen Körper, dann richtet er ihn auf meinen Mund. »Und du?«

Ausgerechnet diesen Moment sucht Case sich aus, um hereinzuspazieren. Sie sieht uns da in Unterhose und Handtuch stehen und reden, verdreht die Augen und betritt eine Kabine. »Lasst euch von mir nicht stören«, sagt sie, als die Dusche piepend ihre Eingabe bestätigt. Ihr T-Shirt fliegt über die Kabinenwand und landet vor uns auf dem Boden. Eine Sekunde später beginnt das Wasser zu rauschen.

Ich erröte. Hitze breitet sich in meinem Körper bis in die Fingerspitzen aus. Offensichtlich sind wir keine besonders schüchterne Crew. Ich weiß nicht, ob ich das überlebe. Mein Hirn springt zwischen weichen Kurven und harten Linien umher, und ich muss *wirklich* hier raus.

»Es freut mich, dass es dir wieder besser geht, Rion. Ganz ehrlich! Und hey, wenn deine Kabine wirklich so schlecht ist, kannst du gern meine haben. Ich bin dir was schuldig.«

Rion stupst mich mit der gesunden Schulter an, und dieser kleine Hautkontakt reicht, um meinen ganzen Körper in Aufruhr zu versetzen. Dann wendet er sich zur Tür. »Du bist mir gar nichts schuldig, Kumpel. Aber du kannst Gift drauf nehmen, dass ich mir dein Zimmer schnappe, wenn's besser ist!«

Glucksend folge ich ihm nach draußen, meine zerknüllte Schmutzwäsche auf den Armen. Und wenn mein Blick beim Laufen etwas abschweift? Hey, wir haben nicht mehr lang zu leben, also was soll's? Ich könnte mir keine bessere Ablenkung von den Dingen wünschen, an die ich absolut nicht denken möchte *(Maliks abschätziger Blick, sein finsteres Gesicht, die verschränkten Arme).* Anderes Thema, anderes Thema …

Ich stoße meine Tür auf und werfe die Klamotten in die Ecke, dann strecke ich den Kopf noch einmal auf den Flur hinaus und zeige auf die Tür neben meiner. »Das Zimmer da ist noch übrig. Meinst du, es wird deinen hohen Ansprüchen genügen, du verwöhnter Großstädter?«

Ehe Rion antworten kann, schlägt die Badtür auf, und eine klitschnasse Case marschiert heraus, schon wieder angezogen, und frottiert sich das Haar mit einem Handtuch.

»Das ging aber schnell.« Rion hebt eine Braue.

»Meine Umma ist bei der Air Force und Mamá immer spät dran. Mir wurde seit meiner Kindheit eingetrichtert, schnell zu duschen.« Sie öffnet ihre Tür und wirft das nasse Handtuch ins Zimmer. »Los, Jungs, kommt in die Gänge! Wir haben eine Galaxie zu retten.«

Ihre Worte haben den gewünschten Effekt. Wir müssen handeln – egal, wie sehr ich es gern aufschieben würde, wir stecken schon mittendrin, und je eher wir das durchziehen, desto schneller können wir den Menschen helfen. In weniger als einer Minute habe ich mich angezogen. Dann noch eine Minute, um meine Gedanken zu ordnen. Mein Magen rumort, und es kommt mir vor, als läge ein Tausend-Pfund-Gewicht auf meiner Brust; aber immerhin sind seit damals zwei Jahre vergangen. Vielleicht wird es ja gar nicht so schlimm. Malik und ich haben uns beide verändert.

Oder es wird eine Katastrophe und das Letzte, was ich je tue.

Ganz egal. *Gib mal Gas.* Aus der Tür raus, den Flur runter. Ich betrete die Brücke, nicke Zee zu, die als Einzige schon da ist, und lasse mich in den Pilotensitz fallen. Es gäbe eine Menge, was ich jetzt sagen könnte, aber nichts davon wäre sehr hilfreich, also verbeiße ich mir einen Kommentar und beginne mit den Vorbereitungen für den Flug. Nervös bin ich trotzdem, wie immer am Steuer.

»Auch wenn es dafür etwas spät sein mag – aber ich möchte mich bei dir entschuldigen«, sagt Zee leise. »Geht's dir gut, Nax?«

Verdammt. Ich schließe die Augen und konzentriere mich auf meinen Atem.

»Ich weiß, dass wir keine andere Wahl haben. Es ist unsere beste Option. Ich hoffe bloß, dass uns das alles nicht um die Ohren fliegt.«

Sie drückt meine Schulter. »Ich helfe dir, wo immer ich kann. Wir schaffen das. Und es tut mir wirklich leid, dass ich das mit deinem Bruder forciert habe. Hätte ich einen anderen Ausweg gesehen, hätte ich das nicht gemacht.«

Ich ringe mir ein grimmiges Lächeln ab. »Klar. Weiß ich doch.«

Ändert nichts dran, dass es mir die Laune verhagelt.

Als Nächste kommt Case. Sie wirft sich in den Navigatorsitz und schaltet umgehend auf Arbeitsmodus. »Vorbereitungen in zwei Minuten abgeschlossen! Die anderen sind auch gleich da.«

Wie aufs Stichwort zwängen sich Rion und Asra durch die Tür und schnallen sich an. Sie keuchen, als wären sie gerannt; wir alle spüren den Druck, nachdem wir ein paar Stunden geschlafen haben und wieder voller Adrenalin sind. Ich beruhige meine zitternden Hände und werfe einen Blick über die Schulter.

»Alle bereit?«

Viermal Zustimmung. Es ist Zeit. Ich werfe einen letzten Blick auf Serenity, strahlend klar vor der sternengesprenkelten Schwärze, und zeige dem Planeten im Geiste den Mittelfinger.

Gott, wir tun das wirklich.

Dann wende ich mich Case zu. Ich lächle, obwohl in meinem Kopf eine endlose Abfolge von blutigen Abstürzen und Alarmgeheul abläuft und ich kaum noch Luft bekomme. Doch ich muss mich zusammenreißen.

Ich muss das schaffen.

»Also dann – besuchen wir meinen Bruder.«

KAPITEL VIERZEHN

Ich beschleunige, bis ich die Zielgeschwindigkeit erreiche, und Case führt den Sprung aus. Die Geräusche des Triebwerks werden tiefer, und der Klang dehnt sich aus, bis wir das Gefüge des Alls durchstoßen – einen unerträglich langen Moment im leeren schwarzen Nichts schweben – und auf der anderen Seite wieder herausspringen.

Es ist schon befremdlich: Wir sind von einem leeren Sternenfeld zu einem anderen gelangt– nur dass jetzt alle Sterne plötzlich an einer anderen Stelle sind. Neue Konstellationen, neue Bezugspunkte … und ein neuer Planet, blaugrün leuchtend in der Ferne, im Licht einer unbekannten Sonne. Ich beschleunige auf Reisegeschwindigkeit, um uns aus der Ankunftszone rauszubringen, näher an den Planeten heran, aus dessen Farbklecksen sich nach und nach Kontinente und Ozeane herausschälen. Sobald wir in den kontrollierten Raum von Valen vordringen, übernimmt Asra mit ihrem Tab die Kontrolle über Kom und Richtfunk und gibt den Code ein, den ich ihr gegeben habe. Ein Rufton erklingt auf der Brücke, und mit jeder Wiederholung nimmt der Druck auf meiner Brust zu. Ich bin noch nicht so weit, ich bin nicht so weit, ich will das nicht, ich …

Ein Klicken, dann das leise Rauschen einer offenen Verbindung zur Oberfläche.

»Hall hier«, sagt eine Stimme mit einer Spur von Skepsis. Malik.

Oh mein Gott.

Einen langen Moment sage ich gar nichts und beiße mir auf die Wange. Meine Hand hält die Kontroller im Würgegriff.

»Ist da wer?«, fragt Malik irritiert.

»Ja.« Das Wort platzt übertrieben laut aus mir heraus, weil ich es so lange zurückgehalten habe. »Ich bin's. Lass mich ausreden, ehe du auflegst.«

Am anderen Ende der Leitung klappert etwas, dann schlägt eine Tür zu. »Nax?«, flüstert er.

Meine Kehle schnürt sich zusammen, und ich muss die Worte aus mir herauszwingen. »Ja. Hör mir zu …«

Gott, was für eine Demütigung.

»Ich … brauch deine Hilfe.«

Ein Schnauben ertönt am anderen Ende. »Legst du es drauf *an*, erwischt zu werden?«, zischt er. »Seitdem du abgetaucht bist, fragen sie mich alle paar Stunden nach dir! Ich werde beobachtet.«

Ich knirsche mit den Zähnen. Ich wünschte wirklich, die anderen müssten das nicht mit anhören.

»Du warst nicht gerade meine erste Wahl, Malik, aber uns bleibt keine andere Möglichkeit. Alles, was du über uns gehört hast, ist gelogen, hier ist wirklich die Kacke am dampfen, und wir müssen auftanken, sonst sind wir am Arsch. Könntest du mir *bitte* eine Chance geben und uns helfen?«

Langes Schweigen. Ich kann ihn richtig vor mir sehen, wie er das Gesicht mit einer Hand bedeckt und den Kopf über mich schüttelt so wie immer, wenn ich mal wieder versagt habe.

»Ich übermittle euch die Koordinaten einer Werkstatt, die einer Freundin von mir gehört«, sagt er schließlich. »Sie liegt außerhalb der Stadt, und ihr Störsender sollte euch vorm Radar der Behörden schützen. Fliegt mit Notenergie, schaltet alle verzichtbaren Systeme aus, und kommt so niedrig wie möglich und von der stadtabgewandten Seite rein.«

»Ich weiß, wie man fliegt, ich bin schließlich …«

»Es reicht!«, unterbricht er mich. »Ich hoffe, ihr habt Geld, denn ihr werdet dieses Schiff komplett zerlegen müssen, solange ihr hier seid. Sie wird euch auf keinen Fall erlauben, das gestohlene Ding einfach auf ihrem Grundstück zu parken.«

»Geht klar«, sage ich bitter und knapp.

»Gut. Momentan bin ich noch auf der Arbeit. Ich komme zu euch raus, so schnell ich kann. Geht nirgends hin und macht nichts, bis ich da bin.«

Ein leiser Doppelton verkündet das Ende der Verbindung.

Mit einem frustrierten Grollen schlage ich die Faust auf die Konsole. Der scharfe Schmerz strahlt von der Hand bis in den Arm aus, doch das ist mir scheißegal, weil ich mich gerade fühle, als hätte ich mir eine schlecht verheilte Wunde in meiner Brust aufgerissen. Meine Wangen brennen vor Scham und Schuldgefühlen, den vielen hässlichen Dingen, die zwischen Malik und mir stehen. Dass er uns tatsächlich helfen will, macht es irgendwie schlimmer. Wieder einmal stecke ich in der Klemme, und er muss hinter mir aufräumen, ob es ihm passt oder nicht. Nach dem letzten Mal hat er mich abserviert. Noch ist nicht klar, ob er es diesmal durchzieht.

»Wir haben die Koordinaten«, sagt Case ungewöhnlich kleinlaut. Sie wischt mit zwei Fingern über ihr Display, und der Kurs gleitet rüber auf mein HUD und legt sich zusammen mit den anderen ausgebreiteten Daten über das Sichtfenster. Ich erhöhe zaghaft den Schub und bringe uns auf Kurs. Meine Hände und Füße arbeiten wie von selbst, während mein Hirn in einer Suppe aus Ärger und Angst vor sich hin köchelt.

»Gut, dass dein Bruder eine Mechanikerin kennt«, sagt Rion hinter mir. »Ich hab mir schon Sorgen gemacht, wo wir landen und wie wir vom Raumhafen runterkommen.«

Ich presse nur die Lippen zusammen und schüttle den Kopf. Nach den letzten Tagen kribbelt meine Haut immer noch, als würde Gefahr drohen. Es scheint, als könnten wir nirgends hingehen und nichts tun, ohne dass etwas Schreckliches passiert. Dass bisher alles reibungslos funktioniert, macht mich nur noch nervöser. Das Letzte, was ich jetzt brauche, ist noch eine Bruchlandung. Das könnte ich nie wieder gutmachen.

»Ich weiß nicht mal, woher er so jemanden kennt. Er war immer superkorrekt, hat alles richtig gemacht und ist nie in Schwierigkeiten geraten. Und jetzt hängt er mit einer Mechanikerin rum, die kein Problem damit hat, ein geklautes Schiff umzubauen? Das klingt nicht nach ihm.«

Zee brummt zustimmend. »Kannst du vielleicht irgendwas über sie rauskriegen, Asra?«

»Wir sind gerade erst in Reichweite von Valens Netz gekommen. Kurzen Moment.« Asra tippt auf ihrem Tab herum, dann gibt sie einen interessierten Laut von sich. »Wenigstens eine Quelle, der ich vertrauen würde, hält sie für kompetent und auch sehr diskret. Sie ist sehr wählerisch, mit wem sie arbeitet. Wenn ich richtig zwischen den Zeilen lese, sind illegale Extras ihr Hauptgeschäft – aber nur wenn ihr der Sinn danach steht. Ich hoffe mal, das heißt, dass sie so was wie einen moralischen Kompass besitzt, denn ich hab keine Lust darauf, mir meinen Landeplatz mit irgendwelchen Weltraumkillern zu teilen. Man weiß ja nie.«

»Eine berechtigte Sorge, vor allem angesichts unserer Verfolger«, sagt Zee. Fast ist es zum Lachen – es wäre schon Ironie, wenn wir da mit unserem gestohlenen Schiff landen, und einen Platz weiter hängen Jace und seine Kumpels vom Tigergeschwader rum. Ich verdränge den Gedanken und fädle uns in den Flugverkehr über Valen ein.

»Wir beginnen mit dem Landeanflug. Bei unserem Glück kann ich nicht garantieren, dass es keine Turbulenzen gibt, also schnallt euch bitte an.« Ich wische mir die Handflächen an der Hose ab. Bei unserer letzten Landung wären wir fast alle draufgegangen. Diesmal muss das wirklich klappen. Schon deshalb, weil Malik uns zusieht.

»Sei mal nicht so eine Stimmungskanone, Nax.« Rion drückt mir die Schulter. »Entspann dich einfach, und lass los. Mir zumindest wäre es ganz recht, wenn uns mal nicht vor lauter Angst ganz schlecht ist. Ich versuche es zu genießen. Sei kein Spielverderber.«

Ich lache müde und lehne mich zurück. Die Hand locker am Knüppel, steuere ich uns tiefer in die Atmosphäre, den Koordinaten der Werkstatt entgegen. Eine kontrollierte Landung hat im Gegensatz zu einem Absturz auch den Vorteil, dass wir auf dem Weg nach unten die Aussicht genießen können: dichte Wälder und eine Vielzahl an Gewässern, golden im Licht von Valens Sonne. Die Pflanzen haben Farben, die denen auf der Erde ähnlich, aber nicht ähnlich genug sind, als dass sie zu Hause natürlich gewirkt hätten. Als hätte jemand das gesamte Farbspektrum des Planeten durch einen leichten Blaufilter gejagt. Valen ist eine Terraformingwelt, aber stellenweise würde sie fast als die Erde durchgehen. Die Europäische Weltraumunion hatte wirklich Glück; die Technologie war damals noch neu und hätte auch komplett nach hinten losgehen können.

Heute haben sie weite Felder zwischen sanften Bergen, die meiner Ecke North Carolinas so ähneln, wie das fernab der Heimat nur geht. Fast kriege ich Heimweh beim Blick nach draußen. Kein Wunder, dass Malik sich ausgerechnet hier niedergelassen hat. Typisch. Nichtsdestoweniger sind die Landmassen des Planeten erst zu gut vierzig Prozent bewohnbar, im Gegensatz zu den neunzig von al-Rihla; aber diese vierzig sind die Reise wirklich wert.

Asra und Zee haben die Nasen ans Steuerbordfenster gepresst und betrachten die dahingleitende Landschaft. Grinsend mache ich Case auf die beiden aufmerksam. »Gefällt es euch?«, frage ich und sinke noch etwas tiefer, bis man die Baumspitzen unter uns wehen sieht.

»Wollte immer mal Urlaub hier machen«, murmelt Asra und stellt sich auf die Zehenspitzen, damit sie mehr erkennen kann. Irgendwie niedlich.

Case nickt zustimmend, behält aber mit einem Auge unseren Kurs im Blick. »Ich wünschte, ich hätte meine Kamera dabei. Wäre schön, hier ein paar Bilder zu machen. Und auf al-Rihla erst, mit diesen roten Sandstränden.«

»Du fotografierst?«, fragt Zee, ohne den Blick abzuwenden.

»Manchmal. Bin nicht sonderlich gut, aber es ist sehr entspannend.«

Ich hätte das nie vermutet, aber es leuchtet schon ein: Selbst jemand wie sie braucht ein Hobby, das nichts mit der Schule zu tun hat. Und bestimmt ist sie besser, als sie denkt.

Bald weichen die Wälder einer offenen Ebene mit braunen, trockenen Gräsern, dann vereinzelten Gebäuden und kleineren Vororten. Ich nehme etwas Schub weg; ich will nicht so schnell fliegen, dass man uns als Gefahr wahrnimmt. Nach wie vor halte ich mich strikt an den Kurs, den Malik uns geschickt hat. Dann kommt ein massiges Gebäude in den entlegensten Ausläufern einer ansehnlichen Stadt in Sicht: unser Zielort. Sobald wir uns dem eisenbeschichteten Landefeld nähern, leite ich Energie von den Triebwerken auf die Magnetspulen um. Dann setze ich uns sachte in dem mit gelber Farbe markierten Areal ab, das uns eine zweiköpfige Bodencrew zuweist. Alles ebenerdig, nicht erhöht. Ist wahrscheinlich unauffälliger so.

Der Reihe nach schalte ich die Maschinen ab und genieße einen Augenblick die Stille. Keine Vibrationen, keine Schüsse, keine entweichende Luft – nur der ruhige Atem einer gar nicht panischen Besatzung. Wie nett.

Aus der Ferne hallt leises Klopfen durch das Schiff. Das Kom meldet sich.

»Bitte gestatten Sie meinen Leuten Zutritt für eine Inspektion.« Die Mechanikerin wahrscheinlich?

»Ja, Ma'am«, sage ich. »Sind schon auf dem Weg.« Lohnt sich immer, höflich zu Leuten zu sein, die womöglich auch mit Weltraumkillern Geschäfte treiben.

Ich schnalle mich los und bedeute den anderen, es mir gleichzutun, dann gehe ich voran zur Schleuse. Mein Herz klopft wie wild; auch wenn es bislang unsere sanfteste Landung war, rechne ich damit, dass jeden Moment wieder die Kugeln fliegen. Ohne dass ich etwas sagen müsste, holen die anderen ihre Betäubungspistolen aus den Quartieren und stellen sich beiderseits der Schleuse auf wie ein Begrüßungskomitee. Wir mögen nicht das Militär sein, aber wir sind eine verdammt gute Crew.

Ich sehe sie alle einmal an und kann mir das stolze Grinsen einfach nicht verkneifen. »Rampe runter!«, warne ich die anderen und haue auf die Kontroller. Die Tür öffnet sich, die Rampe fährt aus, und der würzige Geruch von Valens üppiger Vegetation durchmischt sich mit der etwas schalen, recycelten Luft der *Kick*.

Am Fuß der Rampe stehen vier Leute: drei in fleckigen Overalls und einer in einer besseren, neutralen Uniform. Die Hände liegen locker auf den Waffen an ihren Gürteln, genau wie unsere. Der Anführer mustert mich, dann nickt er und kommt die Rampe hoch, streckt die Hand aus. Ich ergreife und schüttle sie fest, in der Hoffnung, damit Selbstvertrauen auszustrahlen.

»Nax Hall. Willkommen auf der *Swift Kick*. Danke für die Einladung.« Etwas spät kommt mir der Gedanke, dass es vielleicht schlauer gewesen wäre, einen falschen Namen zu nennen. Aber Malik hat uns wahrscheinlich ohnehin schon angekündigt. Davon abgesehen dürften diese Leute genug Erfahrung mit geschmackloser Klientel haben, dass wir die geschmackvollste seit Langem sind. Geschmacklos Lite. Geschmacklos Zero? Keine Ahnung. Hoffentlich erweist sich das nicht als eine dieser übers Knie gebrochenen Entscheidungen, die wir noch ewig bereuen.

Wie auch immer, der Anführer lächelt milde, als wäre ich ein liebes Kind. Doch er erwidert meinen Händedruck und winkt den Rest seiner Leute an Bord. Die gehorchen und nicken uns höflich zu. Dann marschiert er Richtung Brücke, während der Rest im hinteren Teil des Schiffes herumstöbert. Höchstwahrscheinlich interessieren sie sich für die Bewaffnung, die Messe und die Krankenstation.

»Ich hoffe, sie haben nicht vor, unsere Quartiere zu durchsuchen«, murmle ich Rion verstohlen zu. »Ich bin mir ziemlich sicher, dass über meiner Stuhllehne noch meine schmutzigen Boxershorts hängen.« Zusammen mit ein paar anderen fragwürdig platzierten Dingen.

Rion schnaubt und tut sein Bestes, sich seine Belustigung nicht anmerken zu lassen. »Und was hast du getrieben, dass es dazu kam?«

Ich erröte und schaue an die Decke. Eigentlich hab ich sie bloß beim Umziehen über die Schulter geworfen, aber jetzt klingt es irgendwie viel schlimmer. Ich merke, dass Case unseren Wortwechsel verfolgt, aber wegsieht, sobald sie meinen Blick bemerkt. Vielleicht ist ihr das mit Rion und mir doch nicht so egal, wie sie sagt.

Irgendwie kommt es mir vor, als wären wir wieder in der Grundschule und würden in Reih und Glied darauf warten, dass der Lehrer uns zum Spielen in die Pause lässt. Der Anführer ist schon zurück an der Rampe und wartet höflich und mit undeutbarem Ausdruck auf den Rest seiner Leute. Er steht einfach nur da. Schweigend, reglos. Ich schiele zur Seite; Rion hat abwartend die Arme verschränkt und trägt seine gelassene Diplomatenmiene zur Schau. Mir gegenüber wippt Zee unruhig von einem Fuß auf den anderen. Will wahrscheinlich endlich wieder an die frische Luft. Case ist angespannt und fahrig, ganz in Gedanken verloren. Asra tippt auf ihrem Tablet herum und ignoriert die ganze Situation. Dann gibt ihr Tab einen Benachrichtigungston von sich, der in der peinlichen Stille so laut klingt, dass ich ein Prusten unterdrücke. Asra aber macht ein finsteres Gesicht und blickt zu unserem Aufpasser.

»Kann ich kurz?«, fragt sie und zeigt mit dem Tab den Korridor in Richtung der Quartiere hinab.

»In Ordnung«, sagt der Mann.

Asra wendet sich mir zu und rollt kaum merklich mit den Augen. »Bin gleich wieder da.«

Dann huscht sie davon. Kurz darauf hört man hallende Schritte, und der Rest unserer Gäste kommt zurück. Sie stecken die Köpfe mit ihrem Anführer zusammen und deuten dabei in der Gegend herum. Nach kurzer, geflüsterter Beratung marschieren sie wieder die Rampe hinab, ohne uns noch eines Blickes zu würdigen. Der Anführer tritt auf mich zu.

»Ms Brenn wird Sie jetzt empfangen«, sagt er. »Kommen Sie mit.«

»Prima!« Ich gebe den anderen ein Zeichen. »Wir müssen nur noch kurz Asra …«

Der Anführer bleibt stehen und hebt abwehrend die Hand.

»Nur Sie. Die Übrigen sollen im Schiff bleiben und sich bereithalten.«

Wahrscheinlich bin ich der erbärmlichste, unerfahrenste Kriminelle aller Zeiten. Ich mache große Augen, komme mir vor wie ein verängstigtes Tier. »Äh … könnte ich nicht jemanden mitnehmen, der der Mechanikerin erklärt, was genau eigentlich gemacht werden soll?«

Er sieht mich nachdenklich an, dann nickt er. »Eine Person.« Dann zieht er sich zurück und wartet draußen.

»Ich brauche Asra«, sage ich und versuche es wie eine klare Entscheidung klingen zu lassen. Case wäre für die technischen Details zwar die bessere Wahl, aber Asra ist die Einzige, die sich abseits des Gesetzes etwas auskennt; sie weiß hoffentlich, was man so sagt und wie man es sagt. Case hat selbst an ihren besten Tagen ganz schön zu kämpfen mit krummen Geschäften. Und zugegeben … ich fühle mich in ihrer Gegenwart noch immer beklommen. Der Kuss hat mich echt aus der Bahn geworfen; sie dagegen wirkt, als hätte sich nichts geändert. Sie ist mir ein Rätsel – nervös, mal ängstlich und mal zornig, aber trotzdem selbstbewusst, was ihre Fähigkeiten angeht. Hm, vielleicht ergibt das sogar mehr Sinn, als ich dachte.

»Also dann – könntet ihr ein paar Sachen packen, während wir weg sind? Verbandszeug, frische Klamotten, alles, was euch irgendwie nützlich erscheint. Keine Ahnung, ob Malik uns woandershin bringt, aber wir stellen uns besser darauf ein.«

»Vorausgesetzt, er will uns wirklich helfen«, merkt Case

mit erhobener Augenbraue an. Ich zucke zusammen und schüttle den Kopf.

»Denk nicht mal dran. Ich hole Asra, dann werden wir uns sicher einig. Passt auf euch auf.« Rion, Zee und ich stoßen die Fäuste gegeneinander, dann gehe ich zu Asras Quartier. Ihre Tür steht offen, und schon vom Flur aus höre ich eine Stimme von drinnen – eine tiefe Männerstimme. Ich gehe langsamer, und kurz vorm Türrahmen bleibe ich stehen und lausche.

»... nicht das Aus für dich bedeuten. Wenn du uns einen Hinweis zu den Verdächtigen gibst, überlasse ich dir deinen kompletten Fonds. Und sosehr es mich schmerzt ... wir brauchen einander nie mehr zu sehen, wenn du nicht willst. Ich mache dich als die Heldin bekannt, die geholfen hat, die Flüchtigen zu fassen, erzähle der ganzen Stadt, wie froh ich bin, dass du in Sicherheit bist, und das war's. Du kannst sogar das Schiff behalten, wenn du magst – ich hab mir schon ein neues bestellt.«

Ich halte den Atem an, als Asras Tab mit hellem Klang das Ende eines Downloads verkündet. Die Stimme – offensichtlich die von Jace – fährt fort: »Ich habe keine Ahnung, auf welcher Welt du gerade steckst, wenn du diese Nachricht erhältst. Deshalb habe ich Schiffe zu jeder Kolonie geschickt und dir für jede eine Liste mit Kontakten angehängt. Du brauchst nicht mal selbst aktiv zu werden. Melde dich einfach, und alles Weitere erledigen wir. Ich hoffe, du siehst den beiderseitigen Nutzen darin.«

Seine Stimme wird sanfter, fast brüchig. »Alles, was ich je getan habe, war für dich und deinen Bruder und deine Schwester. Du möchtest mich nicht länger in deinem Leben haben? Gut. Aber wenn du nicht mal diese Kleinigkeit für mich tun willst? Dann werde ich nicht lockerlassen und dir folgen – zusammen mit dem Tigergeschwader, der GKK und Kräften, von denen bis jetzt nicht einmal ahnst.«

Eine Pause, dann klingt Jace leiser, klarer, als beugte er sich vor. »Mach es dir leicht. Geld und Freiheit, Mazneen. Melde dich, und beides ist dein. Ich liebe dich.«

Asra schnaubt. »Klar, was immer du sagst, du erbärmliche Ausrede für einen …« Sie poltert nahtlos auf Bengali weiter, während sie wütend die Schubladen in ihrem Zimmer zuknallt. Ich schätze mal, das heißt, dass sie uns nicht ans Messer liefert? Sie könnte aber auch wütend sein, weil ihre Gefühle im Streit liegen und sie vielleicht immer noch in Erwägung zieht …

»Ich weiß, dass du da draußen bist, Nax. Du kannst auch einfach reinkommen.«

Erwischt.

Ich luge erst um die Ecke, dann trete ich in den Türrahmen und räuspere mich.

»Und? Hast du vor, dich von uns zu trennen?«

Asra macht ein finsteres Gesicht und senkt den Blick. »Du glaubst wirklich, ich würde diesem Mann helfen? Nach allem, was passiert ist? Er denkt immer noch, ich wüsste nichts von Earth First und dem, was er und seine Freunde mit den Kolonien vorhaben. Hält es nicht einmal für nötig, mich davor zu warnen. Ich zähle wohl nicht zu den Angehörigen, die *verschont* werden sollen. Nicht dass ich sonderlich scharf drauf wäre, in eine Earth-First-Kommune geschleppt zu werden, oder was immer sie für die Zeit danach geplant haben.« Sie lacht trocken.

Ich reibe mir über das Gesicht. Zwei Tage üppiger Stoppelbart und Haare, die dringend etwas Pflege bräuchten. Ich bin zu müde für den Scheiß.

»Ich glaube dir, Asra. Aber du solltest auch den anderen

von der Nachricht erzählen, okay? Du brauchst das nicht allein durchzustehen. Aber erst mal müssen wir uns um einen anderen Deal kümmern – eine Person darf ich mitnehmen, und ich hätte gern dich.«

Zwar zweifle ich nun doch ein wenig – aber Asra ist trotzdem die beste Wahl. Schon mangels Alternativen haben wir ihr bislang vertraut, und es ist zu spät, es sich anders zu überlegen. »Kommst du mit?«

Ihr Blick wird milder, der grimmige Ausdruck weicht von ihren Lippen. Sie nickt, lächelt sogar ein bisschen.

»Bin dabei, Captain. Gib mir bloß eine Minute, mich zu beruhigen. Ich bin gleich da.«

Ich wende mich ab. Und während sich die Tür hinter mir schließt, hoffe ich wie so oft, dass ich die richtige Entscheidung getroffen habe.

Zeit, einen Deal mit einer Kriminellen zu schließen.

***

Mit jeder Minute, die verstreicht, bin ich mir weniger sicher, was ich von dieser Mechanikerin und meinem Bruder halten soll.

Der Anführer unseres Empfangskomitees leitet mich und Asra in Valens kühler Luft über das Landefeld, vorbei an einer bizarren Sammlung zusammengeflickter Kähne, die perfekt meiner Vorstellung von Weltraumkillerschiffen entsprechen. Sie wirken wie Standardmodelle, preiswerte Frachter für den kommerziellen Verkehr, die schon in jungen Jahren unters Messer kamen und Zivilisation nur aus der Ferne kennen. Jeder erdenkliche Teil wurde modifiziert: die Antriebe sowieso, die Schildlinsen gleichfalls, und eine bekloppte Sonderlackierung ist natürlich auch Pflicht.

Ob die *Kick* so aussehen wird, wenn diese Frau mit ihr fertig ist?

»Todschick« murmelt Asra und hebt die Braue. Ich verberge mein Lachen hinter einem spontanen Hustenanfall und trockne mir die Augen.

»Klar muss sie anders aussehen als vorher, aber ich bin mir nicht sicher, ob das der Look ist, auf den ich Bock hab.«

»Dann teilen wir einfach unsere Wünsche mit.« Sie wirft einen kurzen Blick zu unserem Anführer. »Schließlich zahlen wir – wenn wir also ein knalliges, glitzerndes Pin-up von einem Schiff haben wollen, dann kriegen wir das auch.«

Zahlen. *Scheiße.* »Wir haben doch überhaupt kein Geld. Wie sollen wir zahlen?« Ich behalte unseren Führer im Auge. Eher stürze ich mich vom nächsten Hochhaus, als dass ich Malik um Geld bitte.

Ich habe einen Knoten im Bauch. Wir schweben zwar nicht mehr in unmittelbarer Gefahr, aber diese ganze Sache könnte uns immer noch auf so viele Arten um die Ohren fliegen. Ich hab in meinem ganzen Leben noch keine Rechnung beglichen – und jetzt soll ich den illegalen Umbau eines Raumschiffs aushandeln?

»Weißt du …« Asra führt den Satz nicht zu Ende. Etwas Seltsames schwingt in ihrer Stimme mit, ein Zögern, das ich bislang nicht wahrgenommen habe. Normalerweise klingt sie sich ihrer Sache so sicher. Wenn ich sie jetzt betrachte, wirkt sie eher … trotzig? Beschämt? Beides zugleich?

»Ums Geld brauchen wir uns erst mal keine Sorgen zu machen.« Es klingt wie eine Herausforderung. »Ich war so frei, mich bei einem von Jaces Konten zu bedienen, ehe wir los sind.«

Mein Gehirn setzt einen Augenblick lang aus, und ich starre sie an. Ich weiß nicht mehr, was ich denken soll.

»Wie viel?«, frage ich so gelassen, wie ich es hinkriege.

Asra spitzt die Lippen und verengt die Augen zu Schlitzen. Dann hebt sie das Kinn und sagt: »Einhunderttausend Credits.«

Ich bin sprachlos. Das ist wirklich viel Geld. *Verdammt* viel Geld.

Ich atme tief durch und nicke schließlich. Asras Schultern entspannen sich.

»Okay, also einerseits – toll mit dem Geld, aber andererseits … sag uns doch nächstes Mal bitte Bescheid! Weil wir nämlich deine Komplizen sind und so. Wir tragen alle eine Mitschuld. Und Jace dürfte umso wütender auf uns sein, oder?«

Asra zuckt die Schultern. »Er verfolgt uns ja auch so. Mit dem Diebstahl seines Schiffs haben wir ihn öffentlich bloßgestellt, und was ich auf unserer Flucht von al-Rihla über Kom gesagt habe, dürfte ihn vor Wut schäumen lassen. Sorry dafür. Jace tut buchstäblich alles, um sein Gesicht zu wahren. Selbst wenn die Kolonien den Bach runtergehen, zählt für ihn garantiert nur, dass er noch einflussreich und respektiert ist und es schön gemütlich hat. Scheiße, wahrscheinlich hat er sogar noch jemanden auf der Erde, der regelmäßig die Villa lüftet, die er beim Auswandern zurücklassen musste.«

Kurz sieht sie aus, als wüsste sie nicht, ob sie schreien oder weinen soll, dann verschwindet der seltsame Ausdruck. »Du hast seine Botschaft gehört. Er hat irgendwo einen Fonds für mich, den ich nicht anrühren darf. Ich hätte mir das Geld ja von da genommen, hab das Konto aber nie gefunden.«

Sie schnaubt. »Und ich hab mir auch was gedacht bei der Summe: Sie sollte reichen, das Schiff vernünftig umzurüsten, registrieren zu lassen und noch aufzutanken – aber das war's dann. Danach müssen wir uns schon Arbeit suchen. Ja, ich hab Geld gestohlen und weiß, dass es falsch ist – aber Jace hat es mit widerlichen Geschäften verdient, und ich hab ja auch nicht alle seine Konten geleert. Ich bin nicht er.«

»Also schön«, sage ich. »Das erleichtert uns auf alle Fälle die Verhandlungen.«

Hinter den letzten Schiffen erhebt sich ein vierstöckiges Gebäude, dessen riesiges Maul uns entgegengähnt. So groß, wie das zweiflüglige Tor ist, bringen sie die Schiffe zur Arbeit wahrscheinlich auf den Magnetspulen rein. Unser Führer aber dirigiert uns zu einer kleineren Tür an der Seite, die von getönten und vergitterten Fenstern flankiert ist. Auf einem rostigen, verblichenen Schild darüber steht »Hauptbüro«. Asra hebt die Brauen und raunt abermals »Todschick«, und diesmal kann ich mir ein lautes Prusten nicht verkneifen. Unser Aufpasser schielt über seine Schulter zu uns, kommentiert aber nichts.

»Danke, dass du mitgekommen bist«, raune ich und stupse Asra mit dem Ellbogen an. Ich hätte mir nicht zugetraut, allein in Brenns Büro zu spazieren und auf Augenhöhe mit ihr zu verhandeln – ein Siebzehnjähriger, der mehr vom Vieh- als vom Schiffshandel versteht. Sie hätte mich wahrscheinlich lachend davongejagt.

Zwei Wachen öffnen die Tür für uns. Sie quietscht fürchterlich; drinnen aber ist es überraschend nett, fast gemütlich im Vergleich. Warme Farben, abgenutztes, aber wohl bequemes Mobiliar und ein Empfangstisch, hinter dem ein junger Typ mit rotbrauner Haut sitzt. Er wirkt nicht viel älter als ich. Ich lächle und schalte all meinen Charme ein.

»Guten Abend!«, plappere ich drauflos. »Oder Morgen? Was auch immer es auf eurer Welt gerade ist.« Guter Start, oder?

»Kurz nach dem Mittagessen.« Er erwidert das Grinsen. »Ihr könnt direkt zu ihr – Brenn hat sich extra ein paar Termine für euch umgelegt.«

Er steht auf und bedeutet uns, ihm durch einen engen Flur zu folgen.

»Ein Rat noch«, murmelt er mir über die Schulter zu. »Wisch dir das Grinsen aus dem Gesicht, bevor du reingehst. Lächel sie so goldig an wie mich gerade, und sie zieht dir jeden Credit aus der Tasche, egal wer dein Bruder ist. Ernste Miene, okay?«

Die Erwähnung meines Bruders lässt mich zusammenzucken, aber es gelingt mir, ein neutraleres Gesicht zu machen.

»Danke. Guter Hinweis.« Ernste Miene. Krieg ich hin. Ich trockne mir unauffällig die Hände an der Hose und spiele nervös mit den Fingern. Bitte, *bitte* verbock das nicht.

Am Ende des Flurs klopft er zweimal an die Tür, auf der *Zur Zockerin* steht, und öffnet sie einen Spalt. Nach einem kurzen Wortwechsel zwinkert er uns zu und marschiert zurück in den Empfangsbereich, eine schiefe Melodie pfeifend.

»Kommt ihr jetzt rein, oder was?«, fragt eine strenge, scharfe Stimme von drinnen.

Ich tausche einen Blick mit Asra, hole Luft und schlendere, so lässig ich kann, hinein.

Das Büro sieht genauso aus, wie ich es mir vorgestellt habe: überall Ersatzteile, getrocknete Flecken, das projizierte Diagramm eines Ford S-528 an der Wand, und in den Tisch ist ein Computer eingebaut. Und dann ist da Brenn.

Sie ist winzig, aber so wie fiese kleine Hunde winzig sind. Fast rechne ich damit, dass sie mir die Hand abbeißt. Sie kann höchstens eins fünfzig groß sein, eher weniger. Irgendwie macht die geringe Größe es auch schwierig, ihr Alter zu schätzen. Mitte zwanzig vielleicht? Ihre Haut ist unglaublich hell, und unter den hochgekrempelten Ärmeln ihres Arbeitsoveralls sieht man die Sommersprossen. Mit verschränkten Armen, die Beine übereinandergeschlagen, sitzt sie in einem Sessel mit hoher Lehne.

»Setzt euch«, sagt sie, und ich gehorche augenblicklich. Ich geb's ja zu – ich bin eingeschüchtert ohne Ende. Diese Show, die sie da abzieht? Sie wirkt. Asra bleibt sehr viel gefasster, kriegt es wohl nicht so schnell mit der Angst zu tun, nimmt aber ebenfalls Platz.

Brenn mustert mich mit erhobener Braue. »Du bist also Maliks kleiner Unruhestifter von Bruder. Ihr beide seht euch zum Verwechseln ähnlich.«

»Aber nur äußerlich«, blaffe ich und beiße mir auf die Zunge. Es hilft uns wirklich nicht weiter, wenn ich sie anpflaume.

Sie schnalzt mit der Zunge und schüttelt den Kopf. »Er hat dich vermisst, weißt du.«

Ich kann mir kaum ein abschätziges Schnauben verkneifen. Wenn er mich wirklich so gernhat, hätte er vielleicht nicht vor lauter Wut ins All stürmen und mich zurücklassen sollen. Ich rutsche unbehaglich auf meinem Sitz herum, fühle mich auf einmal wieder wie damals, mit fünfzehn, auf der Rückbank von Ammis Streifenwagen. Brenn macht eine Geste, als wollte sie sagen, reiß dich zusammen, also schlucke ich und zwinge mich dazu, höflich zu bleiben.

»Danke, dass Sie sich Zeit für uns nehmen.« Unauffällig pflücke ich einen Fussel von meiner Hose. »Unser Schiff, die *Swift Kick,* braucht ein paar Änderungen, und Malik sagt, Sie wären die Expertin für so was.«

»Modell?« Sie bewegt sich nicht mal, wenn sie redet. Verstörend irgendwie.

»Honda Breakbolt Mark III«, schaltet sich Asra nahtlos in die Unterhaltung ein. »Sie ist geklaut, von daher muss sie komplett umgekrempelt werden. Neue Sender, neue Codes, ein frischer Anstrich und vielleicht auch ein paar Kratzer – plus alles, was Sie sonst noch finden, worüber man das Schiff zurückverfolgen könnte.«

Mein Puls rast; es widerspricht total meinem Instinkt, einfach zuzugeben, dass wir das verdammte Schiff gestohlen haben, aber zum Leugnen ist es ohnehin zu spät. Wenn Malik es ihr nicht erzählt hat, wäre sie angesichts unserer Wünsche auch von selbst draufgekommen. Also halte ich den Mund und sehe zu, wie Asra mit ihrem Tablet eine Projektion des Schiffes aufruft.

»Wir bieten Ihnen dreißigtausend für die ganze Arbeit«, sagt sie völlig cool und legt das Tablet auf Brenns Tisch ab.

»Vierzig«, erwidert Brenn sofort und ohne eine Miene zu verziehen.

»Zweiunddreißig«, schieße ich zurück. Damit kenne ich mich aus – das ist ein Spiel, das ich beherrsche, und ich habe von meiner Tante gelernt, der Meisterfeilscherin auf unseren Reisen nach Pakistan. Wollen wir wetten?

Brenn runzelt die Stirn. »Vierzig. Ich verhandle nicht.«

»Zweiunddreißig«, wiederhole ich. »Und ich zahle nicht mehr, als was es wert ist. Wir sind hier, weil mein Bruder Sie empfohlen hat. Ich bin zuversichtlich, dass wir auch jemand anderen finden.«

Wir starren einander an. Ihre Augen sind so unnachgiebig, dass ich wirklich Angst bekomme, sie könnte den Auftrag verweigern. Hab ich mein Glück überreizt? Vielleicht hätte ich nachgeben sollen. Es kostet mich meine ganze Kraft, nicht zu Asra zu sehen. Brenn tippt sich mit einem kurzen Fingernagel an die Lippe.

»Fünfunddreißig. Nehmt's und schätzt euch glücklich, dass ich euch nicht erschieße.«

Ich grinse, aber nur ein kleines bisschen angesichts der Warnung von vorhin. »Abgemacht.«

Sie steht auf und hält mir die Hand hin. Ich greife zu und schüttle sie kräftig. Ihr Blick lässt mich keine Sekunde los, mustert mich neugierig, und sie hält meine Hand gerade ein bisschen zu lange im Klammergriff. Ich fühle mich wie auf dem Prüfstand, aber irgendwie wirkt sie fast traurig oder besorgt. Der Moment geht vorüber, sie setzt sich wieder hin und legt die Füße auf den Tisch.

»Der neue Name eures Schmuckstücks soll also *Swift Kick* sein, hab ich das richtig verstanden? Wir hätten VSS oder ESS im Angebot. Welche Registrierung möchtet ihr gerne?«

»VSS.« Vielleicht hätte ich diese Entscheidung mit dem Rest der Besatzung abstimmen sollen, aber ganz ehrlich, ich glaube nicht, dass wir damit durchkämen, uns als Ellis-Schiff auszugeben. Zu viele bürokratische Stolperfallen, und wir dürfen es nicht riskieren, wegen irgendeines dummen Fehlers geschnappt zu werden und die *Kick* zu verlieren. Unser Zuhause ist jetzt hier draußen, so wie für Asra, und wir müssen das Beste daraus machen. Vorausgesetzt, dass nicht morgen schon alles zerstört wird, natürlich. Es ist die richtige Entscheidung. Die sichere Wahl. Sich an Ellis Station und die Erde zu klammern, bringt uns nicht weiter.

Ich gebe mein Bestes, nicht dem übermächtigen Gefühl der Leere und der Angst zu erliegen.

»Prima«, sagt Brenn. »Eine Ellis-Registrierung hätte ohnehin extra gekostet. Ist immer ein tierischer Stress.«

Sie nimmt ein Tablet zur Hand, tippt kurz darauf herum und hält es mir entgegen. Ich schwenke mein eigenes Tab daran vorbei; es empfängt die Datenpakete und gibt ein fröhliches Signal von sich.

»Das sind die Zahlungsanweisungen. Erst mal inspizieren wir sämtliche Systeme. Sobald wir das Geld haben, bringen wir das Schiff rein und machen uns an die Arbeit.«

»Wie lange wird es etwa dauern?«, erkundigt sich Asra, ohne aufzusehen. Ganz gelassen.

Grinsend verschränkt Brenn die Arme vor der Brust. »Zwei bis drei Tage – vorausgesetzt, dass in der Zwischenzeit niemand aufkreuzt, der wichtiger ist als ihr.«

Vorausgesetzt, dass wir bis dahin nicht alle tot sind. Asra und ich tauschen einen Blick, dann deutet sie mit dem Kinn kaum merklich ein Nicken an.

»Tja …«, sage ich langsam. »Ich weiß ja nicht, was Malik schon erzählt hat, aber wir müssen vielleicht recht plötzlich wieder los. Zwei Tage funktioniert nicht für uns. Könnten wir das Wichtigste nicht jetzt gleich erledigen, damit das Schiff heute noch flugbereit wäre, und uns dann um die weniger wichtigen Sachen kümmern?«

Brenn verzieht den Mund zu einem bösen kleinen Lächeln. »Das wird euch extra kosten. Zehntausend für den Zeitdruck und den kompletten Betrag als Vorauszahlung.«

Ich zucke zusammen und stelle mich auf neuerliches Feilschen ein, aber Asra kommt mir zuvor. »In Ordnung. Aber das Schiff ist startbereit, sobald es dunkel wird, und wir können jederzeit wiederkommen, um den Rest erledigen zu lassen.«

Brenn winkt lässig ab. »Solange ihr eure Credits dalasst, könnt ihr tun und lassen, was ihr wollt.«

Ich verkneife mir ein Augenrollen. »Toll. Danke. Eine Freude, mit Ihnen Geschäfte zu machen.«

Sie starrt uns an. Der Hinweis entgeht uns nicht, und wir

stehen auf und staksen über die am Boden liegenden Ersatzteile zur Tür. Irgendwie schafft es Asra durch das Chaos, ohne sich auch nur die Jeans schmutzig zu machen. Manchmal könnte ich schwören, dass sie so eine Art Eleganzfeld um sich trägt, das sie jederzeit sauber und ordentlich wirken lässt. Man würde nie vermuten, dass sie eine Hackerkönigin von einem anderen Planeten ist.

»Ich bin echt froh, dass du dabei warst«, sage ich, sobald sich die Tür hinter uns schließt. »Ich hätte mich vor Angst eingepisst, allein dadrin mit ihr.«

»Meinst du, Nax?« Asra beißt sich auf die Lippe, um ein Grinsen zu unterdrücken. »Ich fand, du hattest selbst mit mir noch einen Haufen Schiss.«

»Die Frau ist der reinste texanische Velociraptor!«, verteidige ich mich. »Böse, berechnend, man kann sich richtig vorstellen, wie ein Rudel Brenns ihr ahnungsloses Opfer einkreist, um ihm die Kehle rauszureißen.« Ich schaudere.

»Ich fand sie eigentlich ganz nett. Und der Akzent ist lustig.« Asras Lächeln wird immer breiter, und ich nehme es ihr sogar ab. Sie fand die Frau wirklich sympathisch. Ich schüttle den Kopf.

»Wie du meinst.«

Auf dem Weg nach draußen lächle ich dem Typen am Empfang noch einmal zu. Dann stoße ich die Tür auf …

… und laufe Malik direkt in die Arme.

Ich bin nicht bereit.

Hierauf war ich nicht vorbereitet.

Die Achse meiner Welt droht zu kippen, und ein unwirkliches Gefühl legt sich wie Nebel um mein Gehirn.

Malik.

Er richtet seine schmalen Augen auf mich, die denselben, fast schwarzen Kieselsteinton haben wie meine. Sieht an derselben Nase vorbei auf mich herab. Sein Ausdruck ist absolut undeutbar. Sollte ich in der Lage sein, ihn zu deuten? Zweieinhalb Jahre ist es her, dass er uns verlassen hat, und ziemlich genauso lange habe ich auch keine Videonachricht mehr von ihm gesehen. Wenn Ammi und Dad eine schauten, fand ich immer was anderes zu tun.

Die Narbe aber ist noch da. Das eine an ihm, was sich nie ändern wird, als ewige Erinnerung in seine Wange geschnitten.

Ich schließe die Augen, als mich die Erinnerung mit allen Sinnen überkommt *(der Rausch der Geschwindigkeit, mein Magen, der sich hebt, der scharfe Schmerz, so laut alles)*, und ich schnappe nach Luft. Der kalte, würzige Geruch nach Erde, Pflanzen und Schiffsöl füllt meine Lungen.

Ich bin *nicht* bereit.

Aber das ist egal.

»Na los«, sagt Malik – seine ersten Worte zu mir, seit er in die Kolonien ging. »Wir können uns auf dem Weg unterhalten.«

Er legt mir die Hand auf die Schulter, um mich durch die Tür zu geleiten, und ich schrecke derart zurück, dass er die Hand wie von einer Herdplatte wegreißt. Ohne ein weiteres Wort wendet er sich ab und geht voran nach draußen.

Das war's? Mehr kriege ich nicht? Zweieinhalb Jahre, seit er mich hängen gelassen hat, und mehr fällt ihm nicht ein? Die Worte stauen sich in meiner Brust, brodeln in einem heißen Sud des Zorns und einer Million Gefühle mehr, die ich nicht mal ansatzweise sortieren kann. Ich verkralle meine Hand im Haar und zähle bis fünf. Ganz langsam.

Dann folge ich ihm, und Asra tut es mir gleich.

Die ungeschlachten Leiber zerschundener Schiffe türmen sich bedrohlich vor uns auf. Zurück zu den anderen. Wir überqueren das Landefeld, an dessen Rand die *Swift Kick* friedlich in Valens goldgelbem Sonnenschein sitzt und auf ihre Auferstehung wartet. Ich hoffe, sie wird sie noch erleben und dass ich dabei sein darf. Mit Malik und Earth First und allem stehen die Chancen ja nicht allzu gut. Außerdem Jaces Leute – und das Tigergeschwader. Sonst noch wer, der unseren Tod will?

Dann soll er sich bitte hinten anstellen.

Kapitel Fünfzehn

Eine peinliche Vorstellungsrunde und einen unbequemen Flug voller Erklärungen später erreichen wir eine kleine Hütte mitten im Nirgendwo. Einer der Vorteile des Lebens in den Kolonien: riesige, billige Grundstücke und keine Nachbarn im Umkreis von vielen Meilen. Es überrascht mich lediglich, dass Malik sich so was ausgesucht hat; daheim ist er immer mit seinen Freunden in die Stadt gefahren, weil er dem »Kaff entkommen« wollte. Stattliche Bäume beschatten das Haus, und Tupfer der Abendsonne fallen auf die Fenster, als unser Flugauto auf dem Parkplatz niedergeht.

Schweigend springen wir aus dem Wagen. Die anderen halten etwas Abstand, lassen mich allein mit Malik. Schon die ganze Fahrt über durfte ich das Reden übernehmen, musste mit Händen und Füßen das Massaker auf der Station, die Lage auf al-Rihla, den Diebstahl der *Kick,* unseren Plan mit dem Raumhafen und alles Weitere erklären.

Tja. Besten Dank auch.

Malik war die ganze Zeit völlig still. Tatsächlich hat er immer noch keine Reaktion gezeigt. Fällt ihm nichts dazu ein? Da schweben er und die Kolonien in großer Gefahr, und von ihm kommt … gar nichts?

Er bedeutet uns, ihm zu folgen, und führt uns zu einem überdachten Seiteneingang, wo ein halb repariertes, in ölige Einzelteile zerlegtes Düsenbike liegt. Er hält das Tab an das Schloss, und die Tür öffnet sich mit einem Piepsen. Das Innere wirkt nichtssagend und funktional, simple Muster und viel Marineblau. Dabei hatte Malik es immer gern knallig – das hier passt überhaupt nicht zu ihm.

»Wem gehört das Haus?«, frage ich.

»Meiner Freundin.« Malik macht Licht. »Ich war nicht mehr in meiner Wohnung im Zentrum, seit du ... seit dem Angriff. Zu viele Leute, die sich dafür interessieren.«

Wir betreten ein Esszimmer mit einer Kochnische. An einer Seite steht ein Tisch an der Wand, und in der Spüle stapelt sich das schmutzige Geschirr. Malik verdreht die Augen und lässt heißes Wasser einlaufen. Stört sich an ein paar benutzten Tellern – manche Dinge ändern sich wohl nie.

»Ihr könnt euch gern setzen«, sagt er und stellt ein paar Gemüsekonserven auf die Theke. »Ich konnte heute keine Mittagspause machen, und bevor ich über das alles nachdenke, muss ich erst mal was essen.«

Klar, erinnere mich gern noch mal daran, was für eine Last ich bin. Das hab ich noch nicht oft genug von dir gehört.

Ich lehne mich an den Türrahmen und überlasse den anderen die Stühle am Tisch. Das heiße Öl zischt dramatisch, als Malik das Gemüse in die Pfanne wirft. Dann lehnt er sich wieder gegen die Theke und studiert mich, während er das Essen rumschubst.

Der köstlich würzige Geruch und das Kratzen des Pfannenwenders erinnern mich schrecklich an daheim. Während der Sommerferien hat Malik alle Rezepte unserer Ammi gelernt, und wenn ich die Augen schließe, kann ich mir beinahe vorstellen, dass sie es ist, die da kocht, während mein Dad Teig für Cupcakes anrührt und mich in eine Diskussion über das weitere Schicksal unserer liebsten Fernsehfiguren verstrickt. Meine Liebe für Süßes und für schlechte Serien hab ich von unserem Dad. Und natürlich hasst Malik beides. Die Erinnerung an zu Hause sollte ja eigentlich tröstlich sein, aber all meine Sinne sind im Alarmzustand. Warten auf den unvermeidlichen Angriff.

»Eine Sache hast du mir natürlich noch nicht erzählt«, sagt Malik.

Mein Magen krampft sich zusammen. Jetzt kommt es also. *Bitte frag nicht, Malik, lass es einfach …*

»Wieso bist du von der Akademie geflogen? Ich meine, ich bin schon froh darüber, denn du wärst sonst tot, aber trotzdem … befriedige doch bitte meine Neugierde.«

Ich stolpere über meine eigenen Worte, stottere wie ein ertapptes Kind.

»W-was spielt das für eine Rolle? Wir sollten …«

»Haben sie deine Vorgeschichte rauskriegt?«

»Nein. Können wir das bitte lassen?«

»Was war ausschlaggebend, der Absturz oder die ganzen Einbrüche?«

Verdammt, Malik.

Die Stille ist schwer und unangenehm, wird nur unterbrochen vom gelegentlichen Spritzen des Öls in der Pfanne. Doch ich kann sowieso kaum noch was hören, so laut rauscht mir das Blut in den Ohren.

Fünf Augenpaare nageln mich fest, und ich kann keinem davon begegnen. Wir sind erst ein paar Tage zusammen; wahrscheinlich denken sie jetzt, dass sie mich überhaupt nicht kennen. Inzwischen sind wir ja alle zu Kriminellen geworden, aber ich schätze mal, dass ich der Einzige bin, der schon auf der Erde aktenkundig wurde und freiwillig das Gesetz brach statt nur aus der Not heraus. Zitternd hole ich Luft.

»Woher weißt du von den Einbrüchen? Da warst du doch schon lange weg.«

Malik schnaubt. »Ich *rede* mit unseren Eltern, Nax. Also, war es das?«

Ich kaue auf meinem Daumennagel herum und schließe

die Augen. Er wird uns niemals helfen, wenn ich ihm keine Antwort gebe. Ich stoße ein hilfloses, bitteres Lachen aus.

»Ich bin durch die Pilotenprüfung gefallen.«

»*Was?*«

Ich riskiere einen Blick zu den anderen. Case steht von ihrem Ausruf noch der Mund offen. Asra macht große Augen und runzelt die Stirn. Zee und Rion tragen ihre Abwarten-und-Tee-trinken-Gesichter zur Schau und sehen mich neugierig an. Ich schulde ihnen wohl eine Erklärung – und nicht nur eine. Malik aber lacht und widmet sich wieder seinem Essen.

»Ah, das hätte ich mir denken können. Du wolltest es unbedingt wissen, was?«

Ich koche innerlich. »Ich wollte Geschwaderführer werden. Ich war drauf und dran, die höchste Punktzahl in der praktischen Prüfung zu kriegen, aber ich brauchte ein paar Extrapunkte als Polster für den Fall, dass die Pilotin mit der nächstbesten Punktzahl im theoretischen Teil besser abschneidet. Ja, ich wollte es wissen.«

Ich schlucke. Die Erinnerung brennt in meiner Kehle, und mein Gesicht fühlt sich heiß an vor Scham und Wut.

»Du hast recht. Ich hab das gemacht, was ich immer mache: Ich musste es unbedingt übertreiben und dann damit auch noch angeben. Ich bin im Simulator abgestürzt. Und bin automatisch durchgefallen.« Ich lache bitter. »Ehrlich gesagt ist es ein Wunder, dass ich uns nicht schon längst umgebracht habe. Ich hätte mich nie ins Cockpit setzen dürfen mit euch allen an Bord. Ich hab es wirklich nur getan, weil uns keine andere Möglichkeit blieb.«

»Und … das andere?«, fragt Case. Gott, wie ich es hasse, dass sie mir misstraut.

»Nicht, was ihr glaubt«, sage ich. Malik schnaubt, und ich

werfe ihm einen finsteren Blick zu. »Ernsthaft, es ist nicht so schlimm, wie ihr jetzt alle denkt.«

»Du hättest uns mit deinen Flugkünsten beinahe umgebracht!«, faucht Malik, zum ersten Mal seit unserem Wiedersehen wütend. »Du warst zwei Tage im Krankenhaus, Nax, und ich ein paar Wochen – es hat Ammi und Dad massig Geld gekostet! Wir konnten nirgends mehr hin, ohne dass die Leute uns darauf ansprachen. Du hast Ammi schlecht aussehen lassen, auf der Arbeit war sie bis auf die Knochen blamiert – hast du irgendeine Ahnung, was wir deinetwegen durchgemacht haben? Und danach wolltest du von keinem von uns Hilfe, hast einfach den Kontakt zu mir abgebrochen, als ob ich …«

»Hör auf!«, fahre ich ihn an, bedecke die Augen und kauere mich hin. Ich nehme einen zittrigen Atemzug und schaue zu Malik auf, doch ich sehe ihn vor mir wie damals: bewusstlos und blutüberströmt, ein scharfes Stück Metall in der Wange, genau dort, wo heute die Narbe ist.

»Ich weiß, okay?« Ich bringe kaum ein Wort über die Lippen. »Es war meine Schuld. Der größte meiner vielen Fehler. Ich bin mir dessen vollauf bewusst.«

Ich schaue zu den anderen und wappne mich gegen ihr Misstrauen, ihre Abscheu.

»Ich war fünfzehn und hatte gerade meine Anfängerlizenz. Malik war mit mir im Wagen für einen Probeflug. Ich war schon im Simulator geflogen, seit ich mit den Füßen an die Pedale kam, auch mit meiner Ammi hatte ich Flugerfahrung, von daher traute ich mir einiges zu. Und wie Malik schon sagte, ich war einfach zu hitzköpfig. Wir sind abgestürzt und wurden verletzt.«

Ruhig atmend, richte ich den Blick auf Zee. Sie war immer so verständnisvoll. *Bleib gelassen. Halte durch.*

»Falls ich's noch nicht erzählt habe: Meine Ammi ist Polizistin. Sie war als Erste vor Ort und versuchte zu verhindern, dass es an die große Glocke gehängt wird. Aber wir kommen aus einer Kleinstadt, und bald wussten alle dort, was passiert war. Dabei schwöre ich euch, nach diesem Unfall war ich immer supervorsichtig! Ich hab nie mehr jemanden bei mir mitfliegen lassen, bin außerhalb von Rennstrecken nie gerast, hab mich immer genau an die Regeln gehalten.«

»Abgesehen von den Einbrüchen?«, fragt Case mit erhobener Braue. Meine skeptische Richterin. Fast muss ich losprusten – eigentlich ist mir nicht danach zumute, aber verglichen mit dem Absturz ist dieser Teil geradezu zum Schreien.

»Das mit den Einbrüchen ist wirklich nur ... Wahrscheinlich lacht ihr, aber nach dem Absturz durfte ich nicht mehr fliegen und hatte so was von Hausarrest. Jeden Tag musste ich direkt nach dem Fußballtraining nach Hause, was hieß, keine Extrastunden mehr im Schulsimulator. Weil der Unfall sie so viel Geld gekostet hatte, konnten sich unsere Eltern das auch gar nicht mehr leisten. Von daher ...«

»Oh mein Gott, ist nicht dein Ernst.« Rions Lippen zucken, als fände er die ganze Sache furchtbar lustig. »Du bist ja echt ein Nerd!«

Ich kichere verhalten. Wenigstens er erkennt den Humor darin. »Oh doch. Ich hab mich an den Wochenenden in die Schule geschlichen, und manchmal mitten in der Nacht, um Zeit im Simulator zu verbringen. Ich weiß, wie bekloppt das klingt, aber ihr könnt euch das nicht vorstellen. Ein Pilot zu sein ist alles, was ich mir je gewünscht habe, und mit den regulären ein, zwei Simulatorstunden die Woche konnte ich kein Akademielevel halten. Aber ich hab's wieder übertrieben und war immer öfter weg, bis Ammi mich schließlich erwischt hat. Die Sache haben wir aber privat geregelt, ohne die Behörden.«

Ich traue mich kaum, die anderen anzusehen. Wie sie wohl reagieren werden? Die Stille ist geradezu erdrückend.

»Mit ist klar, dass ihr keinen Grund habt, mir nach alldem noch zu vertrauen. Ganz offensichtlich waren meine Entscheidungen oft nicht die besten und meine …« Ich verschließe die Augen vor den Erinnerungsfetzen, dem Absturz auf al-Rihla *(kreischendes Metall, splitterndes Glas, der Boden, der immer näher kommt).* Ich räuspere mich. »Und meine Flugkünste wohl auch nicht. Aber ich würde euch nie absichtlich in Gefahr bringt. Und wenn ihr mich lasst, will ich immer noch helfen.«

Eine Hand streckt sich in mein Gesichtsfeld: Zee bietet mir an, mir aufzuhelfen. Sie zieht mich hoch und tätschelt mir die Wange, wie meine Ammi das immer tat.

»Du hast uns bis hierher gebracht«, sagt sie. »Damit hast du dich bewiesen. Mir zumindest reicht das.«

»Mir auch«, sagen Asra und Case wie aus einem Mund, dann sehen sie einander an und lachen.

»Und mir«, sagt Rion, gerade laut genug, dass ich ihn höre. Unsere Blicke begegnen sich. Dann, nach einem langen Moment, presse ich die Lippen zusammen und schaue wieder zu Boden, spüre meine Scham, meine Dankbarkeit, meinen Zweifel und Selbstekel. Diesmal darf ich wirklich keinen Fehler machen. Alles steht auf dem Spiel. Dann fällt mein Blick auf die Narbe in Maliks Gesicht, und ich muss wieder die Augen schließen.

»Mir ist klar, dass du mich hasst, Malik. Und du hast allen Grund dazu.« Ich zwinge mich, ihn anzusehen. »Aber diese

Sache ist größer als ich und meine Fehler. Hier geht es … um jeden. Um Millionen von Leben.«

Ich schlucke schwer. Jetzt kommt die große Frage.

»Glaubst du mir? Wirst du uns helfen?«

Malik schürzt die Lippen und mustert mich. Mit ist, als würde sein schneidender Blick mich zerteilen, meine hässlichen Innereien bloßlegen. Dann aber seufzt er und wendet sich wieder dem Herd zu, um Brühe in die Pfanne zu gießen und die Temperatur runterzuregeln.

»Nax, ich habe keine Ahnung, wie du auf die Idee kommst, dass ich dich hasse; du bist derjenige, der den Kontakt zu mir abgebrochen hat. Du wolltest mich nicht mal mehr treffen, bevor ich auf die Akademie bin. Ich habe dich *nie* gehasst.«

Fast wäre mir eine böse Erwiderung rausgerutscht, aber in letzter Sekunde widerstehe ich dem Impuls. Meine Wangen und Augen brennen.

»Aber weißt du was?«, fährt Malik fort. »Wir haben gerade nicht die Zeit, Familientreffen zu spielen. Du hast vielleicht nicht immer die besten Entscheidungen getroffen, aber ich habe dich nie für einen Lügner gehalten. Nie. Wenn du sagst, dieser Planet ist in Gefahr oder *alle* sind in Gefahr, dann müssen wir was dagegen unternehmen. Ich werde euch helfen.«

Der Druck auf meiner Brust weicht so abrupt, dass mir schwindlig wird, und ich muss mich an Rions Schulter festhalten. Noch immer spüre ich die heiße Scham wie den Schlag einer Trommel – alles, was ich verbockt hab, vor den anderen auszupacken, was für ein Arschloch –, wahrscheinlich werde ich Malik nie wieder ins Gesicht blicken können. Nicht dass ich das vorhatte. Und die anderen … wie soll ich sie je wieder mit der *Kick* durch die Gegend fliegen, jetzt, da sie meine Vorgeschichte kennen? Aber Malik wird uns helfen. Wir werden Earth First aufhalten. Das ist wichtiger als meine Probleme. Mit denen muss ich wohl einfach zurechtkommen.

Malik legt einen Deckel auf die Pfanne und führt uns ins Schlafzimmer. Wir quetschen uns um das riesige Bett, das den größten Teil des Raumes einnimmt. Zee schaut mich aufmunternd an und klopft sich zweimal auf eine Stelle oberhalb ihres Herzens. Asra ruft die Liste der GKK-Kontakte auf, die ihr Stiefvater ihr geschickt hat, während Malik den Kleiderschrank öffnet und durchsucht.

»Euch an den Raumhafen zu bringen, wird nicht sonderlich schwer. Viel schwieriger wird es, sich dort frei zu bewegen.« Er wirft mir eine schwarze Jacke zu, wie auch er eine trägt – die Uniform eines Sicherheitsmitarbeiters. Zwei weitere Jacken und drei gebügelte schwarze Hosen wirft er aufs Bett.

»Das ist alles, was ich habe. Wir können nicht alle mitnehmen, und ehrlich gesagt ist weniger auch besser. Das erregt nicht so viel Aufsehen, und …«

Sein Blick fällt auf die Liste, die Asra auf die nackte Wand über dem Bett geworfen hat.

»Was ist das?«

Sie beißt sich auf die Lippe und richtet dann das Wort an die Gruppe. »Wahrscheinlich ist es ein genauso guter Zeitpunkt wie jeder andere, um euch zu sagen, dass Jace mich kontaktiert hat. Er hätte gerne, dass ich euch alle ans Messer liefere. Bot mir eine Menge Geld, versäumte es allerdings zu erwähnen, dass ich dieses Geld nie werde ausgeben können, solange ich nicht auf der *Verschonen*-Liste stehe. Das hier sind die Leute, bei denen ich euch verpfeifen soll.«

Maliks Augen verengen sich zu Schlitzen.

»Ein paar davon kenne ich.« Er tritt näher, überfliegt die Liste und zeichnet einen Kreis um vier Namen. »Die hier haben alle am Raumhafen in der IT gearbeitet. Letzte Woche wurden sie gefeuert. Wir dachten, dass sie in irgendwelche krummen Hostinggeschäfte verwickelt waren. Plötzlich gab es zig neue Vorschriften, unsere Zugänge wurden beschränkt, und in einem Memo stand, dass der neue Server, den sie installiert hatten, noch eine Woche offline bleibt.« Er kringelt zwei weitere Namen ein. »Diese beiden sind vorgestern erst in den Urlaub. Und der Erste auf der Liste ist mein Boss: Daniel Akiyama, Chef der Raumhafensicherheit.«

»Lass mich raten«, unterbricht Asra. »Auch im Urlaub?«

»Seit gestern.« Malik setzt ein grimmiges Grinsen auf. »Ich vermute mal, dass sie sich alle auf dem Weg nach Ellis Station befinden, um das anstehende … was auch immer zu vermeiden. Verdammt, ich fasse es nicht, dass sich das alles direkt vor meiner Nase abgespielt hat. Aber es würde ein paar Dinge erklären.«

Case wedelt auffordernd. »Zum Beispiel?«

Malik reicht mir eine der Uniformen. »Ich glaube fast, dass sie mich mal rekrutieren wollten. Austesten, wie meine Ansichten so sind. Wenn ich die Chance hätte, für immer auf die Erde zurückzukehren, würde ich sie ergreifen oder nicht? Solche Fragen.«

Mein Herz klopft schmerzhaft in meiner Brust. Genau die Frage, der ich bislang erfolgreich ausgewichen bin. »Und was hast du gesagt?«

»Dass ich meine Familie vermisse und sie gern wiedersehen würde, mein Leben und meine Arbeit hier draußen aber sehr mag und gegen nichts eintauschen wollte. Dass ich meine Entscheidung getroffen habe, als ich ging, und damit glücklich bin.« Er wirft einen Blick zur Decke. »Davon abgesehen war mir klar, dass du es früher oder später ebenfalls in die Kolonien schaffst, deswegen musste ich ja auch an dich denken. Ich hatte gehofft, dass wir dann wieder Kontakt haben.«

Seine Worte treffen mich wie Messerstiche, schmerzen schlimmer, als ich erwartet hatte. Zweieinhalb Jahre habe ich ihn mit aller Macht gehasst – er aber hat an mich gedacht. Wollte mich wiedersehen.

Habe ich denn alles falsch verstanden?

Ich schüttle die Uniform und halte sie mir an den Körper. Könnte perfekt passen. Wir sind wirklich fast wie Zwillinge, seit ich die letzten paar Zentimeter gewachsen bin. Abgesehen von der Narbe natürlich. Ich verdränge den Gedanken so rasch wie möglich.

»Das ist gut«, sagt Rion und reicht eine der Uniformen an Case weiter. »Diese Leute haben definitiv was damit zu tun, von daher sind ihre Büros und Projekte ein guter Startpunkt für unsere Suche. Case sollte mit – mit ihrem krassen Geniestudium kann sie vielleicht rausfinden, wie die Waffe funktioniert, wenn ihr sie findet. Wer noch?«

Nachdenklich lasse ich den Blick über die anderen schweifen. Zees medizinische Expertise werden wir hoffentlich nicht brauchen, und wenn doch, haben wir sowieso ein Problem. Und so nützlich Rions Fähigkeit sein mag, sich aus Schwierigkeiten rauszureden, ist Malik vielleicht die bessere Wahl, weil er am Raumhafen arbeitet und die Leute dort kennt. Asra dagegen …

»Asra, was hältst du von der Sache mit dem Server und den gefeuerten IT-Mitarbeitern?«

Sie hat sich längst einen Satz Kleidung gegriffen, mir wie üblich zwei Schritte voraus. »Ist garantiert ein Server für Earth First. Wenn es irgendwelche Dokumente zu den Lieferungen gibt, dann dort. Wahrscheinlich haben sie den Server vom Rest des Netzwerks isoliert, aber das kriege ich hin.«

Die anderen stimmen zu. Case zieht die Uniformjacke an und hält sich versuchsweise die Hose vor die Hüfte. Sie ist nur ein bisschen kleiner als ich, es sollte also irgendwie hinhauen. Asra dagegen …

»In denen ertrinkst du«, sagt eine neue Stimme vom Türrahmen aus – eine Stimme, die mir nicht fremd ist. »Ich hab ein paar Hosen, die dir besser passen sollten.«

»Brenn?« Mein Mund klappt auf. »Was …«

»Das ist mein Haus.« Sie zwängt sich an uns vorbei, öffnet eine Schublade und wirft Asra eine kürzere Hose zu. Dann zieht sie meinen Bruder zu sich runter, um ihm einen Kuss auf die Lippen zu drücken. »Als du vorhin an der Werkstatt nicht mal Hallo gesagt hast, hab ich mir Sorgen gemacht, dass du deinen kleinen Bruder umbringst. Dachte, ich mach früher Schluss heute und schaue, ob du Hilfe beim Verscharren brauchst.«

Echt jetzt? Malik und Brenn? Ich kenne meinen Bruder wirklich gar nicht mehr.

Malik grinst, aber ohne Belustigung. »Es ist leider wirklich was Übles im Busch. Ich muss die drei hier zum Raumhafen bringen und das klären. Und vielleicht müssen wir danach schnell abhauen – könntest du ein paar Sachen packen und meinen Hund von den Nachbarn abholen?«

Er hat einen Hund? *Malik,* Verächter der Farmarbeit, hat einen Hund?

»Klar«, sagt sie. »Meld dich einfach. Wir halten die Augen offen. Die Leute in der Werkstatt sind auch gut dabei und sollten mit der *Kick* problemlos fertig werden. Was auch immer ihr als Nächstes vorhabt.«

Asra, Case und ich ziehen uns um und gehen zurück in die Küche, um unsere Gesichtswandler anzulegen. Rion hilft mir mit meinem; er steht ganz nahe und drückt mir die kleinen Projektoren federleicht ins Gesicht. Malik und Brenn kochen derweil das Essen fertig. Wie eine gut geölte Maschine reichen sie einander Pfannen und Tupperschüsseln, bis vier Portionen abgefüllt sind.

»Wir essen unterwegs«, sagt Malik. »Aber wenn du in meinen Wagen kleckerst, verrate ich dich an die Cops!«

Und da ist er wieder, der alte Malik. Ist wenigstens nicht alles verloren, was einst vertraut war.

Rion drückt meinen Arm. »Sei vorsichtig.«

»Werde ich sein.«

Ich gehe ein kleines Risiko ein – ein ganz kleines nur. Ich lasse seine Hand meinen Arm herabgleiten, damit ich sie greifen und drücken kann. Einen Moment lang verknoten sich unsere Finger, dann lassen wir los.

Das ist nicht der beste Zeitpunkt – wirklich nicht.

Cases Blick folgt mir den ganzen Weg nach draußen.

Kapitel Sechzehn

Ein fröhliches, helles Schild heißt uns an Valens zentralem Luft- und Raumhafen willkommen, ein strahlendes Leuchtfeuer für Reisende wie Halbkriminelle. Menschen jeden Schlages strömen in das riesige verglaste Gebäude oder aus ihm heraus, schneiden einander mit Rollkoffern den Weg ab oder rempeln ihre Nachbarn mit überfüllten Reisetaschen an. Wir fädeln uns in die Menge und lassen uns hineintragen, Köpfe aufrecht, die Gesichter ausdruckslos, professionell. Wir geben unser Bestes, so zu tun, als wäre heute ein ganz normaler Arbeitstag für uns.

Die meisten Menschen stellen sich in den Schlangen der Ticketschalter und Sicherheitschecks an oder scharen sich in erwartungsvollen Knäueln im Ankunftsbereich. Das Geplapper ist eine undeutliche Kakofonie verschiedener Sprachen. Malik schert nach links aus, um die Menge zu umgehen, und wirft nur einen flüchtigen Blick über die Schulter, um sicherzugehen, dass wir ihm folgen. Dann öffnet er eine Personaltür am Ende der langen Reihe von Schaltern.

Hinter der Fassade wirkt der Raumhafen völlig anders. Draußen ist alles auf Hochglanz poliert und warm und einladend ausgeleuchtet, damit man den Angestellten vielleicht nicht gleich die Hölle heißmacht, wenn ein Flug sich verspätet und man die Nacht über festsitzt. Der Flur, den wir nun entlanggehen, besteht dagegen nur aus hohlen Metallknochen und einem Venengeflecht von Kabeln, aus blendend hellen Leuchtröhren und einem Anstrich in grellem Orange. Malik führt uns um eine Ecke an der schmerzhaft gelben Konsole einer Feuerschutzanlage vorbei, dann durch mehrere lange Flure, die einem in roten Lettern entgegenschreien:

Warnung! Munitionslieferzone

GKK-*Personal-Gate*

Valen Importbehörde

Hinter einer weiteren Ecke stoßen wir fast mit einer Gruppe plaudernder Flugbegleiter zusammen, die ihr Gepäck hinter sich herziehen. Ich weiche zur Wand hin aus, halte den Blick auf Maliks Hinterkopf gerichtet und bete innerlich, dass sie uns nicht zu genau betrachten. Meine Schritte kommen etwas aus dem Takt, aber die Gruppe passiert uns und verschwindet um die Ecke, ohne ihre Unterhaltung auch nur einen Augenblick zu unterbrechen. *Das war knapp.*

Im nächsten Flur zieht sich ein dicker schwarzer Balken an der Wand entlang, auf dem mit Großbuchstaben SICHERHEITSBEREICH geschrieben steht. Am Anfang des Flurs hält Malik sein Arbeitstablet vor einen Scanner, was keinen sichtbaren Effekt hat, dann noch einmal bei einer Tür mit dem Schild DANIEL AKIYAMA, SICHERHEITSCHEF. Darunter hängt ein hastig hingeklebter Ausdruck: *Im Urlaub, am 30.08.2194 zurück. Anfragen zu Serverraumzugriff an Sarah Dzubnko, stellvertretende Sicherheitschefin, Zimmer 207.*

Malik rümpft die Nase, dann lässt er Asra an die Tür. Case und ich treten zurück, die Hände auf den Betäubungspistolen am Gürtel, und behalten beide Enden des Flurs im Auge, während Asra ihre spezielle Schlossknacker-App laufen lässt. Es fühlt sich ungewohnt an, Rion und Zee nicht zur Verstärkung dabeizuhaben, aber ein Teil von mir ist froh, dass wenigstens die beiden in Sicherheit sind und vielleicht davonkommen, wenn das hier schiefgeht.

Ein leises Klicken verkündet, dass Asra Erfolg hatte, und wir drängen uns ins Büro und schließen die Tür hinter uns. Asra macht sich umgehend an der rückwärtigen Tür zu schaffen, die mit SERVERRAUM beschriftet ist, während Malik die Beleuchtung einschaltet. Eine enorme Sammlung von Bildschirmen nimmt die gesamte Seite des Raums ein: Sicherheitskameras, teils mit Bewegungsmeldern gekoppelt, die Reisenden und Angestellten auf ihrem Weg folgen. Andere wechseln durch verschiedene Ansichten identischer Räume. Erneut ein Klicken, und als ich mich umdrehe, ist Asra schon im Serverraum verschwunden. Ich erreiche gerade noch die Tür, ehe sie hinter ihr zufällt. Dann schaue ich zu, wie sie ihr Tablet für eine schnellere Verbindung an ein Terminal anschließt.

»Die neuen Server sind wahrscheinlich versteckt, aber immer noch im Netzwerk. Ich brauche eine Weile, sie zu finden und dann zu durchsuchen. Falls ihr keine besseren Vorschläge habt, konzentriere ich mich auf alles, was nach Frachtbriefen aussieht.« Ohne ihre Arbeit zu unterbrechen, wendet sie sich dem Hauptschirm des Terminals zu. »Ich nehme mal an, wenn sie irgendeine Art von Gerätschaft hertransportiert haben, dann in den letzten paar Tagen. Wie gesagt – es könnte eine Weile dauern.«

»Tu, was nötig ist, wir passen hier auf.« Damit lasse ich sie in Ruhe arbeiten. Draußen im eigentlichen Büro kriege ich das Ende einer Unterhaltung mit, die Malik über sein Tab führt. Dann schaltet er den Bildschirm ab und schaut auf.

»Brenn sagt, ihre Leute sind mit der letzten Inspektion fertig. Sie tunen den Antrieb noch, aber im Prinzip ist das Schiff einsatzbereit.«

»Super«, sagt Case. »Sag ihr Danke von uns.«

»Toll«, stimme ich zu. »Aber was ist das eigentlich mit dir

und einer Frau, die Geschäfte mit geklauten Schiffen treibt?« Ich schüttle den Kopf. »Mir machst du Vorwürfe, aber bei ihr ist das okay?«

Es ist nicht die beste Gelegenheit für einen neuen Streit, aber die Frage beschäftigt mich wie ein wackliger Zahn: Es stört die ganze Zeit und tut echt weh, aber irgendwie ist es auch befriedigend, daran herumzuspielen.

Malik sieht mich finster an. Offensichtlich ist er weder von der Frage noch dem Timing sehr begeistert. Dann widmet er sich wieder den Bildern der Sicherheitskameras, verfolgt jede Bewegung auf den Schirmen.

»Ein Großteil ihrer Kunden sind Flüchtlinge von gescheiterten Terraformingprojekten und inoffiziellen Kolonien. Die Regierung von Valen will sie nicht reinlassen, deshalb haben wir eine Abmachung getroffen: Ich sorge dafür, dass die Luftraumüberwachung ihr kleines Stückchen Himmel übersieht, und sie arbeitet günstig oder zum Selbstkostenpreis, damit die ankommenden Schiffe auch schnell wieder verschwinden.«

War ja klar, dass sich ein nobler Grund dahinter verbirgt. Bäh.

»Nax?«, ruft Asra. »Ich glaube, ich hab was gefunden.«

Wir eilen zurück in das drückend heiße Hinterzimmer. Es ist so eng, dass wir uns zwischen die summenden Serverschränke quetschen und aufpassen müssen, nicht über die Kabel zu stolpern. Mit ihrem Tab projiziert Asra einen vage gehaltenen Frachtbrief. Die obere Hälfte wird vom Logo der GKK eingenommen. Unter »Güter« ist bloß ein Listenpunkt aufgeführt: Empfänger, Stückzahl 2, Gewicht 27,2 kg, ID-Nummer 428. Als Adressat ist der Chef der hiesigen Raumhafensicherheit genannt, und der Absender war …

Die Lieferung kam von Ellis Station. Am 11.8.2194, dem

Tag nach dem Angriff, *nachdem* eigentlich der gesamte Personen- und Warenverkehr ausgesetzt worden war.

»Das muss es sein«, flüstert Case. »Die Waffe – oder was auch immer sie gegen die Kolonien einsetzen wollen. Ist das die einzige Lieferung, oder gibt es noch mehr?«

»Ich habe alles nach diesen Stichworten durchsucht und nichts sonst gefunden. Weder auf den neu installierten Servern noch auf den alten. Ich glaube, das ist alles.«

»Ist ein Lagerort angegeben?« Malik schaut über Asras Schulter.

»Da ist eine Regalnummer, aber keine Angabe zum Lager. Wieso dieses Detail, wenn sich das Regal in so ziemlich jedem Lager des verdammten Hafens befinden könnte?«

»Nicht in jedem.« Nachdenklich wendet Malik den Blick zur Decke. »Es gibt ein SPZ-Lager in der Nähe des Personaleingangs.«

Als er meinen verständnislosen Gesichtsausdruck bemerkt, holt er weiter aus. »Sonderpatrouillenzonen dürfen von normalen Angestellten nicht betreten werden. Nur von speziellem Sicherheitspersonal, und das auch nur für einen fünfminütigen Rundgang. Heute früh war ich noch drin. Das Lager ist die einzige derartige Zone, die wir haben.«

»Das klingt nach unserem Ziel«, sagt Case. »Wird Zeit, dass wir einen Blick auf diese geheimnisvolle Waffe werfen.«

Asra schaltet den Projektor aus und tippt wieder wie wild. »Ich bin noch nicht fertig. Es könnte noch versteckte Partitionen oder so was geben, worauf sich mehr darüber findet, was sie eigentlich vorhaben. Wenn die Waffe uns nicht selbst einen Hinweis gibt, wie wir Earth First aufhalten können, brauchen wir einen Plan B.«

»Dann muss einer von uns bei dir bleiben«, sagt Malik, aber Asra schüttelt den Kopf, ohne auch nur aufzusehen.

»Ich komm schon zurecht. Ich verschließe die Tür, ändere den Code und halte meine Waffe bereit. Ihr müsst beisammenbleiben, um dieses Ding, so schnell es geht, zu finden. Ganz im Ernst – wahrscheinlich bin ich sicherer hier drin als ihr da draußen. Vielleicht kann ich sogar ein paar Kameras manipulieren für euch.«

Ich trete nervös auf der Stelle, eine Hand überm Mund. Mir gefällt das nicht. Wenn sie in Schwierigkeiten gerät, ist sie ganz allein …

»Es ist meine Entscheidung, Nax«, sagt Asra und hält kurz inne, um mich anzuschauen. »Meine Wahl. Du tust, was du tun musst, und ich tue, was ich tun muss. Ihr werdet ja nicht lange weg sein. Also macht euch keine Sorgen.«

Ich hole tief Luft, dann nicke ich. »In Ordnung. Du hast ja recht. Okay.« Dann: »Sei vorsichtig.« Weil es gesagt sein muss. Malik sieht mich fragend an, und ich deute zur Tür.

»Zeig uns den Weg.«

Er schürzt kurz die Lippen, tut dann aber, worum ich ihn gebeten habe. Ich lege meine Hand zwischen Cases Schultern. Bloß eine kurze Geste zur Beruhigung. *Ich bin hier. Wir schaffen das.* Sie sieht mich aus den Augenwinkeln an, verzieht die Lippen zu einem knappen Lächeln. Dann richtet sie den Blick nach vorn.

Es wird Zeit.

***

Malik war schon immer jemand, der überall so aussieht, als ob er da hingehört. Hier aber wirkt er wie der unbestrittene Herr im Haus. Selbstsicher führt er Case und mich durch die Flure, Schultern und Rücken kerzengerade, und wann immer jemand in Hörweite an uns vorbeikommt, strömt ein

Schwall von Dienstanweisungen aus ihm heraus, so als wären wir seine Auszubildenden. So sicher fühle ich mich sonst nur im Pilotensitz … solange ich allein dort sitze.

Mein Tablet vibriert, und ich blicke auf das aufleuchtende Display.

kameras im lagerhaus sind auf dauerschleife. re: andere sicherheit kann ich nicht garantieren

Ich reiche das Tab kommentarlos an Malik und Case weiter, sie lesen und geben es mir zurück. Immerhin ein Vorteil auf unserer Seite. Hoffentlich kann Malik sich um den Rest kümmern.

Hinter einer letzten Ecke kommen wir an eine Tür, unbeschriftet bis auf einen Aufkleber über dem Schloss. Darauf steht in Fettschrift »SPZ5«. Malik dreht sich zu uns um.

»Sobald wir diese Tür geöffnet haben, läuft ein Countdown«, flüstert er so leise, dass man ihn kaum verstehen kann. »Wenn wir nicht in fünf Minuten wieder draußen sind, wird ein stiller Alarm ausgelöst.«

Ich kaue auf meiner Lippe herum. Meine Gedanken jagen einander. »Okay, Malik. Sobald wir drin sind, dreh eine schnelle Runde durchs Lager, um sicherzugehen, dass wir auch wirklich allein sind. Schalte alles aus, was du an Sicherheitssystemen findest. Case und ich suchen nach der Waffe. Welches Regal war es noch gleich?«

»702WH«, sprudelt es sofort aus Case heraus.

»Also los dann. Seid ihr bereit?« Malik und ich sehen einander an, dann dreht er sich zur Tür und zählt stumm mit den Fingern.

3 … 2 … 1 …

Klick!

Drinnen orientiere ich mich hastig: An der rechten Seite des Raums führt ein langer Gang entlang. Linker Hand stehen Regalreihen. Case kauert sich hin, um die Beschriftung zu studieren, also eile ich ans andere Ende, um von dort zu beginnen. Malik nimmt den Mittelgang zur gegenüberliegenden Seite des Raums und wirft Blicke links und rechts in die Reihen, ganz auf seine Aufgabe konzentriert. Er war immer schon unglaublich, egal was er tut, das komplette Gegenteil von mir. Ich bin froh, dass er hinter uns steht.

Zunächst scheint es, als folgten die Regale absolut keiner logischen Reihenfolge. 400er stehen zwischen 1550ern, und die Kisten haben keine Nummern. Wie verdammt sollen wir hier irgendwas finden? Wir sind bestimmt schon länger als eine Minute drin. Bleiben noch vier. Ich probiere die nächste Regalreihe, doch die hat ebenfalls kein verständliches Sortiersystem. Einfach keine gottverdammte Ordnung, ernsthaft, Leute, was soll der Scheiß? Ich wende mich schon der nächsten Reihe zu, als etwas in meinem Gehirn endlich klick macht und ein Muster erkennt: die Buchstaben. Die Buchstaben laufen von oben nach unten, aber in der Horizontalen sind sie unsortiert.

»Case!«, rufe ich, so laut ich mich traue. »Die Buchstaben …«

»Schon gefunden!«, erwidert sie aufgeregt. »Hilf mir mal!«

Ich eile zwei Reihen weiter, wo Case schon Kisten und Schemel zu einer Art Treppe arrangiert.

»Da!« Sie zeigt auf eine Kiste direkt über meinem Kopf. »Lass sie uns mal rausholen. Aber Vorsicht – wir wissen nicht, ob vielleicht was Explosives oder Giftiges drin ist.«

Ich klettere auf einen Schemel, greife meine Seite der Kiste, und mit einem »Auf drei!« ziehen wir sie Zentimeter um vorsichtigen Zentimeter nach vorn, bis wir das ganze Gewicht auf den Unterarmen tragen.

»Ganz vorsichtig!« Meine Beine brennen vor Anstrengung, als wir uns langsam hinkauern, bis die Kiste schließlich Kontakt mit den Schemeln herstellt. Dann setzen wir sie ohne die geringste Erschütterung darauf ab, und mein angehaltener Atem platzt aus meinen Lungen. Im selben Moment kommt Malik um die Ecke.

»Zwei Minuten!«, zischt er, aber Case winkt ungeduldig ab.

»Auf der Kiste sind keine Warnhinweise wie auf manchen anderen.« Sie zückt ihr Multitool. »Wir werden es wohl riskieren müssen. Einverstanden?«

»Einverstanden«, sage ich und helfe ihr, den Deckel von der Kiste zu stemmen, ehe mir die Gefahr richtig bewusst wird.

Die Waffe aber … sieht nach nichts aus. In der Kiste ruht ein nichtssagender Metallkasten, keine Displays, keine Drähte. Bloß ein farbiges Logo auf der Oberseite: die blau-grünen Kreise mit der Ziffer von Earth First.

»Also das ist definitiv, wonach wir suchen, aber – was machst du da?« Mit großen Augen sehe ich zu, wie Case den Deckel des Geräts losschraubt.

»Von außen kann ich nicht erkennen, was das Ding kann, Nax, was glaubst du also, was ich tun muss?«

Bei allen Sternen, das ist doch hirnverbrannt. Aber es hilft alles nichts. Sobald sie den Deckel gelöst hat, nehme ich ihn ihr ab und schalte die LED meines Tablets ein, damit sie mehr Licht zum Arbeiten hat.

Case tauscht das Multitool gegen ihr Tablet ein und lässt damit einen Scan über das Ding laufen. Dann schaut sie sich einzelne Komponenten aus der Nähe an. Hinter ihr wippt Malik unruhig auf den Fußballen.

»Nax, wir haben keine Zeit mehr, wir müssen …«

Eine Stimme aus seinem Tab unterbricht ihn. »Lieutenant

Hall, wir empfangen einen stillen Alarm aus der SPZ. Im Schloss ist Ihr Tab registriert. Bericht!«

»*Verdammt*«, flucht er und hebt das Tab zum Mund.

»Zentrale, ich beende gerade meinen Rundgang. Habe länger gebraucht, um ein loses Lüftungsgitter zu inspizieren. Sorry für den Alarm.«

Case nimmt wieder das Multitool und entfernt geschickt sechs winzige Schrauben, die eine kleine blaue Leiterplatte im Inneren fixieren. Dann wechselt sie vom Schraubenzieher zur Knipszange und durchtrennt mit einem leisen Schnappen die Drähte, die die Leiterplatte noch halten. Sie drückt mir die Platine in die Hand und nimmt mir dafür den Deckel ab. Kopfschüttelnd, die Lippen zusammengepresst, setzt sie ihn wieder aufs Gerät.

Was halte ich da in den Händen? Wird es mich umbringen? Ich will schon fragen, aber die Zentrale kommt mir zuvor.

»Lieutenant, wir haben Sie nicht auf den Kameras.«

Maliks verzweifelter, wütender Blick bohrt sich in mich. Er antwortet mit hoher, angespannter Stimme. »Wirklich? Das ist ja komisch. Dann gehe ich auf dem Rückweg bei der IT vorbei, ob die sich das mal anschauen können. Vielleicht haben die Leute, die wir gefeuert haben, ja Mist gebaut, was?«

Autsch, klingt das gespielt. Er ist fast so ein schlechter Lügner wie ich. Liegt wohl in der Familie – wir sind fürchterlich ehrlich. Die Stille am anderen Ende ist nicht gerade ermutigend, deshalb stecke ich die Platine ein und stoße Case mit dem Stiefel an.

»Lass es einfach«, sage ich. »Sie wissen, weshalb wir hier sind. Hat keinen Sinn, es zu verbergen. Wo ist die andere Kiste?«

Case schüttelt den Kopf. »Es war nur eine im Regal. Die

andere fehlt. Wurde wahrscheinlich schon zum Zielort gebracht … für was auch immer.«

War ja klar bei unserem Glück. Wir können nichts mehr tun. »Wir haben keine Zeit mehr. Wir müssen verschwinden!«

Da meldet sich auf einmal mein Tab: Asra verlangt meine Aufmerksamkeit. *Scheiße.* Ich nehme den Anruf entgegen, während wir schon zur Tür rennen.

»Asra?«

»Leute, ihr kriegt gleich Gesellschaft, und ich habe schlechte Neuigkeiten.« In ihren Augen schimmern Tränen, und mein Herz verkrampft sich.

»Auf dem Server war noch eine Nachricht gespeichert, die eben rausging. Eine Erinnerung ans Personal wie die, die Case in der Botschaft fand, nur diesmal …« Sie muss schlucken. »Nax, sie wollen die Waffe testen, um sicherzugehen, dass sie auch funktioniert. In weniger als einer Stunde. Auf Tau'ri. Meine Amma und Schwester sind da, wir müssen … oh-oh.«

Ihr Kopf fliegt nach rechts. Ein lautes Scheppern, Schreie, undeutliche Stimmen – dann bricht die Verbindung ab.

Ich ziehe meine Betäubungspistole.

»Wird mich dieses Ding in meiner Tasche umbringen?«, frage ich Case.

»Das ist nur ein Empfänger, der mit einem enormen Signalverstärker gekoppelt war. Keine Zeit, ihn genauer zu untersuchen. Auf jeden Fall wird die Waffe so ausgelöst – durch eine Art Aktivierungsimpuls. Wir können uns nachher die Scans ansehen, die ich gemacht habe.«

Auf beiden Seiten des Ausgangs bleiben wir stehen, die Waffen im Anschlag. Malik schließt zu uns auf und zieht ebenfalls seine Waffe.

»Es gibt eine Abkürzung von hier zum Parkplatz. Kommt mit und …«

Ich unterbreche ihn mit einer scharfen Geste. »Erst holen wir Asra.«

Malik schüttelt ungeduldig den Kopf. »Dafür bleibt keine Zeit! Sie wird uns draußen treffen müssen, wenn sie kann. Dieser Sektor wimmelt gleich von Wachen, und …«

»Wir gehen sie holen, Malik!«, fahre ich ihn an. »Wenn dir das nicht passt, kannst du allein weiter.«

Case und ich tauschen Blicke, sie nickt, und ich schlage auf den Türöffner.

Kapitel Siebzehn

Kaum dass die Tür aufgeht und ich überhaupt was sehe, drücke ich ab.

Ein Gegner geht zu Boden, einen anderen erwischt Case. Bleiben zwei. Ich ducke mich in den Türrahmen, den Rücken zur Wand, das kalte Metall beißt durch mein Shirt. Atmen, atmen und raus – noch drei Schüsse, von denen einer an der Jacke eines Sicherheitsmannes zerplatzt, aber keine nackte Haut trifft. Dann steht plötzlich Malik über mir, seine Betäubungspistole erhoben, und erledigt die letzten beiden Gegner mit erschreckender Präzision.

Die Luft ist rein – für den Moment.

Ich bedeute Malik, uns den Weg zu zeigen.

»Hilfst du uns, sie rauszuholen?«

Er sieht mich zögerlich an, länger, als wir uns gerade erlauben können. *Bitte, Malik,* denke ich. *Vertrau mir.*

Etwas in seinem Gesicht verändert sich, dann nickt er und rennt los, zurück zum Sicherheitsbereich.

An jeder Ecke halten wir inne, sichern und treffen in den meisten Fällen auf zwei Wachleute. Malik ist verflixt gut mit seiner Waffe, und dank der passablen Schützenhilfe durch Case und mich schaffen wir es, an unseren Ausgangspunkt zurückzukehren und dabei eine Spur von Bewusstlosen zu hinterlassen. Bisher hatten wir das Überraschungsmoment auf unserer Seite – sobald sich das ändert, wird es wirklich gefährlich.

Wir biegen um die letzte Kurve und …

Ja, *jetzt* sind wir erledigt.

In der Mitte des Flurs steht ein Wachmann und zwingt

Asra die Arme hinter den Rücken, um ihr Handschellen anzulegen. Ein weiterer schließt gerade die Tür zum Büro des Sicherheitschefs. Und zwei haben ihre Waffen direkt auf uns gerichtet.

Lass dir schnell was einfallen.

»Okay, okay, ihr habt uns«, sage ich und hebe die Hände, die Pistole aber noch fest im Griff.

»Waffen weg!«, bellt eine der Wachen.

»Hey, alles cool, machen wir, okay? Wir lassen sie *fallen*«, sage ich und schaue Asra beim letzten Wort direkt in die Augen. Sie zwinkert mir zu. Ich lockere meinen Zeigefinger, dann richte ich die Waffe nach links. Ich habe keine Ahnung, ob die anderen kapieren, was ich vorhabe, aber jetzt heißt es alles oder nichts. Ich halte meine freie Hand besänftigend geradeaus.

»Auf drei lassen wir fallen, okay? Prima. Alles klar. Und eins … zwei …«

Auf drei springen wir zurück in Deckung, und Asra lässt sich zu Boden sacken und befreit sich aus dem Griff des Wachmanns. Der versucht sie zu erwischen, aber sie taucht zwischen seinen Beinen durch und tritt nach seinen Knöcheln, ihre Hände noch in Handschellen. Das lenkt ihn genug ab, dass ich mich um die Ecke beugen und einen Treffer auf seiner Glatze landen kann. Ein Betäubungsgeschoss saust an meinem Ohr vorbei, und ich drücke mich wieder mit dem Rücken an die Wand. Die Panik brennt in meinen Lungen und steigt mir zu Kopf. Ein dumpfer Schlag, als Malik eine weitere Wache mit einem Volltreffer umlegt, dann schnelle Schritte, jemand rennt auf uns zu, was haben sie …

Case rammt dem Wachmann, der gerade um die Ecke kommt, den Handballen unters Kinn, seine Zähne klackern ekelerregend, dann fällt er zu Boden. Schon rinnt ihm das Schlafmittel von Cases Waffe den Nacken hinab.

Der letzte Wachmann ist schlauer: Er schlägt schnell und tief zu und erwischt Malik an den Knien, sodass beide in einem Knäuel von Tritten und Schlägen zu Boden fallen. Unmöglich zu zielen und zu schießen, ohne dabei sehr wahrscheinlich Malik zu treffen – und seinen Arsch werd ich bestimmt nicht hier rausschleppen.

Ach, scheiß drauf.

Ich stecke die Waffe ein und werfe mich mitten rein. Es gelingt mir, den Arm des Typen von Maliks Kehle zu ziehen und ihm das Knie fest ins Kreuz zu drücken. Malik befreit sich aus seinem Griff und kämpft sich unter ihm hervor, dann zückt er ein paar Handschellen. Im nächsten Moment hat er den anderen Arm der Wache gepackt, und das Klicken der Schellen verkündet das Ende des Kampfs. Die Wache zappelt trotzdem weiter, tritt nach Maliks Schienbeinen, wirft sich auf den Rücken.

»Hierher!«, schreit er aus Leibeskräften. »Sie sind im Sicherheitsbereich!«

Malik ballert ihm eine Ladung Betäubungsmittel direkt ins Gesicht. Im nächsten Moment klappt der Typ stumm zusammen.

Keine Zeit, sich zu erholen. Ich renne um die Ecke, wo Asra sich gerade ohne Hilfe ihrer Hände wieder auf die Beine kämpft. Malik ist dicht hinter mir, wühlt in seiner Tasche. Er zieht einen kleinen Schlüsselbund hervor, echte Schlüssel für mechanische Schlösser, und befreit damit Asra von ihren Handschellen. Für manche Sachen taugen digitale Schlösser einfach nichts.

Asra schüttelt die eingeschlafenen Hände, dann nimmt sie der Wache, die sie gefesselt hatte, ihr Tablet ab.

»Nächster Ausgang?«, fragt sie.

Malik sieht sich suchend um.

»Da lang!«

Danach treffen wir auf wenig Widerstand. Malik führt uns durch Wartungskorridore, versteckte Zugangsklappen und über Leitern in Kellerflure hinab. Ein paar kleinere Patrouillen machen uns Ärger, aber bald darauf stößt Malik eine unscheinbare Tür auf, und die kalte Nachtluft schlägt uns entgegen. Gemeinsam rennen wir ihm nach zu unserem Wagen. Da hält er plötzlich an und schaut auf sein Tab. Es vibriert in einem sich wiederholenden Muster: lang, kurz, kurz, kurz. Lang, kurz, kurz, kurz.

»Es ist Brenn«, keucht er und nimmt den Videoanruf entgegen. »Alles in Ordnung bei dir?«

Wilde Strähnen kleben in Brenns verschwitztem Gesicht, dann wackelt das Bild, als würde es von einer unruhigen Hand gehalten. Nicht ihrer – denn sie hat beide Hände voll damit zu tun, zu fliegen.

»Komm nicht nach Hause«, sagt sie und sieht nach vorn statt aufs Bild. »Das Haus ist umstellt. Wir sind auf dem Weg zur Werkstatt. Ich hab der Crew gesagt, dass die *Kick* vollgetankt und startbereit sein muss, wenn wir eintreffen.«

»Was ist mit Rion und Zee?«, rufe ich und hoffe, dass das Tab mich überträgt.

»Es geht ihnen gut, sie sind bei mir. Zee hält das Tablet. Rion kämpft auf der Rückbank mit dem Hund.« Ein tiefes, kehliges Bellen bringt die Lautsprecher zum Knistern, gefolgt von einem Schwall farbenfroher Flüche. Schemenhaft erkennt man im Hintergrund einen schwarzen Arm und eine Wolke honigfarbenen Fells, und Brenn unterbricht das Gespräch, um nach hinten zu greifen. »Wir erwarten euch in zehn Minuten. Passt auf euch auf.«

»Ihr auch«, sagt Malik und beendet das Gespräch im selben Moment, in dem ein Einsatzwagen die Reihe geparkter Fahrzeuge entlanggleitet und uns den Weg versperrt. Sechs Polizisten springen heraus und suchen Deckung hinter den Türen. Wir ducken uns hinter das nächste Auto, ehe die Kugeln fliegen.

»Ich hatte gehofft, dass wir die nicht brauchen«, sagt Case und greift in die Vordertasche ihrer geborgten Jacke. Dann hält sie etwas Kleines, Glänzendes in der Hand.

Eine der Granaten aus Jaces Lager.

»Schiebt eure Waffen hinter dem Fahrzeug vor, und kommt mit erhobenen Händen raus!«, ruft einer der Polizisten.

Cases Finger schließen sich fest um die Granate. »Ich ziele auf die Wagen auf der anderen Seite. Ich will niemanden töten. Sobald ich werfe, rennt ihr los. Bereit?«

Asra, Malik und ich nicken. Case schließt die Augen, atmet tief durch und wirft die Granate in hohem Bogen in die Reihe geparkter Fahrzeuge. Wir rennen schon fast zwei Sekunden, als die Granate explodiert und uns eine Welle heißer Luft und Schall in den Rücken schlägt. Wütende Rufe, Folgeexplosionen, ein Schrei – keine Zeit, zurückzusehen. Unser Wagen ist in Sicht. Wir haben es beinahe geschafft.

»Nax«, ruft Malik. »Fang!«

Automatisch hebe ich die Hände und schnappe mir den Anhänger, der gerade auf mein Gesicht zufliegt. Darauf glänzt das silberne, erhabene Mazda-Logo – der Wagenschlüssel. Ich doppelklicke den Knopf, die Türen entriegeln, und ich springe auf den Fahrersitz und starte den Motor, während die anderen noch einsteigen.

Aus der Ferne nähert sich Sirenengeheul. Ich vergewissere mich kurz, dass Asra und Case hinter mir angeschnallt sind und Malik neben mir sitzt, dann gebe ich Vollgas. Keine Rücksicht auf korrekte Flugschneisen und Geschwindigkeitsbegrenzungen – unsere einzige Chance ist, die anderen abzuhängen. Ich bringe uns in die Luft, bis wir den ganzen Parkplatz unter uns sehen, weiche einem Schiff im Landeanflug aus und fliege uns in das Gewirr von Straßen im Herzen von Center City. Malik ballert Richtungsangaben raus, führt uns über Abkürzungen und Seitenstraßen, Fertighaussiedlungen und halb gebaute Containerburgen, bis die Sirenen nach und nach im allgemeinen Lärm der Stadt verklingen.

Erst als wir die Stadt hinter uns lassen und über dem Highway zurück zu Brenn fliegen, wird es mir klar:

Malik sitzt mit mir in diesem Wagen.

Malik mit seiner Narbe, Malik, den ich letztes Mal, als er mit mir flog, fast getötet hätte.

Es fühlt sich an, als müsste ich ersticken. Meine Luftröhre schnürt sich zu, und meine Knöchel, die das Lenkrad gepackt halten, treten weiß hervor. Ich versuche, mich an meine Atemübungen zu erinnern, versuche zu zählen, aber alles, was ich höre, ist das auf volle Lautstärke gedrehte weiße Rauschen in meinem Kopf, das alles verdrängt, mir die Sicht nimmt. Alles wird dunkel …

»Nax!«

Bei Maliks Schrei schnappe ich keuchend nach Luft. Seine Finger bohren sich in meine Schulter, er schüttelt mich noch einmal kräftig, dann lässt er seine Hand zur Beruhigung liegen, so wie früher, wenn er mir mit meinen Hausaufgaben half oder etwas am Computer beibrachte. Es hilft ein wenig. Sobald sich mein Atem wieder normalisiert hat, redet er mir leise zu.

»Nax, du bist ein unglaublich guter Pilot. Die Manöver da gerade eben in der Stadt? Einfach Wahnsinn.«

Ich will es schon mit einem verlegenen Schnauben abtun, doch das lässt er nicht zu.

»Das ist mein Ernst. Du hast das im Griff, Captain.« Er drückt noch einmal meine Schulter, dann lehnt er sich grinsend zurück, wirkt so gelassen, als wollten wir nur übers Wochenende raus ans Meer, auf die Outer Banks.

»Und jetzt *flieg.*«

KAPITEL ACHTZEHN

Schlitternd kommen wir vor Brenns Werkstatt zum Stehen, springen aus dem Wagen und stürmen zum Hangar. Ich bin mir ziemlich sicher, dass wir die Cops spätestens in den Vororten abgeschüttelt haben, aber ich möchte lieber nicht warten, bis ich's rausfinde. Hoffentlich färbt Maliks Selbstvertrauen auf mich ab, denn als Nächstes steht das Leben von Asras Familie auf dem Spiel.

Drinnen vor der Rampe zur *Kick* warten schon Zee, Rion und Brenn auf uns, und bei ihrem Anblick haut mich die Erleichterung fast um. In der Sekunde, in der ich nahe genug bin, schließe ich Rion in die Arme, vergrabe meine Nase an seiner unverletzten Schulter und greife nach Zees Hand. Rion riecht ein bisschen nach Hund, aber ich bin zu erleichtert, als dass es mich stört; außerdem erinnert es mich auch ein wenig an zu Hause.

»Alle an Bord!«, rufe ich und winke die anderen ins Schiff. »Wir müssen los. Ist dieser Hund schon drin? Brauchen wir sonst noch was?«

Brenn und Malik tauschen einen Blick, dann wendet sich Malik zu mir, die Arme verschränkt, die Schultern gespannt. »Wir kommen nicht mit euch.«

Mein Herz setzt einen Schlag lang aus. »Was? Aber das müsst ihr, Malik – wir haben doch die andere Waffe nicht gefunden, sie könnte …«

»Ja, könnte sie – aber wir haben Freunde und Familie hier, Nax. Die müssen wir auch in Sicherheit bringen. Du gehst und tust, was getan werden muss. Wir kommen so bald wie möglich nach.«

Dann drückt er mich an sich.

Erst wissen meine Arme nicht, wie sie reagieren sollen, hängen schlaff und wie betäubt an meinen Seiten. Wir haben uns seit dem Unfall nicht mehr umarmt. Es ist Jahre her.

Aber er ist mein Bruder.

Ich hebe die Arme, greife mir zwei Handvoll seiner Jacke und schlucke den Kloß in meiner Kehle runter.

Als er sich wieder löst, sieht er mir direkt in die Augen. »Was ich gesagt habe – das habe ich ernst gemeint. Du hast dich verändert. Du bist nicht mehr dieselbe Person, die damals den Unfall gebaut hat.« Er deutet die Rampe hoch. »Diese Leute da vertrauen dir ihr Leben an. Und ich tue das ebenfalls – du kriegst das hin.«

Ich muss den Blick abwenden und heftig blinzeln, um den Druck hinter meinen Augen loszuwerden. Als ich endlich wieder Worte finde, klingt meine Stimme ganz heiser.

»Wenn du das glaubst, wieso bist du dann weggegangen?«

Malik fährt sich seufzend mit der Hand durchs Haar.

»Nach dem Unfall konntest du mir nicht mal mehr ins Gesicht sehen, Nax. Du hast mich ausgeschlossen, als hätte ich nie existiert. Und das war ganz schön Scheiße, okay? Ich war sauer auf dich, aber das war nicht der Grund, weshalb ich gegangen bin.«

»Wieso dann?« Ich halte den Atem an, warte auf die Antwort auf diese eine Frage, die ich mir jahrelang gestellt habe. Malik lächelt sanft.

»Du hast Platz gebraucht, um dir über ein paar Dinge klar zu werden – ohne dass ich dir dabei über die Schulter schaue. Manchmal hilft man anderen am besten, indem man sie einfach … in Ruhe lässt. Das hab ich getan. Aber ich wollte nie, dass es für immer so bleibt.«

Sein Blick richtet sich auf etwas hinter meiner Schulter, und ich sehe Zee, die mich die Rampe hochwinkt.

Zeit, zu gehen.

Malik tritt zurück und greift nach Brenns Hand. »Wir unterhalten uns weiter, wenn das alles vorbei ist. Versprochen.«

»Passt auf euch auf.«

»Werden wir«, antwortet Brenn. »Und ich habe eine Menge Arbeit in dieses Schiff gesteckt – also lass dich bitte nicht abschießen bei dem, was du vorhast.«

Bei ihren Worten schmerzt es in meiner Brust, aber ich ringe mir ein Lächeln ab, das wahrscheinlich mehr wie eine Grimasse aussieht, und schüttle ihre Hand. »Ich gebe mein Bestes. Hat mich gefreut.«

»Ebenso«, sagt sie und zieht sich zurück. »Bringt mir die *Kick* in einem Stück zurück, und wir beenden den Job.«

Mit einem angedeuteten Lächeln zieht sie Malik mit sich, und sie gehen auf sicheren Abstand, um unseren Start zu verfolgen. Ich winke ihnen noch ein letztes Mal, dann renne ich ins Schiff und fahre die Rampe ein. Zeit, zu fliegen.

Auf der Brücke drücke ich Rion im Vorübergehen die unverletzte Schulter, dann werfe ich mich in den Pilotensitz und lege ein Dutzend Schalter um, damit wir starten können. Sobald mir die Magnetspulen grünes Licht geben, kitzle ich mit dem Daumen etwas Energie hinein und sage Brenns Bodencrew Bescheid. Einer von ihnen winkt uns vorwärts, lotst uns durch die riesigen Hangartore raus aufs Rollfeld. Ich folge den aufgemalten Markierungen bis zum Startplatz, und sobald das Personal auf Abstand gegangen ist, zünde ich die Maschinen und fahre die Triebwerke hoch.

»Alle Systeme auf maximaler Effizienz«, sagt Case und arbeitet sich durch einen Diagnoseschirm nach dem nächsten. »Die Triebwerke sind präzise eingestellt, sogar fünf Prozent leistungsfähiger.« Sie runzelt die Stirn und tippt ein paar Mal. »Allerdings kann ich Tau'ri nicht im Navigationssystem finden.«

»Die Welt ist nicht verzeichnet.« Asra hält ihr Tab vor die drahtlose Transferschnittstelle. »Und die Leute dort gelten nicht als besonders freundlich oder gesprächig. Sie geben das perfekte Ziel ab. Unkontrollierte Kolonien werden nicht von den normalen Kurier- und Handelsschiffen angeflogen, und sie tauchen auch nicht auf den üblichen Karten auf. Von daher kann es Tage dauern, bis jemand mitkriegt, dass ihnen etwas passiert ist …« Ihre Stimme versagt. *Ihnen,* sagt sie – ihrer Mutter und Schwester. Zee greift nach Asras Hand, tröstet sie still.

»Ihnen wird nichts passieren«, knurre ich. Dann schieße ich uns vom Boden in den Himmel. »Weil wir Earth First zuvorkommen werden.«

»Soweit ich das mit meinen Scans beurteilen kann, wird die Waffe per Funksignal gezündet«, sagt Case. »Dann aktiviert sie einen Repeater und fügt dem Signal einen eigenen Code hinzu. Ich habe aber keine Ahnung, wozu. Alles, was ich von den Plänen her sagen kann, ist, dass die Maschine über eine unglaubliche Energiequelle verfügt, und der Empfänger besteht aus echt teuren Bauteilen.«

»Lass mich diesen Code mal sehen«, bittet Asra. Case verrenkt ihre Hüfte, damit Asra ihr Tab aus der Tasche ziehen kann, wendet ihren Blick aber nicht von der Konsole ab.

Brenns Werkstatt schrumpft unter uns zusammen, während wir dem Orbit entgegenrasen. Die einzigen Geräusche sind das Vibrieren des Antriebs und Asras aufgeregtes Murmeln. Ich hoffe, dass wir nicht zu spät sind. Ich weiß nicht, ob ich es ertragen könnte, wenn Asra das Herz bricht oder wenn Malik etwas zustößt, nur weil wir es nicht geschafft haben, diese Angriffe zu verhindern.

»Okay, okay, da ist es«, sagt Asra und wedelt mit der Hand, um unsere Aufmerksamkeit zu erregen. »Dieses Stückchen Code, dass du entdeckt hast, genau – das weist jedes Gerät, das ihn empfängt, an, das Signal weiterzuleiten. Wirklich jedes: Jedes Tab, jeder Satellit und Computer auf dem Planeten soll das Signal durch sein gesamtes Netzwerk jagen, eine gigantische digitale Echokammer.«

»Aber wieso?«, fragt Zee.

Rion stützt sich auf meine Rückenlehne und beugt sich vor. »Earth First missbraucht diese Geräte irgendwie als Waffe … eine andere Erklärung habe ich nicht.«

»Moment mal, was?« Ich werfe einen Blick über die Schulter: Asra hat den Code vergrößert und folgt einer Zeile mit dem Finger. »Das leitet das Signal nicht einfach nur weiter – hier: Wenn das Gerät über einen externen Lautsprecher verfügt, dann stellt es die Lautstärke auf Maximum minus eins, wahrscheinlich um Übersteuerung zu vermeiden … und dann schickt es einen Teil des Signals durch den Lautsprecher.«

Rion flucht. »Eine Art Schallwaffe! Das Militär auf der Erde forscht seit bald zweihundert Jahren an so was.«

Zee brummt zustimmend. »Ja, und das Konzept hat sich in mehreren Kriegen seither bewährt. Es gibt Frequenzen, die Gegnern die Sicht nehmen, ihre Trommelfelle zerstören, Übelkeit hervorrufen oder einen Herzstillstand herbeiführen – gerüchteweise haben sie es sogar geschafft, Hirnblutungen zu verursachen. Es muss aber wirklich sehr laut sein.«

Case schickt mir die endgültigen Berechnungen für den

Sprung rüber, dann dreht sie sich im Sitz um. »Ich bezweifle, dass das ein Problem ist. Die meisten modernen Lautsprecher, selbst kleinere, schaffen hundertvierzig Dezibel – und wenn alle gleichzeitig loslegen? Selbst unsere verdammten Toiletten haben inzwischen Lautsprecher, damit sie uns zum Putzen auffordern können. Wenn sich alle Lautsprecher in einem Haus aktivieren und das tödliche Signal in voller Lautstärke übertragen …«

»Könnten sie den Großteil der Bevölkerung auf einmal ermorden«, schließt Rion. Als ob es nötig wäre, das explizit auszusprechen.

»Wird nicht passieren«, beteuere ich wieder. Wir haben beinahe den Sprungpunkt erreicht. »Asra, alles klar?«

Sie lächelt grimmig und entschlossen. »Ich bin bereit.«

Wir steigen durch eine dichte Wolkendecke in den sternenbedeckten Nachthimmel auf. Mit jeder Sekunde, die verstreicht, verkrampft sich mein Magen mehr. Asra hat gesagt, uns bliebe noch eine knappe Stunde. Vierzig Minuten sind rum, in fünf sind wir da. Wir warnen die Leute auf Tau'ri, und alles wird gut. Alles gut.

Diesmal kein Panoramablick auf den Planeten unter uns. Die Schwärze der Nacht verschlingt die blaugrüne Schönheit Valens, die uns vor ein paar Stunden willkommen hieß. Ist wirklich erst so wenig Zeit vergangen? Brenn muss ihre gesamte Belegschaft zur Arbeit an der *Kick* abkommandiert haben, um so schnell fertig zu werden. Und sie hat hervorragende Arbeit geleistet: Die Steuerung kommt mir ein wenig härter, responsiver vor, während ich uns auf unseren Sprungvektor bringe, und fünfzig Prozent Triebwerksleistung fühlen sich auch etwas heißer an als zuvor. Ich beschwere mich sicher nicht.

Da beginnt die Schießerei.

Jetzt würde ich mich gerne beschweren.

Kugeln schlagen in unsere Schilde und bringen sie runter auf fünfundsiebzig Prozent, bevor mir ein Ausweichmanöver gelingt. Mein Herz schlägt mir bis zum Hals, schnürt mir die Kehle zu …

»Case!«, rufe ich um Hilfe.

»Schon dran!«, blafft sie, ehe ich auch nur einen Befehl geben kann. Daten fluten mein HUD; Flugbahnberechnungen, Schildstatusmeldungen und ein wütender roter Punkt, der sich unserer Position nähert. Schnell. Okay – muss mich konzentrieren. Ich kann das. Asras Familie braucht uns.

»Rion, Zee, an die Geschütze! Sagt Bescheid, wenn ihr irgendeine Art von ID seht, und dann schießt es aus dem Himmel, verstanden?« Ich werfe das Schiff herum und steige rasend schnell auf, schlage aber möglichst wenig Haken, um rasch Abstand zu unserem Verfolger zu gewinnen. Die Vibrationen des Schiffs ändern sich, und ich hoffe, es liegt nicht daran, dass eine Kugel etwas Wichtiges getroffen hat. Wir haben die *Kick* gerade erst zurückgekriegt, und wenn wir sie schon wieder ruiniert hätten, würde mich das sehr, sehr unglücklich machen.

»Ich bin das so leid!« Ich reiße das Schiff herum, und eine weitere Salve schießt backbord an uns vorbei. »Meint ihr nicht auch, dass es allmählich nervt?«

»Habe Sichtkontakt!«, ruft Rion über Interkom vom Steuerbordgeschütz. »Es ist ein Ford Galaxy X4. Ich kann es nicht genau erkennen, aber ich bin mir ziemlich sicher, dass er dieses Earth-First-Logo auf der Seite hat. Sind wohl gekommen, um persönlich bei der Vertuschung zu helfen.«

»Aber klar doch – kein Wunder bei dem verdammten Glück, das wir die ganze Zeit haben. Wer von uns zieht das nur an? Bin ich's?« Das HUD kreischt auf, ich fliege eine abrupte Rolle. Unter meinen Füßen spüre ich die Vibration bei jeder Salve der Geschütze.

»Seine Schilde schlucken alles, Nax«, sagt Zee, dann feuert sie wieder. »Ich bin mir nicht sicher, ob wir da durchkommen. Wie lange noch, bis wir Sprunggeschwindigkeit erreichen?«

Case versucht, die verbleibende Zeit zu berechnen, aber ich muss den Steuerknüppel herumreißen, um einer Rakete auszuweichen, und ihre Arme fliegen durch die Luft. Dann hat sie die Hände wieder auf dem Display. »Dreißig Sekunden, bis wir aus der Atmosphäre raus sind! Und drei Minuten bei Höchstgeschwindigkeit bis zum Sprung.«

»Gebt mir alles, was ihr habt, Leute«, sage ich, den Blick starr auf die taktischen Daten gerichtet, die über mein Display scrollen. »Wenn wir oft genug treffen, dass er etwas vorsichtiger wird, reicht uns das vielleicht schon.«

Die Instrumente plärren, dass das gegnerische Schiff uns in der Zielerfassung hat, und ich gebe Gegenschub und kippe uns auf die Seite. Solche Manöver in der Atmosphäre fressen unseren Sprit auf, aber wir haben genug getankt, von daher können wir es uns leisten. Ich weigere mich einfach, mich noch einmal abschießen zu lassen.

Der Himmel vor uns wirkt immer durchscheinender, als die letzten Atmosphärenschleier allmählich verwehen. Drei der Monde der Kolonie stehen in diesem Sektor, und eine ganze Armee von Satelliten rast im niedrigen Orbit dahin. Unser Verfolger macht derweil keine Anstalten, aufzugeben. Rion und Zee geben ihr Bestes, sprechen sich übers Interkom ab und versuchen, ihn ins Kreuzfeuer zu nehmen, doch vergebens. Da kommt mir eine Idee.

»Rion, Zee, passt auf: Auf mein Zeichen bringe ich uns

direkt vor das andere Schiff und gebe Gegenschub. Haltet euch bereit.«

»Verstanden.«

»Bereit.«

Ich fädle uns durch den Weltraummüll im niedrigen Orbit, ein Auge auf dem HUD, und atme tief durch. Ich hoffe, dass das keine komplett furchtbare Idee ist.

Meine Hand ruht locker auf dem Steuerknüppel, mein Daumen auf dem Gas. »Und drei … zwei … eins … JETZT!«

Ich pflanze den Hintern der *Kick* direkt vor die Schnauze des anderen Schiffes und bremse abrupt ab. Gleichzeitig legen beide Geschütze los, spucken dem auf uns zurasenden Schiff ihre Kugeln entgegen. Im HUD rattert die verbleibende Entfernung herunter – viel zu nah und noch immer viel zu schnell. Ich muss uns hier rausbringen, außerdem hat der andere sich von seinem Schreck erholt und schießt zurück, unsere Schilde fallen, sind bei fünfundsechzig Prozent …

Ich gebe Vollgas, und wir rasen davon, gerade als eine Explosion uns ergreift und beinahe in einen Satelliten schleudert. Winzige Fragmente des feindlichen Schiffs regnen in unseren Schild, zu klein, um echten Schaden anzurichten. Zwei Jubelrufe ertönen von den Geschützen, einer tief und kehlig, der andere höher und etwas dezenter. Wir anderen stimmen ein, und ich lasse mich erschöpft in den Sessel sinken. Das war deutlich zu knapp.

»Gute Arbeit, alle!« Ich applaudiere übers Interkom; das haben sie sich verdammt noch mal verdient. »Jetzt lasst uns nach Tau'ri springen und …«

Eine gewaltige Explosion erschüttert das Schiff, auf einen Schlag haben wir nur noch die Hälfte der Schildenergie. Fünfzehn Prozent.

»Was verda…«, hebt Case an, doch ich unterbreche sie

mit einem weiteren abrupten Manöver. Ich bringe uns dicht an einen Satelliten heran, und sobald ich eine halbe Sekunde Zeit habe, werfe ich einen Blick auf die Anzeigen.

»Was hat uns getroffen, verdammt?«, frage ich, während ich einen chaotischen Slalom um Weltraumschrott und Satelliten fliege.

»Rakete«, sagt Case seltsam gefasst angesichts unserer Lage.

»Und wo zur Hölle kam die her?« Wir haben unseren Verfolger doch gerade weggepustet. Ich habe gesehen, wie er vom HUD verschwand. Hatten sie etwa …?

Eine Stimme meldet sich über Funk, tief und befehlsgewohnt.

»Guten Tag, Mr Hall«, grüßt sie, und im selben Moment erscheinen vier weitere Schiffe auf dem HUD, dann acht, zwölf insgesamt. Case identifiziert und kennzeichnet sie umgehend als Gegner: zwölf Jäger – das Tigergeschwader, schon wieder. »Hier spricht Captain Thomas, und es wäre mir eine große Freude, Sie heute vom Himmel zu schießen. Ein Jammer um das Schiff, aber Mr Pearson wird es nicht mehr lange brauchen, oder?«

Klar, weil er wahrscheinlich schon auf Ellis Station rumhängt, in Sicherheit vor der Todesfalle, die er gestellt hat. Was für ein Arsch.

»Der Rest des Geschwaders ist beinahe in Waffenreichweite!«, keucht Case. »Wir können uns nicht mit zwölf Jägern anlegen, Nax. Was sollen wir …?«

»Energie von den Geschützen«, unterbreche ich scharf. »So wie letztes Mal!«

Sie begreift sofort und transferiert alle Energie von den Waffen zum Antrieb. Eine Welle von Lichtern blitzt über meine Konsole, Warnungen zur Triebwerkstemperatur und

-leistung und einer Million Dinge mehr, aber das Schiff wird kurz durchhalten müssen. Nur noch dreißig Sekunden bis zum Sprung. Wir können das schaffen – müssen es schaffen. Ich muss das jetzt durchziehen. Meine Hand schwebt über den Kontrollern des Sprungantriebs.

Das Kom knistert.

»Es war mir ein Vergnügen, Sie zu jagen, Mr Hall. Sie sind ein ausgezeichneter Pilot. Verschwendung irgendwie, aber Earth First …«

Und mehr Zeit gebe ich ihm nicht. Ich haue aufs Gas, volles Programm, kein Slalom mehr, einfach nur kerzengerade hier raus, damit sie noch einen schönen Blick auf unsere Triebwerke kriegen, während wir zum Sprungpunkt rasen. Kugeln regnen in unsere Schilde, die stetig an Energie verlieren, bis die Anzeige rot flackert, doch wir haben es schon fast geschafft, fast geschafft …

»Ihnen sollte doch klar sein, dass wir Ihnen folgen werden«, knurrt Captain Thomas. »Wir wissen genau, wohin Sie wollen und was Sie vorhaben. Unsere Leute vor Ort warten schon auf Sie, und Sie werden nie …«

Da springen wir.

KAPITEL NEUNZEHN

In derselben Sekunde, in der wir zurück in den Normalraum fallen, nehme ich ohne Umschweife Kurs auf Tau'ri. Die stolze, grün strahlende Sichel der Welt füllt unser Sichtfenster aus. Der Himmel darüber bietet einen atemberaubenden Anblick, besprenkelt von den hellen Punkten der Sterne, glitzernden Eiskristallen und verschwommenen Schleiern glühender Gase.

Noch sehr viel atemberaubender wäre allerdings die Gewissheit, dass Tau'ri noch nicht voller Toter ist.

»In etwa zweieinhalb Minuten sollten wir in Kommunikationsreichweite sein«, sagt Case und wickelt die Finger ins Haar. Einen Moment lang murmelt sie undeutliche Unmutsbekundungen vor sich hin, als ärgerte sie sich über sich selbst. Ich runzle die Stirn.

»Alles klar?«, frage ich.

»Schon gut, alles gut.« Sie lässt los und streicht sich das Haar hinter die Ohren. »Mein Gehirn ist nur gerade ein Arschloch. Ich hab's unter Kontrolle.«

Angst ist das Schlimmste. Ich greife über die Mittelkonsole, drücke ihre Schulter. »Hey, du bist umwerfend. Und ich auch. Wir kriegen das hin. Immer noch zehn Minuten, bis irgendwas passiert. Mehr als genug.«

Wenn ich es oft genug sage, glaube ich vielleicht selbst daran und bringe mein Herz dazu, nicht so zu rasen. Ich habe ein kurzes, intensives Déjà-vu, wie wir bei unserer Ankunft über al-Rihla exakt dieselben Worte sagten – wir kriegen das hin –, nur um kurz darauf abzustürzen. Seufzend reibe ich mir übers Gesicht, spüre die rauen Stoppeln. Ich muss total runtergekommen aussehen. Das Blut singt schrill in meinen Venen, reizt meine Haut und Nerven. Alle meine Sinne sind in Alarmbereitschaft, rechnen damit, beschossen zu werden, ausweichen, kämpfen zu müssen. Wobei mir einfällt …

»Wie haben unsere Schilde die Schießerei überstanden? Irgendwelche bleibenden Schäden am Schiff?«

Case stößt die Luft aus und konzentriert sich wieder. Ihre Hände fliegen selbstbewusst über die Navigationskonsole. »Ich habe die Energie von den Geschützen umgeleitet, damit die Schilde sich wieder aufladen. Wir waren bei fünf Prozent, als wir gesprungen sind. Jetzt sind wir bei dreißig und steigend. Wir haben Glück gehabt – sie haben gerade lange genug gehalten, dass wir springen konnten. Keine Schäden.«

Eher ein leichtes Abklingen der Panik als echte Erleichterung, aber ich nehme es gerne. »Asra, hast du eine Nachricht, die wir senden können, sobald wir in Reichweite sind? Irgendwas?«

Sie brummt ein »Bin beschäftigt«-Geräusch, und selbst über das Grollen des Antriebs hinweg hört man das blitzschnelle Tippen ihrer Finger. »Ich hab da ein … Datenpaket, das … und ich sollte es …«

Sie beendet keinen der Sätze, aber ich schätze mal, das heißt, sie ist schon dabei. Ehrlich gesagt bin ich nicht sicher, was wir in dieser Lage Hilfreiches sagen könnten. Was sollen die Leute denn machen? Binnen Minuten ihre Welt evakuieren? Eine planetenweite Suche nach allem mit einem Earth-First-Logo durchführen? Was können wir schon tun, außer eine Warnung zu schicken?

»In Reichweite in drei … zwei …« Case legt einen Schalter um. Augenblicklich ist die Brücke von einer rauschenden Kakofonie unterschiedlicher Stimmen erfüllt, Dutzende verstümmelte Funksprüche, die durcheinandergehen.

»Kann … nicht … die ganze Gegend ist … Könnt ihr …?«

»… itte wiederholen … unser Signal wird …«

»… versuchen … alle Frequ…en … unsere Kom…«

»Was verdammt …?« Case verzieht verärgert das Gesicht und regelt die Lautstärke runter. »Wieso ist der Empfang gestört?«

»Mein Datenpaket geht auch nicht durch.« Asras Stimme klingt hoch und gespannt. Aus dem Augenwinkel sehe ich sie wütend ihr Tablet schütteln, als ob das hälfe. »Irgendetwas muss …«

»Störsender«, wirft Case ein. »Oder so was Ähnliches. Da verstopft ein Signal sämtliche Kommunikationskanäle. Ich habe jede Methode probiert, die wir zur Verfügung haben, selbst Laserlink funktioniert nicht. Irgendwas stört planetenweit die Kommunikation.«

Ich schlage frustriert auf die Armlehne und stoße ein Grollen aus. »Vielleicht so was wie ein endlos weitergeleitetes Signal? Könnte das nicht alles andere unterdrücken?«

»Hier«, sagt Asra. »Dasselbe Muster.« Sie schnallt sich los und stützt sich auf Cases Sitz, um durch die Daten auf ihrem Display zu scrollen. »Es ist noch in der frühen Phase und versucht gerade erst, die Kontrolle über das planetare Netz zu kriegen.«

»Das ist der erste Schritt«, sagt Case. »Die Vorarbeit, bevor das eigentliche, tödliche Signal gesendet wird. Was machen wir jetzt?«

Asra und Case stecken die Köpfe zusammen und studieren murmelnd die Signalmuster. Ich stoße einen tiefen Seufzer aus. Nicht schnell genug. Es fühlt sich an, als wollten meine Knochen aus der Haut kriechen, als würde ich unkontrolliert schreien, wenn wir nicht *sofort* etwas tun.

Ich hole tief Luft und trommle auf meine Armlehne. Wir

erreichen Tau'ris äußeren Orbit, und ich passe mich allem anderen an, was dort so herumfliegt, obwohl mich niemand dazu anweist. Verständlich irgendwie, da die Bodenkontrolle ja auch nicht zu uns durchkäme. »Haben wir schon einen Plan?«

»Wir verfolgen die Quelle des Signals.« Case ist wieder auf die Arbeit konzentriert. »Es muss ja irgendwo herkommen, aber die Scans zeigen auf dieser Seite des Planeten nichts an. Kannst du uns in einen niedrigeren Orbit und rüber auf die andere Halbkugel bringen?«

Ich greife nach den Kontrollern und steuere uns tiefer in den Irrgarten der Satelliten, die ihren choreografierten Tanz aufführen. Auf dem HUD blinken Warnmeldungen, dann verfinstert es sich, erstrahlt, verfinstert sich … Raketenerfassung! Nein, war bloß Spaß. Bodengeschütze! Nein, eigentlich …

»Ich glaube, das Signal stört auch die Zielerfassungssysteme. Jemand versucht uns anzuvisieren, aber es flackert die ganze Zeit …«

Dann färbt sich das gesamte HUD rot – eine neue Raketenwarnung. Ich zögere keine Sekunde und zwinge uns aus dem Orbit, wobei ich gerade noch einem Satelliten ausweiche, der uns beinahe erwischt hätte. Asra, die nicht angeschnallt ist, stolpert bei dem plötzlichen Manöver über Cases Schoß und schlägt sich krachend die Stirn auf der Mittelkonsole auf. Ich riskiere kurz, den Blick vom Fenster abzuwenden – ist das Blut? Ich schaue noch mal: Case hält Asra fest, einen Arm um ihre Hüfte, bis das Schiff sich wieder beruhigt, die Hände übel mit hellem Blut verschmiert. Noch eine Rakete, verdammt, und das nächste Ausweichmanöver haut Asra fast noch einmal um. »Ich will ja kein Arsch sein – aber würdest du dich verdammt noch mal bitte hinsetzen, Asra? Was ist da draußen los, Case?«

Asra löst sich aus Cases Griff und kämpft sich auf die Beine. Einen Moment hält sie sich an der Rückenlehne fest, dann wirft sie sich in ihren Sitz und schnallt sich an. Die Punkte auf meinem HUD färben sich einer nach dem anderen rot, als Case sie identifiziert und markiert. Am Rand des Systems sitzt eine mittelgroße Fregatte, und neue Punkte tauchen paarweise aus ihrer Richtung auf, manche schon in Waffenreichweite. Wahrscheinlich das Tigergeschwader, das uns wie versprochen gefolgt ist. Die sind doch Scheiße, ganz ehrlich.

Ich aktiviere das Interkom. »Zee, Rion, könnt ihr unsere Gesellschaft erkennen?«

»Rat mal, wer es ist«, ruft Rion zurück. »Du hast aber nur einen Versuch!«

»Bitte schießt ein paar von denen ab, bevor wir verschwinden!« Ich umtanze einen glühenden, scharfkantigen Brocken Weltraumschrott. »Wir haben die Geschütze gleich wieder einsatzbereit.«

Ich riskiere einen Blick auf unsere gegenwärtige Schildstärke: Immer noch nur fünfundvierzig Prozent. Nicht toll, aber manchmal ist Schießen die beste Verteidigung.

»Case, leite die Energie wieder zu den Geschützen, dann such weiter nach dem Signal.«

»Ich hab es schon gefunden, mehr oder weniger«, sagt Asra. »Wir sind noch nicht nah genug, es richtig anzupeilen, aber es kommt definitiv von irgendwo in der Hauptstadt.«

Aus den Augenwinkeln sehe ich, wie sie sich möglichst weit in die Gurte lehnt, um ihr Tab vor Cases Konsole zu halten. »Das Signal beginnt meine Verbindung zum Schiff zu stören. Ich muss das Tab einstöpseln – sonst bin ich ziemlich nutzlos.«

Während Case mit einer Hand weiter an der Energieverteilung des Schiffes arbeitet, öffnet sie mit der anderen eine Klappe unter der Konsole, zieht ein Kabel heraus und wirft es Asra mit einer Drehung des Handgelenks zu. Mit einem erleichterten Seufzen steckt Asra es in ihr Tablet.

Das Schiff zittert, als die Geschütze wieder Energie erhalten und Zee und Rion das Feuer unserer Verfolger erwidern. Die Schildanzeige am Rand meines Displays beginnt wieder zu fallen: dreiundvierzig Prozent, einundvierzig Prozent.

Das ist doch alles Scheiße.

Ich nehme den Schub weg, drücke den Knüppel nach vorn und gebe wieder Gas, sodass wir in Tau'ris Atmosphäre eintauchen. Schreie schallen durch das Schiff, als wir einen kurzen Moment der Schwerelosigkeit erleben; dann kompensieren unsere Trägheitsdämpfer das plötzliche Manöver. Und da ist es, das Gefühl, das ich mein ganzes Leben lang gejagt habe, das mich so häufig schon in Schwierigkeiten gebracht hat: in meinen Sitz gedrückt werden, alle Organe nach hinten gequetscht, während mein Magen bei jeder kleinen Bewegung des Steuerknüppels hüpft. Das ist, wofür ich geboren wurde. Ich *kann* das.

Mit einem ekstatischen Aufschrei treibe ich das Schiff immer schneller voran, bis wir die Atmosphäre durchschneiden und unsere Schnauze anfängt, orange zu glühen. Für den Moment haben wir mit unserem größeren Gewicht und den stärkeren Triebwerken einen Vorteil gegenüber den Jägern. Dann klärt sich draußen die Sicht, und die herrlichen Meere Tau'ris heißen uns willkommen.

Das Wasser ist grün vom dichten Algenwuchs. Die Pflanzen leuchten schwach biolumineszierend im Morgengrauen, dann verblassen sie, als wir die Tagseite des Planeten und das Festland erreichen. Das Terrain besteht hauptsächlich aus weiten, moosbedeckten Ebenen, auf denen sich hier und da eine niedrige, baumartige Pflanze erhebt. Der Planet ist weitgehend unberührt, da er eine recht junge und nicht genehmigte Kolonie ist. Doch je näher wir der Hauptstadt kommen, desto öfter sehen wir vereinzelte Farmen und Gehöfte zwischen den sanften Hügeln und Feldern.

Die Jäger, vier an der Zahl, haben wenig Respekt für die Schönheit des Planeten. Ihre Kugeln pflügen durch Bäume und Flüsse und schlagen sogar in die Häuser ein. Da sie ja ohnehin vorhaben, den ganzen Planeten zu töten, stört es sie wahrscheinlich nicht, wenn es die ersten zivilen Opfer schon ein paar Minuten früher gibt.

Mich dagegen stört es sehr.

Ich bringe uns tiefer, versuche Hügel und größere Bäume wo möglich als Deckung zu nutzen, doch obwohl ich mein Bestes gebe, bebt das Schiff unter schweren Treffern. Ich spüre jeden Schuss unserer Geschütze als Vibration unter den Füßen, mal einzeln, mal als Dauerfeuer. Rion und Zee plappern unentwegt, um sich abzustimmen.

»Halt still, du Flachwichser! Konzentrieren wir uns auf den auf Backbord.«

»Ich bin mir ziemlich sicher, dass der nicht vorhat, stillzuhalten …«

»Okay, Fräulein Klugscheißerin, dann kümmer du dich doch um ihn!«

Eine Explosion erschüttert das Schiff.

»Alles klar. Ist ja schon gut.«

Ich bringe uns wieder höher und nehme Kurs auf die Hauptstadt. Die grelle Sonne Tau'ris lässt mich blinzeln. Sie ist heller als die der Erde und sendet goldene Strahlenbündel durch die leichte Wolkendecke, die sich scharf vom tiefen Blau des Himmels abhebt. Das einladende Licht des juwelenfarbenen Firmaments ergießt sich über einen Fleck in der Ferne, aus dem sich langsam ein Durcheinander menschengemachter Strukturen herauskristallisiert. Irgendwie haben die Leute hier eine Vorliebe dafür, in die Höhe statt in die Breite zu bauen, denn die Stadt stellt sich als Ansammlung steiler Türme und hell schimmernder Hochhausfassaden heraus. Zu jedem anderen Zeitpunkt hätte ich es malerisch gefunden. Im Moment sehe ich nur, wie schwer es wird, da durchzufliegen.

»Noch zwei Jäger von hinten, Nax«, warnt Zee, gerade als Rion den nächsten erledigt.

Case flucht unterdrückt. »Und wie's aussieht, heißt der Rest des Geschwaders uns schon willkommen. Sie nähern sich der Stadt gerade von der anderen Seite.«

Ich stöhne. »Asra, hast du schon das Signal gefunden?«

»Das Signal hat *uns*«, gibt sie zurück, schlägt frustriert auf das Tablet und wischt sich das Blut von der Schläfe. »Ich blockiere die eingehenden Impulse, aber es ist einfach zu viel. Case, du wirst das allein schaffen müssen, und sei bereit, unseren Empfänger komplett auszuschalten – sonst sterben wir gemeinsam mit den Siedlern da unten.«

»Klar, ich kann zehntausend Dinge gleichzeitig tun, kein Problem!«, stößt sie aus, während ihre Finger über die Konsole rasen. »Nax, können wir eine schnelle Schleife über die Stadt fliegen? Ich hab den Ausgangspunkt des Signals fast gefunden.«

Soll heißen, ob ich einem Haufen trainierter Jägerpiloten entgehen kann, während ich mit einem Schiff, das wirklich zu groß dafür ist, Slalom durch einen stacheligen Todeswald von Gebäuden fliege? Wahrscheinlich nicht, nein, aber ich werd's versuchen. Ich schlucke meine Angst runter und kratze die letzten Reste von Übermut zusammen, so wie früher auf dem Fußballfeld; dann mache ich langsam und fädele uns zwischen den Türmen der Stadt hindurch. Schon bohrt sich die erste Distanzwarnung in meinen Schädel und wird rasch zu einem konstanten, gellenden Alarm, den ich schließlich abschalte, damit ich noch klar denken kann. Wir müssen das jetzt durchziehen. Irgendwann wird mich mein Glück verlassen.

»Zee, feuer weiter, damit sie auf Abstand bleiben, aber versuch nicht zu treffen, okay? Wir wollen keine zivilen Opfer, wenn einer abstürzt. Rion, du hast die besondere Ehre – du musst dieses Senderding abschießen, sobald wir's endlich gefunden haben. Wir drehen jetzt eine komplette Runde. Haltet die Augen offen.«

Jetzt Klappe halten – das ist das Anspruchsvollste, was ich je geflogen bin, Simulator mitgezählt. Ich lasse mich in meinen Sitz sinken, die Hand leicht am Steuerknüppel, und zwinge mich dazu, mich zu entspannen. Die Muskeln locker und bereit, jede Bewegung so dezent wie möglich. Wenn ich jetzt überkorrigiere, kann uns das alle umbringen – und die Menschen auf Tau'ri gleich mit.

»Da!«, ruft Case und deutet mit dem Finger auf das Display. »Das Signal kommt vom Raumhafen am Stadtrand. Ich geb dir einen Marker … hier!«

Ein hellgrüner Punkt leuchtet auf meinem HUD auf. Ich fliege eine scharfe Kurve, bringe uns zwischen den Türmen raus und nehme direkten Kurs aufs Ziel. Schon rast ein Jäger genau da durch, wo wir eben noch waren. Kugeln schlagen in die Metall- und Glasfassade eines Turms, dann ist der Pilot nicht schnell genug und kracht ebenfalls in den Turm. In glitzernde Scherben gehüllt, stürzt das feurige Wrack in die

Straßen hinab. Mitgefühl fährt mir scharf in die Brust – sowohl für die Unschuldigen als auch den Piloten. Aber ich muss mich jetzt konzentrieren – keine Zeit mehr. Der ganze Planet steht auf dem Spiel. Asras Familie – letztlich all unsere Familien.

Asra atmet scharf ein. »Case, ich komme nicht länger dagegen an! Das Netzwerk ist schon komplett überschwemmt.«

Kommentarlos löst sich Case aus den Gurten und kriecht unter die Konsole. Ein paar Sekunden später wirft sie eine Metallplatte hinter sich. Das Geräusch aus dem Kom schwillt an – dann erstirbt es. Langsam kriecht Case wieder zurück, hält sich mit beiden Händen fest, damit sie nicht stürzt so wie Asra vorhin. Dann schafft sie es wieder in ihren Sitz. Ihre Hände zittern, doch sie arbeitet weiter, ohne ein Wort.

Rasch nähern wir uns dem Raumhafen. Die blinkenden Leuchtfeuer lotsen uns zu flachen Dächern und grell markierten Rollfeldern. Und da ist es – auf einer der erhöhten Landeplattformen, etwas, das da nicht hingehört, mit einem auffälligen Logo auf der Seite, blau und grün.

Ringsherum liegen mehrere reglose Körper am Boden.

»Rion …!«

»Ich sehe es, Nax, dreh um, und flieg noch mal vorbei!«

Wir sind zu schnell und schon darüber hinaus. Ich drossele unsere Geschwindigkeit, ziehe meine Kurve enger – gerade noch rechtzeitig, um zu sehen, wie die Jäger die Verfolgung abbrechen und auf den Feuerstreifen ihrer Triebwerke zurück in den Orbit rasen – sie fliehen.

Oh nein!

»Es ist gleich so weit. Die Waffe geht los, Rion …«

»Halt die Klappe und flieg, Captain!«

Ruhe überkommt mich. Meine Hände huschen über die

Kontroller, passen den Schub an, korrigieren die Neigung der Flügel, richten unsere Nase aus. Ich muss Rion das perfekte Schussfeld geben, aber es ist wirklich schwierig – ich kann nicht noch langsamer machen, sonst stürzen wir ab, und wir sind schon so tief, dass die Antennenmasten auf den Dächern nach uns greifen, um uns den Bauch aufzureißen, unser Schiff auszuweiden. Rions Schüsse gehen gerade ein bisschen zu weit, weil der Winkel noch nicht ideal ist; sie zerlegen die Plattform, aber nicht die Waffe selbst – und jede Sekunde, jeden Augenblick wird die Waffe …

Volltreffer! Eine Kugel durchschlägt die Waffe, geht direkt durch die Mitte des Earth-First-Logos und tritt auf der anderen Seite wieder aus. Dann noch eine und noch eine, dass die Fetzen nur so fliegen. Augenblicklich wirft Case sich wieder unter die Konsole, um den Empfänger der *Kick* zu reaktivieren. Aus dem Kom dringt ein Schwall lautes Rauschen, dann hört man plötzlich aufgeregte Stimmen.

»… melden mehrere Opfer in der Stadtmitte …«

»Kann irgendwer New Chatham kontaktieren?«

»Die Jäger entfernen sich rasch …«

»Hat schon jemand dieses Schiff identifiziert?«

»Mindestens hundert Tote in Sharpsburg …«

»Bitte benutzen Sie wieder die verschlüsselten Kanäle und …«

Oh Gott, nein.

Asra keucht und bebt am ganzen Körper, während ich den Knüppel zurückreiße und uns hoch in den Himmel bringe, schnell weg von der Stadt mit ihren hohen Türmen. Hohe Opferzahlen, schwere Verluste. Ganze Städte, die sich nicht melden …

»Es tut mir leid«, sagt Rion über Interkom. »Wenn ich früher getroffen hätte …«

»Das war ein fast unmögliches Ziel, und du hast es erwischt!«, unterbreche ich. »Du hast einen Haufen Leben gerettet.«

Der Rest bleibt unausgesprochen. *Aber nicht alle. Nicht genug.*

Als ihr Tab wieder funktioniert, öffnet Asra einen Kanal für einen offenen Rundruf. »Falls irgendwer da draußen wissen will, was gerade passiert ist – lest die Dokumente, die ich gleich sende, und zerstört alles mit einem Earth-First-Logo darauf. Haltet alle Schiffe am Boden fest, lasst niemanden entkommen.« Kurze Stille. »Bis auf uns. Wir müssen sichergehen, dass sich das nirgends sonst wiederholt. Viel Glück.«

Ein doppeltes Piepsen zeigt einen Kanalwechsel an, und Asras Stimme verändert sich. »Amma? Farah?«, ruft sie aufgeregt. »Hört ihr mich?«

Stille.

»Mazneen, bist du das?«

»Ja«, schluchzt Asra halb erstickt. »Ja, ich bin's. Du lebst, *Alhamdulillah!* Ich hab gerade keine Zeit zu reden, aber geht's euch gut?«

»Mir geht es gut, Liebes – aber Farah war bei einer Freundin, und ich erreiche sie nicht, und drei unserer Nachbarn sind einfach tot umgefallen. Dieses Geräusch war so furchtbar, dann war es vorbei! Was ist passiert?«

Asra schließt fest die Augen, und eine Tränenflut fließt ihr über die Wangen und tränkt ihren Hidschab. »Das werdet ihr bald erfahren. Es sollte jetzt vorbei sein. Aber es wird auch auf den anderen Planeten passieren – und das müssen wir verhindern. Ich bete für Farah, kann jetzt aber nicht bleiben. Es tut mir so leid, Amma. Ich komme, so schnell ich kann, zurück. Ich hab dich lieb!«

Sie schaltet das Kom ab, ehe ihre Mutter etwas erwidern kann, und trocknet sich die Augen mit dem Ärmel.

»Tut mir leid, ich musste einfach nachfragen.«

»Völlig verständlich«, sage ich. »Ich hoffe, deiner Schwester geht es gut. Aber was jetzt?«

Asras Gesichtsausdruck wird hart und entschlossen.

»Jetzt schalten wir das Signal an seiner Quelle aus.« Sie schnallt sich wieder los, beugt sich über Cases Konsole und wischt zurück zu den Datensätzen. »Das glaubt ihr nicht …«

Case beugt sich ebenfalls vor, runzelt die Stirn, dann richtet sie sich wieder auf. »Nein – das kann doch nicht sein. Das ist unmöglich, so eine Technologie existiert nicht!«

»Anscheinend doch«, sagt Asra. »Und was für einen besseren Weg gäbe es, Attacken in der gesamten Galaxis zu koordinieren, als mit einem Aktivierungsimpuls von einem einzigen Punkt aus?«

»Welcher Punkt denn?«, frage ich, obwohl ich das Gefühl habe, dass ich die Antwort schon kenne.

Case schenkt mir ein grimmiges Lächeln. »Ellis Station.«

Ich atme tief aus. »Also zurück zum Anfang. Wie viel Zeit bleibt uns noch bis zur Stunde null aus dem Memo?«

»Zwölf Stunden«, antwortet Case. »Aber ich glaube nicht, dass es dabei bleibt. Diese Jäger kehren jetzt zu ihrem Trägerschiff zurück, und sobald sie zur Station springen und Bericht erstatten, wissen alle, dass wir hinter ihr Geheimnis gekommen sind. Und sie wissen auch, dass ihre Waffe funktioniert – es gibt also keinen Grund mehr für Verzögerungen.«

Verdammt, sie hat recht – die letzten Reste des Tigergeschwaders fliegen gerade in Zweierpärchen zu der Fregatte zurück, die sie ins System gebracht hat. Wenn wir sie nicht aufhalten, werden sie uns zuvorkommen und die Akademie warnen. Und diese sendet den Aktivierungsimpuls zu den Kolonien, und alles ist aus. Das dürfen wir nicht zulassen. Ich rufe die Besatzung.

»Case, alle Energie auf den Antrieb!« Meine Finger ruhen schon auf dem Schalter für den Nachbrenner.

»Alle?«

»Schilde, Lebenserhaltung, Geschütze, alles! Sobald wir in Feuerreichweite kommen, verteilen wir wieder um. Rion, Zee! Euer Ziel sind die Antriebe. Wir *müssen* es vor ihnen zurück zur Station schaffen.«

Diesmal bringt mich die Vielzahl der blinkenden Warnmeldungen nicht aus der Fassung. Sobald die Energie umgeleitet ist, haue ich die Nachbrenner rein, und wir rasen der Fregatte entgegen, zielen auf ihr Heck, wo in sanftem Blau die beiden Triebwerke glühen. Zwei Jäger zur Linken erwarten gerade ihre Landegenehmigung, aber wir ziehen an ihnen vorbei. Die *Kick* scheint sich zu schütteln, als Case die Energie wieder zurücklenkt. Schon fallen die ersten Schüsse. Beide Geschütze konzentrieren ihr Feuer eng auf dieselbe Stelle am näheren Triebwerk. Die Schilde flackern, die Kugeln bringen sie allmählich runter, aber nicht schnell genug – einer der beiden Jäger landet schon, während der zweite eine Kurve fliegt und auf uns zukommt.

»Rion, Vorsicht! Zee, schieß weiter auf den Antrieb!« Es kostet mich all meine Kraft, die *Kick* zu lassen, wo sie ist, ein leichtes Ziel; aber wenn wir dieses Schiff nicht am Springen hindern, ist es ohnehin egal: Sie warnen die Station, sie rechnen mit uns und schießen uns ab, sobald wir ankommen …

»Keinen Tanz dieses Mal, Mr Hall?«, fragt die vertraute Stimme von Captain Thomas übers Kom. »Auch recht. War nett mit Ihnen.«

»Ooh!«, stößt Case da aus und klingt ganz … aufgeregt?

»Ich hab da ein neues Spielzeug gefunden, das Brenn uns eingebaut hat! Was haltet ihr hiervon?«

Ein Fadenkreuz erscheint auf meinem HUD, und ein kleiner roter Knopf auf meinem Steuerknüppel leuchtet auf.

»Raketen?«, frage ich.

»Rakete, Einzahl«, antwortet sie. »Aber 'ne große. Benutz sie gut!«

Und ob ich das werde.

»Kurze Planänderung!«, rufe ich Rion und Zee zu. »Konzentriert euch auf den Jäger, erst danach wieder auf den Antrieb. Ihr werdet wissen, wann.«

Ein Kugelregen prasselt in unsere Schilde, dann bringe ich uns aus Captain Thomas' Schusslinie. Eine rasches Wendemanöver, das Ziel ins Visier, Daumen über dem Knopf – und da, eine Explosion, ein Blitz, eine Trümmerwolke …

Dabei habe ich die Rakete gar nicht abgeschossen

»Hab den Jäger erwischt!«, jubelt Rion. »Richte uns wieder aufs Schiff aus, Captain, lass uns weitermachen!«

Doch mein Herz ist ein kalter Klumpen der Angst, schwer in meiner Brust.

Die Fregatte ist weg. Fortgesprungen.

Wir haben ein paar Leben auf Tau'ri gerettet – aber alle anderen auf dem Gewissen.

»Case, spring nach Ellis Station! Jetzt gleich.«

Sie gehorcht, ohne zu zögern. Keine Sekunde später erscheint der Sprungvektor auf meinem HUD. Ich schlucke den Kloß in meiner Kehle runter, hole Luft und beschleunige.

Nie hätte ich gedacht, dass ich noch mal zur Erde zurückkehre. Wenn das alles vorbei ist, werden wir mit an Sicherheit grenzender Wahrscheinlichkeit wegen Verstoßes gegen das Rückkehrverbot verhaftet. Sie werden uns verurteilen, hinrichten; all unsere Träume von einem Leben in den Kolonien, als Pilot, dahin.

Aber wenn wir es nicht tun, verurteilen wir jeden einzelnen Kolonisten zum Tode. Auch Malik.

Es gibt keine echte Wahl.

»Also dann.« Meine Hände liegen ruhig auf den Kontrollern. Ich grinse grimmig.

»Wird Zeit, der Akademie zu zeigen, weshalb sie uns nie hätte rauswerfen sollen!«

KAPITEL ZWANZIG

Die Erde.

Sie ist das Erste, was ich sehe, als wir zurück in den Normalraum fallen: herrliches Meeresblau mit dünnen weißen Wolken verquirlt. Gemeinsam mit ihrem einzigen Mond tanzt sie durch die Schwärze. Schmerzhaft vertraut – und verboten. Wenn ich dem Planeten zu nahe komme, werden die automatischen Orbitalwaffen uns abschießen und unsere Trümmer auf unsere fernen, unerreichbaren Familien und Freunde regnen. Näher als jetzt werden wir ihnen niemals mehr sein.

Ich nehme eine leichte Lichtreflexion auf Metall wahr und gebe vollen Schub.

»Case, sind sie das?«

»Ja, und sie sind schon in Komreichweite mit der Station – keine Chance, sie noch rechtzeitig zu kriegen, selbst bei voller Triebwerksleistung. Sie wissen, dass wir sie aufhalten wollen, und werden die Waffe so schnell wie möglich aktivieren.«

Ich schlage mit der Faust auf die Mittelkonsole und stoße jeden Fluch aus, der mir einfällt, während mir das Herz in die Hose rutscht. Nach allem, was war, soll es so enden? Das ist doch Scheiße.

»Das ändert erst mal gar nichts.« Asra hat sich wieder beruhigt, obwohl sie sich noch mit schmerzverzerrtem Gesicht das Blut von der Stirn tupft. »Selbst wenn sie jetzt auf den Knopf drücken – auf Tau'ri hat es fast eine Viertelstunde gedauert, bis die Kommunikationskanäle übernommen waren und das tödliche Signal abgespielt haben. Und ihr Sender muss unglaubliche Energiemengen verschlingen, um den Aktivierungsimpuls über solche Entfernungen zu schicken, mittels Sprung oder wie auch immer es funktioniert. Wahrscheinlich brauchen sie Zeit, um ihn aufzuladen. Wir könnten den Sender immer noch rechtzeitig zerstören. Wir müssen es zumindest versuchen.«

Ihre Worte beruhigen mein armes Hirn ein kleines bisschen. »Okay, das stimmt wohl. Wir können trotzdem nicht einfach freundlich anklopfen. Wie kommen wir durch ihre Schilde durch, um zu landen?«

»Darüber habe ich schon nachgedacht«, sagt da Rion hinter mir, und ich zucke zusammen. Wann ist er von seinem Geschütz zurückgekommen? Er grinst. »Ich habe eine Idee, wie wir reinkommen.«

Er tippt auf seinem Tab herum und projiziert ein Bild über die Konsole. Irgendeine Struktur mit langen Tunneln auf einer Seite, fern im Hintergrund die Erde.

»Erinnert ihr euch noch an die andere, alte Station hinter Ellis? Wo sie vor der Übernahme vielleicht ihre Leute versteckt hatten?«

Wir machen ratlose Gesichter. Ich erinnere mich an unsere Unterhaltung, aber weiß ehrlich nicht, was das jetzt bringen soll. Er hebt eine Braue und zeigt auf das Bild.

»Beide Stationen sind durch Tunnel miteinander verbunden.« Und da kapiere ich, was er meint – ich habe diese Tunnel auch vom Fenster aus gesehen, auf dem Weg zum Verlierershuttle. Bevor alles anfing.

»Ist das maßstabsgetreu? Es wirkt groß genug, sodass wir …«

»Genau – wir werden uns den Weg wohl freischießen müssen, aber die Tunnel sind groß genug zum Durchfliegen. Wir brauchen nur Raumanzüge.«

»Dann los. Geht euch anziehen! Case und ich kommen, so schnell es geht, nach.« Rion und Asra eilen in den Frachtraum, und über Kom höre ich, wie Zee sich ihnen anschließt. Ich gebe mein Möglichstes, mich nicht wegen der zweieinhalb Minuten verrückt zu machen, die wir gebraucht haben, um uns diesen Plan zu überlegen. Wir können es immer noch schaffen. »Case, transferiere die Geschützkontrolle auf meine Konsole.«

»Ganz dein«, antwortet sie und tippt selbstbewusst auf der Tastatur. Ein weiterer Knopf leuchtet auf meinem Steuerknüppel auf, und ich wechsle von der Rakete auf die Geschütze. »Sollten wir möglichst heimlich vorgehen, oder ist das mittlerweile egal?«

Schulterzuckend richte ich uns auf den von ihr genannten Vektor aus. »Keine Ahnung. Fahr vorsichtshalber alles runter, was wir nicht brauchen, und zieh dich auch schon mal um.«

Es klickt ein paar Mal, dann gleitet Case aus ihren Gurten, während ich Kurs auf die alte Station nehme. Case drückt mir noch die Schulter, beugt sich vor, gibt mir einen freundschaftlichen Kuss auf die Schläfe und ist einen Augenblick später verschwunden.

Durch das Sichtfenster wird die alte Station größer, wächst zu einem riesenhaften Durcheinander von in Schwärze gehüllter Gebäude heran. Sie wirkt völlig verlassen. Wenn Earth First sie in der Vergangenheit genutzt hat, dann jetzt offensichtlich nicht mehr. Die Verbindungstunnel sind im Dunkeln kaum zu erkennen; sie bestehen aus verstärktem, transparentem Polycarbonat, das völlig in den Schatten verschwindet. Hoffentlich sind sie nicht kugelfest. Ich habe zu viel Angst davor, entdeckt zu werden, um die Flutlichter einzuschalten; das bisschen reflektierte Licht von der Erde ist alles, was ich zum Zielen habe.

Sobald wir in Reichweite kommen, krümmt sich mein Finger um den Abzug. Kugeln regnen auf die Mondoberfläche nieder. Ein paar gehen daneben und wirbeln Wolken grauweißen Mondstaubs auf, die langsam davontreiben; dann passe ich unseren Anflugwinkel an, und die Kugeln finden ihr Ziel. Sie schlagen in die gewölbte Tunneldecke, und meine Kehle schnürt sich zusammen – auf der Oberfläche zeigen sich Vertiefungen wie Pockennarben, aber die Schüsse dringen nicht durch. Ich verlangsame unseren Anflug, um den Beschuss in die Länge zu ziehen, doch es sieht hoffnungslos aus. So hat das keinen Sinn – immer noch kein echter Schaden … Da zeigt sich endlich ein erster Riss, der den Tunnel der Länge nach entlangläuft, dann noch einer und noch einer, bis das ganze Dach in einem glitzernden Scherbenhaufen kollabiert. Eine große Öffnung, in die ich uns einfädeln kann.

Ich halte die Luft an, habe Angst, auch nur zu blinzeln, als ich die Magnetspulen reinhaue und so viel Tempo wie möglich wegnehme. Vorsichtig lasse ich das Schiff auf das Loch in der Tunneldecke zugleiten. Ich muss rein nach Instrumenten fliegen, was ich immer komplett nervenaufreibend finde. Es ist zu dunkel, um die Entfernung vernünftig einschätzen zu können, und ich habe keine Ahnung, wo genau die Ränder des Loches sind; aber ich habe auch noch keine furchtbaren Geräusche gehört, was ich mal als gutes Zeichen werte. Allmählich trocknen mir die Augen aus, weil ich nicht blinzle, doch ein Moment der Unachtsamkeit kann uns alle das Leben kosten. Da meldet sich das interne Kom.

»Nax?«, fragt Case. »Meinst du …«

»Nicht jetzt!«, blaffe ich und bedaure meinen scharfen Ton – doch ich habe gerade nicht genug Hirnschmalz für eine Entschuldigung übrig. Ich lockere meine Schultern und behalte den Höhenmesser im Auge, mache wo nötig winzig kleine Mikrokorrekturen, damit wir nicht gegen die scharfen Kanten des Tunnels stoßen. Dann sind wir drin, die Magnetspulen der *Kick* finden die auf dem Tunnelboden verlegten Eisenschienen, und ich gebe so viel Schub, wie ich mich im Dunkeln traue. Eine Minute bis Ellis Station.

»Ich wünschte, ich könnte das Licht anmachen, verdammt«, murmle ich. Dann hebe ich die Stimme, damit Asra mich übers Kom hört. »Schon irgendwas von drüben gehört?«

»Nichts, was uns betrifft«, antwortet sie mit ruhiger Stimme. Gut – hoffentlich bemerken sie uns nicht, bis es zu spät für sie ist. Wie viel Zeit ist vergangen? Wir sind so nahe am Ziel. Dreißig Sekunden …

»Könnte sein, dass es gleich etwas wackelt«, warne ich und schalte die Waffensysteme zurück zur Rakete. »Ich mach uns einen Eingang.«

Der Tunnel beschreibt eine sanfte Kurve, und da ist Ellis Station, direkt vor uns in der Ferne. Ich korrigiere unsere Lage; bei zwanzig Sekunden feuere ich die Rakete ab. Sie zischt unter unserer Nase hervor, rast vorwärts und kracht in die riesigen Frachttore, die Tunnel und Station verbinden. Die Explosion pulverisiert die Tore und wohl auch die Ladezone dahinter, und es flutet genug Atmosphäre den Tunnel, um auch den Klang zu übertragen; ein lautes Krachen hallt durch das Schiff, begleitet von den Schreien der anderen.

Ach du Scheiße. Case hatte recht – große Rakete.

Kurz vor den Verwüstungen bringe ich das Schiff sanft zum Stehen. Ich schlüpfe aus meinen Gurten und lege noch ein paar Schalter um. Dann raus aus der Tür, den Korridor runter und in den Frachtraum, wo die anderen schon auf mich warten, angezogen und einsatzbereit. Zee tupft vorsichtig die Wunde auf Asras Stirn ab und drückt die Enden eines Klammerpflasters fest. Dann tritt sie zurück. Asra wischt sich die letzten Tränen ab und setzt ihren Helm auf. Rion hält mir meinen Anzug, damit ich hineinschlüpfen kann, und zieht mir den Reißverschluss vom Nabel bis zum Hals hoch. Dann stülpt er mir den schmalen Helm über den Kopf und befestigt ihn am Anzug. Case schiebt mir mein Tab in eine Tasche; es ist bereits mit dem Kom der Helme verbunden. Zum Schluss drückt sie mir mit grimmigem Lächeln eine Betäubungspistole in die behandschuhten Finger. Asra weist das Schiff an, sich hinter uns zu verriegeln, dann ist es so weit.

»Bereit?«, frage ich und hebe die Waffe zum Salut.

Vier zustimmende Antworten, aber wir zappeln alle irgendwie herum; unsere Körpersprache verrät, wie nervös es uns macht, wieder den Ort zu betreten, der uns verstoßen hat. Aber wir müssen das durchziehen. Wir haben keine Wahl.

Mit den Magnetstiefeln, die die geringe Mondschwerkraft kompensieren, sind meine Schritte schwerfällig, als ich die Gruppe die Rampe hinab in die zerstörte Ladezone führe. An manchen Stellen glühen die Metallkanten noch rot, und selbst durch den dicken Raumanzug kann ich die Hitze spüren. Die Landschaft draußen ist dagegen kalt und trostlos, nur grauer Fels und Sand. Ich trete sachte gegen einen kleinen Stein und sehe zu, wie er träge taumelnd davontreibt. Wirklich eigenartig.

»Ist es nicht komisch«, fragt Zee, »dass wir die letzte Woche auf drei verschiedenen Planeten waren, aber unser eigener Mond fühlt sich am fremdesten an?«

»Ich dachte gerade dasselbe«, sagt Rion mit blecherner Stimme über die Helmlautsprecher. Ich muss ihm zustimmen – die Bäume, das Licht auf den anderen Welten waren zwar ungewohnt, aber wenigstens hatten sie … etwas. Diese karge Landschaft wirkt abweisend. Selbst mit unseren Magnetstiefeln, die uns am Boden halten, und den zerstörten Bauten ringsum fühlt es sich an, als könnte ich jeden Moment ins All davonschweben. Als ob ich der Leere irgendwie näher wäre. Ein Schauer läuft mir über den Rücken, doch ich konzentriere mich auf unsere Aufgabe. Wir nähern uns einer Innentür, die nicht von der Rakete zerstört wurde. Jetzt wird es ernst.

»Okay, hört mal her: Wahrscheinlich schicken sie Leute, um der Explosion auf den Grund zu gehen, von daher fliegen hier wahrscheinlich gleich die Kugeln. Rion und ich übernehmen die Führung. Case kann uns navigieren. Asra, bleib bei ihr, falls wir auf Sicherheitssysteme stoßen. Zee, halt uns den Rücken frei, und schieße oder trete alles um, was uns zu nahe kommt.«

Ich versuche mein hämmerndes Herz zu beruhigen. »Irgendwelche Fragen? Anmerkungen? Geniale Einfälle in letzter Sekunde? Gebete, Hymnen, Ausdruckstanz?«

Asra zuckt die Achseln und lächelt mich traurig an. »*La hawla wa-la quwata illa bi-llah.*«

Meine Ammi hat das jedes Mal gesagt, wenn sie das Haus verließ, um auf Streife zu gehen: *Es gibt weder Macht noch Stärke außer bei Allah.* Ein wenig Schutz, ein kleines Stück Zuhause. Ich erwidere ihren Blick und nicke wissend. Sobald das vorbei ist, müssen wir zurück und nach ihrer Schwester suchen. Es muss sie innerlich auffressen.

Ich kontrolliere die Ladung meiner Pistole und entsichere sie, dann deaktiviere ich die Magnete in meinen Stiefeln. Auf dem Weg zur Tür stößt Case gegen meine Schulter, und ich höre sie ein paar Takte einer friedlichen kleinen Melodie vor sich hin singen. Irgendwas mit einem blauen Boot. Ich hebe eine Braue, und sie grinst.

»Ist mein Lieblingslied aus der Kirche. Fällt bloß schwer, das mit dem *angeborenen Wert und Würde aller Menschen* zu glauben, wenn ein paar davon unbedingt einen Völkermord begehen wollen. Dachte, es inspiriert mich vielleicht.« Sie zuckt die Schultern, tippt auf ihr Tablet, und wir gehen weiter, doch die gehauchte Melodie hallt noch eine Weile in ihrem Helm wider. Dann dreht sie sich zu mir um und projiziert die öffentlich zugängliche Karte der Station zwischen uns in die Luft.

»Ich messe eine starke Energiesignatur, die aussieht wie das, was wir suchen.« Sie zeigt auf einen leuchtenden Punkt auf der Karte. »Hier. Scheint einer der Serverräume zu sein – das ergäbe ja Sinn. Hinter dieser Tür sind Wartungsflure, für die ich keine Karte habe, aber ich gebe mein Bestes.«

Ich hole tief Luft. »Okay. Sobald wir den Sender lokalisiert und ausgeschaltet haben, bräuchten wir einen Computer, damit Asra rausfinden kann, wohin genau die ganzen Waffen gebracht wurden. Dann geben wir das und alle Infos, die wir haben, an die GKK, posten es ins öffentliche Netz, schicken es Nachrichtensendern und überhaupt so vielen Leuten wie möglich. Schon für den Fall, dass man die Waffen irgendwie auch manuell aktivieren kann.«

Case nickt. »Und vielleicht …« Sie zögert, schluckt. »Vielleicht könnten wir auch unsere Namen nennen? Damit alle wissen, dass wir es waren, die das verhindert haben. Vielleicht lassen sie dann die Anklage gegen uns fallen.«

Rion schnaubt. »Vorausgesetzt, dass wir überhaupt lang genug leben, um noch verhaftet zu werden. Seien wir mal ehrlich – unser Plan ist, da reinzugehen und loszuballern. Kein Problem, oder? Zum Tee sind wir wieder daheim.«

Und von einem Moment auf den nächsten fällt die Anspannung von uns ab, und wir brechen in nervöses Gekicher aus. Das ist wirklich komplett bekloppt. Aber was soll's.

Zee klopft mir auf die Schulter, und das Grinsen weicht von ihren Zügen. »Aber im Ernst, mein heißer Pilot – es waren ein paar krasse Tage, aber du hast uns bis hierher gebracht. Danke, dass du unser Captain warst.«

»Ja«, stimmt Case zu. »Danke, Captain.«

Asra salutiert lässig mit ihrem typischen verschmitzten Lächeln, und Rion drückt mich mit einem Arm an sich, was in den Raumanzügen etwas ungeschickt gerät. Erschrocken fühle ich Tränen in meinen Augenwinkeln aufsteigen, und ich halte Rion kurz fest, damit ich sie wegblinzeln kann. Schließlich presse ich mit rauer Stimme ein rasches »Danke« hervor.

Wir haben einen weiten Weg hinter uns. Ich werde ihre Gesichter echt vermissen, wenn das hier vorbei ist. Der Gedanke, dass wir bald alle unsere eigenen Wege gehen, macht mich fertig – sofern wir überhaupt überleben, natürlich.

Ein Teil von mir staunt, wie rasch diese Art von supergefährlichem, hastig zusammengeschustertem Plan unser Alltag geworden ist. Ein Teil von mir würde sich am liebsten die Seele aus dem Leib kotzen. Doch der Teil, der mich wirklich überrascht und der beständig wächst, ist der, den ich wohl beinahe als … mutig bezeichnen würde. Oder wenigstens entschlossen.

Ach, alles Quatsch – ich scheiße mich vor Angst fast ein. Da draußen warten mordlüsterne Arschlöcher auf uns, die eine ganze Station auf dem Gewissen haben. Die Cases, Rions und Zees Traum von einem Leben in den Kolonien zerstört haben. Die einen halben Planeten unschuldiger Menschen umgebracht haben, vielleicht auch Asras Schwester, und dasselbe meinem Bruder antun wollen – nur weil sie ein Problem damit haben, dass Menschen auch außerhalb der Erde leben. Ekelhaft. Ich wünschte, unsere Rakete wäre noch ein bisschen größer gewesen.

Es wird Zeit. Ich atme tief durch und nicke meinen Freunden zu.

»Alles klar, ihr Loser. Lasst es uns durchziehen und dann nach Hause verschwinden.«

Kapitel Einundzwanzig

Auf der anderen Seite der Tür ist es vorbei mit der Gefühlsduselei, und wir verbergen unsere Angst, so gut es geht, hinter gelassenen Masken. Doch die Paranoia sitzt tief, egal, wie tapfer ich mich für die anderen gebe. Ich habe sogar Angst, laut zu atmen, weil unsere Gegner sonst noch merken, dass die Ratten in der Wand in Wahrheit Vigilanten mit einem gemeinsamen Todeswunsch sind. Sirenen gellen durch die Flure: Dekompressionswarnungen, Einbruchsalarm … und der Befehl an alle verfügbaren Sicherheitskräfte, sich nach AA23 zu begeben.

»Case? Sind wir …?«

Sie nickt. »AA23, das sind wir. Zeit, von hier zu verschwinden.«

Die Luftanalyse, die mein Helm mir anzeigt, leuchtet grün, also öffne ich das Visier. Beim Geruch der wiederaufbereiteten Luft der Akademie überkommen mich sofort Erinnerungen: ich beim Interview, kerzengerade in meiner gesteiften Uniform vor dem Podium der Offiziere, schwitzend vor Angst und randvoll mit naiven Träumen. Es kommt mir vor, als wäre es Jahre her.

Case lotst uns rasch und leise durch schwach erleuchtete Flure, Rion und ich als Geleitschutz, die Waffen bereit. Case, Zee und ich haben auch ein paar Betäubungsgranaten aus Jaces Lager dabei – besser als normale Granaten bei all dem Vakuum da draußen. Ich frage mich aber, ob das reichen wird, wenn sie uns *»alle verfügbaren Sicherheitskräfte«* schicken. Die Beleuchtung über unseren Köpfen flackert und wird dann noch dunkler, sodass sich tanzende Schatten im

Flur ausbreiten. Da unterbricht eine Durchsage den kreischenden Alarm, und wir halten den Atem an: »Energie vorübergehend umgeleitet zur Aufladung. Drei Minuten bis zur Übertragung.«

Oh Gott, es ist so weit.

Bang! Etwas saust an meinem Ohr vorbei, und ich werfe mich instinktiv zu Boden, versuche die Angreifer zu erkennen.

»Sie sind da drüben!«, ruft ein Mann hinter der nächsten Ecke. Hallende Schritte nähern sich aus der Ferne, mehr und mehr, und der Mann lugt aus der Deckung, hebt seine Waffe, legt auf Zee an, ich darf das nicht zulassen …

Ich ziehe den Stift aus der Granate und werfe sie hinter ihm an die Wand, damit sie in seinem Seitengang landet. Ein Aufschrei, dann explodiert sie schon mit einem Knall und einem nassen Regen Betäubungsmittel. Etwas grüne Flüssigkeit spritzt bis in den Hauptflur, und der Mann, der auf uns geschossen hat, sackt zusammen. Ich höre keine Schritte mehr aus seinem Gang.

Ich würde ihm ja gern seine Waffe abnehmen, doch uns bleibt keine Zeit. Weniger als drei Minuten – wir müssen den Sender finden. Case rennt schon, so schnell sie kann, den Flur hinab. Ihr Tablet hat sie eingesteckt, dafür hat sie in der einen Hand eine Granate und in der anderen ihre Waffe. Sie scheint genau zu wissen, wo wir hinmüssen. Um die Ecke, Luft ist rein. Nächste Ecke, Granate und weiter. Noch eine Ecke, alles ist gut. Noch eine – Scheiße!

Ich renne gegen die Brust eines Kerls, der gut zwanzig Zentimeter größer und breiter ist als ich. Aus den Augenwinkeln sehe ich, dass Rion gerade dasselbe passiert. Die Arme des Kerls sind die reinsten Baumstämme, und er drückt mir damit die Ellbogen an die Seite, sodass ich nicht auf ihn zielen, ihn nicht schlagen, verdammt noch mal gar nichts tun kann – nichts außer mich zusammensacken und durch seine Umarmung nach unten gleiten lassen.

Mein Arsch landet auf dem Boden, ich reiße die Waffe hoch und verschieße einen steten Strom von Betäubungskapseln. Die meisten tränken bloß seine Kleidung, doch alles, was es braucht, ist ein einziger Treffer. Als er seine Waffe auf meine Stirn richtet, erwischt ihn eine Kapsel am Unterarm. Er krümmt noch den Finger, seine Miene grimmig entschlossen – dann fallen ihm die Augen zu, und er stolpert nach vorn. Ich rolle gerade noch zur Seite, als er Waffe voran zusammenklappt und sein Kopf mit lautem Krachen auf den Boden schlägt. Adrenalin schießt mir durch den Körper, meine Hände zittern, als Rion mir aufhilft, und selbst als ich schon wieder stehe, verweigern sich meine Finger noch dem Befehl meines Hirns, ihn wieder loszulassen. Rion erwidert den Druck meiner Hand und hilft mir über die Bewusstlosen hinweg, dann folgen wir Case in einen weiteren abzweigenden Gang.

»Neunzig Sekunden bis zur Übertragung. Bereit machen für Spannungseinbruch.«

Rions Blick begegnet meinem, die Augen weit vor Angst. Das ist der Moment. Das ist …

Vor einer unscheinbaren Tür bleibt Case stehen. Daneben leuchtet rot ein Keypad. Leise fluchend drückt Asra ihr Tablet auf die drahtlose Schnittstelle, wischt und tippt in unglaublichem Tempo.

»Wenn das funktioniert, geht diese Tür gleich auf«, zischt sie. »Haltet euch bereit!«

Ich bedeute Rion und Case, sich auf einer Seite der Tür zu positionieren, während Zee und ich uns auf der anderen an die Wand kauern. Ich lade meine Waffe nach, und Zee hält unsere letzte verbliebene Granate bereit. Mein Herz klopft wie wild, panisch wie das eines kleinen Hasen, und mein Gehirn schwimmt in einem wilden Cocktail aus Ungeduld, Frustration und blankem Entsetzen. Den anderen geht es nicht besser: flacher Atem, die Gesichter gerötet, nervöse Bewegungen.

Asra holt scharf Luft, und das ist unsere einzige Warnung. Die Tür gleitet auf, und auf der anderen Seite werden wir schon erwartet.

Sobald der Spalt in der Tür breit genug ist, rollt Zee die Granate über die Schwelle. In dem geschlossenen Raum klingt die Explosion umso heftiger. Ich spähe an Asra vorbei: vier Leute in Technikeroveralls liegen hingestreckt über den Konsolen. Keine Bewegung, abgesehen vom digitalen Countdown auf einem der Displays: dreißig Sekunden. Neunundzwanzig, achtundzwanzig …

Diesmal werde ich wirklich kotzen.

Der Raum ist ein einziges Durcheinander aus Computern, Drähten und langen Leitungen, die durch die Decke führen. Meine Brust zerspringt bald vor Angst, mein Atem ist laut und schmerzhaft. Hier steht so viel Mist rum, wie sollen wir da den Sender finden? Dreiundzwanzig, zweiundzwanzig – Asra tippt verzweifelt auf das Display neben dem Countdown ein. Dann ertönen Rufe von draußen, verdammt. Ich schlage die Tür zu und verschließe sie, bezweifle aber, dass das jemanden mit den richtigen Zugangscodes aufhalten wird. Zee reißt einen Sicherungskasten auf und legt die Schalter um, immer drei auf einmal. Nichts, nichts.

Rion, Case und ich schauen hilflos zu, wie die Zeit abläuft, achtzehn, siebzehn – da, in der Ecke: ein riesiges Kastending, neuer als alles andere im Raum, der Anstrich ein anderer Farbton. Ich reiße die Frontblende ab, und drinnen, auf

Hüfthöhe, in einem Rattennest von Drähten vergraben, sitzt eine Platine mit dem bekannten blau-grünen Logo. Der Sender.

»Hier!«, rufe ich, und meine Stimme klingt selbst für meine Ohren rau und panisch. Die Platine ist festgeschraubt; ich kriege meine Finger nicht herum, deshalb reiße ich stattdessen an den Drähten, doch nichts hält den Timer auf, der unerbittlich weiterzählt: zehn, neun ...

»Weg da!«, befiehlt Zee und zerrt mich grob von der Konsole weg. Dann geht sie in Position und schwingt ihr Bein in hohem Bogen, schlägt die Spitze ihres Stiefels einmal, zweimal in die Platine. Sie bringt ihre Hüfte hoch, um mit dem Absatz zuzutreten. Ein letztes, lautstarkes Krachen.

Der Countdown stoppt bei vier Sekunden. An seiner Stelle erscheint eine blinkende Fehlermeldung.

Hardwareversagen.

Meine Wangen sind nass, mein Gesicht erstarrt – dann muss ich grinsen. Ich schaue nach den anderen: Rion, Case und Asra weinen unverhohlen, die Arme schlaff, als das Adrenalin nachlässt. Zee dagegen wirkt hochzufrieden. Sie rollt ihren Kopf von links nach rechts, ihr Nacken kracht, genauso wie ihre Knöchel, und sie lockert ihre Beine.

»Das war therapeutisch echt wertvoll«, sagt sie mit dem breitesten Lächeln, das ich je bei ihr gesehen habe.

»Kann ich mir vorstellen.« Rion lacht. »Ich bin fast neidisch!«

Ich pruste, doch ein Blick zu Case, und ich lasse das Gealbere. Sie wirkt tierisch nervös, wippt auf den Fußballen.

»Okay miteinander, Zeit für Teil zwei«, ermahne ich uns, bevor wir uns zu sehr in unserem Erfolg sonnen. »Wir müssen das immer noch überleben und von hier wegkommen. Asra, kannst du mit dem Terminal da die Erde erreichen?«

Sie probiert zwei verschiedene Terminals aus, dann schüttelt sie den Kopf. »Wir haben wohl zu viel wichtiges Zeug ruiniert. Wir müssen uns ein anderes Terminal suchen.«

Case und Asra stecken murmelnd die Köpfe zusammen, studieren die Pläne der Anlage auf Cases Tab.

»Die Krankenstation vielleicht«, sagt Asra schließlich, und Case stimmt nickend zu.

»Die ist ganz in der Nähe, und die Leute dort sollten theoretisch Zivilisten oder schon verletzt sein – sollen wir?«

»Zeig uns den Weg!«

Da fliegt mit einem lauten Knall die Tür auf, und Kugeln schlagen in die Wand hinter mir ein.

Heiß wie Feuer brennt sich etwas durch meinen linken Arm, und ich taumle gegen die Wand. Ein paar lange Sekunden verschwimmt alles. Der Ärmel meines Raumanzugs legt sich um meinen Bizeps und versiegelt die Wunde. Der leichte Druck reißt mich ins Bewusstsein zurück, gerade noch rechtzeitig, um drei Silhouetten im Eingang stolpern und fallen zu sehen. Zee kauert sich neben mich und reißt nicht gerade zärtlich meinen Arm herum, um ihn zu untersuchen. Die Schmerzen lassen ihre Stimme undeutlich und weit entfernt klingen.

»Ist nur ein Kratzer, Nax.« Sie zieht mich an meinem anderen Arm auf die Beine. »Das steckst du weg. Sobald wir auf der Krankenstation sind, verbinde ich es dir, aber wir brauchen dich und deine Waffe, um es bis dahin zu schaffen. Also. Bist du dabei, Captain?«

Ich beiße mir auf die Lippe, atme mehrfach durch die Nase, dann nicke ich. Die Hitze in meinem Arm weicht einem pochenden Schmerz. Wie befohlen folge ich Case über die Bewusstlosen im Eingang hinweg. Darf uns nicht aufhalten. Muss in Bewegung bleiben. Verstärkung ist bestimmt schon auf dem Weg. Davon abgesehen hat Rion schon einen richtigen Schuss abgekriegt, als wir die *Kick* klauten, nicht bloß einen Kratzer – ich kann jetzt nicht schlappmachen, sonst hängt mir das ewig an. Schöner Captain wäre ich da.

Wieder zischt eine Kugel an meinem Kopf vorbei, und Rion und Zee erwidern das Feuer. Ich bemerke die Überwachungskameras an der Decke; bei nächster Gelegenheit lege ich an und schieße auf eine. Nicht kaputt, aber wenigstens verklebt ihnen die dickflüssige Betäubungssoße die Sicht. Gott, hoffentlich sind wir bald da. Ich hinterlasse eine sehr hilfreiche Blutspur, die diese Earth-First-Ärsche geradezu einlädt, uns in den Rücken zu schießen.

Wir biegen um eine letzte Ecke und sehen uns einer Tür mit einem riesigen roten Kreuz gegenüber. Die Krankenstation. Ich schiebe Asra beiseite, tausche einen Blick mit Rion und schlage mit dem Ellbogen meines unverletzten Arms den Türöffner ein. Wir schauen gar nicht richtig hin, schießen einfach auf alles und jeden, und im Handumdrehen sacken die Anwesenden über ihren Arbeitsplätzen und Krankenbetten zusammen. Case und Zee geben noch ein paar Schüsse in den Flur ab und schlüpfen dann ebenfalls herein. Asra verschließt die Tür von innen.

»Wir haben vielleicht dreißig Sekunden, bis sie die Kontrollen umgehen. Wir brauchen …« Sie lässt den Blick durch den Raum schweifen, dann eilt sie zu einer Konsole in der hinteren Ecke. »Könntet ihr sie mir ein paar Minuten vom Hals halten?« Schon stellt sie eine Verbindung her.

»Richten wir uns ein, Leute!«, rufe ich.

Case schnappt sich die Matratze des nächsten Rollbettes und wirft sie auf die Seite, dann rollt sie ein anderes Bett davor, um uns Deckung zu geben. Ich höre ein Murren und wirble herum, sehe Zee einem Patienten eine Ladung Schlafmittel ins Gesicht schießen; seine Finger halten ein Operationsmesser. Dann nimmt sie die Waffe in die andere Hand und wühlt sich durch einen Schrank, bis sie eine Dose mit Sprühverband findet, so wie der, den sie mir nach dem Absturz verpasst hat.

»Für mehr fehlt uns die Zeit«, sagt sie. »Sorry.« Sie lässt sich neben mich plumpsen und greift sich meinen verletzten Arm. Ich überlege, eine Bemerkung über ihren Umgang mit Patienten zu machen, aber wahrscheinlich wäre das fehl am Platz. Davon abgesehen läuten die Türkontrollen schon unglücklich über die Versuche dieser mordlustigen Ärsche, das Schloss auszuschalten – von daher bin ich gerne bereit, Zees Klammergriff und ein paar blaue Flecken zu verzeihen.

Rion nimmt mir die Waffe ab, um mir ein frisches Magazin einzulegen, dann macht er dasselbe bei Case. Er trägt wieder sein Diplomatengesicht zur Schau, seine Hände sind ruhig, aber seine Finger verweilen einen Augenblick auf meinen, als er mir die Waffe zurückgibt. Ich versuche ihm ein zuversichtliches Lächeln zu schenken, aber es dürfte eher wie eine Grimasse aussehen. Gequält wendet er den Blick ab. Alles Mist. Wird Zeit, dass wir uns zusammenreißen.

»Also dann«, sage ich in meiner besten Verkörperung von Nax Hall, dem professionellen Klugscheißer. »Asra meinte dreißig Sekunden, bis sie durch die Tür sind – aber sie brauchen jetzt schon bestimmt eine Minute. Mich wollten sie erschießen – aber daheim hab ich Moskitobisse abgekriegt, die schlimmer waren. Wie haben diese Vollpfosten es eigentlich geschafft, die komplette Station zu übernehmen und ihre üblen Pläne für interstellaren Völkermord auszuhecken?«

Nicht meine beste Nummer, aber die anderen brechen in

erleichtertes Gepruste und Gekicher aus – gerade als die Tür zu guter Letzt ein zufriedenes Tuten produziert. Dann wohl weiter mit der Schießerei.

Nur dass die anderen jetzt Granaten haben.

»Deckung!«, rufe ich, als ein eiförmiger Sprengsatz über unser Bettenfort geflogen kommt. Die Reflexe meines alten Baseballtrainings melden sich zurück – ich fange das Ding und werfe es zurück nach da, wo es herkam. Dann ducke ich mich über Case, Rion und Zee. Erst kurz nachdem die Granate mit einem ohrenbetäubenden Donner explodiert, wird mir klar, wie sehr das hätte schiefgehen können. Ein einziges kleines Eierding, und Game over. Aber keine Zeit für Panik jetzt.

Ich rolle mich wieder von den anderen runter und hebe meine Waffe, linse durch den Spalt zwischen den Matratzen. Auf dem Boden vor dem Eingang liegen verkohlte Körperteile verteilt. Ich zucke zurück, die Galle steigt mir hoch. Ich bin entsetzt über mich – zwar fühle ich mich nicht im Geringsten schuldig, aber der Anblick ist trotzdem schlimm. Über allem steht jedoch die finstere Gewissheit, dass es auch Cases verbrannter Arm, Rions blutiger Torso hätten sein können. *Reiß dich zusammen, Hall.*

Dann erklingt eine Stimme über das Komsystem der Krankenstation. »An alle Earth-First-Mitarbeiter: Mr Pearson bittet darum, dass Sie wenn möglich seine Stieftochter verschonen. Er ist schon auf dem Weg, sie abzuholen. Was die anderen betrifft, so gelten Ihre Befehle. Machen Sie schnell!« Das war die Direktorin, Dr. Herrera – die diese ganze Sache erst ermöglicht hat. Die Tausende von Leben in ihrer Obhut einfach auslöschte. Ekelhaft.

»Tut mir leid, Leute«, meldet sich Asra, die Stimme zum Zerreißen gespannt. Irgendwie hat sie in all dem Chaos nie ihre Arbeit unterbrochen. »Das hier dauert zu lang. Ich habe alle Infos, und ich habe die Botschaft schon in ein paar sozialen Netzwerken verbreitet, aber irgendwas blockiert meine Versuche, das Hauptquartier der GKK zu erreichen. Ich bräuchte Zeit für einen Workaround. Könntet ihr …«

Da versagt ihr die Stimme. So hab ich sie noch nie gehört – nicht als wir das Schiff gestohlen haben, nicht als ihr Stiefbruder auf uns geschossen hat, nicht auf Tau'ri … nie. Sie atmet tief durch, dann beginnt sie noch einmal. »Könnt ihr noch ein wenig durchhalten? Schaffen wir das?«

Ich ducke mich, als eine neue Welle Gegner durch die Tür drängt und die Krankenhausbetten mit Kugeln durchsiebt. Keine Granaten diesmal – schätze, die Lektion haben sie gelernt.

»Wir geben unser Bestes, Asra. Konzentrier dich einfach! Wir passen auf dich auf.« Gott, ich hoffe, dass ich das Versprechen halten kann.

Aufstehen, ein paar Schüsse abgeben, ducken und weg. Wieder und wieder. Es bringt aber nichts – ich kann nicht lange genug aus der Deckung, um vernünftig zu zielen. Immer mehr Leute drängen herein, wollen uns ins Kreuzfeuer nehmen, und Scheiße, das geht echt verdammt schnell den Bach runter.

Ich drücke mich hinter meine Deckung und betrachte unsere Hälfte des Zimmers. Es muss doch irgendwas geben, was wir zu unserem Vorteil einsetzen können, egal was. Da ist ein Schrank mit einer geborstenen Glastür und massig Pillenfläschchen, eine Tür mit der Aufschrift *Installation und Lüftung*, ein Container für medizinische Abfälle, ein paar Druckflaschen, irgendeine große Maschine …

Moment mal.

Oh Gott, ich habe geraden den schlechtesten Einfall aller Zeiten.

Das hektische Geschnatter automatischer Waffen mischt sich in den Lärm, und der Kugelregen reißt unsere Matratze in Fetzen. Anscheinend haben sie jetzt echte Soldaten im Einsatz. Ich massiere mir das Gesicht und raffe meinen Mut zusammen.

»Case, komm mit mir!«

Ich muss ihr anrechnen, dass sie nicht zögert. »Ja, Captain.«

Ich zähle leise bis drei, um mich bereit zu machen, dann springe ich auf und feuere wild drauflos, treffe einen Angreifer voll auf die Zwölf, und der Rest muss Deckung suchen. Das Manöver, mit dem ich mich hinter den nächsten Tisch rolle, ist alles andere als anmutig, aber immerhin ruiniere ich mir die Schulter nicht noch mehr, von daher sollte ich mich nicht beschweren. Case folgt mir so schnell, dass sie über mich wegrollt, und wir landen in einem wilden Durcheinander von Armen und Beinen, bis ich mich wieder orientiert habe. Die Druckflaschen, die Druckflaschen … ja, da, vier große Flaschen, die mir bis zur Hüfte reichen, beschriftet mit N2O – Distickstoffmonoxid.

»Alle die Helme schließen und Sauerstoff an«, sage ich über Helmmikro. »Zehn Sekunden!« Mein Visier schnappt zu, und ich bekomme einen Stoß frisches Sauerstoffgemisch. Ich schaue zu Case – sie ist schon so weit, also winke ich sie zur ersten Flasche, damit sie ihre Seite des Ventilrads greift. Ich ziehe sie nicht gern in die Schusslinie, aber meine linke Schulter ist praktisch nutzlos, und ich brauche ihre Hilfe.

»Hoffe, ihr seid so weit, denn das könnte mein beschissenster Einfall überhaupt werden.« Ich zerre am Ventil, Case stemmt sich mit aller Kraft dagegen, und es dreht sich, langsam erst … dann gibt es schlagartig nach. Mit einem Geräusch wie ein Feuerlöscher entweicht das Gas in die Krankenstation. Ich packe die Oberseite der Flasche und reiße sie zu mir, lege sie mit Cases Hilfe sanft am Boden ab. Dann schiebe ich sie aus der Deckung.

Kaum strecke ich den Kopf um die Ecke, reißt mir ein Kugelhagel fast das Gesicht weg. Ich zucke zurück, dann spähe ich erneut – und sehe niemand anderen als Jace Pearson, der uns wohl persönlich erledigen will. Ich werfe mich hin, ein erneuter Kugelhagel trifft die Deckung. Ich hole tief Luft. Es kann immer noch klappen.

»Zee!«, rufe ich über Kom und zeige auf die zischende Gasflasche. Die Ehre gebührt ihr: Sie hebt die Braue, dann lässt sie sich zu Boden fallen, holt mit beiden Füßen aus und tritt die Flasche mit voller Kraft, sodass sie direkt auf unsere Angreifer zurollt. Als das Feuer sich auf ihre Position konzentriert, hechtet sie zurück – dann verebben die Schüsse. Rions Schießkünste haben die Zahl der Gegner bereits verringert, aber es ist die Flasche, die direkt auf die Gesichter der Arschlöcher zeigt, die den Widerstand schließlich bricht.

Dann beginnt das Gelächter.

Ich riskiere einen Blick … und bin so froh, dass ich das sehe.

Die Earth-First-Soldaten, die auf uns geschossen haben – die fiesen Schweine, die sich verschworen, die halbe Galaxis umzubringen –, fallen kichernd übereinander, sabbern und grinsen wie kleine Kinder. Am besten ist Asras Stiefvater, der seine Waffe fallen lässt, um verwirrt nach unsichtbaren Dingen um seinen Kopf zu schlagen. Wahrscheinlich sehe ich aus, als hätte ich selbst eine Dosis abgekriegt; ich grinse zufrieden mit der Welt vor mich hin, spüre die Erleichterung in jeder Faser meines Körpers.

Darf ich wirklich hoffen, dass es fast vorbei ist?

»Lachgas, Nax?«, fragt Rion und verlässt seine Deckung. »Echt jetzt?«

Im Geiste sende ich einen stillen Gruß an Tucker Fineman. Er mag ein Arsch gewesen sein – aber wenn er sich damals nicht mit Lachgas weggeblasen hätte, wäre mir die Idee nie gekommen. Der hier ist für dich, Tucker.

Und es gibt immer noch was zu tun: die Verstärkung ausschalten.

»Ja, Rion, Lachgas, und wir sind noch nicht fertig! Zee und Rion, bleibt hier, und haltet Asra den Rücken frei, falls wir neue Gäste kriegen. Case, ich brauche dein Ingenieurgehirn hier drüben.« Die Tür zum Installations- und Lüftungsraum lässt sich ohne Probleme öffnen, und Case kapiert sofort, was ich vorhabe, und rollt eine neue Gasflasche herbei. Dann macht sie sich daran, sie ins Lüftungssystem der Station zu entleeren – was wirklich praktisch ist, denn ich hätte nicht die leiseste Ahnung, wo ich da anfangen sollte. In der Zwischenzeit besorge ich eine weitere Flasche. Wir wiederholen das Ganze noch zweimal, kippen vier Flaschen Lachgas komplett ins System. Dann führen wir die völlig zugedröhnten Soldaten – und Jace – sanft auf den Flur hinaus. Case verriegelt die Tür, nimmt sich diesmal aber die Zeit, das Sicherheitssystem so richtig auszuweiden – hier kommt niemand mehr rein, wenn wir das nicht wollen.

»Leute, das werdet ihr lieben«, ruft Asra grinsend vom anderen Ende des Raums. Sie winkt uns zu sich, und krass, ist das grandios: Sie hat Bilder der Überwachungskameras in der Messe, der Verwaltung und Dr. Herreras Quartier auf dem Schirm. Überall liegen Menschen auf den Tischen, grinsen über beide Ohren oder wanken langsam in traumtrunkenen Kreisen. Dr. Herrera, die uns von der Akademie geworfen und dann zur Jagd freigegeben hat, scheint im Bademantel allein Walzer zu tanzen. Und auf dem Flur vor der Krankenstation setzt Jace seine Jagd auf unsichtbare Feen fort. Asra richtet ihr Tab auf den Bildschirm und nimmt mit zufriedenem Lächeln einen kurzen Clip auf.

»Mission erfolgreich, übrigens«, sagt sie. »Das GKK-Hauptquartier hat nun sämtliche Pläne und Dateien von Earth First, zusammen mit unserer Nachricht. Bloß für den Fall, dass sie gerade nicht aufpassen, war ich so frei, einen Livestream von dem allen hier zur Erde zu schicken – *das* werden die Generäle im Hauptquartier ganz bestimmt mitkriegen.«

Wie aufs Stichwort meldet sich das Komsystem – jemand ruft uns. Rion tippt mit einer schnörkeligen Geste auf den »Annehmen«-Knopf und kann sich ein Lachen nicht verkneifen, als ein pausbäckiger Mann auf dem Schirm erscheint. Der Gute ist ganz außer sich.

»Was in Gottes Namen ist da oben los?«, brüllt der Mann, seine Stimme so laut, dass sie verzerrt aus den Lautsprechern klingt. »Und wer zur Hölle sind Sie?«

Alle drängen sich um mich, sodass wir im Erfassungsbereich der Kamera stehen. Asra winkt, Case salutiert, Zee verschränkt die Arme, und Rion macht Fingerpistolen. Nicht gerade diplomatisch – aber die Faust, die mein Herz seit vier Tagen im Würgegriff hält, lässt endlich los, und ich gestatte mir ein kleines Grinsen. Ich lege die Arme um meine Freunde und schaue direkt in die Kamera.

»Nax Hall, Captain der *Swift Kick,* zu Ihren Diensten!«, sage ich mit knappem Nicken. »Und bevor Sie irgendetwas sagen: gern geschehen.«

KAPITEL ZWEIUNDZWANZIG

Mein Quartier an Bord der *Kick* fühlt sich schon beinahe wie zu Hause an: brandneue Bezüge, ein kleiner magnetischer Blumentopf mit einer fröhlichen Minze und auf dem Nachttisch mein altes Tablet von daheim. In den Schränken befinden sich ein paar meiner Sachen von der Erde, und der Chevda-Mix, den mir meine Eltern geschickt haben, füllt die neuerdings für Snacks und Knabberkram bestimmte Schublade. Doch trotz allem fällt es mir schwer, das Gefühl loszuwerden, dass die Welt jede Sekunde unter mir wegbrechen könnte. Mein Gehirn und mein Körper scheinen noch nicht zu kapieren, dass es vorbei ist.

Es ist vorbei.

Die Leute von der GKK haben sich richtig Mühe gegeben und vor lauter Entschuldigungen kaum noch eingekriegt. Innerhalb von zwölf Stunden nach der Tortur hatten sie uns Päckchen unserer Familien geschickt, dann Dokumente, die uns von allen Anklagepunkten freisprachen, zusammen mit einer stattlichen Belohnung. Am Anfang gab es noch unterschwelliges Gegrummel, wir sollten doch zugeben, dass wir die *Kick* gestohlen hatten; aber wir haben einfach die Klappe gehalten, und beweisen konnten sie uns nichts. Mittlerweile haben wir auch Papiere, die uns als Eigentümer ausweisen, und daran können sie verdammt noch mal nichts ändern.

Meine einzige Strafe bei alldem? Sie haben mich ausgerechnet dafür drangekriegt, dass ich ohne interstellare Lizenz geflogen bin. Na meinetwegen. Die Strafe zahl ich locker von meiner schönen Belohnung, danke vielmals. Nach allem, was ich durchgemacht habe, war die Pilotenprüfung ein echtes Kinderspiel.

Meine Eltern sind … nicht ganz so glücklich mit mir, glaube ich. Wir konnten uns nur eine Minute unterhalten, bevor die GKK uns unterbrach – irgendwas mit der Integrität der Ermittlungen –, und danach mussten wir erst einmal zurück zu Brenns Werkstatt, um die *Kick* reparieren zu lassen. Anscheinend durften sich meine Eltern nach der Sache mit den Steckbriefen mit sämtlichen Meinungen und Urteilen des erweiterten Familienkreises rumschlagen. Grammy spielte die schockierte Südstaatendame, und Pa und die Brüder meines Vaters waren tierisch angefressen. Genauso die Tanten und Onkel auf Ammis Seite. Hab wohl einen richtigen Familienskandal losgetreten.

Mal wieder.

Und es tut mir aufrichtig leid.

Sie haben mir eine Nachricht auf meinem Tab hinterlegt, ehe sie es mir schickten, aber ich hab sie mir noch nicht angeschaut. Ich weiß nicht recht, was ich erwarten soll. *Meld dich nie wieder bei uns? Du hättest nie gehen sollen? Wieso bist du so ein Loser? Vergiss nicht, deine Unterhosen zu waschen?*

Ich werfe mich aufs Bett und lege den Arm über die Augen, das Tab neben mir auf dem Tisch ein stiller Vorwurf.

Ich kann warten. Ich brauche eine Pause.

Oder auch nicht.

Jemand klopft an meine angelehnte Tür. Ich öffne ein Auge und sehe Malik im Eingang stehen, die Arme verschränkt.

»Hast du's dir inzwischen angesehen?«, fragt er.

Ich kämpfe die Wut nieder, die bei seinem Generve automatisch in mir aufsteigt. Ich will da wirklich an mir arbeiten. Damit sich unser Verhältnis bessert.

»Nein.« Nach kurzem Zögern entscheide ich mich für die Wahrheit. »Ich habe Angst, dass sie mich hassen.«

Malik gluckst. »Ich hab heute früh eine Nachricht von ihnen gekriegt. Sie hassen dich garantiert nicht.« Er löst die Arme und tritt zurück auf den Flur. »Schau dir das Video an! Dann will Brenn euch alle in der Messe treffen. Fünf Minuten, okay?«

»Okay.«

Er schließt die Tür hinter sich, und ich bin ihm dankbar, dass er mir meine Privatsphäre lässt. Schätze, ich muss das hinter mich bringen.

Kühl und vertraut liegt mein altes Tablet in meiner Hand, als ich die Nachricht antippe. Das Video lädt augenblicklich und zeigt meine Eltern im Esszimmer sitzend, hinter ihnen der Kühlschrank und der Rest der Küche. Sie schauen einander kurz an, halten stumme Zwiesprache, dann blicken sie in die Kamera.

»Hallo, Nax«, sagt meine Ammi mit gefasster, selbstbewusster Stimme, aber mit diesem Hauch von Zärtlichkeit, den ich immer mit ihr verbunden habe. Ich habe diese Stimme die ganze Woche über im Kopf gehört – jedes Mal, wenn ich die Kontroller des Schiffs berührt habe und an unsere gemeinsamen Flugstunden denken musste. Sie in echt zu hören ist … schön. Auf ihre typisch ehrliche Art kommt sie direkt zum Punkt: »Erst einmal schlägst du dir alles Fürchterliche, was wir deiner Meinung nach gleich sagen werden, aus dem Kopf. Du solltest uns inzwischen wirklich besser kennen.«

Mein Dad räuspert sich, und eine leichte Röte steigt in seine blassen Wangen. So reagiert er immer, wenn eine Unterhaltung emotional wird. »Wir wissen, dass du auch deshalb von zu Hause weg bist, weil du dachtest, dass du uns nur Schwierigkeiten machst. Und ich weiß, dass unser Verhältnis gegen Ende etwas schwierig war. Ich will nicht lügen, mein Sohn, es war nicht immer leicht, und es gab Zeiten, da hätte ich deinem Onkel Ronnie für seine Kommentare am liebsten ins Gesicht geschlagen …«

Ammi stößt ihm den Ellbogen in die Seite, und er hustet, grinst schwach. »Aber jetzt, nachdem du einen galaxisweiten Terroranschlag verhindert hast, hält er besser die Klappe, und dafür danke ich dir.«

»Wir wollten einfach nur, dass du einen ordentlichen Beruf ergreifst.« Ammi winkt vage mit der Hand. »Aber ich würde sagen, Heldentum ist auch ganz okay.«

Mein Dad will einen Anwaltswitz reißen, damit das alles nicht zu schmalzig wird, doch ein nur zu vertrauter Blick meiner Mutter lässt ihn verstummen – der Blick, der auch Kriminelle und Zeugen bricht. Mir wird ganz warm ums Herz bei ihrem heimeligen Geplänkel. Der verzweifelte Impuls, mein Zuhause hinter mir zu lassen und auf die Akademie zu entkommen, fühlt sich auf einmal sehr fern an. Es war wohl, was ich brauchte, und ich denke immer noch, dass es die richtige Entscheidung war. Jetzt aber kann ich nicht anders – ich vermisse sie. Ich wünschte, wir hätten uns damals nicht im Streit getrennt, wünschte, ich wäre in jenen letzten Minuten nicht so gemein gewesen. Oder dass ich sie wenigstens umarmt hätte, statt einfach schweigend davonzustürmen.

»Auf jeden Fall stellst du dich besser an als Onkel Ronnies Sohn«, fährt Dad fort. »Der Junge ist eine einzige Katastrophe, glaub mir. Aber der Punkt ist: Es tut uns leid, wenn wir dir das Gefühl gegeben haben, du wärst nicht willkommen. Und wir sind stolz auf dich.«

»Und wir freuen uns so, dass Malik und du euch endlich

ausgesprochen habt«, fügt Ammi hinzu und trocknet sich die Augen. »Ich fand es immer ganz furchtbar, dass der Unfall einen Keil zwischen euch beide getrieben hat, insbesondere so kurz bevor er wegging. Du hattest doch immer zu ihm aufgesehen.«

Meine Wangen werden warm, und ich spüre ein Brennen in den Augenwinkeln. Zum Glück weiß mein Dad, wie es mir geht, und kommt mir zu Hilfe – darauf ist Verlass.

»*Wie dem auch sei* – uns ist klar, dass wir dich in näherer Zukunft nicht persönlich sehen können. Der nette Mann von der GKK hat zwar gesagt, dass die Umstände hier *unüblich* wären und du technisch gesehen die Genehmigung hattest, zur Erde zurückzukehren, nachdem man dir, äh, die Aufnahme in die Akademie verweigert hat – aber dass das Rückkehrverbot trotzdem für dich gilt, weil du über die Station hinaus geflogen bist.«

Es ist wie ein neuer Schlag in die Magengrube, und ich weiß, dass es für sie genauso ist. In diesem Moment, in dem ich ihre Gesichter sehe, fühlt es sich echter an als während all der Explosionen und Luftkämpfe, unserer gesamten Flucht. Ich kann nie mehr zurück, und mir blutet das Herz.

»Und das ist auch in Ordnung, bestimmt wolltest du es ohnehin nicht anders«, wirft Ammi ein. »Die Kühe und Ziegen mögen ganz verzweifelt sein, aber ich schätze mal, du vermisst sie nicht wirklich.« Ihre hellen Augen funkeln amüsiert. Sollte ich ihr je von unserer Flucht durch den Ziegenstall erzählen, wird sie die Geschichte lieben. »Uns war immer klar, dass du keine Sekunde länger als nötig hierbleiben wirst. Mit dem Kopf warst du schon immer zwischen den Sternen. Wir nehmen das nicht persönlich.«

»Na ja, deine Mutter vielleicht nicht«, sagt Dad. »Aber sie war ja immer die bessere Hälfte.«

Sie lächeln einander an, und mir wird schwer ums Herz, dann blicken sie wieder in die Kamera. »Ich will damit Folgendes sagen«, fährt meine Ammi fort. »Wir denken darüber nach, uns da draußen zur Ruhe zu setzen, sobald deine Grammy und Pa nicht mehr sind und deine Cousins die Köpfe aus ihren … Wir haben jedenfalls noch Hoffnung für sie. Und wir hoffen, dich eines Tages wiederzusehen, mein Junge.«

»Bis dahin schreibst du lieber regelmäßig und kommst zweimal im Jahr in den Erdorbit für einen Videoanruf«, droht mein Vater. »Sonst hetze ich dir deine Mutter auf den Hals. Sie wurde diese Woche befördert, also nimm dich in Acht!«

Lachend wische ich mir mit dem Daumen die Tränen von den Wangen, und obwohl sie mich nicht sehen können, nicke ich. »Mach ich, Dad.«

Das Licht glänzt auf dem kleinen Edelstein ihres Nasensteckers, als Ammi sich vorbeugt, um einen Kuss auf den Schirm zu drücken.

»Wir lieben dich, Nax«, sagt sie.

Und dann ist es vorbei.

Ich bin versucht, noch eine Weile dazuliegen, die Nachricht noch einmal zu sehen, aber das sollte ich nicht. Ich muss mein Captaingesicht aufsetzen und zum Treffen. Ehrlich gesagt bin ich den anderen aus dem Weg gegangen, seit das Hochgefühl unseres Sieges nachließ und wir zurück nach Valen gesprungen sind. Eine Nacht verbrachte ich bei meinem Bruder, spielte mit seinem Hund und lernte Brenn ein bisschen besser kennen. Ich ahne, dass wir jetzt mehr miteinander zu tun haben werden, und ich habe herausgefunden, dass Brenn ziemlich toll sein kann, wenn sie einem nicht gerade Angst einjagt. Die anderen? Keine Ahnung. Sie werden wahrscheinlich ihrer Wege ziehen, sobald etwas Ruhe einkehrt.

Ich gehe den Flur runter und sehe Asra zusammengekauert in der Ecke des Gemeinschaftsquartiers, wo sie sich die letzte Nachricht ihrer Schwester anhört, während Case und Zee sich auf dem großen Bett fläzen und die Nachrichten verfolgen, die auf der gegenüberliegenden Wand laufen.

»… schien es sich um eine Schallwaffe zu handeln, welche die gesamte Bevölkerung eines Planeten betroffen hätte, wenn das Signal sich ausgebreitet hätte. Diese Technologie und auch der leistungsstarke Sender werden zur Stunde von Spezialisten auf der Erde untersucht. Die letzten Terroristen der Earth First genannten Gruppe, welche die Station infiltriert hatten, wurden gestern am frühen Abend festgenommen. Das volle Ausmaß der Korruption ist noch Gegenstand von Ermittlungen. Nach Meinung von Experten wird es lange dauern, das gesamte Netzwerk an Komplizen in den Kolonien aufzudecken. Bürger aller Welten sind aufgerufen, sich mit Informationen, die bei der Strafverfolgung hilfreich sein können, an die örtlichen und interstellaren Behörden zu wenden. Zudem läuft eine kolonienweite Fahndung nach Dr. Maia Herrera, der vormaligen Direktorin der Akademie auf Ellis Station, der die Flucht gelang, bevor …«

»Scheiße!«, ruft Case aus, aber Zee legt ihr die Hand auf die Schulter und bedeutet ihr, still zu sein.

»… nehmen an, dass ein Polizeibeamter, der mit Earth First sympathisierte, ihr zur Flucht verhalf. Jace Pearson, ein prominenter Politiker auf al-Rihla, der die Aktionen von Earth First in der Kolonie koordinierte und nach gegenwärtigem Stand auch finanzierte, ist ebenfalls untergetaucht. In der Zwischenzeit werden auf der Erde und allen Kolonien Gedenkfeiern und Mahnwachen für die Tausenden von

Menschen abgehalten, die ihr Leben auf Ellis Station und der bis dato unbekannten Kolonie Tau'ri verloren. Die Zahl der Todesopfer steigt noch, während die Ermittlungen laufen. Die fünf Jugendlichen, denen es gelang, die Verschwörung …«

Case tippt auf den Schirm ihres Tabs und schaltet das Video stumm. Wahrscheinlich ist sie es genauso leid wie ich, dieselbe Berichterstattung wieder und wieder zu hören: unsere Kontaktaufnahme mit der GKK, unsere Reaktion auf die offizielle Begnadigung, unsere gemeinsame Erklärung (schriftlich und von Rion vorgetragen, natürlich). Gut drei Tage sind wir nun Berühmtheiten, und ich habe es schon satt. Mit einem Augenrollen stoße ich mich vom Türrahmen ab und räuspere mich.

»Treffen in der Messe«, sage ich. »Kommt ihr mit?«

Case beendet die Projektion und klettert vom Bett, nimmt Asras Hand und zieht sie auf die Beine. Zee springt elegant herab und landet federnd auf den Fußballen.

»Wir kommen in einer Minute nach«, sagt sie. Dann gehe ich weiter und bin wieder allein. Ich verschnaufe kurz, um mich zu sammeln.

Ich stecke den Kopf in Rions Zimmer hinein. Er sitzt an seinem Tisch und liest. Es tut weh, ihn da zu sehen und zu wissen, dass er bald gehen wird.

»Treffen gleich – bist du dabei?«, frage ich.

Er grinst. »Hey, da bist du ja! Dachte schon, du bist uns wieder abhandengekommen.«

Er steht auf und tritt zu mir, die Hände in den Taschen, die Luft zwischen uns lädt sich mit jedem Schritt weiter auf. Einen langen Moment ringe ich mit mir, kann meine Augen nicht von seinen lösen, mein Puls hämmert mir in den Ohren …

Ich könnte. Ich *will.* Die Spannung zieht sich hin, wächst …

Ich mache einen Schritt zurück.

»Die anderen warten«, flüstere ich, obwohl er die Lippen zu einem bedauernden Lächeln verzieht. Ich trete auf den Flur hinaus, er direkt hinter mir, und jede Zelle meines Körpers schreit, ich soll die anderen vergessen, warten lassen, es einfach *tun.*

Aber ich will nichts anfangen, nur um es morgen gleich wieder beenden zu müssen. Wahrscheinlich geht Rion weg. Warum sollte ich mich mit einem Vorgeschmack auf das quälen, was ich nie haben werde?

Schweigend gehen wir nebeneinanderher, nur unsere Schultern berühren einander in dem engen Flur. Ich wünschte, ich hätte zwischendurch ein Nickerchen gehalten; ich muss aufpassen, dass ich in der Messe nicht mitten auf dem Tisch einschlafe.

Dieser Gedanke erübrigt sich, als wir um die Ecke biegen und die anderen auf dem Tisch herummalen sehen – mit Permanentmarkern.

»Verunstaltet ihr da unseren Tisch?«, frage ich ungläubig.

»Nope«, sagt Asra und malt eine dicke, stilisierte Sieben. »Wir personalisieren ihn nur ein bisschen.« Sie beendet ihr Werk mit einem Schnörkel und tritt zurück, um es zu präsentieren. Es ist ein Datum – das von heute, in internationalem Format: 2194–08–17. Und darüber in einem Bogen: VSS *Swift Kick* in schwungvollen Lettern. Sie unterschreibt mit *Asra Haque,* dann klopft sie mit dem Stift auf den Tisch. Ich setze mich neben sie, und Rion gleitet auf meine andere Seite. Kurz darauf kommen auch Brenn und Malik. Sobald sie Platz genommen haben, schnappe ich mir den Pfefferstreuer von der Tischmitte und schlage sachte auf das glänzende Metall.

»Ich rufe dieses Treffen der Rausgeschmissenen zur Ordnung. Ich hoffe, die letzte Runde Verhöre durch die GKK lief okay für alle?« Stöhnen, Augenrollen, Geseufze. In etwa, was ich erwartet habe. »Ja, meins war auch ganz toll. Gut, dass es vorbei ist. Brenn, du hattest was, was du sagen wolltest?«

Sie nickt und zückt ihr Tab. »Ich wollte euch ein Update zu den Reparaturen geben. Die *Kick* war in ziemlich üblem Zustand, als ihr zurückkamt, aber mit den Arbeiten am Rumpf sind wir schon fast fertig. Ein paar Narben hab ich ihr gelassen, weil ich fand, dass es ihr einen verwegenen Touch gibt – aber wir können sie auch gern entfernen, wenn ihr wollt.«

Sie projiziert eine Liste der kritischen Systeme mit Erläuterungen an die Wand. »Die Schildbatterien haben ganz schön was abgekriegt und müssen in jedem Fall raus, aber die Triebwerke haben sich echt gut geschlagen. Wir laden eure Geschütze und den Raketenwerfer nach und haben auch schon die Schrapnellschäden am Steuerbordgeschütz repariert. Ich hätte noch ein paar Spielereien, die ich euch einbauen könnte, wenn die Zeit dafür reicht. Aber es gibt noch eine extrem wichtige Frage zu klären: die der Lackierung.«

Sie steht auf und legt mir eine Hand auf die Schulter. »Du bist ein zäher Verhandlungspartner, Captain Hall. Für die schon beleidigende Summe, die du mir zahlst, konnte ich meine Designerin nicht *ganz* im Zaum halten. Ist sehr eigensinnig, schwer zu bändigen. Ich denke aber, ihr werdet mit ihren Entscheidungen ganz glücklich sein.«

Sie läuft zu ihrem Platz, tippt auf ihr Tab, und ein perfekter 3-D-Scan der *Kick* erscheint und dreht sich langsam vor uns in der Luft. Doch im Gegensatz zu dem zerlegten, verschrammten Schiff, das sie gerade ist, sieht diese *Swift Kick* einfach nur großartig aus.

Die langen, schnittigen Linien sind noch mehr hervorgehoben; schmale, fließende Streifen akzentuieren die natürlichen Kurven des Schiffs. Wenn Brenns Lackierer das hinkriegen, sind sie echte Künstler. Anstelle wie zuvor in düsterem Blauschwarz präsentiert sich die *Kick* in glänzendem Weißgold metallic, fast wie eine kleine Sonne. Wo das simulierte Licht den Anstrich trifft, glitzert es verspielt und silbrig.

Und direkt vor den Triebwerken steht in dicken, geschwungenen Buchstaben ihr Name: VSS *Swift Kick*. Darunter befindet sich eine Art Logo. Brenn zoomt näher heran, verschränkt die Arme und grinst mich selbstzufrieden an.

Unter dem Namenszug sind zwei Silhouetten abgebildet: Das Bein der einen ist zu einem hohen, kraftvollen Tritt gehoben, und ihr Fuß steckt genau zwischen den Beinen der anderen – ein schneller Tritt in die Eier.

»Oh mein Gott.« Case muss lachen, und Rion wirft sich mit einem würdelosen Grunzen auf den Tisch.

»Brenn, du kennst uns wirklich gut«, sage ich über das Schülergekicher meiner Crew hinweg. »Es ist perfekt. Vielen Dank!«

»Freut mich, dass es dir gefällt, genau das wirst du nämlich kriegen.« Sie spielt die Strenge, aber ihre Augen verraten, dass sie es nicht ernst meint. Sie hält ihr Tablet an Asras, um das Design zu übertragen, und Asra wirft es gleich wieder an die Wand. Brenn und Malik stehen auf und wenden sich zur Tür.

»Wie wär's, ihr netten Leute kommt einfach alle heut Abend zum Essen zu Brenn?«, fragt Malik mit einer Spur unseres alten Südstaatenakzents, und ich muss grinsen. »Ich koche.« Mein Magen knurrt erwartungsvoll. Malik war immer ein guter Koch.

»Wir kommen«, sage ich. Er nickt zufrieden, und Brenn legt ihm die Hand ins Kreuz und dirigiert ihn hinaus. Ich breite die Hände aus und schaue die anderen an. »Sonst was Neues? Irgendwas, was das noch toppen könnte?«

Asra grinst. »Na ja, nicht direkt was Neues, aber digitale Ausbeute. Nachdem du das mit dem Lachgas abgezogen hattest, blieb mir etwas Zeit, mich in den Datenbanken der Akademie umzusehen und ein paar Andenken zu sammeln. Bitte schön.« Sie tippt auf ihren Schirm. »Das sind eure kompletten Unterlagen – inklusive der Dokumente, die sie nach den Aufnahmeprüfungen ausgefüllt haben. Ich hab sie nicht gelesen«, fügt sie rasch hinzu. »Mir ist klar, dass da eine Menge Privates drinsteht. Aber ich dachte, ihr wollt vielleicht lesen, was sie über euch geschrieben haben, bevor ihr eure Entscheidung trefft.«

»Welche Entscheidung denn?« Ich halte mich nicht damit auf, in die Unterlagen zu sehen; die hämischen Kommentare und schlechten Erinnerungen werde ich auch so nicht los. Die werden bleiben.

Schweigen senkt sich über die Gruppe. Bedeutungsvolles Brauenheben zwischen Case und Rion, dann seufzt er.

»Schätze, du hast deine Nachrichten nicht gelesen«, sagt Rion. »Vor ein paar Stunden haben wir's erfahren: Der neue Interimsdirektor hat Case, Zee und mich ent-schmissen. Wenn wir wollen, können wir nächste Woche auf der Akademie anfangen.«

Eine tiefes Loch tut sich in meinem Magen auf. Mir war klar, dass sie irgendwann gehen würden – aber ich hatte gehofft, dass uns wenigstens ein paar gemeinsame Wochen bleiben. *Atme, sag was, unterstütz sie …*

»Mann, das ist super! Das freut mich wirklich für euch. Ihr müsst Asra und mich mal auf Besuch einladen, sobald ihr eure endgültigen Stellen habt. Und natürlich steht euch die *Kick* immer zur Verfügung, wenn ihr mal irgendwo hinmüsst. Kostenlos, ganz klar.«

Zees Prusten durchbricht die peinliche Stille. »Ich weiß das Angebot ja zu schätzen, Nax.« Sie verschränkt die Arme auf dem Tisch. »Aber ich hatte gehofft, du könntest vielleicht eine Ärztin auf der *Kick* gebrauchen. Ich würde dir gern meine Dienste anbieten.«

Mein Herz macht einen kleinen Hüpfer. »Ja klar! Ich meine … oder, Asra?«

Asra grinst. »Ich überlasse die Personalentscheidungen dem Captain, finde aber, dass Zees Bilanz für sich selbst spricht. Ich hätte auch schon unseren ersten Transportflug klargemacht – der sollte zwar völlig harmlos sein, aber man weiß ja nie, wann man sich mal zusammenflicken lassen muss oder einen schnellen Tritt an jemandes Kopf braucht. Außerdem ist das Schiff ja irgendwie nach ihr benannt.«

Zee nickt. »Stimmt – und nur zu gern würde ich im Dienste dieses Schiffs noch eine Menge Tritte mehr austeilen, wenn ihr mich lasst.«

»Gott, ist das denn eine Frage? Natürlich bist du willkommen an Bord! Asra und ich sind dankbar für die Gesellschaft, und vielleicht kannst du ja sogar Jace persönlich treten, wenn wir ihn schnappen.« Ich biete ihr die Hand an, und Zee greift über den Tisch und schüttelt sie. Abgemacht.

»Tja, und ich bleib, glaub ich, auch«, sagt Rion und lehnt die Schulter gegen meine. »Und nein, darüber lasse ich nicht abstimmen.« Unter dem Tisch legt sich seine Hand auf mein Knie. Er drückt und streichelt es mit dem Daumen. Beim Blick in seine warmen Augen bleibt mir die Luft weg. »Wir sind zusammen angeschossen worden – da kann ich dich nicht einfach aufgeben. Davon abgesehen: Wenn wir quer durch die Galaxis fliegen und Geschäfte treiben wollen, brauchst du jemanden, der reden kann, ohne sich den Mund zu verbrennen, wenn's drauf ankommt.«

Ich stoße ein Lachen aus, und es fühlt sich an, als würde mir das Herz zerspringen – doch ausnahmsweise mal auf eine gute Art.

»Da hast du recht. Wir könnten deine Expertise auf jeden Fall gebrauchen.« Ich berühre seine Finger unter dem Tisch, koste das kleine Kitzeln in meiner Magengrube aus. Sein Lächeln ist atemberaubend. Ich bedaure die verpasste Gelegenheit vorhin im Flur, aber sobald wir unter uns sind, werde ich es wiedergutmachen. Ich spüre schon, wie meine Hand sich in sein Hemd wühlt, seine Lippen auf meinen, warm und zuversichtlich wie seine Stimme, und …

Rion grinst, als könnte er Gedanken lesen, und meine Wangen werden rot. Ich brauche einen Moment, um Luft zu holen, ehe ich mich Case zuwenden und mich für ihr Urteil wappnen kann. Wir wissen alle, was jetzt kommt, und ich lächle, um es ihr leichter zu machen.

Sie mustert mich und zuckt mit den Schultern.

»Ich hab der Akademie meine Antwort schon geschickt.«

Es stand nie im Raum, dass die gesamte Crew zusammenbleibt. Sie sind alle derart schlau und begabt – tonnenweise Talent, das man überall in den Kolonien brauchen kann. Sie kamen ja auch deshalb zur Akademie, weil sie sich ein Leben hier draußen wünschten. Das letzte Stückchen Hoffnung, an das ich mich geklammert hatte, ist dahin. Ich darf nicht selbstsüchtig sein. Ich habe Asra, Zee und Rion. Case hat sich das verdient. Ich strecke ihr die Hand hin, so wie Zee, und schüttle sie.

»Also dann – Glückwunsch.« Meine Stimme klingt sogar halbwegs gefasst. »Das freut mich echt für dich.«

»Ich hab mich zurückstellen lassen«, sagt sie.

Ich blinzle.

»Was?«

Ihr Lächeln breitet sich ganz langsam, durchtrieben, auf ihren Lippen aus. »Nach den Richtlinien der Akademie können Studierende nach vorläufiger Zusage noch bis zu einem Jahr mit ihrer Einschreibung warten – ohne Nachteile. Ich habe meine Entscheidung vertagt. Von daher …« Sie gibt mir einen kleinen Tritt unter dem Tisch. »Wenn ihr mich lasst, würde ich euch gern noch ein Weilchen erhalten bleiben. Wenigstens, um einen neuen Co-Piloten auszubilden. Muss doch sichergehen, dass ihr mir nicht in eine Sonne fliegt, oder?«

»Ja klar!«, sage ich mit ungläubigem Lachen. »Bitte, es wäre mir eine Freude, wenn du uns vor dem unvermeidlichen Feuertod bewahrst!«

Rion streckt ihr die andere Hand hin, und sie stoßen die Fäuste gegeneinander. Zee schnappt sich den Permanentmarker von Asra, schreibt kurz auf dem Tisch und reicht ihn dann an Case und Rion weiter. Sie alle setzen ihre vollen Namen unter Asras:

Asra Haque

Zinaida Ivanova Rozhkova

Casandra »Case« Hwang-Torres

Rion William Kwesi Turner

Es ist herrlich. Die Crew der *Swift Kick.*

Meine Crew. Meine Freunde.

Rion drückt mir den Stift in die Hand, nimmt meine Finger und führt sie sanft an seine Lippen. »Und zu guter Letzt du, Captain. Mach uns komplett.«

Ich nehme den Stift und beuge mich über den Tisch, ergänze die Liste um mein chaotisches Gekritzel:

Nasir Alexander Hall, Captain

Dann male ich mit verschmitztem Grinsen unser neues Eiertritt-Logo darunter.

Ja, ich weiß. Ich bin schon eine Katastrophe irgendwie. Aber hey, sind wir das nicht alle? Außenseiter, Verstoßene ...

Heißt ja nicht, dass wir nicht fliegen können.